달 쫓는 별

남기환 장편소설

청어 도서출판

달 쫓는 별

남기환 지음

발행처 · 도서출판 청어
발행인 · 이영철
영　업 · 이동호
홍　보 · 최윤영
기　획 · 천성래 | 이용희
편　집 · 방세화 | 이서윤
디자인 · 김바라 | 서경아
제작부장 · 공병한
인　쇄 · 두리터

등　록 · 1999년 5월 3일
(제321-3210000251001999000063호)

1판 1쇄 인쇄 · 2015년 7월 1일
1판 1쇄 발행 · 2015년 7월 10일

주소 · 서울특별시 서초구 효령로55길 45-8
대표전화 · 586-0477
팩시밀리 · 586-0478

홈페이지 · www.chungeobook.com
E-mail · ppi20@hanmail.net
ISBN · 979-11-85482-98-9(03810)

이 도서의 국립중앙도서관 출판시도서목록(CIP)은 서지정보유통지원시스템 홈페이지
(http://seoji.nl.go.kr)와 국가자료공동목록시스템(http://www.nl.go.kr/kolisnet)에서 이용하
실 수 있습니다.(CIP제어번호: CIP2015009260)

달 쫓는 별

작가의 말

    살아가는 일은 순간순간 마음의 총합이다. 이곳에 있으면서 저곳을, 저곳에 있으면서도 이곳을 생각하며 마음을 접지 못하면 길을 잃는다. 그 길은 행복과 불행의 갈림길이 될 수 있다. 각기 살아가는 방법도 행복을 수중에 넣는 방법도 추구하는 빛깔도 다르다. 누구나 만나게 되는 마지막 순간이 어떤 형태로 눈앞을 가로막게 될지는 모르지만, 지금 이 순간을 헤쳐나가는 모습, 그 길의 끄트머리에서 만나게 되는 마지막 뒷모습이 누군가에게는 별이 되고 어떤 이에게는 한 편의 아름다운 동화가 된다.

    아버지는 나에게 동화 한 편을 남기고 갔다. 아버지의 뒷모습은 별이었다.

    그 이야기를 책으로 만들어 내겠다는 말을 아버지에게 진즉에 해야 했는데 너무 늦어버렸다. 이제 와 이실직고해 봐야 무덤 속에서도 벌떡 일어나 "그렇게 게을러서야 입에 풀칠이라도 하겠니!"라고 불호령 칠 것이 뻔하다. 독재자인 아버지를 이기는 방법을 알고 있었으니 마찰 없이 이 책을 마무리하게 된 것이 얼마나 다행인지 모른다.

　여하튼 아버지는 복잡한 세상으로부터 나를 깨끗이 해방시켰다. 만일 끊임없이 달라붙는 욕망에 지치고 불만과 의심으로 상실과 고독에 지친 독자들이 있다면 이 이야기를 통해 안식과 위안을 얻게 되기를 바란다.

　흘리는 땀만이 자신의 보증수표였던 배우지 못한 노동자, 인간다운 인간으로 살다 간 나의 아버지에게 이 글을 바친다.

CONTENTS   작가의 말 ◆4

#01

비나이다, 비나이다

삶과 죽음의 고통을 동시에 넘어 정신이 몽롱해졌다.

헤아릴 수 없는 크고 작은 별들 사이를 지나 끝없이 펼쳐진 우주공간 속으로

빨려 들어가고 또 빨려 들어갔다.

가늠할 수 없는 무한한 행성계를 떠돌다가

내 목적지가 어디인지 생각을 하려는 순간 기억이 뚝 끊겼다.

잠시 아픔이 가시는 것 같더니 다시 사르르 배가 쓰리고 아프다. 고약한 병마가 가까스로 주어진 행복을 질투하거나 훼방 놓으려는 것은 아닌지 불안감이 스멀스멀 피어오르는 것이 영 기분이 나쁘다. 끙끙거리는 소리를 낼 때마다 뱃속에서는 갈까마귀가 눈알을 돌리며 남몰래 내장을 쪼아 대고, 먹잇감을 찾아 골목길을 어슬렁거리던 주린 고양이는 달려들어 발톱을 드러내고 난장질을 치는 것 같다.

대장암으로 일찌감치 세상을 등진 형과 똑같은 병으로 투병을 하던 아내를 지켜보는 나도 역시 그런 계제에 이르는 첫 신호가 아닐까 하는 긴장 속으로 빠져들었다. 그것은 언제나 기우였지만 복통을 일으킬 때마다 불안으로 끈적끈적하게 달라붙어 쉽게 가시지 않는다.

밤이 깊어가면서 아픔은 더해갔다. 식은땀이 침대를 축축하게 적신다. 바짝 마른 입술이 깔끄럽게 타들어 간다. 갈증이라는 것은 참으로 참아내기 힘든 것이다. 목이라도 축이고 싶지만 창자가 꼬여 일어날 수가 없다. 꿈틀거리는 창자는 잡아 펼 수도 없는데…….

1

"엄마는 저녁 안 차리고 어디 갔어?"

아버지는 연장 구럭을 마룻바닥에 떨구고는 바짓단을 말아 올렸다. 벗어든 양말에서는 마른 먼지가 풀풀 날렸다. 잼싸게 물을 받아 아버지 발아래 놓았다. 아버지가 발을 담그자 물은 금방 시커멓게 변했다.

아버지는 밥때 놓치는 것을 참지 못해 엄마가 집이라도 비우면 직접 상 차리는 것도 마다치 않았다. 조리방법은 엄마와 달라서 내게는 좀 특별했다. 차가운 비빔국수도 뜨겁게 조리를 했다. 먹다 남은 부침도 찌개에 넣어 얼큰하게 끓여 냈다. 주요 재료는 빨간 고추장 한 숟가락이었으니 엄마는 질색했지만 나는 그것들을 좋아했다. 하지만 그것도 다직해야 엄마 혼자 외가를 간다든가 동네 아줌마들과 여행을 갔을 때를 빼고는 드문 일이었다.

"엄마 불러와! 어서!"

아버지는 세숫대야에 가득 담긴 구정물을 화단에 쫙 뿌리면서 소리쳤다. 이맛살이 호랑이 줄무늬처럼 점점 선명하게 패이고 있었다. 부리나케 앞집 한 칸 건너 윗집인 무당집으로 달렸다.

무당집은 누가 그 집 대문을 열고 드나들기라도 하면 녹슨 쇠 부딪치는 소리가 들릴 정도로 가까웠다. 형이 그림을 그리는 방에서도 창문만 열면 그 집 앞마당에 아버지가 파 놓은 우물도 훤하게 보였다. 무당집은 아버지가 지어줬다. 그것을 계기로 엄마와는 가장 가까운 이웃이 되었다. 게다가 무당집 안방은 동네 사랑방이나 다름없었으니 엄마를 찾을 때면 다른 데 갈 필요 없이 무작정 그 집으로 향했었다. 그래도 엄마는 수다 삼매경에 빠져 자리를 털고 일어나지 못하고 나까지 불러들여 저녁까지 얻어먹이고, 내가 아랫목에서 늘어지게 잠이라도 들면 그제야 나를 질질 끌고 나왔다. 그런 일은 한두 번이 아니었으니 엄마를 찾아 무당집으로 향하는 것은 이상한 일이 아니었다.

문 앞에는 쌀알이 듬뿍 담긴 종지에 꼽힌 만수향 몇 가닥이 생명을 다한 철회색 머리칼처럼 고개를 푹 숙이고 있었다. 도넛 모양의 무지개 빛깔 사탕과 약과도 놓여 있었다. 녹이 슨 십 원짜리 동전들과 한 장의 연탄값을 치르고도 남을 은 빛깔의 동전도 흘러내린 촛농에 박혀있었다.

집 앞마당을 들여다보았지만, 엄마는 보이지 않았다. 사실 소리까지 질러 엄마를 불러내겠다는 생각은 없었다. 엄마의 평범한 음식보다도 맛깔난 고추장이 첨가된 아버지가 만든 특별한 음식이 먹고 싶었기 때문이다. 내실 쪽은 거들떠보지도 않고 발길을 돌렸다.

아버지는 어느새 국수를 들고 남은 손은 찬장을 뒤적거리고 있었다. 나는 라면 타령을 했다. 라면보다는 국수를 국수보다는 밥을 좋아하는 아버지는 못 말리겠다는 표정으로 달아오른 냄비에 국수 대신에 세 개의 라면을 탈탈 털어 넣었다. 예상했던 대로 빨간 고추장 한 숟가락도 듬뿍 풀어 넣었다.

아버지는 라면을 끓일 때마다 못마땅해 하면서도 새빨간 국물에 고슬고슬 잘 익은 면발은 얼마나 맛이 좋은지 마지막 줄기까지 젓가락을 휘휘 돌려 낚아챘다. 이번에도 세 개의 라면은 함께 먹기에는 충분한 양이지만, 먹기도 전에 모자란 감이 들었다. 아버지는 늘 그랬듯이 국물 한 수저를 먼저 삼켰다. 마지막에 아쉬움을 남기지 않으려면 첫 젓가락질을 단 한 번에 후회 없이 하는 것이다. 잽싸게 젓가락을 담갔다. 면발을 휘휘 감았다. 그때 삐거덕 문 열리는 소리가 들렸다.

"형님 오셨소?"

연탄가게를 하면서 통장 일을 맡아보는 황 씨 아저씨 목소리였다.

"아직 식사 전이죠? 잘 되었소. 나랑 좀 가십시다."

"이 시간에 어디를 가."

"그놈 잡아놓고 형님만 기다렸소. 빨리요!"

"개백정도 아니고 잡아먹은 지 얼마나 되었다고."

"빨리 가기나 합시다."

아버지는 젓가락을 내려놓았다. 표정에 희색이 도는 게 완연했다. 뒤도 돌아보지 않고 따라 나가는 모양새가 벼르던 똥개 한 마리 잡은 게 분명했다. 입 밖으로 소리를 내지는 않았지만 '앗싸!' 하고 쾌재를 불렀다.

어두워지면서부터 구렁이 한 마리가 꿈틀거리는 것처럼 뱃속이 뒤틀리기 시작했다. 배를 움켜잡고 방바닥을 기면서 뒹굴었다. 참을 수 없는 아픔이 시작되었다. 형이 있었다면 약국으로 달음질쳤을 텐데……. 하지만 군대에 가고 없었다. '아버지 심부름을 건성으로 하지 않고 문이라도 두드려 볼 걸' 하는 후회가 치밀었다. 그래도 다시 갈 곳은 무당집뿐이었다. 무당은 엄마가 집을 비우기라도 하면 우리에게 먹을거리를 챙겨다 줄 정도로 사근사근했다. 길에서 마주치기라도 하면 끌어안고 용돈까지 두둑이 쥐어주었다. 엄마는 나에게도 수양 엄마라 부르라 했지만 그렇게 하지 못했다. 아버지도 엄마가 그 집 드나드는 것을 못마땅해했다. 굿판만 벌이지 않는다면 선뜻 그리 불렀을지도 모른다. 엄마가 그곳에 없더라도 믿을 사람은 무당뿐이 없다는 생각이 들었다.

배를 감싸 쥐고 다시 무당집으로 향했다. 울긋불긋한 불화들이 야단스럽게 붙어 있고 빨갛고 파란 천 조각들이 치렁치렁 늘어진 작은방을

거쳐 들어갔다. 뿌옇게 흘러나오는 만수향 연기가 얼마나 코를 간지럽
히는지 배를 움켜잡았던 손으로 코를 쥐어 잡았다. 안방까지 둘러보았
지만, 그 누구도 보이지 않았다. 큰 절터에서나 있어야 할 불상만이 자
비롭게 나를 내려다보고 있었다. 순간 두 손이라도 모아 열이 나게 비비
고 싶다는 생각이 들었지만, 자비로운 미소를 짓고 있는 불상이 이 집과
는 전혀 어울리지 않는다는 불만과 라면을 세 개씩이나 먹은 스스로가
원망스럽기만 했다. 갑자기 화가 치밀어 올랐다. 아무래도 엄마는 무당
따라 시장에 갔든가 아니면 다른 집에서 수다 떨고 있겠다는 생각이 들
었다.

2

덜커덩 문 여는 소리가 들렸다. 엄마는 장바구니 가득 담긴 과일과 채
소를 마룻바닥에 펼쳤다. 바나나우유도 빼놓지 않았다. 한 보따리의 장
바구니를 채우고도 모자라 따로 들고 온 과일까지……. 엄마는 아버지
얼굴을 보기도 전에 부리나케 다시 대문을 나섰다. 그길로 비탈길을 내
달려 소화제와 몇 알의 약을 사들고 왔다. 하지만 그걸로는 어림없었다.
밤새 몸을 웅크리고 온 방을 뱅글뱅글 돌며 헤맸다.
날이 밝기 무섭게 엄마는 나를 들춰 업었다. 버스 종점을 지나 큰길까
지 가면서도 손아귀 힘이 풀리지 않았다. 병원에 도착해 잠깐의 진료를
마치고 장염 진단을 받았다. 돌아오는 내내 엄마는 다음부터 불은 라면
은 먹지 말라고 신신당부했다. 그날 밤 한 주먹의 약을 털어 넣었지만 호
전될 기미가 없었다. 다음 날도 고통이 멈추지 않았다. 다시 엄마 등에

업혔다. 엄마의 땀으로 범벅된 등줄기는 뜨거운 열로 화끈거렸다. 그 젖은 냄새는 뱃속에 있을 때의 그것처럼 느껴졌다.

"애 이러다 죽겠어요, 선생님."

"장염이 아주 심하게 걸렸네요. 며칠 더 복용하면 좋아질 겁니다."

의사는 단호하게 진단을 내렸다. 하지만 며칠 분의 약이 다 떨어져가는 날까지도 고통이 지속됐다. 엄마는 눈물을 흘렸다. 다시 병원으로 달렸다. 살려달라 애원하며 땀보다 많은 눈물을 흘렸다.

"선생님, 제발 살려주세요."

"조금 지나면 좋아지겠지"라고 말한 것은 나였다. 병도 보통 병이 아니라는 것을 내심 느끼면서도 엄마가 안타까워하는 모습을 더는 볼 수가 없어 한 말이었다.

의사는 부풀어 오른 배에 청진기를 대고 잠시 갸우뚱하더니 "조금 지나면 좋아지겠지요"라고 같은 말을 반복했다. 그의 목소리는 무뚝뚝하고 건조했다. 구렁이 담을 넘어가듯 우물거리더니 또 같은 약을 처방했다. 하도 울어서 눈언저리가 물크러진 엄마는 잠시 힐난에 가까운 표정을 하더니 체념한 듯 다시 나를 들춰 업었다.

며칠 동안 뱃속을 까마귀떼가 쪼아 대고 부엉이가 큰 부리로 창자를 후벼 파먹는 것 같았다. 뱃속은 굶주린 맹수들이 죽어가는 어린 사슴 하나를 뜯어 먹으려 발톱을 드러내고 달려드는 동물의 왕국이나 다름없었다. 그들이 몸을 돌려 뱃가죽을 건드리기라도 하면 터져버릴 것처럼 배는 팽팽하게 부풀어 올랐다. 엄마의 눈물도 생명수가 되어주지 못했다. 동네 사람들이 누워 있는 방을 드나들기 시작했다.

"애 꼴이 피죽도 못 얻어먹은 아이네. 저러다 죽겠다 마!"

"어쩌다 이 지경까지 됐어요?"

"돈 걱정은 말고 어떻게 좀 살려봐요!"

"아이코! 미숫가루 정도는 먹을 수 있지 않을까요?"

윗집 강 씨 할머니가 드나들었다. 공동수도를 관리하는 돼지엄마도 나섰다. 미숫가루 행상을 하는 앞집 아줌마도 번드레한 입술을 떼고 혀를 차면서 내 손을 어루만졌다. 하나둘 걱정스러운 말을 했지만, 누구도 고통을 덜어줄 비책을 가져오진 않았다. 친구들 얼굴이 떠올랐다. 그들과 함께 여행을 다니던 청평 안전유원지에서 수영을 했던 기억, 멀리 대천 해수욕장에서 수영하고 온몸의 근육이 마비될 정도로 힘이 다 빠져서 작은 암초에 매달려 있다가 간신히 해안으로 빠져나왔던 기억들이 영화 필름처럼 스쳐 지나갔다.

"아이고 마! 저러다 아 잡겠다. 귀신이 붙지 않았나."

마침내 동네 길흉화복을 관장하다시피 한 무당이 나섰다. 엄마는 '언니! 언니! 어쩌면 좋아요.' 라고 애원하듯 무당의 손을 잡았다. 엄마보다 두어 살 나이가 많은 무당은 신식 유행의상을 입고 옷매무새도 능숙하게 다듬어 입고 와서는 이마에 손을 얹었다. 알록달록한 꽃무늬 월남치마를 입거나 통 고무줄 바지를 입은 동네 아주머니들과는 달랐다. 동네에서 가장 힘이 센 돼지엄마가 엄마의 돈줄이었다면, 무당은 엄마에게 돈 그 이상의 권능을 가진 존재였다. 마침내 그녀가 비책을 내놓은 것이다.

"여편네가 무당집이나 드나들더니 쓸데없는 짓이나 하려 들어."

아버지는 엄마를 향해 호통쳤다. 뿌연 담배 연기만 방 안에 자욱했다. 엄마는 그런 아버지를 원망했다. 다툼이 잦아졌다. 시간의 더께가 두꺼워질수록 방 안 공기는 점점 무겁게 나를 짓눌렀다. 집안에 우울을 불러들인 죄인이 되었다는 생각이 자신을 괴롭혔다.

16

오래전 흘러들었던 엄마의 넋두리가 문득 떠올랐다. 3남 2녀 중 막내였다. 처음 태어난 곳은 마포 공덕동이다. 시골에서 가져온 전 재산을 이웃집 농간으로 다 털어먹고, 엎친 데 덮친 격으로 물난리까지 겪으면서 거리로 나앉을 처지가 되었다는 이야기를 들은 적이 있었다. 그때 차라리 나를 입양시키라는 이웃들의 권유가 쏟아졌다고 한다. 놀랍게도 아버지는 말없이 고개를 끄덕였다는 사실을 엄마의 목멘 목소리로 두어 번 들은 적이 있다.

지금 사경을 헤매는 동안에도 일말의 안타까워하는 심정조차 아버지 얼굴에서 읽어내지 못했다. 눈물 한 방울 없었다. 아버지에게 나는 그저 그때 입양됐어야 하는 존재인 것 같았다. '그렇다면 아버지는 혹시 내가 죽길 바라고 있는 게 아닐까?

태어나 처음 겪는 고통이 이렇게 잔혹할 수는 없었다. 이 고통이 스쳐 지나는 잠시 잠깐의 악몽이기를 바라는 순간, 깔끄럽고 거친 돌멩이 같은 것이 배를 쓱쓱 문지르고 있었다.

아버지 손이었다.

3

"형님, 이거라도 한번 먹여봅시다!"

연탄가게 황 씨 아저씨가 뭔가 다른 방법을 수소문해 온 것 같았다. 죽이 되든 밥이 되든 뭐라도 좀 먹여보는 것이 낫지 않겠느냐는 표정이었다.

"저렇게 죽게 두는 것보단 낫잖아요!"

또 말을 하고는 아버지를 바라봤다. 그는 만병통치약이라도 찾아낸 것처럼 아버지를 설득했지만 침중한 표정으로 담배만 뻐끔거리다가 망연히 천장만 바라보았다. 보다 못한 그는 얇은 습자지에 포장된 곶감만 한 팥묵 덩어리 같은 걸 주섬주섬 펼쳤다. 엄마는 그것을 우물우물 입안에서 녹여 먹을 수 있도록 잘게 잘라냈다. 그리고 차로 달여 내오기도 했다. 하지만 잠시 깊은 잠에 빠졌을 뿐, 깨어나면서부터 고통이 다시 이어졌다.

"저렇게 죽게 두는 것보단 낫잖아요!"

그렇게 다시 말한 것은 엄마였다. 말투는 판이했다. 아버지를 향해 미친 사람처럼 소리를 내질렀다. 아버지는 여느 때와 달리 큰기침도 없었다. 호통도 없었다. 담배만 뻐끔거렸다. 엄마는 마침내 무당집으로 향했다.

이튿날 제사장으로 향하는 제물처럼 앞마당으로 질질 끌려나갔다. 권능을 가진 무당의 한판 굿에 의지하게 된 것이다. 동네 사람들은 병마나 불화, 집안 대소사를 해결하기 위해 그 집에서 굿을 하고 제사를 올렸는데 큰굿이 있는 날이면 집 앞마당에서도 한바탕 큰 굿판을 벌였다. 그 굿판은 빈곤에 허덕이는 동네 사람들에겐 신성한 의식과도 같았다. 나는 언제나 구경꾼이었다. 하지만 사람들이 에워싸고 구경을 하고 있는 것은 나였다. 시루떡과 돼지머리가 놓이고 제사 음식이 차려졌다. 엄마는 칼을 든 무당 앞에 무릎을 꿇었고 무당은 나를 드러눕혔다. 날카로운 신칼이 햇살을 가르더니 쨍그랑하는 소리가 귀를 할퀴고 정적을 갈랐다.

이윽고 하얀 천이 눈앞을 가렸다. 후드득 후드득 머리 위로 소금과 쌀알이 흩어졌다. 징소리, 북소리, 장구소리가 요란하게 울리기 시작하면서 버선 신은 발이 한바탕 뜀을 뛰기 시작했다. 깔고 앉은 거적이 들썩거리면서 쌀알이 튀어 올랐다. 산이 흔들리고 집이 들썩였다. 부챗살이 머리를 쳤다.

"귀신아! 물러가라! 귀신아! 물러가라!"

댕그랑 댕그랑 금령(金鈴) 흔드는 소리가 요란하게 혼을 빼놓더니 허공을 가른 신칼이 살기를 뿜고 뱃속을 가르고 지나간 것처럼 의식이 흐려졌다. 부챗살이 다시 머리를 때리면 의식이 깨어나 배를 움켜쥐었다. 이 요사스런 굿판의 주인공 역할에서 빨리 벗어나고 싶다는 생각이 맴돌았다.

굿거리장단과 무당의 춤사위가 점점 격렬해지고 신을 부르는 소리도 절정에 이르자 굿판은 한바탕 열기를 뿜었다. 뜨거운 열기와 함께 팽팽하게 부풀어 오른 내 배 껍질은 한껏 부풀어 터질 듯 점점 더 위태롭게 느껴졌다. 무당은 신을 움직이는 권능을 지닌 사람처럼 뜀을 뛰었다.

엄마는 두 손이 불이 나도록 비벼댔다. 눈물로 뒤범벅된 얼굴은 쉴 새 없이 고개를 숙였다 세우기를 반복했다. 엄마의 기도는 신앙 자체를 뛰어넘은 경지의 것이었다. 기도는 호흡을 멈출 만큼 격정적으로 변했다.

비나이다, 비나이다, 신령님께 비나이다……
비나이다, 비나이다, 천지신명께 비나이다…….

친구들이 지켜보고 있었다는 걸 알게 된 건 굿판도 끝날 무렵이었다. 어스름이 내려앉고 한 줄기 산바람이 훑고 지나갔다. 동네는 지독한 고요에 휩싸였다. 뱃속을 쪼아대고 뜯어먹던 맹수들도 살가죽만 남긴 채 모두 사라진 듯했다. 현기증에 밤하늘이 빙빙 돌았다. 목구멍과 입술이 말라 타들어 가는 것 같았다. 죽 한 사발 뜨지 못한 배고픔이나 아픔보다는 갈증에 더 몸부림쳤다. 저 멀리 세상 밖에서 손을 흔드는 어린 천사를 향해 간신히 손을 뻗었다. 손이 닿은 곳은 엄마의 젖은 뺨이었다.

"엄마! 나, 바나나…… 우유 마시고 싶어."

맥없이 말하자 엄마는 세상살이를 포기한 사람처럼 흐느끼며 말했다.

"그래. 우리 두호! 죽을 때 죽더라도 먹고 죽자!"

흐느끼는 목소리가 희미하게 들렸다. 고통스러운 희망의 소리였다. 뺨을 비비는 흠뻑 젖은 얼굴에서 처음 맡아 보았던 나를 잉태한 살 내음이 풍겼다.

'아! 가여운 어머니!'

4

"아니! 도대체 어쩌다 애를 이 지경으로 만들었어요?"

"……."

흰 가운 가슴 언저리에 '박철재'라고 이름표가 붙은 의사는 어이없다는 표정을 지었다. 침상과 입은 옷에도 병원 이름이 새겨져 있었다. 이 병원 저 병원 다니다 우연히 마주친 천주교 선교사 도움으로 이송된 병원이었다. 그는 손가락을 곧추세우고 목탁 두드리듯 배를 두드리면서 면박을 주었다. 엄마는 하염없이 울기만 했다. 손에는 반쯤 남은 바나나 우유 통이 들려 있었다. 긴박하게 수술실로 내던져졌다. 머리 위에서 둥그런 비행접시가 내려왔다.

삶과 죽음의 고통을 동시에 넘어 정신이 몽롱해졌다. 헤아릴 수 없는 크고 작은 별들 사이를 지나 끝없이 펼쳐진 우주공간 속으로 빨려 들어

가고 또 빨려 들어갔다. 가늠할 수 없는 무한한 행성계를 떠돌다가 내 목적지가 어디인지 생각을 하려는 순간 기억이 뚝 끊겼다.

병실 창틈으로 찬바람이 스며들었다. 드러낸 오장육부를 씻어내고 다시 꾸역꾸역 채웠다는 것을 알았다. 몸에 난 구멍마다 노란 고무줄 호스를 끼우고 뱃살 거죽을 뚫어 뱃속까지 관을 만들었다. 먹고 마신 온갖 유기물이 그곳을 통해 세척되고 배출되었다. 그러나 정작 그보다 참을 수 없는 고통은 참을 수 없는 갈증이었다.

천주교 선교사가 찾아왔다. 수양 엄마도 병문안을 왔다. 작은누나가 다니는 교회 사람들도 들이닥쳤다. 그들 모두 손을 잡고 각자의 신을 찾았다. 그들이 눈을 감고 손을 잡으면 마지못해 눈을 감았다. 옆 침대에 누운 할아버지를 찾아온 교인들은 음료를 한 잔씩 돌려 마시고 노인 앞에 두 손 모아 기도했다. 그들은 몸을 돌려 나를 위한 기도도 잊지 않았다. 기도에도 아랑곳하지 않고 할아버지는 다음 날 얼굴까지 침대보를 덮어쓰고 나갔다.

또 다른 할아버지가 그 자리를 대신했다. 그를 담당한 간호사는 먼저 나간 할아버지처럼 어떤 처치도 하지 않았다. 물끄러미 바라보고는 이내 사라졌다. 침상이 언제쯤 다시 비워질지를 점검하는 것 같았다. 그에게도 많은 사람이 찾아와 기도했고, 나를 위한 기도도 잊지 않았다. 하지만 그도 며칠 지나지 않아 하얀 침대보를 얼굴까지 덮고 나갔다. 밤새 침대가 비워지는 것을 지켜보던 엄마는 무슨 생각이 들었는지 "아이고, 하나님 맙소사!" 하고 무릎을 치고는 나가서 보이지 않았다.

그때까지 그 누구도 내게 물 한 모금 건네지 않았다. 가장 원하는 건 기도가 아니라 한 모금의 물인데 말이다.

갈증은 뱃살이 도려내지는 고통보다 더 참을 수 없었다. 입속엔 목구멍을 적실만한 침 한 방울 남아있지 않았다. 죽은 노인 머리맡에 놓인 음료 컵이 시선에 들어왔다. 지금 마시지 않으면 죽을 것 같았다. 체통을 지킬 수 없었다. 감정을 억누를 수도 없었다. 엄마 말처럼, 죽을 때 죽더라도 마시고 죽는 편이 낫겠다는 판단이 섰다.

'바나나우유를 마시고도 아직 살아있잖아' 라고 생각하면서 몸을 모로 세워 간신히 팔을 뻗었다. 피가 말라붙은 상처에 생살이 터져나갔다. 목구멍을 타고 흐르는 해소의 기쁨에 비하면 아무것도 아니었다. 이제 모처럼 늘어지게 잠이 들겠구나 싶었는데 갑자기 창자에 구멍이 숭숭 뚫리는 듯한 고통이 찾아왔다. 마치 독극물처럼 혈관을 파고들어 불이 타오르는 느낌이었다. 저승사자처럼 검은 두루마기를 입은 두 노인의 환영이 나타났다 사라지기를 반복하더니 밤새 나를 붙들고 획획 날아다녔다.

"귀여운 두호! 잘 잤어?"
창밖에는 눈발이 흩날렸다. 비번이었던 간호사가 들어오더니 볼을 쥐면서 말했다. 그런데 살구씨 같은 턱 위로 복숭아 같은 오른쪽 뺨에 가벼운 상처가 나 있었다. 눈길에 미끄러졌다고 했다. 순정한 얼굴에 피부는 우윳빛으로 밝은 그녀만이 유일하게 생살에 손을 대도 아프지 않는데, 얼마나 속이 상한지 손을 뻗어 보듬고 싶었지만, 위로의 말도 못하고 꾹 참았다. 아마도 그 독극물 같은 음료나마 마시지 않았다면 이 예쁜 얼굴도 보지 못하고 죽었을지 모른다. 마른입을 쩍 벌려서라도 꼭 물어보고 싶은 것이 있었다. 그런데 마치 그 마음을 미리 읽고 있었다는 듯 상냥하게 선수를 쳤다.

"목 타지? 그래도 참아야 해! 물은 절대로 마시면 안 되는 거 알지?"

목소리는 감미로웠다. 눈은 전보다 더 동그랬다. 부드러운 습포를 입술에 얹어 주면서 다른 손은 이마에 얹었다. 마른 입술이 촉촉이 젖어들었다. 이맛살에는 보드라운 감촉이 전해졌다. 얼마나 감미로운지 손이라도 잡아 줘야겠다는 생각이 들었다. 그녀의 손등에 손을 얹으려는 순간이었다. 겨울나무 부러지는 메마른 소리가 귀를 할퀴는 것 같았다.

"일어나. 시원한 물이라도 마셔."

아내였다. 꿈인지 생시인지 밤새 풀렸던 기억장치는 순식간에 감겨 들어갔다. 한 사발의 물을 벌컥벌컥 다 들이켰다. 꾸르륵 하수 빠지는 소리가 나더니 쓰리던 속도 가라앉았다. 젖은 물수건이 철퍼덕하고 얼굴을 내리덮었다.

"술 좀 작작 마셔. 그러다 죽겠어!"

#02

천둥 번개

심장이 두근거렸다. 머릿속에서 그것들이 하나하나 소리 없는 번개처럼 섬광을 일으켰다.

깊은 우물 속에 앉아 쇠망치로 바위를 내리치는 소리도 계속해서

천둥 번개를 불러들이고 있었다. 얽히고설킨 기억의 퍼즐을 하나하나 짜 맞추었다.

결연한 노동, 움푹 팬 등골, 땀, 우물……, 쿠르릉 쾅쾅! 소리는 점점 선명해졌다.

평온해진 일상은 무료했고 단조로움은 어색했다. 너무도 여유로워 무료할 정도로 그냥 그렇게 시간이 지나갔다. 구석진 방에 앉아 하릴없이 허상과 실존조차도 구분할 수 없는 온라인 공간을 들락거리며 시시덕거리기를 마다치 않았다. 그것도 마땅하지 않을 때는 벌렁 침대로 몸을 던져 늘어져 버렸다.

고민거리도 없었다. 고민이라 해봐야 아이폰 들여다보고 책을 읽을 때마다 돋보기를 써야 한다는 것이다.

특별한 것을 찾아내려 해도 신통방통한 게 없었다. 그나마 조금 특별한 것이라면 고작 지난 여행지의 추억을 떠올려보는 정도다. 그러면 눈을 감고 지난 여행의 추억을 떠올리다가 언덕 위 두 갈래 길에서 서성이는 자신을 만나기도 했다. 때로는 인적 드문 곳에서 사진을 찍거나 들풀을 깔고 앉아 책장을 넘기는 모습도 선연했다. 그러다 문득 잠에서 깬 것처럼 몽롱해진 감각을 깨워 일터로 향하곤 했다.

1

배앓이가 사라지자 발걸음이 깃털처럼 가벼웠다. 일터까지는 먼 거리가 아니다. 골목을 빠져나와 대로변이 만나는 곳까지 나오면 오전 아홉 시를 조금 넘겼다. 그 시간이면 해는 빌딩숲 전체를 내리덮고도 남았다. 도심 길목마다 한 무리의 직장인들이 삼삼오오 담배 연기를 뿜어내며 종이컵 속의 커피를 들이켰다. 바람이라도 불어 콧구멍과 목구멍에 들락거렸을 연기가 폐부까지 침투하면 불쾌감이 들었다. 지나던 차까지 요란한 경적 소리를 뿜어내면 저절로 얼굴이 찌푸려졌다.

그곳을 지나칠 때면 오후 한낮에도 늘 그랬다. 밤에도 누군가 한 명쯤은 휘청거렸고 토사물을 쏟아냈다. 그곳을 빠져나올 때마다 도시생활에 대한 회의가 밀려들었다. 그러면 오래된 일기장을 펼치듯 지난날이 주마등처럼 떠올랐다. 시냇물 소리, 아이의 바이올린 연주소리, 가을밤 마른 장작 타는 소리, 눈 쓸던 빗자루를 빼앗으려 아버지의 허리춤에 매달려 질질 끌려가는 아이…….

그렇지 않으면 바다가 보이는 무인지경의 남쪽 언덕에 터를 잡고, 커다란 목재를 들고 낑낑거리고, 망치를 두드리고, 지붕 위에 앉아 은빛 바다를 바라보는 모습을 상상하기도 한다. 지중해가 눈앞에 펼쳐진 올리브 숲에 앉아 시집을 펼치거나 사진 찍는 모습도 단골로 찾아 들었다.

매일 그랬던 것처럼 같은 커피숍, 같은 테이블에 앉아 돋보기를 썼다. 아이폰을 주르륵 훑어 내렸다. 띠리릭! 하고 아주 오래전에 봤던 친구가 부르는 신호음이 울리니 오늘은 조금 특별한 날이 되지 않을까?

술이나 같이 하자는 약속이었다. 지난날의 기억이 떠올랐다. 그는 예전부터 처세에 밝았다. 모임 주선하기를 좋아해서 경조사나 친목회를 뚝딱 만들어내는 것이 생활 전부처럼 느껴질 정도였다. 얼굴을 본 적도 없고, 밥도 같이 먹어본 적 없는 이의 경조사 소식까지 그를 통해서 전해졌다. 휴가나 주말 산행도 여럿을 불러내어 자신의 모임으로 만들었다. 처세에 능한 것만이 살아남기 위한 최고 덕목이란 말은 그가 만들어낸 말 같았다.

한때는 그 사교성과 사회성이 그만의 장점이라 여겼다. 하지만 어느 순간 거들먹거리는 모습이 두드러지면서 처세에만 능한 모습이 영 탐탁잖았다. 주선한 자리는 자신의 사회활동을 과시하는 자리로 바뀌었고 상석을 차지하고 앉아 자신을 중심으로 모임이 진행되기를 바라며 쉴틈 없이 곁눈질을 했다. 가까이하고 싶은 마음이 사라진 상태였다. 하지만 많은 시간이 흐른 터라 달리 설렘은 없었지만 약간의 기대감은 있었다. 그가 도착했을 때, 외모가 확연히 달라져 있다는 것을 알았다.

"잘 지내지!"
"그냥 그렇지…… 뭐."
우리는 약속대로 복요리집으로 향했다. 술잔이 몇 순 돌았다.
"우리 한 4년 만인가?"
"그 정도 된 것 같네."
"얼굴 좋아졌네! 몸도 그렇고."
그렇게 말하고 술잔을 채웠다. 얼굴이 좋아졌다는 말은 마땅한 할 말이 떠오르지 않아 인사치레로 지어낸 말이었다. 실제로 그는 두둑해진 볼살에 작아진 눈, 안경 자국이 선명하게 도드라진 눈가 때문에 심술궂게 보였다. 납덩이 추를 목젖에 늘어트린 목소리는 거들먹거리는 모습으로 비춰지기 딱 좋았다. 중년의 여유롭고 깊이 있는 맛이라고는 전혀 느낄 수도 보이지도 않았다.

"좋아지기는."

그는 대견스럽다는 듯 양손으로 자신의 볼살을 어루만졌다. 그리고 가스 불을 조절하면서 고개를 숙이면서 말문을 열었다.

"소식은 들었어. 암 말기는 전이나 재발 확률이 높다던데……. 네가 속 썩여서 그래. 집사람한테 잘해라."

갑자기 어찌 대답해야 할지 몰라 얼굴이 화끈거렸다. 사실 어지간한 드라마도 암 환자 배역 하나쯤은 기본이고 극적 효과를 위한 최고의 설정 아니던가. 드라마 속에서 아들이 아빠에게 "아빠가 속 썩여서 엄마가 암에 걸렸잖아!" 이렇게 만들어 눈물 콧물 범벅되는 거, 그 정도 설정은 몇 번쯤은 봐왔다. 그런데 이 자리에서도 똑같은 말을 술안주 삼아 삼켜야 한다니, 어쩌면 그에게는 당연한 인사말 정도였을 것이란 생각을 하면서도 기분이 언짢아졌다. 아무런 대답도 하지 못했다. 나 역시 그의 얼굴이 좋아졌다는 새빨간 거짓말로 그를 속였다. 그리고 너무 근엄한 척 힘을 실은 그의 목소리에 웃음이 터질 뻔한 것도 숨기고 있었기 때문에 듣기 좋은 말은 아니었지만, 기분 나쁜 내색도 할 필요가 없었다. 그는 다시 말문을 열었다.

"가족 다 여행 다녀왔다면서? 얼마나 갔다 왔어?"

"1년 정도."

"애는 어쩌고?"

"함께 다녀왔어."

"학교는?"

"자퇴시켰어."

"사고 쳤어?"

"아니."

"여행 경비 많이 들었겠네. 돈 얼마나 썼어?"

"나도 몰라."

"얼마나 썼는데?"

"정말 몰라. 나는 마음만 쓰고 왔어."

대화는 빠르고 단답형으로 진행되었다. 어처구니없는 대답이라 생각했는지 입을 닫았다. 그가 입을 여는 순간은 술잔을 비울 때였다. 몇 잔의 술이 오가면서 취기가 올랐다.

"집사람 몸도 성치 않은데 고생 많았겠다. 여행한답시고 그렇게 오래 나다니면 큰일 난다."

혼자 중얼거리듯이 말을 다시 시작한 그는 뭔가 다른 화제를 찾아냈다고 생각했는지 술잔을 내밀고 이번에는 오도카니 바라보면서 말문을 분명하게 열었다.

"와이프는 요즘 잘 있지?"

"그냥 잘 있지 뭐."

"마누라 믿지 마라. 여자는 똑같아. 그 선배 알지?"

"……."

그는 기러기 아빠로 살다가 부인이 현지 외국인과 눈이 맞아 혼자 된 선배 이야기를 했다. 그러고는 여자에게는 늘 의심을 품고 살아야 하는 것처럼 말했다.

"회사도 폐업했다면서? 요즘 뭐라도 하냐?"

"그냥 있지 뭐."

"그렇게 주구장창 돌아만 다니는데 집사람 고생이 많겠다."

"그냥 그렇지 뭐."

"인생 짧다. 언제까지 그렇게 돌아다닐래?"

"……."

마땅히 또 어떻게 대답을 해야 할 좋은 말을 생각해 낼 수가 없었다. 심장병으로 금방 세상을 등질 것 같던 아내, 그것도 부족해 말기 암까지……. 그리고 입시를 앞둔 고등학생을 자퇴시키고 가족과 함께 떠난 1년간의 여행과 저절로 폐업된 사업, 암흑과도 같은 시간을 보냈다고 긴 이야기를 할 수도 없었다. '술이나 마시자!'고 치받고 싶지도 않았다.

이제는 맨발로 얼음 위를 걷던 시간도 멎었고, 삶의 벼랑에서 목에 감긴 밧줄에 매달려 발버둥 치던 시절도 다 보내고 오히려 너무 평탄하고 단조로워서 무료할 지경이라고 말할 수도 없었다. 만일 그에게 반대되거나 어긋나는 태도를 보인다든지 처지가 보기 좋은 모습이 아니라는 것을 깨닫게 하려는 것은 단절을 선언하는 것이나 다름없기 때문이었다. 그냥 그렇게 지내고 있다는 말도 성의 없는 대답이 아니었다. 내 처지에 가장 적절했다. 그것은 나름대로 여유가 묻어있는 말이었다.

그는 여전히 변하지 않았다는 생각이 들었다. 안경 너머로 삐딱하니 상대방 표정을 살피는 것도 그대로였다. 10년 전이나 4년 전이나, 그는 자신을 돌아보거나 슬픔, 회한, 좌절, 고통 따위를 한 번도 겪어보지 않았을 거라는 생각이 들었다.

위로인지 충고인지 자기 고백인지도 분간이 안 된다. 추억이나 우정 따위는 없고 위로마저도 일종의 전횡과 같은 우월감으로 느껴졌다. 도대체 왜 그를 만나면 언제나 나 역시 겉과 속이 달라야 하는지 스스로 메스꺼움이 치밀었다. 더는 기분이 나빠지고 싶지 않았다.

일전에 노래방에서 만취 상태로 잠든 지인을 집까지 데려다줬던 일을 우스갯소리로 그의 말을 멈추게 했다. 관계를 유지하겠다고 일체의 자신을 낮추고 스스로의 감정과 열정을 배제한다는 것은 자신에게 죄를 짓는 것이나 다름이 없다는 생각이 들었다. 어차피 나는 친목회를 하기 위해 태어난 인생도 아니라는 생각이 들었다.

'노인 한 사람이 사라지면 도서관 하나가 불에 타 사라지는 것과 같다'고 말하는데 그렇다면 사람을 만나는 것은 한 권의 책을 펼치는 것 아닌가? 관심이 없던 책 한 권을 호기심에 펼쳐 들었다가 다시 덮은 기분이 들었다. 돌아서니 씁쓸했다. 사람들 사이에 맺어지는 관계란 것이 뭐 별거 있나 싶기도 하지만, 인연을 맺고 끊는 행위는 크게 가슴을 울린다. 돌아오는 길에 소주를 혼자 두 병이나 마셨다. 차들은 쉴 새 없이 경적을 울리며 곁을 스쳐 지나갔다.

2

잠에서 깨어나자마자 온몸의 근육을 괴롭혀 땀으로 흠뻑 적셨다. 젖은 몸을 씻어내고 방문을 꼭 닫았다. 창문을 굳게 닫고 커튼마저 내려버렸다. 책상이 배꼽에 닿을 만큼 의자를 바짝 당겼다. 지난해부터 써내려오던 여행기를 마감해야겠다는 생각을 했다.

굳게 닫힌 서랍을 뒤적거렸다. 한 무더기의 필름을 발견했다. 필름들은 낡아서 변색이 되어 있는 것도 있었다. 확대경을 찾아내 주저앉았다.

한 장 한 장 탐욕스럽게 하얀 형광등에 비춰 보았다. 웅크려 뛸 준비를 하는 한 마리 야생마와 같은 청년이 나를 바라보고 있었다. 젊은 몸과 마음으로 돌아온 피와 살들이 들끓었다. 가슴속에서 비행기 엔진 소리가 귓전에 울렸다. 가슴이 두근거렸고, 얼굴도 점점 상기되었다. 가슴속에서 창공으로 비행기가 나는 소리가 들렸다. 어느 순간 너른 바다가 펼쳐졌고 어느새 이국의 광활한 들판에 우뚝 선 양버들 같은 나무를 스치며 달리는 기차에 올라탔다. 차창에 매달린 빨간 모자 쓴 아이, 울긋불긋 치맛자락 걸친 이국의 여인들과 채소 과일을 머리에 이고 나타난 사람들, 그리고 차창 밖을 내다보는 얼굴이 희고 검은 사람들을 만났다.

내 책상 속 서랍은 하나의 세계였다. 한 권의 책을 채우고도 남을 필름들이 가슴을 들끓게 했다. 지도를 살폈다. 그것을 뒤적이는 마음도 어느새 넓어졌다. 여행지를 찾다가 새로운 곳은 설레게 하지만 때론 지나온 곳들을 다시 마주칠 때 느끼는 무상감은 소중함을 느끼기도 한다. 한번 다녀온 곳에 눈이 머물렀다.

프로방스 편을 마지막으로 남겨놓았던 터였다. 아무래도 보랏빛 라벤더 향기를 다시 듬뿍 묻힌 사진으로 표지를 장식해야만 할 것 같았다. 욕정을 숨기지 못하는 눈빛으로 탐욕스럽게 계획을 짜기 시작했다.

거리 642km

1일 차: 125km / 자전거로 6시간 / 고도 2,200m

2일 차: 71km / 자전거로 3시간 / 고도 1,800m

......

다른 때와 달리 치밀하게 계획서를 만들었다. 며칠 후 경망스러움은 사각 바보상자 SNS에 계획을 올렸고, 소문이 돌았는지 오래전 잡지 기고를 해주던 출판사 사장이 수년 만에 나를 찾았다. 썩 내키지 않았지만 여행 이야기란 누구와 나눠도 즐거운 것, 집을 나섰다. 그는 예전과 다르지 않게 싼 술집을 찾아 두리번거렸고 한참을 두리번거리다 찾아낸 집에서 막걸리를 마셨다.

"작가님! 이번 여행 계획에 대해 봤어요. 제가 전폭적으로 지원할 테니 우리 출판사하고 계약합시다."

"전폭적이요?"

그가 말하는 전폭적이라는 말을 듣는 순간 '지금 마시는 술값이나 눈치 보지 말고 내고 가시오'라고 말하고 싶었다. 그도 그럴 것이 전폭적이라는 말은 상대에 따라 크게 차이가 나는 말이다. 믿고 싶지 않았다. 예전 경험에 비추어 봤을 때, 그는 원고료와 상관없이 자신과 술자리라도 함께하면 모든 작가는 자신의 의지대로 따르게 될 것이라는 신념을 지닌 사람이어서 어지간한 초보 작가들에게 원고료도 없이 기사를 받아 챙긴 사람인지라 평판이 좋지 않았기 때문이다.

어느 것에도, 그 누구에게도 관여하지 않고 떠나려던 여행이었다. 그래도 어차피 가야 할 길이라면 비행깃값 정도라도 받고 간다면 좋지 않겠는가. 게다가 출판까지 해준다니 얼마나 황송한 일인가. 하지만 그냥 섣불리 받아먹을 것도 아니었다. 그는 "계약서를 보낼 테니 답변 주세요"라는 말을 하고 사라졌다.

이틀이 멀게 그의 유혹은 멈추지 않았다. 계약서에 서명해서 보내달라는 내용과 함께 인사 메시지를 수시로 보내왔다. 그때마다 그는 극존칭을 마다치 않았다. 여행이라는 것은 희로애락이 절정에 달할 때 떠나게 되면 참 좋은 것이어서 우울한 지금이 그럴 때란 생각이 들었다. 즉시

내용 중 하나를 변경해 준다면 계약을 하겠노라고 답장을 보냈다.

'지급하기로 한 경비, 여행 출발 시 일시금으로 지급해 주시면 고맙겠습니다.'

서신을 보냈으나 이후 그에게서 답신은 오지 않았다. 매일 혓바닥을 날름거리던 안부 메시지도 끊어졌다.

애초에 계획했던 대로 떠났으면 됐을 텐데, 괜히 딴생각을 품었다가 종내 한숨을 내쉬고 만 꼴이 되었다. 결국 무료한 나머지 모든 일에 만족하지 못하고 발버둥을 치고 있다가 가까스로 찾아낸 배출구를 스스로 닫아버린 셈이 되었다. 짬짬이 써오던 '여행 읽어주는 남자의 편지' 폴더를 닫았다. 잡친 기분은 여행 준비로 설레던 마음까지 짓뭉갰다. 그는 '그만합시다'라는 말을 전할 기회도 주지 않았다.

3

한 통의 전화가 왔다.

"두호 작가! 프로그램 제작 예산이 예상보다 많이 나왔어. 시의회도 통과됐고 두호 작가 일이니 다큐멘터리 제작비는 언제든 알아서 쓰소!"

"그럼, 그냥 진행하겠습니다."

지난해 제출했던 제작안이 통과되어 예산이 편성되었으니 알아서 가져다 쓰기만 하면 된다는 통보였다. 지난 한 해를 그 프로젝트 하나로 끙끙 앓았으니 '알아서 쓰소'라는 말에 의문부호를 달지 않았다 '그냥 믿고 진행하겠습니다'란 말 속에서 '믿고'라는 말조차 실례인 것 같았다. 스스로가 부정하던 '그럼, 그냥 진행하겠습니다'란 말로 서슴지 않게 대답했다.

방송국을 섭외하고 연출자와 작가를 만나고 프로그램 개념을 잡았다. 그들에 의해 방송국이 정해지고 편성이 결정되었다. 기획자와 출연자는 나였다. 프로젝트를 준비하면서 수개월이 지났다.

그들이 처음 계획과는 달리 본 업무에 게을리하고 있다는 것을 알았다. 피디는 기껏 맡게 된 프로그램을 놓칠세라 전화를 해댔다. 제작사를 바꾸지나 않을까 걱정하는 모습이었다. 대한민국 사회에서 신뢰나 믿음 따위는 쓰레기만도 못한 것들이니 백번 이해하고도 남았다.

"제작사를 다른 곳으로 넘긴 건 아니죠?"

"백 피디님, 저는 안 하면 안 했지 이용만 하고 버리는 그런 잡놈이 아닙니다. 그럴 일은 절대 없어요. 그리고 제가 다 준비하고 개고생했다는 걸 누구나 아는 사실이니 걱정하지 마세요. 아직 통장에 돈이 들어온 것도 아니고 구두로 결정된 사안이니 일단 지켜봅시다. 세금 먹고 일하는 사람들, 우리와는 상상도 할 수 없이 달라요. 조금 기다려 주세요."

"그럼 그냥 저희는 작가님만 믿겠습니다."

프로그램 제작안을 만들고 방송편성까지 잡아낸 피디에게 믿음을 주고자 애썼다. 하지만 피디에게 실없는 사람이 되어가고 있다는 생각이 들었다. 일이 중심이 되기보다는 처세에 능수능란한 이들에게 유리하게 돌아가는 우리 사회의 일면은 먹거리 문제를 파헤치는 내내 힘겹게 했다.

말 한마디 믿고 일만 하다 보면 여덟아홉은 낭패를 보았다. 그것이 현실로 다가올 때는 그나마 남아있는 열정까지 달아날 수밖에 없다. 이번에도 '믿음 엔진'이 정상적으로 작동되지 않았다. 피디가 방송국에 우스운 제작자로 오인을 받을 수 있겠다는 미안한 마음도 떨칠 수 없었다. 작가는 피디를 원망하고 있을 것이 뻔했다. 그들도 그냥 나를 믿고 일을 진행했을 것이 뻔했다. 그들도 그냥 그렇게 믿고 있었을 것이다.

　계약을 기다리는 동안 한 계절이 바뀌고 있었다. 여객선이 가라앉고 있다는 소식이 방송 통해 들려왔다. 하늘은 조용히 비를 뿌리고 있었다.

　한 통의 전화가 다시 날아들었다.

　"작가님! 공중파 방송과 직접 계약하는 걸로 내부 결정을 했습니다. 소상공인들과 계약하면 아무래도……."

　"갑작스럽게 그렇게 바뀐 이유가? 그럼 내가 기획하고…… 제안서?"

　더 하고 싶은 말들이 목젖까지 올라왔지만 그만두기로 했다.

　일이 심상찮게 꼬이는 듯했다. 호랑이가 애써 잡아놓은 사슴 한 마리를 들개들이 달려들어 먹어치우는 기분이었다. 그토록 애써 준비한 프로젝트였지만 길거리 나뒹구는 깡통 걷어차듯 했다. 발 빠르게 돈을 좇는 이들에 의해 결국 골탕 먹을지 모른다고 여행 중에도 누군가에게 말한 적이 있다. 그 기우가 현실이 되고 보니 허탈했다. 피디와 작가에게 전화했다. 방송국에도 그들을 대신해 사과의 말을 전했다.

　"죄송합니다. 제가 실수한 것 같습니다."

　"작가님, 상심하지 마세요. 뭐 그런 일 한두 번 겪나요. 공무원들 갑질 감당하기 힘들어요. 잘 됐어요. 작가님도 앞으로는 그냥 빼먹을 때 빼먹고 마세요."

　바깥세상도 의지와 상관없이 우울하게 돌아가고 있었다. 여객선이 완전히 가라앉고 있다는 소식이 방송 전체를 뒤덮었다. 햇빛도 온전히 가라앉지 않은 바다에 부표만 둥둥 떠 있었다. 아침부터 들리던 불안한 소식이 현실이 되었다는 것을 알았다. TV 화면 속에 비친 바다는 파도가 높고 바람이 불고 비가 내리고 있었다.

다큐멘터리 발주 담당자에게서 또다시 전화가 왔다. 모든 걸 기획하고 주관한 장본인을 빼고 처리하자니 신경 쓰였는지 뜬금없이 안부를 묻더니 술집으로 불러냈다. 혹시나 다 차려놓은 밥상 빼앗겼다고 SNS에 분풀이나 하지 않을까 염려하는 눈치였다.

술집은 사방 분간이 안 될 만큼 어두웠다. 술상엔 과일 안주와 이름 모를 양주가 놓여 있었다. 허벅지를 훤히 드러낸 어린 여자아이들 셋, 그리고 저질스럽게 세금만 갉아먹는 녀석도 멀리 관청에서 올라와 있었다. 그 옆엔 동료 공무원이 웬 배불뚝이 앞에서 양손을 모으고 연신 고개를 끄덕였다. 정 사장이었다. 지난해보다 더 부풀어 오른 배를 탁자에 올려놓고 무슨 대단한 일이나 꾸미는 듯 속닥거리고 있었다.

밀담에 능하고 살살이처럼 굽실거리다가도 칼자루를 쥐게 되었다 싶으면 얍삽하게 돌아서서 거만을 떨어대던 그의 사무적 수완에 애를 먹었던 기억이 떠오르면서 화가 치밀었다. 이를테면 "이번 여행은 제가 다 처리하고 계약하고 주관을 맡아서 할 테니 작가님은 편하게 여행 하시면서 사진 찍고 글만 쓰세요."라고 떠벌리다가 "이번엔 홀로 하는 여행이라 위험 부담도 따라요. 사고라도 나면 계약자가 책임을 안아야 합니다. 정 사장님이 그렇게 하실 건가요?"라고 말하면 잽싸게 계약자를 변경시켜 책임소재를 회피해 놓았다. 그러고는 마치 자신이 다 한 것처럼 주관사로 생색을 내면서 뻔뻔스레 강연을 다니곤 했다. 복요리집에서 안경 너머로 내 표정을 살피던 그 부류였다.

지난해 해왔던 것들을 그에게 연결시키고자 급조된 자리임이 분명했다. 그들은 다큐멘터리 제작을 앞두고 의중을 알고 싶어 했다. 그제야 준비하던 일이 알 수 없이 돌아간 연유를 완전히 알게 됐다. 역시 그는 처세에 능했다. 화가 치밀었다. 예전처럼 마음을 꾹꾹 누르고 싶지 않았

다. 담배를 물었다. '너희 오늘 임자 만났다'는 표정으로 그들을 노려보
았다.

"이번 다큐멘터리 제작건도……?"

그렇게 말문을 연 것은 나였다.

"아! 두호 작가님은 무슨 생각을? 아! 두호 작가님은 혼자 일 하셔야
해요."

정 사장은 껄껄 웃으며 특유의 처세를 발휘했다. 종당은 속에 품은 생
각을 숨기지 못하고 일을 그르치고 마는 어쭙잖은 처세가 되어버리고
말지만.

"혼자는 무슨…… 혼자 되는 게 있나요. 일이라는 것은 이렇게 음흉
한 곳에서 모의해야지요. 그렇지 않아?"

고개를 돌려 동료까지 대동하고 온 작달막하고 얼굴이 얽은 공무원
녀석에게 말을 옮겼다. 나를 불러낸 것을 이내 후회하는 표정이었다. 그
는 들고 있던 오징어를 입속으로 구겨 넣고는 오물거렸다.

"……."

"야! 뭔 구린내를 맡고 여기까지 왔냐? 운동복 바람에 동료분까지 대
동하고."

"아! 형님! 무슨 말을 그렇게……"

"야! 네가 형님이라고 말하니까 말하는데, 이제 억 소리 나는 돈푼 좀
나오니까 엉뚱한 사람 끌어들여 계약하니? 하는 짓이 왜 그래? 왜 돈 몇
푼 먹을 생각에 일을 망쳐. 그나마 생각해서 하는 소리니 적당히 핥아 먹
고 다녀! 그나마 밥벌이라도 쥐고 있으려면."

술김에 그나마 해주는 말이었지만 진정성 있는 표정을 지어주었다.

"사장님, 입이 거침이 없으시네요."

옆에서 술을 따라내던 아가씨가 대뜸 말을 던지자 한술 더 떠서 중얼 거렸다.

"아이코! 구린내 나는 데 있는데 좋은 말이 나와요! 사진이나 한번 찍어 볼까나."

눈에는 익지만 그저 인사나 나눴던 공무원-이번에 새롭게 발령이 난 그가 새롭게 칼자루를 쥐게 된 갑이었다-을 비롯해 일제히 고개들을 숙였다.

"왜 얼굴들 가려? 같이 사진이나 찍읍시다. 페이스북에 술 좀 마신다고 올리게. 이건 내가 할 수 있는 유일한 갑질이다. 갑질이란 것 들어봤냐? 하긴…… 갑이란 놈들도 콩고물 좀 얻어먹으면 졸지에 병으로 변해서 을이란 놈 밑구멍마저 사정없이 핥아대기도 하지. 뭐 구린 것들 있어? 왜들 그래?"

이렇게 툴툴거리면서 불편한 심기를 쏟아내자 정 사장은 큼큼거리면서 술을 들이켰다. 공무원 하나는 오징어를 물어뜯고 쩝쩝거렸다. 나머지 하나는 코를 박고 어푸어푸 술을 들이키다가 목젖에 달라붙은 가래라도 떨구어버릴 것처럼 각자 불만스런 소리를 냈다.

"걱정들 끊어요. 컴퓨터 앞에서 좁쌀 같은 화제로 히죽거리고 앉아있고 싶은 마음 없으니."

말이 떨어지기가 무섭게 일제히 고개를 들고 몸을 등받이에 기댔다. 정 사장은 예상치 않았던 행동에 허연 이를 드러내 껄껄거리면서도 끝내 불편한 심기를 감추지 못했다. 마지못해 몇 잔을 돌리고 몸을 움찔거렸다. 자리를 털고 일어나고 싶은 모양새였다. 살면서 숱하게 겪고 넘어간 일들이었고 후회할 짓이 아닌가 의심을 해 보았지만, 처음 용기를 내어버린 객기는 몹시 나쁘지만은 않았다. 지리멸렬해진 가슴이 통쾌하게 뚫리는 기분이 들었다.

"욕이나 처먹고 다니니까 구린내를 풍기고 다니지, 개자식들."

목소리를 듣는 이는 아무도 없었다. 이미 그들은 돌아갔다. 오래전 즐겨 마시던 술을 한 병 더 시켰다.

"제이앤비 하나하고 콜라 하나만 줘요!"

혀 꼬부라진 소리가 나왔다. 정신을 차릴 수 없을 만큼 취했다.

콜라에 술을 한 병 섞어 단숨에 들이켰다. 비 맞은 중 염불하듯 홀로 묻고 답하고는 자리를 털고 일어났다. 깨부수고 싶은 유리벽 앞에 서 있는 기분이었다. 하지만 스스로만 다치는 것이 그 벽 아닌가? 뻔히 속이 보이는데도 내려치지 못하는……. 흐느적거리는 몸을 질질 끌고 밤거리를 비척거리던 기억을 마지막으로 죽은 듯이 쓰러졌다.

한잠을 자고 일어나자 이름 모를 메시지가 날아들었다.

'효진인데요, 종종 오실 거죠? 오늘은 한가한데 오시면 담배 피우게 해드릴게요.'

'효진이가 누구…… 아! 혹시 술집?'

'ㅋㅋ'

답변은 짧았다. 아무래도 취중에 묻는 것을 다 토해낸 것 같다는 생각이 들었다. 답장을 보냈다.

'기회가 되면 또 가겠죠.'

'자주 오셔서 좋은 말도 좀 해 주면 되죠. ㅋㅋ'

순간 답장을 할 만한 말이 떠오르지 않았다. 이제 세상에 막 발을 들여놓은 친구 같았다. 가르치려는 말은 질색하지만 이 정도 답장은 나쁘지 않을 것 같았다. 여행 중 끼적였던 것 중에 아이폰에 저장되어 있던 문구와 흰 설산이 보이는 사진을 첨부해 보냈다.

인생은 여행과 같아.

가기를 멈추지 않는 한 길은 어디든 펼쳐져 있다.

인생은 높은 곳을 향하여 계단을 오르는 것도 아니다.

엘리베이터를 올라타는 것도 아니다. 나를 만나고, 미래의 기억을 만나며,

보석 같은 추억을 만드는 것이다. 조심스럽게 밟아나가야 한다.

메시지는 더는 오지 않았다. 매스컴에서는 여전히 선박 침몰에 대한 소식이 들려왔다. '생존확인문자' 희망, 다시 절망, 생존자 1분 1초가 급하다, 하루 또 넘길 셈이냐, 공기를 넣어 주세요, 무능 드러낸 정부 새 재난대응체계……. 시인은 격한 시어를 외쳤다. 수필가는 위로의 글을 만들어냈다. 화가는 죽어가는 어린 영혼을 그려냈다. 그렇게 군중 속에서 슬픔을 위로하면서 작품을 만들기 시작했다. 정치인들은 안전 불감증을 걱정했다.

소리 없는 섬광이 창문에 부딪쳐 번쩍였다. 아무리 술에 취했어도 밤새 일어난 일을 기억 못 하는 백치는 아니어서 번뜩이는 섬광이 노려보는 것 같았다. 이불을 휙 잡아채 얼굴을 뒤집어썼다. 복잡하게 달라붙은 피로감과 동시에 고독감이 산더미처럼 밀려들었다.

…… 쿠르릉 쾅쾅! 쿠르릉 쾅쾅! 천둥소리가 창을 흔들더니 빗방울 떨어지는 소리가 양철 북 두드리는 소리를 내면서 쏟아졌다. 쿠르릉! 쿠르릉 쾅쾅! 천둥은 큰북 치는 소리처럼 울려 퍼졌다. 구르르릉, 어떨 때는 하늘을 가르는 비행기 엔진 소리처럼도 들렸다. 소리는 점점 커졌다. 원시적이고도 꾸밈이 없는 본능적인 소리였다. 고요와 울림이 혼합된 현상 속에서 깨어 있지 않고 잠들지도 않은 상태로 일어나 나무 인형처럼 앉았다. 어렴풋한 기억 속에 흐릿한 목소리로 속삭이듯 노래했다.

그 옛날 어릴 적에

산 그루터기 바위틈,

키 작은 갈참나무 매달린 벼랑에 앉아

복잡한 세상 바라보고

먼 하늘에 양떼구름 몰고 가는 비행기에

손을 흔들고 꿈을 꾸었지

세월이 흐르고 흘러

나는 비행기에 앉아

다채롭게 펼쳐진 세상 바라보면서도

기나긴 세상 여행을 하던 중에도

그곳을 몹시 그리워했지

먼 길 방황하고 헤매다가

돌아와 지친 어느 날

행복이 깃들인 곳 있다 말하고

남몰래 다시 찾아갔건만

눈물만 흘리며 돌아왔지

　　그 옛날 즐겨 듣던 노래와 아련하기만 한 교회당 종소리가 들리는 것 같았다. 종소리의 진폭이 머릿속 깊이 스며들고 공명이 다시 사라지면서 세상과 나와의 연관도 다 끊어지고 새로운 세계로 빠져드는 기분이 들었다. 기억의 묶음과 함께 펼쳐졌다. 특별한 여행을 해 봐야겠다는 생각에 설레기 시작했다. 기억장치를 총동원해 작동시켰다. 미로처럼 주름진 뇌 속을 파고들었다. 흐릿한 기억들과 순간들을 회상하면서 기억들을 하나하나 뽑아냈다.

허공을 찌르는 칼바위, 하늘을 가르는 비행기, 빨간 기와집, 하늘과 맞닿은 교회당, 잿빛 판자촌…… 아! 산91번지.

심장이 두근거렸다. 머릿속에서 그것들이 하나하나 소리 없는 번개처럼 섬광을 일으켰다. 깊은 우물 속에 앉아 쇠망치로 바위를 내리치는 소리도 계속해서 천둥 번개를 불러들이고 있었다. 얽히고설킨 기억의 퍼즐을 하나하나 짜 맞추었다. 결연한 노동, 움푹 팬 등골, 땀, 우물……, 쿠르릉 쾅쾅! 소리는 점점 선명해졌다. 아! 독재자 나의 아버지!

쩍 하고 눈앞을 가로막은 바위 하나가 깨져나가는 기분이 들었다. 눈이 번쩍 뜨였다. 저절로 소리가 흘러나왔다.

"아! 천둥 번개 치는 소리가 어찌 이렇게 무쇠 망치가 바위를 내려치는 소리처럼 경쾌하고 아름다울 수 있을까."

#03
신데렐라

거대한 숯덩이처럼 변한 능선 너머로 도심의 불빛들도 점점 선명해지고

달빛이 드리워진 하늘에는 크고 작은 별들도 하나둘 깨어나기 시작했다.

능선 아래 판잣집들도 숯 조각처럼 검게 변해 백열등 불빛들은

하늘에서 떨어진 별처럼 빛나고 반짝였다.

1960년대 수출주도형 공업화가 추진되면서 대규모 이농 현상이 있었다. 노동 집약형 경제에 목말라하던 정부는 노동자들이 도심 변두리 산간을 점거해 빈민촌을 형성하는 걸 묵인해주었다. 그렇게 산비탈에 하나둘씩 촌락이 형성되었다. 우리 가족도 예외는 아니었다. 처음 이주한 마포에서 물난리가 난 이후 시흥2동 산91번지로 흘러들었다. 그러면서 산비탈에 하나둘씩 촌락이 형성되었다.

산91번지, 그곳은 관악산을 머리에 이고 신림동과 경기도 안양시의 중간쯤에 있었다. 버스 종점에서 완만한 언덕길을 따라 오르면 시장통이 나왔다. 시장통은 복잡했다. 작은 정육점과 허름한 기름집, 생선과 채소를 파는 상점과 갖가지 생필품이 늘어선 좌판들도 좌우로 펼쳐져 있었다. 시장통 한복판에는 썩은 채소나 생선 쓰레기가 쌓여 오물이 썩는 냄새가 풍겼다. 길이 끝나갈 무렵이면 공동수도가 나왔다. 그곳에서 울퉁불퉁한 비탈진 길을 좀 더 오르면 잿빛 판자촌들, 틈바구니에 똑같은 모양과 똑같은 빨간 기와지붕을 가진 집들이 모여 있었다. 그곳이 산91번지다.

멀리 맞은편 동네를 바라보면 호랑이 발톱처럼 뻗쳐나온 능선이 보였다. 교회당 십자가가 하늘과 맞닿아 있고 능선 너머로는 안양천이 은빛으로 흘러 그곳에 펼쳐진 비닐하우스들과 함께 은빛 물결을 만들었다. 더 멀리로는 하늘과 바다를 구분할 수 없을 만큼 지평선이 끝 간 데 없이 펼쳐졌다.

산과 동네의 경계를 이루는 너른 마당을 지나 좌측으로는 호암산이다. 곧바로 너른 마당이 있는 곳을 지나면 연못이 있는 한우물로 오르는 가파른 산길이 이어졌다. 그길로 계속해서 오르면 대기는 향기로워지고 푸석한 돌들이 이리 불쑥 저리 불쑥 튀어나왔다. 그 틈바구니마다 참나무, 개암나무와 같은 작은 나무들이 굵고 붉은 모래 산을 덮었다. 거기까지는 매일매일 노는 앞마당에 있는 놀이터나 다름이 없었다.

비탈진 산길을 더 오르고 가파른 절벽을 비켜 올라 이마에 땀을 쫙 흘리고 나면 산마루턱까지 이르렀다. 그곳에 연못이 있는 한우물이 있었다. 그곳은 산93번지였다. 은은한 목탁 소리를 듣고 다시 계곡 쪽으로 내려가면 졸졸 흐르는 냇물이 나왔는데, 그곳에 도착할 때쯤이면 갈증이 났다. 그러면 향긋한 더덕 향기가 나는 바위틈에서 흐르는 물줄기에 망개 잎사귀 하나 떨구고 갈증을 달랬다. 그것도 여의치 않으면 흐르는 냇가에 얼굴을 빠트리고 벌컥벌컥 물을 들이켰다.

거기까지는 조금 작정을 하고 도시락을 싸들고 나선 곳이다. 계속해서 시냇물가의 숲길을 따라 내려가면 냇물은 다시 안양으로 이어지는 석수동까지 흘러내려 청아한 계곡물로 변해, 어느새 내 키를 넘길만한 깊은 소를 만들었다. 그곳은 물놀이장이 되었다. 그 물길이 갈라진 작은 냇가에서는 버들치들을 잡았다. 크고 작은 가재들도 돌만 들추면 나왔다. 한참을 물과 벗하다가 푸른 하늘 아래 너른 바위에 두 다리 늘어트리고 누우면 눈이 저절로 감겼다.

스르르 잠이 들다가 뉘엿뉘엿 해가 질 무렵이 되면 가파른 절벽 길을 피해 수풀을 헤치고 호암사나 한우물 아래 계곡 길로 내려왔다. 조금 특별한 날에는 한우물에서 더 멀리 삼막사가 있는 곳까지 관악산 능선을 따라갔다. 관악산의 높이는 629m, 동서남북에 이르는 곳마다 열녀암, 얼굴바위, 칼바위, 암자, 연주암, 삼막사, 호암사……. 그 어느 곳 발길이 안 닿은 곳이 없다.

1

동네에서 올려다보면 칼바위가 보였다. 거대한 식칼이 허공을 향해 뻗은 것처럼 정말 무시무시하게 생긴 바위다. 자살바위라고 부르는 사람도 있었다. 그곳에서 수직으로 바닥까지는 족히 백 미터는 돼 보이는 무시무시한 천 길 낭떠러지다. 바닥은 너른 바위 하나만 빼면 눅눅하고 안개가 피어오르는 습한 골짜기다. 그곳에서는 잊을만하면 가느다란 연기가 피어올랐다. 그때마다 무슨 연유인지 동네 사람들은 집 앞마당에 모여 웅성거리면서 혀 차는 소리를 냈다. 칼바위 위로는 하루에 한 번 혹은 두 번 비행기가 지나갔다. 비행기가 긴 꼬리를 만들면서 시야에서 사라지면 양떼구름이 파란 하늘을 덮었다.

칼바위에 오르는 사람은 동네에서 몇 안 되었는데 술주정뱅이, 우물터 추 씨 아저씨네 뒷집 골목에 사는 두 살 많은 도석이 형과 두 살 더 많은 그의 형이었다. 몇 번 그들이 끄트머리까지 가는 것을 본 적이 있다. 양팔을 벌려 날갯짓을 하면서 걸어가는데 너무나 아슬아슬해서 미세 바람이라도 불면 가슴이 철렁철렁 내려앉았고 그들이 내려올 때까지 가슴이 조마조마해서 죽을 지경이었다. 그런데 그들이 벼랑 아래로 발을 늘어트리고 앉아서 양팔을 펼치고 가슴을 열어 큰 숨을 쉬면서 복잡한 세상을 한눈에 내려다보는 것을 바라보면 일견 부러운 마음이 들었다.

나 같은 겁쟁이가 칼바위에 오르는 것은 자살 행위나 다름없었다. 다행히 그 무시무시한 바위 아래 손바닥만 한 틈바구니가 있었다. 벼랑으로 몸을 기대면 몸뚱어리 하나 의지하기에 충분했다. 바위틈을 비집고 자라난 작은 소나무 두 그루와 뿌리를 드러낸 키 작은 갈참나무도 매달려 있었다. 한낮에는 푸석하게 마른 바위 향기가 피어올랐고 저녁이면 짙은 신선한 소나무꿀 향기가 바람에 날렸다.

나 같은 겁쟁이도 새처럼 웅크리고 앉아 고개만 들면 위험에 빠지지도 않고 드넓고 다채롭게 펼쳐진 벼랑 아래 세상을 바라볼 수 있었다. 그 마음이란? 정말 아찔아찔한 기분과 안락하고도 평온한 마음을 동시에 맛볼 수 있는 것이다. 그곳은 보금자리가 되었다. 나른한 한낮이면 그곳에 머물기를 유난히 좋아했다. 꼭 한 번은 그곳에서 밤도 지새워 보겠노라고 생각했지만 용기가 없었다.

벼르던 차에 도석이 형의 꼬드김에 넘어갔다. 우리는 나뭇가지를 꺾어 울타리까지 만들었다. 안락한 보금자리가 되었다. 여섯 살 때였다. 두 살 많은 도석이 형은 칼바위에 앉아있는 것처럼 성에 차지 않았는지 진작 가고 홀로 남았다. 원래 그 시간은 아버지 앞에서 주산 알을 튀긴다든가, 재미없는 천자문 외운 것을 확인을 시킨다든가 불호령에 눈물을 뚝뚝 흘려야 할 시간이다.

새처럼 앉아 잠을 청하겠다고 마음을 굳게 먹고 몸을 비스듬히 기댄 채 발아래를 바라보았다. 맞은편 교회당 십자가는 빨갛게 되었고 교회당을 이고 있는 산 능선 전체가 불에 타 쓰러진 거인국의 고욤나무처럼 보였다. 거대한 숯덩이처럼 변한 능선 너머로 도심의 불빛들도 점점 선명해지고 달빛이 드리워진 하늘에는 크고 작은 별들도 하나둘 깨어나기 시작했다. 능선 아래 판잣집들도 숯 조각처럼 검게 변해 백열등 불빛들은 하늘에서 떨어진 별처럼 빛나고 반짝였다.

우우우웅……

교회당 넘어 먼 하늘 끝에서 작은 불빛이 소리를 내면서 날아오고 있었다. 구르르릉…… 어느새 거대한 비행기는 불빛을 번쩍이며 머리 위를 지나고 있었다. 손을 흔들었다. 비행기는 점점 멀어지더니 먼 하늘 끝에서 소리 없이 작은 별처럼 깜빡이다 사라졌다. 다시 시선을 발끝에 펼쳐진 마을로 향하자 동네가 끝나고 산이 시작되는 곳에서 작은 불덩이들이 소리치면서 산으로 계속 올라오고 있었다. 부엉이처럼 앉아 빼꼼히 불덩이들이 움직이는 데로 눈알을 돌렸다.

"두호야! 두호야!"
불덩이들이 너른 마당쯤 올라오자 산을 흔들고도 남을 아버지의 굵고 쩌렁쩌렁한 목소리가 들렸다. 우렁찬 목소리는 산을 흔들 것처럼 점점 가깝게 메아리쳤다. 뒤이어 엄마가 애타게 부르는 목소리가 들렸다. 여러 사람들도 합창을 하듯 나를 불러댔다.
아무래도 나를 찾아 헤매던 엄마가 온 동네를 발칵 뒤집어놓은 것 같았다. 나를 찾는 소리에 이어 엄마가 여러 사람을 이끌고 선두로 올라왔다. 기껏 만든 나만의 보금자리를 들키고 싶지 않았다. 바위를 타고 내려와 쏜살같이 엄마를 향해 달음질쳤다. 연탄가게 황 씨 아저씨, 탤런트 영애네 아버지, 장 씨 아저씨가 나를 에워쌌다. 모두 아버지가 집을 지어주면서 인연이 된 동네 어른들이었다. 단, 이 씨 아저씨만 맨땅에 너와를 켜켜이 올린 지붕과 널빤지를 길게 잘라 덧댄 울타리가 있는 집에서 살았다. 그도 비닐과 헝겊을 둘둘 말아 만든 횃불을 들고 있었다.
"아이고, 두호야!"
엄마는 탯줄 잡듯이 내 어깨를 움켜잡고 와락 끌어안았다.
"정신 나간 놈! 지금이 몇 신데 이제 내려와?"
아버지는 눈을 부릅뜨고 인상은 있는 대로 찡그리고 호통을 쳤다. 눈을 질끈 감았다.

"울긴 왜 울어! 저 녀석 벌써 다 컸어, 도토리 같은 놈!"

아버지는 엄마를 향해 소리쳤다. 엄마는 온몸이 땀에 젖어 도토리처럼 자기 탯줄을 자르고 달아난 빈 껍질인 줄도 모르고 닭똥 같은 눈물을 흘리고 있었다. 그때 이 씨 아저씨가 얼굴 가까이에 횃불을 들이대더니 볼을 툭툭 건드렸다.

"이런, 도토리만 한 녀석, 다음에 아저씨랑 삼막사에나 가자!"

그 말에 엄마는 잠시 눈을 흘기더니 나를 품 안으로 끌어 당겼다.

삼막사는 정말 먼 거리여서 가려면 작정하고 이른 아침에 출발해야만 했다. 산꼭대기에 있는 암자, 연주암을 지나 좌로는 한강과 우로는 멀리 인천 앞바다까지 보이는 바위 능선을 한참을 오르내려야 했다. 그리고 다시 하늘을 가리는 울창한 숲을 두 번이나 지나 산의 끄트머리까지 희어빠진 머리카락 같은 가느다란 바위 능선을 따라가야만 만날 수 있었다. 그러면 벌써 해가 떨어져 안양으로 급히 내려가 서울역으로 향하는 큰 버스가 다니는 찻길까지 나와 거꾸로 돌아와야만 했다. 일전에 이 씨 아저씨를 따라나섰을 때도 늦은 밤에나 돌아왔었다. 그때도 엄마는 다섯 살도 안 된 아이를 말도 없이 데려갔다고 그를 원망했었다.

횃불을 얼마나 가깝게 들이댔는지 얼굴이 달아오를 지경이었다. 땀에 흠뻑 젖은 엄마 품에 안겨있는 와중에도 고개를 길게 빼고 그것만 바라보았다. 만화영화에서만 보던 것을 직접 본 것이다. 헝겊이 둘둘 말린 나무막대기 끝에서 검은 연기를 뿜으며 활활 타오르고 있었다. 검은 연기가 나는 것으로 보아 비닐도 둘둘 만 것 같았다.

'아! 횃불을 저렇게 만들면 되겠군. 다음에 삼막사 갈 때는 꼭 만들어 가야겠어.'

2

엄마에게 지루한 논어나 맹자 이야기를 들을 일도 줄어들었다. 주판 알을 튀긴다든가 낡아빠진 천자문을 외우는 것도 사라졌다. 그 틈에 세상에 아직 소개되지 않은 만화영화 같은 신비롭고 경이로운 세계에 점점 빠져들었다. 산에 오르는 걸 멈추지 않았다. 언덕배기에 홀로 앉아 교회당이 있는 언덕을 바라보며 무한한 상상을 하고, 때로는 이 세상에 없을 것 같은 단 한 명의 친구와 먼 길을 떠나는 한 편의 동화 같은 이야기를 꿈꿨다. 하지만 집단 본성에 잠재한 권력욕과 폭력적인 야만성이 드러난 소식들이 들릴 때면, 산91번지는 기억도 하기 싫은 곳으로 변했다.

깊은 겨울밤에도 깨소금 향기가 흘러나오던 세 든 부부의 방은 온기는 새어 나가고 연탄가스만 스며들어 사지가 뒤틀려 얼어 죽었다. 그 집은 귀신의 고향집이 되었다. 산마루로 향하는 언덕에 봄이 오고 고사리가 피어오르면 죽은 귀신이 먹기도 전에 독사가 먼저 고개를 들어 독을 뿜어냈다. 시끄럽게 뛰어놀던 아이들이 사라진 너른 마당엔 개장을 뛰쳐나온 수캐들이 이를 드러내고 으르렁거렸다. 술주정뱅이 추 씨 아저씨는 누운 땅에 돌이 박혀 편치 않아 몸을 돌리다 굴러떨어져 콧잔등을 깨트렸다. 공동우물터는 갈라지고 메말라 갈증에 시달리는 순정한 영혼들을 타락시키는 싸움터로 변했다. 그 순간순간은 그곳에 있었다는 것을 구역질 날 만큼 싫어했다.

세상에서 떨어진 산 능선에 한 동네, 폐촌이나 다름없는 그늘진 곳에서 우리는 다른 종족처럼 산 것이나 마찬가지였다. 말하자면 천국 같았던 하늘 아래 첫 동네, 도시개발이 낳은 그늘진 혼돈의 집단, 빈민들이 뒤엉킨 음지에서 유년을 보낸 것이다. 때론 천국이었고 때론 지옥이었던 내 영혼의 안식처, 산91번지.

#04

독재자의 집

나는 엄마를 끌어들이지 않아도 아버지를 이길 만한 힘을 가지고 있었다.

그 힘의 효력은 막강해서 어떨 때는 공공연하게 코웃음을 치면서

아버지 앞에서 그 힘을 발휘하기도 했다. 막내의 몹쓸 권력을 못마땅하게 바라보는

형제들이 제재를 가하기도 했지만 그래도 막내라는 사실은

아버지가 내린 불변이어서 커다란 영향을 미치지 못했다.

우리 집은 아버지가 직접 지었다. 빨간 기와집에 육각형 보도블록이 깔린 마당
도 제법 갖추고 정원도 있어 판잣집들이 대부분인 동네에서 조금 도드라져 보였
다. 살림도 아버지가 죽어서도 우리를 먹여 살릴 것처럼 피땀을 짜낸 덕에 그나마
만성적인 빈곤에 시달리는 이웃들과는 달리 형편이 좀 나아 보였다. 아버지와 엄
마는 가전제품 같은 것을 사들이는 것도 좋아했다. 그런 재미로 스스로 흘린 땀의
보람을 느끼는 것 같기도 했다. 그래서 그런지 어지간한 가전제품을 갖추고 있었
고 권투 시합이나 인기 드라마가 방영이 될 때면 아버지는 앞마당에서도 훤히 들
여다 볼 수 있는 대청마루에 텔레비전을 내놓았다. 그러면 수다스런 동네 아줌마
들과 코흘리개 아이들까지 앞마당에 몰려들었다.

　나는 형제들 사이에서 특별히 말수도 없고 달리 시끄럽거나 말썽도 피우지를
않았다. 아버지와 엄마가 시키는 대로 말도 잘 들었다. 그래서 그런지 온갖 잦은
심부름은 내 차지였다. 엄마 눈 밖에 나는 것이라고는 고작해야 조무래기들과 늦
게까지 몰려다니다가 신발에 흙을 묻히고 코를 흘리면서 들어왔을 때다. 그러면
엄마는 누런 코가 흘러내린 내 코를 쥐어 잡고는 킁! 하고 코를 풀어내라는 소리를
냈다. 그리고는 "언제까지 코를 질질 흘리고 다닐래?"라고 말하면서 내 얼굴을 세
숫대야에 처박았다. 그때마다 엄마는 세상살이 다 귀찮다는 표정이었으니 그 순간
만큼은 사랑을 받지 못한 것 같았다.

　아버지가 나를 얼마나 사랑하는지는 알 수가 없었지만 그래도 다른 형제들을
대하는 것과는 판이하였기 때문에 그것만으로도 나를 사랑하고 있다는 것은 짐작
할 수 있었다. 그래서 그런지 엄마와 아버지는 외출할 때마다 다른 형제들이 아닌
내 손을 꼭 잡고 외출을 했다.

1

"빨리 나오지 않고 뭐 해요?"

아버지는 벌써 문밖에서 소리를 쳤다. 엄마는 경대 앞에서 얼굴을 다듬고 있었다. 엄마는 큰 빗으로 어깨까지 늘어진 머리를 빗는 데 삼십 분, 참빗으로 다시 빗어 내리는 데 삼십 분, 분을 바르는 데 십 분, 다 빗은 머리카락을 가르마를 타고 묶는 데 십 분, 족히 한 시간 반은 넘기는 것 같았다. 늘 외출을 할 때면 엄마가 문제였다.

나는 말로는 어떤 것도 표현하지 않았지만 신이 나 거울을 보면서 껑충껑충 말처럼 뛰고 있었다.

"빨리 나오지 않고 뭐 해요? 해 떨어지겠어!"

아버지는 담배꽁초를 휙 내던지며 한 번 더 소리쳤다. 그렇다고 엄마가 빨라지지 않는다는 것을 아버지도 잘 알고 있었다. 그럼에도 매번 같은 소리로 재촉을 하는 아버지도 참 문제였다. 하지만 그것을 잘 알고 있는 나도 잡고 있던 문고리를 흔들면서 소리쳤다.

"엄마, 이제 그만하고 제발 빨리 좀 가요."

그래도 엄마는 멈추지 않았다.

'날 좀 내버려 둬!' 라고 말하는 표정으로 짜증스럽게 문밖으로 소리를 내던졌다.

"저 녀석이 아버지를 닮아서, 보채지 좀 마!"

한달음에 내달려 비탈길을 내려갔다. 엄마와 아버지가 어느새 따라잡고 양손을 잡았다.

"이 녀석은 어디를 간다고만 하면 말처럼 뛰면서 좋아하지? 역마살이
있나?"

엄마가 그렇게 말하자 아버지는 "말띠라서 그런가 보지?" 하고 맞장
구를 쳤다. 구불텅한 비탈길을 다 내려와 평지에 이르니 어젯밤 내린 빗
물이 고여 만든 물구덩이가 바다처럼 보였다. 어찌나 넓고 커 보이던지
바다가 아니냐고 물었다. 두 분은 동시에 "그래, 바다구나!" 말하면서 양
손을 번쩍 치켜들어 바다 위를 날게 해주었다. 단 한 번에 푸른 바다를
뛰어넘는 순간 떠오른 것은 바다는 절대 아니라는 부정적인 생각이었
다. 의심스러웠지만 더는 묻지 않았다.

그렇게 엄마와 아버지 손에 이끌려 가전제품을 파는 상가가 있는 큰
버스들이 다니는 큰길까지 나갔다. 그곳에서 버스를 타고 너른 길 좌측
으로 향하면 안양이었고, 오른 길로 가면 서울역에서 내려 남산까지 갈
수가 있었다. 그곳에 가게 될 때마다 남산까지 다녀오자고 졸라댔는데
그때마다 엄마는 "자장면이나 먹고 가자!" 하면서 내 말문을 막았다. 그
리고 마지막 말은 "다음에는 꼭 데리고 가마"였다. 하지만 언제나 자장
면도 말뿐이었다. 아버지와 동행할 때는 먹는 것도 내 맘대로 되지 않았다.

"애 좀 뭣 좀 먹이고 가지?"

때를 맞춰 밥 먹는 것을 계율처럼 여기는 아버지가 말했다.

"자장면!"

말이 떨어지기 무섭게 소리친 것은 나였다.

"그래."

엄마는 아버지가 '뭣 좀'이라는 말에는 일말의 생각도 하지 않고 말
하는 것 같았다. 아버지의 의도를 지레짐작한 나는 잽싸게 중국집 문고
리를 잡았다.

"냉면이나 먹지?"

아버지가 엄마를 넌지시 바라보면서 말했다. 지난번 텔레비전을 살 때처럼 예상했던 상황이 벌어지고 있었다.

"그래, 두호야. 아버지가 오랜만에 드시는데 냉면이 좋겠다."

엄마는 중국집 문턱을 넘고 있는 나를 잡아끌었다. 예상대로 자장면은 물 건너가고 물에 휘휘 저어 양념을 다 털어낸 노란 고무줄 같은 면발만 질겅질겅 씹다가 마지막에는 엄마 몰래 퉤퉤 뱉고 나왔다.

아버지와 엄마는 이것저것 가전제품들을 둘러보았다. 하얀 와이셔츠를 입은 점원은 집요하게 아버지에게 매달렸다. 아버지가 어떤 제품에 눈길을 던지면 잽싸게 기기를 작동시키면서 아버지를 유혹 속으로 밀어 넣었다. 아버지가 고개를 갸우뚱하면 그는 부리나케 다른 기기로 손길을 옮겼다.

"'금성'보다는 '파이오니어'가 더 좋다고 하던데……."

엄마가 아버지에게 눈치를 주면서 소곤거렸다. 성미가 급한 아버지에게 좀 더 생각해 보라는 눈치였다. 하지만 영업소 사장은 직업 정신이 투철했다. 어느새 아버지의 성격을 눈치 챈 것 같았다. 그는 체통과 위엄을 어깨에 짊어지고 사는 아버지 같은 사람을 어떻게 대해야 하는지 완벽하게 아는 것 같았다. 그는 정확한 판매전술을 생각해냈다. 그것은 적중했다. 기기의 설명보다는 아버지를 치켜세워주는 것이었다.

"아! 사장님, 이런 제품은 저처럼 양복 입고 다니는 사람들은 쉽게 못 사요. 사장님처럼 수수하게 점퍼를 걸치신 분들이 진짜……."

"으흠! 사장은 무슨 사장."

아버지는 그의 말이 채 끝나기도 전에 즉각 고개를 획 돌렸다. 그러고는 엄마를 향해 큰기침을 했다. 체면을 구기지 말고 가만히 있으라는 표정이었다. 아버지의 눈치를 살피던 그는 때를 놓치지 않았다. 마지막 결정타를 날렸다.

"아이가 열 달 사이에 이렇게 컸네요. 이름이 뭐였더라?"

그를 기억하지 못했지만, 그는 나를 기억하고 있었다. 기억도 못 하면서 말하는 그의 영업 전략을 뒷받침하는 전술이었을지 모른다. 그것은 성공적이라는 생각이 들었다. 아버지는 그가 기억해준다는 사실에 흐뭇함을 숨기지 못하고 다시 한 번 큰기침했다. 영업사원의 판매전략에 완벽하게 넘어가고 있다는 것을 짐작했다. 좀 더 둘러보자는 엄마의 의견이 나와 일치했지만 내 의견도 말해봐야 소용이 없다는 것을 뻔히 알고 있었다. 게다가 남산을 가자고 보채지도 않았는데 자장면도 먹지 못했다. 그래서 그런지 만사가 귀찮아졌다. 무엇을 사든지 간에 나오는 상관이 없는 일이었다.

아버지는 엄마의 훈수에도 불구하고 더는 둘러보지 않았다. 뒷주머니에서 돈뭉치를 꺼냈다. 그리고 재물뿐 아니라 좀 더 마음의 여유도 있는 사람처럼 보이고 싶었는지, 자기 아들이 이렇게 잘 자라고 있다는 것을 자랑이라도 하려는 사람처럼 평소와 달리 자상하고 지긋한 표정을 짓고는 나를 내려다보면서 말했다.

"두호야! 이거 어때?"

며칠 후, 형의 방 한쪽 벽에는 'GOLD STAR' 라고 금박 글씨가 박힌 전축이 놓였다. 제일 신이 난 건 형이었다. 형은 전축이 집에 들어오기 전부터 레코드판을 사 모았다. 전축이 대청마루에 놓이자마자 턴테이블에 판을 놓았다. 벤처스 악단의 엘피판에 바늘이 올라가자 중저음의 기타연주곡이 신나게 흘러나왔다.

그때 엄마가 춤을 춰보라고 부추겼다. 꾸물꾸물 눈치를 보던 내 몸은 엿가락 꼬이듯 좌우로 비비 꼬였다. 엄마는 흥이 난 감정을 숨기지 않고 손뼉을 쳤다. '어서 한번 춰봐!' 라는 소리와 같았다. 엄마는 손뼉을 치다 말고 주저앉아 나를 잡아끌었다. 그러고는 내 의사와는 상관없이 내 몸을 흔들어 부추기는 것을 멈추지 않았다. 쭈뼛거리던 나는 봄날에 새싹이 신이 나게 돋아나듯 살갗마다 흥이 돋아났다. 엄마의 의사와는 무관한 것이었다. 순전히 노랫가락이 그렇게 만든 것이다.

시끄러운 한나절이 지나갔다. 아버지가 일터에서 돌아오면서 그것은 다시 이어졌다. 아버지는 연장 구럭을 마룻바닥에 떨구어 놓고 털버덕 마룻바닥에 주저앉아 먼지를 털어냈다. 시멘트 먼지가 풀썩 날리면서 등에서는 허연 소금가루가 흩날려 내려앉았다. 아버지의 연장 구럭에서는 단팥빵 향기가 흘러나왔다. 시멘트가 굳어 붙어버린 흙손과 끌, 그리고 몇 개의 크고 작은 망치가 담긴 연장 구럭 안에는 단팥빵 두 개와 비닐 팩에 담긴 초콜릿 우유 두 개도 있었다. 그것들을 꺼내 들고 있었다.

"두호 아버지! 두호가 춤을 잘 춰요!"

엄마는 펌프질하면서 세숫대야에 물을 한가득 담아 아버지의 발아래 놓으면서 말했다. 평소 조금이라도 심심하면 엄마에게 목적도 없이 "십 원만!" 하고 손을 내밀곤 했는데 그러면 엄마는 "돈은 뭐 하게!" 하면서 물끄러미 내려다보았다. 그러면 "백 원만!" 하며 다시 손을 내밀었다. 그래도 답이 없으면 얼굴까지 손을 내밀고는 "천백만 원만!" 하고 마지막으로 터무니없는 금액을 부르면서 동전 한 닢 못 건지고 싱겁게 잠이 드는 아이였다.

아버지는 별 반응을 보이지 않았다. 엄마는 뭔가 기쁜 사실을 찾아낸 사람처럼 들뜬 기분으로 다시 말했다.

"춤을 얼마나 잘 추는지 몰라요!"

아버지도 내게서 다른 모습을 볼 수 있겠다는 기대감 때문인지 양말에 묻은 시멘트를 툴툴 털어내면서 굵고 단호한 목소리로 소리쳤다. 그것은 명령과 같았다.

"어디 한번 춰봐!"

엄마는 엉금엉금 기어가 전축 판에 바늘을 조심스럽게 얹었다. 레코드판에 올라간 바늘이 원을 그리며 지지지직 스피커 볶는 소리를 내더니 이내 중저음의 기타 음이 빠르게 울렸다. 벤처스 악단의 연주곡, 〈파이프라인〉이 집 안을 흔들기 시작했다. 또다시 춤 공연이 시작된 것이다. 아버지는 문턱에 발을 들이지도 않고 내 춤을 보았다.

벤처스 악단의 음반에 수록된 첫 곡 〈파이프라인〉이 시작되었다. 나는 몸을 흔들기 시작했다. 막무가내로 추던 내 춤은 마지막 곡 〈와이프아웃〉이 시작되면서 절정을 이루었다. 온몸이 땀에 흥건히 젖었다. 그리고 지지지직 스피커에서 기름이 튀고 감자 볶는 소리가 들리면 할 일을 다한 사람처럼 '아이고 이제는 나도 못 해먹겠으니 먹을 거나 좀 내오시지' 라는 식으로 기세등등하게 벌러덩 뒤로 자빠졌다. 춤 공연은 그렇게 성공적으로 막을 내렸고 숫기 없는 모습도 잠시 잠깐 사라졌다.

그날 이후 아무래도 엄마는 돼지엄마에게 자식 자랑하는 것을 배운 것 같았다. 집 앞마당에서 동네 아주머니들이 수다라도 떨고 있으면 이런 생각을 하면서 전축 앞으로 앉은 채로 양다리로 함지박 같은 엉덩이를 끌고 다가갔다. 그러고는 전축을 크게 틀었다. 벤처스 악단의 엘피판에 바늘을 얹었다. 그리고 나를 불러 세웠다.

온몸을 앞뒤로 흔들기 시작했다. 춤을 추는 동안 "잘한다! 잘 춘다!" 하면서 손뼉을 쳤다. 엄마의 의중을 눈치챘다. 부끄러워하지 않게 장단을 맞춰준 것이지만 그 소리는 유난히 크고 과장돼 보였다. 표정은 '은근히 내 새끼도 뭔가 보여줄 게 있단 말이지' 그렇게 말하는 것 같았다. 아무래도 수다를 떨고 있는 아주머니들을 의식한 것 같았다. 그래도 순진한 아이였기 때문에 내심 엄마의 기대를 저버리지 않기 위해 좀 더 격하게 움직였다. 깡충깡충 발을 구르며 열정도 더했다. 손바닥을 부딪쳐 짝짝 소리를 내며 박수도 쳤다.

한참 열을 올리자 집 앞마당에서 삼삼오오 모여서 수다를 떨던 아줌마들이 기웃거리던 고개를 멈추고 하나둘 박수를 치기 시작했다. 두 살 많은 홍구 형 엄마, 두 살 많은 도석이 형 엄마와 앞집 아줌마가 한마디씩 거들기 시작했다.

"아이고, 마! 두호 춤추네."

"두호야! 트위스트도 한번 춰봐라!"

"영애도 들어가 추라 마!"

만신 아줌마는 영애에게 고개를 돌렸다. 그러자 말없이 지켜보던 돼지엄마가 무거운 몸을 일으켜 문고리에 매달려 어깨를 들썩이는 영애를 슬그머니 밀어 넣었다. 엄마는 반색했다. 영애도 곧 몸을 흔들 기세였다.

"영애야! 너도 춰봐!"

그렇게 말하면서 영애를 잡아끈 엄마는 갑자기 무릎을 탁 치면서 다시 말했다.

"아! 우리 영애에게 잘 맞는 판이 있지요."

엄마는 5인조 아저씨들의 기타연주곡은 맞지 않는다는 생각을 했는지 내 의사와는 무관하게 〈검은 고양이 네로〉라는 곡이 있는 판으로 갈아 치웠다. 마침내 〈검은 고양이 네로〉가 방 안에 울려 퍼졌다. 영애가 인형처럼 앙증맞게 몸을 흔들기 시작했다.

집 앞마당에서 박수를 치던 아주머니들은 일제히 집 안까지 들어와 둘의 춤을 구경하기 시작했다. 엄마의 의도는 완전히 성공적이라는 생각이 들었다. 나도 엄마의 체면을 위해 더욱 열을 올렸다. 온몸을 앞뒤로 그리고 깡충깡충 뛰고 흔들어 재꼈다. 영애는 어깨를 더 높이 들썩이고 주먹만 한 엉덩이도 좌우로 더 흔들어 댔다. "검은 고양이 네로, 네로!"라고 후렴이 나오기 시작하자 영애도 고양이 같은 소리로 또박또박 따라했다.

"검은 고양이 네로, 네로!"

순간 돼지엄마가 걸걸한 목소리로 "아이고, 영애는 노래도 잘하고 춤도 잘 추네!" 그렇게 말하고는 아주머니들을 향해 손뼉을 크게 쳤다. 그들도 손뼉을 더 세게 치기 시작했다. 앞집 아주머니가 성큼 영애 허리춤을 잡으면서 나섰다.

"아이코! 정말 영애는 인형이 춤을 추는 것 같네……."

"탤런트라 다르긴 다르다."

"방송국에 드나드는 아가 다르긴 다르다."

"딸이 예쁘긴 예쁘다."

흥구 형 엄마도 만신 아줌마도 한마디씩 거들었다. 엄마는 얼마나 좋은지 참지를 못하고 춤을 추는 아이 소매를 잡아 끌어안고는 "아이고, 예쁜 내 새끼!" 하며 얼굴을 마구 비벼댔다. 정말로 엄마가 "내 새끼! 내 새끼!" 하고 부르는 영애는 나와 달리 율동이 귀엽고 앙증맞았다. 리듬도 잘 탔다. 흥겨운 박자에 맞게 온몸이 깜찍하게 움직였다. 땀도 하나도 흘리지 않았다. 몸이 흔들거릴 때마다 생겨나는 미소도 자연스럽고 예쁘게 느껴졌다. 충분히 탤런트가 될 자격이 있다는 생각이 들었다. 하지만 〈검은 고양이 네로〉는 정말로 장르가 나와는 많이 달랐다.

땀을 흘리며 구들장이 깨져라 깡충깡충 뛰어도 박자고 리듬이 맞아떨어지지 않았다. 흥이 나지도 않았고 몸을 흔들고 싶은 마음도 점점 사라졌다.

"딸이 예쁘긴 예쁘다."

앞집 아줌마가 같은 말을 계속해서 반복하고 있었다. 시선은 모두 영애에게 쏠려 있었다. 박수도 더는 나를 위한 박수가 아니라는 것을 알았다. 자존심이 뭉개진 것 같았다. 추던 춤을 휙 멈춰버리고 화가 난 아이처럼 후다닥 장롱 속으로 푹 파고들었다.

"신랑, 신랑" 하면서 영애가 불러냈다. 아주머니들마저도 나를 부르고 있었다. 엄마도 장롱 문고리를 흔들면서 불러냈다.

"두호야! 좀 더 춰봐!"

엄마의 목소리가 들리자 갑자기 며칠 전 코앞에서 날아가 버린 자장면 생각도 들었다. 도대체가 사람 마음은 알 수가 없다고 생각했다. 그런 생각에 빠져있는 동안에도 노랫소리는 멈추지 않고 흘러들어왔다.

"검은 고양이 네로, 네로, 이랬다 저―랬다……"

"신랑! 신랑! 같이 추자!"

영애가 부르는 소리도 또박또박 야무진 소리를 내면서 걸어 들어왔다.

"밤이면 온―세상 깜깜하게 되어도 그대의 눈동자―는 반짝―이는 별, 외롭고 고요한 어둠 속에도 그대만 있어주면 마음 든든해, 검은 고양이 네로, 네로."

노랫소리는 장롱문 틈으로 비집고 계속해서 들어왔다. 영애는 파묻혀 있는 동안에도 춤을 멈추지도 않고 나를 부르기 시작했다. 수다스러운 아주머니들이 깔깔거리며 손뼉을 한 번씩 치는 소리도 멈추지 않았다. 배꼽을 잡고 뒤로 자빠지는 아주머니들 모습이 머릿속에 그려지기도 했다. 장롱 안은 너무 깜깜했다. 고양이 눈을 하고 눈에 힘을 주면서 생각했다. 아무래도 내 의중을 아직도 알아듣지 못한 것 같다는 생각이 들었다. 몸을 일으켜 앉았다. 문을 빼꼼히 열었다.

"그래 두호야! 어서 내려와! 춤 좀 춰봐!"

모두 나를 향해 같은 소리를 냈다. 모두 영애를 향해 손뼉 치는 것은 멈추지 않았다. 영애도 깡충깡충 뛰면서 나를 불렀다.

"그래 두호야!"

엄마가 아줌마들 하는 말에 맞장구를 쳤다. 더는 듣기도 싫어 인상을 찌푸렸다. 잡고 있던 문을 밀어냈다가 잡아당겨 굳게 닫았다.

'아무래도 춤은 나하고는 안 맞는 것 같음. 제발, 보채지 말고 가만히 둘 것!'

내 마음속의 의중을 분명히 전달했다는 생각이 들었다. 그래도 노랫소리는 계속해서 들려왔다. 영애도 또박또박 따라했다.

"검은 고양이 네로, 네로, 이랬다가 저−랬다……"

2

그날 영애의 춤 공연은 어떻게 마무리되었는지 알 수 없다. 깨어났을 때 엄마는 드라마 〈여로〉에 완전히 빠져있었다. 핫바지 같은 것을 입은 남자가 덩실덩실 어깨춤을 추면서 개울가를 뛰어다니고 있었다. 그의 몸동작이 얼마나 바보스러운지 그 모습을 보면서 내가 얼마나 바보처럼 춤을 추었는지 알게 되었다. 더는 춤을 추지 않기로 했다.

아버지와 엄마 사이에는 종종 다툼이 있었다. 그것은 아버지가 게으른 아이를 다독이는 엄마를 못마땅해 했기 때문이다. 엄마는 아버지가 만든 엄격한 규율에 아이들이 괴롭힘을 당하고 있다는 생각을 했는지 불호령을 내릴 때마다 애들 기 좀 그만 죽이라고 역정을 냈다.

또 다른 시빗거리가 있었다면 아버지가 힘겹게 집을 지어 놓고도 이윤을 제대로 남기지 않고 팔아넘긴다는 엄마의 푸념 정도였다. 하지만 아버지는 담배만 뻐끔뻐끔 태우며 아무 대꾸도 하지 않았기에 엄마의 불평은 언제나 여염집 아낙네 바가지 긁는 소리 정도로 끝났다.

아버지는 가족들이 교회를 가는 것도 일절 허락하지 않았다. 아무래도 일부 교인들의 부적절한 생활을 하면서도 기도만으로 용서만 구하면 된다는 모순된 인간상을 체험한 것 같았다. 그럼에도 불구하고 새벽마다 성경책을 들고 집을 빠져나가는 형제가 있었으니 그것은 단지 새벽에 일찍 일어난다는 것 때문이었다.

"으흠!"
아버지의 큰기침 소리는 자명종 소리와 같았다.

아버지가 잠든 시간과 기침하는 시간에 따라 집 안에 불이 꺼지고 켜지는 시간이 정해졌다. 그것은 언제나 같았다. 텔레비전이 켜지고 꺼지는 시간은 물론 말할 것도 없었다. 그것은 엄격한 규율이었다. 독재자 같은 아버지에게 늦잠과 게으른 태도와 버릇은 악마고 적이나 다름이 없어 우리의 일일생활은 매사 규칙적으로 돌아갔다. 그렇지 않으면 우리는 아침부터 불호령에 눈물을 찔끔찔끔 흘려야 했다.

특히 겨울이면 문풍지를 뚫고 들어온 서슬 퍼런 한기가 콧잔등까지 내려왔다. 이불 속에서 얼굴만 빼꼼히 내밀고 천장을 향해 입을 오므리고 날숨을 쉬면 입김이 금세 얼어 버릴 것만 같았다. 그러니 겨울날 이불을 박차고 일어난다는 것은 정말 곤혹스러워 정신을 바로잡는 결연한 의지가 필요했다.

그나마 작은형은 후딱 일어났다. 큰형은 겨울잠을 자야 할 곰처럼 굴었다. 스스로의 힘으로 일어나는 법이 없었다. 큰형은 이불을 돌돌 말면서 일어나지 못하고 꾸물거렸다. 아버지가 몇 번의 인기척을 해도 일어나지 못했다. 결국 이불 속에서 꼬무락거리다가 아버지의 불호령을 듣고야 이불을 돌돌 말고 앉았다.

"그렇게 게을러서야 입에 풀칠이라도 하겠니!"

"애들 좀 더 자게 제발 내버려둬요!"

뿌옇게 김이 새어나오는 부엌에서 밥상을 차리던 엄마가 역정을 냈다.

"해가 중천에 있는데 뭘 그만둬! 애들을 그렇게 감싸고도니까 저 모양이지!"

"어휴! 독재자도 저런 독재자가 없어. 두호야! 아버지 진지 드시라고 그래."

그렇게 매일 아침, 엄마는 하얀 김이 모락모락 피어오르는 행주로 반질반질한 솥뚜껑과 부뚜막을 닦아내면서 소리쳤다.

"아버지 진지 잡수세요."

엄마는 코앞에서 아버지와 다툼을 하다가도 말고 아버지를 부르라고 시켰다. 그것은 언제나 내 담당이었다. 우리는 아버지가 밥상에 앉으시기 전에는 숟가락을 들지 못했다. 아버지가 젓가락을 세워 잡고 밥상을 탁탁 치면서 키를 맞추고 국을 한 수저 떠올리면 그제야 우리도 숟가락을 들었다. 아버지보다 먼저 밥숟가락이 올라가는 것은 일체 금지되어 있었다. 그것만은 엄격하게 지키게 했다. 그것은 엄마가 만든 규율 같았다. 행여 먹음직스러운 반찬에 젓가락질이라도 하려 들면 엄마도 이렇게 큰소리를 냈다.

"아버지가 수저를 들지도 않으셨는데 버릇없이."

"숟가락 바로 잡지 못해!"

이렇게 호통을 친 것은 아버지였다. 형은 잊었는지 왼손에 밥숟가락을 쥐고 있었다. 쿡 찌르고 싶었지만 때는 이미 늦었다. 아버지는 금세 불호령을 칠 것처럼 눈을 부릅뜨고 있었다. 한 번 호되게 혼이 난 이후로는 아버지의 뜻에 따라 오른손을 사용하려고 노력하는 모습을 보였지만, 자주 그것을 잊는 것 같았다. 어김없이 아버지의 눈이 다시 사납게 번뜩였다. 이번에도 엄마와 눈이 마주쳤다.

"애들 기 좀 죽이지 마요, 제발! 낳기를 그렇게 낳았는데 어떡해요. 왼손잡이가 무슨 죄인도 아니고! 진지나 들어요!"

"으흠!"

밥상머리에서 아버지와 엄마 사이에 전운이 감돌기 시작하면 그제야 큰형이 눈을 비비며 일어나 앉았다. 아버지의 매와 같은 눈은 큰형에게로 돌아갔다. 아버지도 더는 아침을 망치고 싶지 않은지 부릅뜬 눈을 풀면서 국을 한 수저 떠올렸다. 그리고 입속말을 하면서 불만족스러운 마음을 달랬다.

"죽으면 실컷 자게 될 잠을!"

반질반질한 군용 모포를 펼치고 민화투를 즐기는 것은 거의 범죄행위였다. 주범은 엄마와 누나들 그리고 또 큰형이었다. 작은형이나 나는 여럿이 하는 놀이에 재미를 붙이지 못해 구경꾼이었고 애초에 관심을 두지도 못했다. 외출을 했던 아버지의 큰기침 소리가 들리면 후다닥 화투판을 접었지만 이미 때는 늦었다.

"노름에 미치면 제 어미도 팔아먹는 줄 몰라!"

아버지는 쥐잡듯이 소리쳤다. 쩌렁쩌렁한 목소리는 문지방을 넘어 산을 타고 올라, 벼랑에 매달린 거대한 바위도 흔들어 떨굴 기세였다.

"노름은 무슨 노름, 놀이 좀 하는데 애들 좀 그만 좀 볶아요!"

엄마의 역성이 떨어지기 무섭게 아버지 얼굴에 모든 주름이 순식간에 눈가로 몰려들었다. 햇볕에 그을린 검은 대륙의 토인 같은 검은 얼굴은 호랑이 눈으로 변했고 아프리카 원주민 같은 두꺼운 윗입술은 아랫입술을 꾹 물었다. 얼굴 전체의 표정을 가늠해보면 '조용히 못해!' 아니면, '그 입 닥치지 못해!' 였다.

아버지가 말하는 것은 명분이 있었기에 엄마도 더는 토를 달지 못했다. 일시적인 공포가 침묵 속에 깔렸다. 아버지는 문지방을 성큼 넘었다. 반들반들하게 접힌 모포 채로 화투를 화덕에 집어 던졌다. 그렇게 소동은 일단락되었다.

3

언제나 집안 분위기가 독재자인 아버지 마음대로 돌아가는 것만은 아니었다. 엄마는 못마땅한 것들이 있으면 마음에 품고만 있지 않았다. 달리 은밀한 방법을 찾아내 아버지를 골탕먹이고는 했는데, 엄격하고 무서운 아버지여서 저지른 범행은 영원히 비밀로 간직될 만큼 완전범죄가 되어야 했다. 그렇지 않으면 불호령을 듣거나 집안이 발칵 뒤집히기 때문이었다. 엄마는 혹시 들통 날 것에 대비하기 위해서인지 꼭 나를 공범으로 끌어들였다.

아버지를 끔찍하게 생각하는 연탄가게 황 씨 아저씨가 사건의 원인을 종종 제공하곤 했다. 그는 보신을 위한 먹거리가 있을 때마다 아버지에게 드리라고 엄마에게 건넸는데, 그것들은 유난히 비위가 약한 엄마를 괴롭혔다. 엄마는 아버지에게 그것을 내드리고 본인은 종일 음식을 들지 못했고 헛구역질까지 하다가 그것이 담겼던 그릇마저도 내동댕이쳤다. 일곱 살이 되던 해였다.

"이게 뭐예요?"

연탄가게 황 씨 아저씨가 마대자루를 앞마당에 툭 집어 던졌다. 엉거주춤한 모습으로 흠칫했다. 마대자루 안에서 뭔가가 꿈틀거리는 것을 보았기 때문이다. 오싹 소름이 돋았다.

"에구머니나!"

엄마는 기겁을 하면서 화를 내야 할 사람처럼 혐오스럽고 불쾌한 표정을 지었다.

"무서워하지 말아요. 보약 아닙니까."

"보약? 이걸 어찌하라고?"

아버지가 물었다.

"술에 담가 한 일 년 묵혔다가 드시면 한여름 땀도 안 흘리고 보낼 수 있을 겁니다."

아버지는 고맙다고 해야 할지 잘 모르겠다는 표정을 하더니 이내 흡족한 표정을 짓고는 소리쳤다.

"두호야! 됫병 소주 하나 사와!" 하고 아버지가 알아들었다는 듯이 즉시 반응을 보이자 그는 음식을 풍성하게 차려놓은 식탁 앞에서 기분 좋은 손님을 접대하는 사람처럼 기쁨이 가득한 표정을 지었다.

"형님! 독이 잔뜩 들어서 약효가 좋을 거요."

"그걸 어찌하려고 그래요?"

엄마가 다시 물었다.

"어쩌긴, 술 담아 묻어 두려고 하지."

말이 떨어지기 무섭게 아버지는 어느새 곡괭이를 집어 들고 있었다.

"미쳤어요? 술도 안 드시는 양반이."

"형수님, 약이요 약. 건강에는 최고란 말이요."

황 씨 아저씨가 나섰다.

"두호야! 어서 사와, 됫병으로."

아버지는 빨리 다녀오라고 다그쳤다. 나는 부리나케 사 들고 왔다.

"형님 곡괭이질이나 하슈! 삽질은 내가 할 테니."

아버지가 곡괭이질을 하면 황 씨 아저씨는 삽질을 했다. 구덩이는 금방 파였다. 황 씨 아저씨가 마대를 홀렁 까뒤집자 뱀 한 마리가 슬금슬금 기어 나왔다. 엄마는 까무러질 것처럼 에구머니나! 소리를 지르고 뒷걸음질 치더니 도망치듯 문을 닫아버리고 들어갔다. 황 씨 아저씨가 뱀 모가지를 비틀어 잡고는 술이 가득 담긴 병에 구겨 넣었다. 독한 소주 냄새가 머리가 아플 만큼 올라왔다.

뻔뻔스럽고 비밀스럽고 은밀한 범행이 진행된 것은 이튿날이었다. 아버지가 일터로 향하자마자 엄마는 앞마당을 파기 시작했다. 땅은 쉽게 파였다. 엄마의 행위는 조금도 주저함이 없었다. 하지만 엄마의 자신감은 오래가지 못했다. 얼마 파 내려가지 않아 큰 소주병 하나가 나오자 고개를 돌리고 에구머니나! 에구머니나! 소리를 연발했다. 뱀이 술병 안에서 요사스럽게 똬리를 틀고 주저앉아 있었다. 흙구덩이에서 병을 잡아 뽑은 것은 나였다. 엄마는 눈을 감고 보자기를 씌웠다.

"두호야! 이거 쓰레기장에 버리고 와! 징그러우니까 펼쳐보지 말고."

"……."

"누가 집어갈지 모르니까 확 개천에다가 집어 던져버려. 알았지?"

"네."

엄마는 보자기에 싸인 병을 건네고는 누구에게도 의심이 들지 않도록 땅을 메웠다. 아버지가 돌아올 때까지 조금 가슴은 두근거렸지만 그것은 길지 않았다. 아버지가 일터에서 돌아와 앞마당에 들어서면서 '내년이면 마셔주마' 하고 다짐을 하듯 뱀이 묻혔던 곳을 꾹꾹 눌러 밟았다. 그 무엇도 의심하는 것 같지 않았다. 그렇게 뱀에 대한 기억도 땅속으로 묻혔다.

한동안 집 앞마당에 들어설 때마다 그것이 생각났지만, 누구에게도 절대로 이야기하지 않았으며 뱀을 떠올릴 때마다 독사가 내뿜은 독과 꿈틀거리는 사충이 아버지의 뱃속으로 들어가지 않게 된 것이 다행이란 생각이 들었다.

그해가 갔다. 꽃들이 피어나기 시작했다. 아침 햇살에 씻겨 내린 대지의 향기가 물씬 풍겼다. 영애는 인형처럼 하얀 레이스가 달린 분홍빛 옷을 입고 하얀 리본이 달린 머리띠를 두르고 뛰어놀고 있었다. 일을 나가지 않은 아버지는 동이 트자마자 앞마당으로 나가 땅을 파기 시작했다. 땅을 파 내려가는 아버지를 보면서 물었다.

"아버지! 땅은 왜 파요?"

"아침이나 들어요."

엄마는 아버지에게 소리쳤다. 그때 엄마가 곁눈질을 하고는 눈을 깜빡거리면서 입술에 힘을 주었다. 그제야 까맣게 잊고 있던 일이 떠오르면서 아버지가 왜 땅을 파 내려가는 것인지 알 수 있었다.

"그놈이 살아서 도망갔으면 어쩌려고."

엄마는 눈 하나 깜짝하지 않고 능청스럽게 웃으며 말했다. 시선을 주지도 않았다. 아무래도 엄마는 아버지를 골탕 먹일 작정인 것 같았다.

"아침부터 실없는 소리."

아버지는 몸을 굽혀 곡괭이로 땅바닥을 내리찍었다. 그리고 수북이 부서져 내린 흙을 퍼냈다. 한참을 파냈지만 아버지가 원하는 것은 찾아낼 수 없었다.

우리는 똑같은 비밀을 지니고 한패가 되어 아버지에게 어떤 신호도 주지 않았다. 엄마의 능청스런 웃음의 의미를 알아채고 웃으면서 물었다.

"아버지 거기가 아니에요."

"네가 뭘 안다고 그래, 아버지가 잘 알지!"

엄마는 갑자기 웃음을 주체하지 못해 경련을 일으킬 것 같은 표정을 지었다. 갑자기 땅을 파는 아버지가 우스꽝스럽게 보였다. 엄마의 얼굴이 반짝이는 것을 보니 나도 왠지 한결 기분이 좋아져 '아버지 저쪽을 파보세요'라고 놀리고 싶었지만 참았다. 아버지는 한참을 파 내려가더니 주저앉아 담배 한 대를 다 태우고 나서 점점 구덩이를 더 넓게 파헤쳤다. 하지만 그곳에서도 묻어둔 뱀술이 나오지 않자 고개를 갸우뚱거리다가 구덩이에서 나와 한 발짝 다른 곳을 탐지하기 시작했다.

고개를 숙이고 쿵쿵 발을 구르더니 마침내 새로 파고들어 갈 자리를 찾아낸 것 같았다. 파 내려가던 곳에서 한 발자국 떨어진 곳을 꾹꾹 밟아보더니 웃옷의 단추를 다 풀어 제쳤다. 사나이 가슴을 당기는 행복의 첫 술잔을 들기 위해서는 그 정도 노동쯤이야 별거 아닌 것처럼 손바닥에 침을 퉤퉤 뱉어내고는 곡괭이 자루를 다시 집어 들었다.

아버지는 구덩이를 더 넓게 파 내려갔다. 하지만 구덩이를 아무리 넓게 파 내려가도 깨진 병 조각 하나 나오지 않았다. 아버지는 파던 구덩이를 메웠다. 다시 숨겨진 보물이라도 찾는 사람처럼 새로운 구덩이를 만들어 나갔지만, 결국 찾아내지 못했다.

"내가 모르는 일이 일어난 건가?"

아버지는 입속말을 했다. 울화가 부글부글 끓어오르는 표정으로 엄마를 한 번 힐끔 노려보더니 '뭔가 아는 것 있으면 좀 말해봐' 라는 식으로 수상쩍게 눈매가 변해갔다. 엄마는 눈이 마주쳤지만 아무 말이 없고 '왜 날 봐요?' 라는 식으로 표정은 심드렁했다. 그때 '좋아요, 제가 가르쳐드리겠어요.' 하고 아버지에게 말해주고 싶었지만 또 참았다. 너무 늦어버렸다는 생각이 들었다. 이제 와 이실직고해봐야 불호령이 떨어질 것이 뻔했다.

"귀신이 곡할 노릇이네."

아버지는 담배를 뻐끔뻐끔 빨면서 기억을 되살리려 애쓰는 모습이었다. 아버지는 우물을 파 내려가 샘이 깊은 물을 만나는 것보다 더 어려워하는 것 같았다. 뱀술을 찾아낼 확신이 없어 보였다. 혼자 서서 세계를 바라보듯 사는 독재자 같은 아버지도 자신에게 확신이 없는 일은 밀어붙일 마음이 없는 것 같았다. 그때 아버지가 하던 일을 중도에 포기하는 것을 처음 보았다. 집 앞마당을 다 헤집어 파놓아도 보이지 않자 결국 도리가 없다는 생각을 했는지 아버지는 곡괭이를 집어 던졌다.

"아침부터 힘을 빼고 그래요. 찾지 못했어요?"

엄마는 밥상에 숟가락을 얹어 놓으며 능청스럽게 말했다.

"이상하네! 정말 아무것도 없었어."

아버지는 젓가락을 밥상에 내리치면서 의아한 표정을 지었다.

"누가 파다 먹었을까? 잊어요. 뱀에 기생충도 많다는데……."

그렇게 말한 것은 나였다. 엄마는 식탁 밑으로 내 손을 꼭 움켜쥐더니 아버지 눈치를 살폈다.

"에구, 또 그놈의 뱀 생각하니 생목이 올라 밥을 못 먹겠네."

엄마는 숟가락을 내려놓고는 흘러나오는 웃음을 한 손으로 틀어막고 슬금슬금 부엌으로 나갔다. 아버지는 고개를 갸우뚱거리면서 좌우로 의문부호를 만들었다. 아버지에 대한 엄마의 복수는 언제나 그런 식이었다.

엄마는 아버지에 대한 흉을 보거나 불만을 터트릴 때마다 그 일을 두고두고 통쾌해 했다. 하지만 그렇게 흉을 보다가도 결국에는 힘겨운 노동일을 하는 아버지에 대한 안쓰러움으로 "술도 못 드시는 양반이 오죽이나 노동이 힘에 부치면……"이라고 말을 잇지 못하고 눈물을 삼켰다.

4

나는 엄마를 끌어들이지 않아도 아버지를 이길 만한 힘을 가지고 있었다. 그 힘의 효력은 막강해서 어떨 때는 공공연하게 코웃음을 치면서 아버지 앞에서 그 힘을 발휘하기도 했다. 막내의 몹쓸 권력을 못마땅하게 바라보는 형제들이 제재를 가하기도 했지만 그래도 막내라는 사실은 아버지가 내린 불변이어서 커다란 영향을 미치지 못했다.

아버지는 명절이면 언제나 금빛 은박이 입힌 한복을 입었다. 6대 독자로, 고아로 대고모님 슬하에서 긴 세월을 버텨온 탓에 할아버지에서 할아버지로 이어지는 사조단자뿐 아니라 당신을 키우신 고모님 이름도 기억해내지 못했다. 그래도 제사를 모시고 차례를 지낼 때면 경건했다. 신위를 모시고 어동육서 좌포우혜……. 상차림도 가례의식을 지키면서 주도면밀했다. 뒤를 이어야 하는 큰형은 아버지의 일거수일투족을 놓치지 않으려 애썼다. 그렇지 않으면 큰형은 아버지에게 불호령을 들어야만 했다.

나는 그런 것에도 아랑곳하지 않았다. 풍성하게 차려진 차례상을 보면서 차례가 빨리 끝나기를 바랐다. 하지만 아버지는 급한 마음을 조금도 알아주지 않았다. 성미가 급한 아버지의 움직임은 다른 때와 달리 아주 느렸다. 작은 종지에 정종을 따르거나 숟가락과 젓가락을 빈 그릇에 탁탁 치고 가지런히 탕 그릇에 올려놓았다. 이내 새로 놓일 탕을 빨리 대령하라고 주방으로 시선을 보냈다. 그러면 주방에 있는 엄마는 수다를 떨다가 후다닥 움직였다.

그때가 아버지가 차례상에서 눈길을 떼는 순간이다. 그 순간을 놓치지 않았다. 음식에 손을 얹었다. 차례를 지내는 동안 지루한 나머지 장난을 치고 싶은 마음이었다. 그럴 때면 뒤에서 구경하던 작은형이 나를 발로 걷어차기도 했다. 그러면 아버지는 형을 향해 큰기침을 했다. 그러면 나도 형을 향해 큰기침을 했다. 으흠!

마지막 모든 엄숙한 의례가 끝나면 아버지는 문을 나섰다. 상을 물리고 떠나는 조상님들을 배웅하는 것이었다. 그러면 모두 아버지 뒤를 따랐다. 그리고 문 앞에서 아버지가 고개를 숙이면 모두 따라 고개를 숙였다. 그렇지 않으면 아버지는 매의 눈으로 발톱을 드러내고 꼬무락거리는 형제들을 바라보면서 으르렁거렸다. 하지만 차례상을 떠나지 않고 탐욕스럽게 그것을 바라보는 사람이 있었다. 막내인 나였다.

내 권력은 아버지의 절대적인 힘을 꺾어버리기도 했다. 아버지는 쉬는 날이면 집 안팎을 돌보거나 수리를 했다. 그때도 안간힘을 썼다. 그런데 정원을 가꾸고 집을 수리하는 것은 물론 소소한 집안일들까지도 나와는 의견이 달라 자주 부딪혔다. 아버지는 아들인 나를 믿지 못하는 것 같았다. 그것이 늘 불만이었다. 그래도 구태여 고집부리지 않았다. 당장 아버지의 고집을 꺾거나 실망하게 할 필요가 없었다. 모른 척 고개를 돌렸다가 아버지가 그 일을 잊고 나면 원하는 대로 만들어놓으면 그만이었다.

담장에 기대 선 정향나무 꽃향기가 물씬 풍기는 나른한 오후였다. 봄꽃들과 꿀벌들도 향기에 취해 잠이 들었는지 사방이 고요했다. 나도 꾸벅꾸벅 졸고 있었다. 그때 갑자기 쿵, 하고 바위 떨어지는 소리가 들렸다. 화단을 가꾸던 아버지가 돌덩이를 떨어뜨린 것이다. 조심하라는 말을 하고 싶었지만, 새삼스러운 것이 아니었다. 어지간한 전기가 통하는 전깃줄을 이을 때도, 뜨거운 냄비 그릇을 들어 올릴 때도 맨손이었다. 아버지의 손가락은 쇠가죽 같으니 그까짓 돌쯤은 문제도 아니었다.

엉뚱하게도 마음속 불평을 하고 말았다. 아버지의 미적인 감각이 못마땅했기 때문이다. 소리치면서 대뜸 화단으로 다가갔다.

"아버지, 그 돌은 그 자리가 안 어울려요. 차라리 저기 가운데다가 세워보세요!"

아버지는 들은 척도 하지 않았다.

"화단에서 향기가 나는 것 같지도 않아요."

이번엔 아버지의 허리춤을 잡고 매달렸다.

"향기는 바람이 불면 저절로 나는 거야! 눈으로 향기를 맡아? 저리

가. 다친다!"

쿵 하고 돌 하나가 또 화단 가장자리에 박혔다. 아버지는 고집을 꺾을 기세가 아니었다. 아버지가 처음 계획한 대로 진행되는 동안은 어쩔 도리가 없었다. 돌도 하나 제대로 들지 못하는 주제에 그악스레 달려드는 건 모순이었다. 말로도 아버지를 이길 수 없었다. 돌이켜 생각해도 아버지는 어디서 배웠는지 구변이 청산유수였다. 아무래도 서당에서 자란 입담이 좋은 엄마와 살면서 귀에 박히게 들은 잔소리 같은 것들을 따라 하는 것이란 생각이 들었다. 하는 수 없이 옆에 있던 삽을 툭 차버리고 방으로 들어가 버렸다.

며칠 후, 아버지와 엄마는 돈을 떼어먹고 달아난 사람을 찾으러 안동으로 갔다. 덕분에 집이 텅 비었다. 툇마루에 앉아 화단을 바라보니 시선이 불편한 것이 마음도 불편했다. 향기도 나는 것 같지 않았다. 한참을 지켜보다가 손을 대기 시작했다. 돌들을 뽑아내 화단 한복판에 올려놓았다가 다시 불규칙하게 세웠다. 그리고 한 발짝 물러서 예술적인 눈으로 바라보기를 반복하다가 마지막 돌을 원하는 대로 옮겼다.

꽃과 장미나무를 다시 심었다. 그 틈바구니마다 산에서 캐다 놓은 살이 통통하게 오른 채송화를 심었다. 축 늘어진 몸으로 툇마루에 앉아 바라보았다. 보는 눈이 마음이라고 역시 아름다운 것들은 한 발짝 더 다가가 보는 것보다 한 발 두 발 뒤로 물러서면 더 잘 보였다. 마침내 한 폭의 그림이 완성된 기분이 들었다. 한 줄기 저녁 바람도 불면서 풀 냄새, 꽃 향기가 코끝에 닿았다. 마침내 나는 만족스러운 마음으로 손가락을 튕겼다. "앗싸!"

이튿날 아버지와 엄마가 축 늘어진 어깨로 돌아왔다. 바뀐 화단을 물끄러미 바라보던 아버지가 어떻게 나올까 자못 궁금했지만 능청맞게 딴 짓을 했다. 다행히 아버지 목소리가 밝았다. "저놈, 도토리만 한 놈이 어떻게 저 돌을 들어 날랐데? 다 컸네."라고 말하면서 대견스러웠는지 허탕 친 일마저 잊은 듯했다. 그날 밤부터 며칠간 손가락 뼈 마디마디가 퉁퉁 붓고 저려서 숟가락도 제대로 못 잡았다. 결국 그렇게 독재자 아버지를 이기고야 말았다.

#05

책이나칭칭나네

머리카락에서 떨어진 빗물이 눈동자로 흘러들었다.

앞이 보이지 않았다. 다리가 휘청거려 더는 서 있을 수가 없었다.

주저앉아 고개를 떨구자 눈물도 떨어졌다.

팔에 매달린 무쇠 망치도 눈물 같은 빗방울을 떨구고 있었다.

인간다움으로는 조금도 가치를 평가받을 수 없는 부패한 정치인, 지적 허영을 부리고 싶어 하는 사람들에게 자신을 드러내려 안달하는 예술인, 순수한 믿음을 팔아먹는 길을 잘못 든 성직자. 그들의 속성은 노동자나 농민의 소박한 삶마저도 굶주림과 무지의 굴레로 밀어 넣으려는 경향이 있다. 위로하는 척하면서 자신을 드러낸다.

땀 흘리는 사람들은 좀 더 좋은 삶을 위해 하루를 살고 절망을 뛰어넘는 험난한 싸움만 한다. 꾸며낼 줄도 모르고, 고상하거나 지적이지 않아도 원시적인 통찰력으로 가장 보편타당한 상식으로 그때그때의 상황에 맞게 선과 악을 느끼고 판단한다.

눈에 보이는 것은 빛과 어둠뿐이고 마음에는 선과 악만이 존재한다. 그것은 본능이다. 그들 앞에서는 부활한 예수님의 목자도, 하늘에서 내려왔을 법한 천사도 타락하면 무거운 책임을 면치 못한다. 그것이 산91번지의 규율이었다. 영혼이 타락한 위대한 존재는 없다.

1

"비가 또 오려나, 무슨 비가 이렇게 매일……."

툇마루에 앉아 양파, 파, 배추 따위를 펼쳐놓고 잡풀과 마른 껍질을 벗겨내던 엄마는 물끄러미 밖을 내다보더니 나를 불렀다. 아무래도 뭔가 심부름을 시킬 것 같았다. 텔레비전에서는 화면조정 시간이 지루하게 이어지고 있었다. 대청마루 밖으로 보이는 건너편 산 능선에는 검은 구름이 잔뜩 걸렸다. 그곳 하늘과 맞닿은 교회당 십자가는 검고 커다란 물동이 같은 먹구름을 가까스로 이고 있었다. 구르르릉 쿵쿵, 천둥이 치더니 소리 없이 섬광이 번뜩였다.

'아! 이런 궂은 날, 바깥 풍경이 오롯이 내다보이는 대청마루에 이렇게 배를 깔고 엎드려 만화책을 보면서 막 텔레비전이 시작되기를 기다리는 맛깔스럽고 담숙한 기분이란!'

이렇게 생각을 하면서 행복감을 만끽하고 있는데, 엄마의 목소리가 이번에는 또렷하게 들렸다.

"두호야! 아버지에게 좀 다녀올래?"

엄마는 하던 일을 멈추고 신발장을 뒤적이더니 우산을 집어 들었다. 못 들은 척 텔레비전에서 애국가만 흘러나오기를 기다렸다. 이런 날씨에 심부름은 영 내키지 않았다. 더군다나 종일 기다리던 만화영화가 곧 시작될 텐데 말이다. 엄마는 꼭 중요한 시점에 심부름을 시켜 효성스럽지 못한 자식으로 만들려 하시는지.

아버지가 있는 곳으로 가려면 비좁은 골목길로 들어가 공중변소가 있는 음습한 곳을 지나 다시 폐가나 다름이 없어 보이는 낡고 허름한 연탄가게를 지나야 하는데, 그곳을 지나다가 정말 비라도 만난다면 낭패가 따로 없다. 연탄가게 주변은 조금만 비가 내려도 한바탕 벼락에 얻어맞아 멍이 든 것처럼 온통 시커먼 물로 질척이고, 지나는 길목은 구중중한 하숫물이 넘쳐흘러 시궁창 냄새가 콧구멍을 쥐어 잡아도 피할 방법이 없다.

그보다도 더욱 끔찍스러운 것은 이렇게 궂은 날이면 더욱 감미롭고 안온하게 느껴질 수 있는 기분을 잡치고 말 뿐 아니라, 기다리던 만화영화가 막 시작되기를 기다리는 자릿한 설렘을 깨트리는 것이다. 잠이 든 척 능청맞게 눈을 감았다.

"두호야!"

엄마는 느린 목소리로 나를 불렀다. 마룻바닥에서 마른 나무 냄새가 향긋하게 코끝에 닿았다. '아! 이렇게 아늑하고 좋은데……' 더는 버틸 수가 없었다. 로켓 추진 장치로 변환되는 발을 가진 아톰처럼 달린다면 만화영화가 시작될 때까지 돌아올 시간은 충분하겠다 싶었다.

부리나케 문턱을 넘었다. 검은 구름 떼가 마치 전장으로 향하는 군졸처럼 끝을 보이지 않고 빠르게 지나갔다. 몸을 숨기려는 병졸처럼 비좁은 골목길로 재빨리 들어갔다. 허름한 판잣집들이 빼곡히 들어선 골목길을 거의 지나 공중화장실이 있는 갈림길에 이르자 예상했던 대로 칙칙하고 음산한 기분이 들었다. 검은 구름은 어느새 머리 위까지 내려왔다.

산에서 내려온 바람은 골목길을 빠져나가지 못하고 빙글빙글 돌다가 새벽이슬로 막 목을 축인 뱀이 낙엽 스치면서 수풀 속으로 달아나는 소리를 냈다. 나무판자로 대충 덧댄 화장실 문짝은 걷어차여 반쯤 부상당해 삐거덕거리면서 귀신 드나드는 소리를 냈다. 대충 덮은 함석지붕은

귀가 들려 야단스럽게 소란을 피워댔다. 재빠르게 빠져나와 연탄가게로 향하는 골목길로 뛰어들어갔지만, 연탄가게 지붕에서도 찢어진 루핑이 사납게 들썩였고 창에 덧댄 낡고 찢어진 비닐 쪼가리들도 패잔병처럼 백기를 들고 펄럭였다. 아트막하고 볼품없는 담장에 배배 꼬여 올라간 담쟁이덩굴마저도 바람의 기세를 이기지 못하고 맥없이 자진해서 이리 저리 흩어졌다.

눈에 보이는 모든 것들이 흔들리고 다급한 비명을 질러댔다. 황급히 그곳을 빠져나오자 이번에는 번쩍하고 소리 없는 섬광이 하늘을 갈랐다. 우레가 포성처럼 산을 때렸다. 기어이 굵은 빗방울이 후드득 떨어지기 시작했다. 너른 들판을 넘어 언덕을 미끄러지듯 내달렸다. 새로 지은 집 문턱에 이르자 물동이를 엎은 듯 장대비가 쏟아졌다.

쿵 하고 통나무 떨어지는 소리가 들렸다. 젖은 발끝에 진동이 전해졌다. 문을 열자 진창 속에서 아버지가 키의 세 배나 돼 보이는 거목을 질질 끌고 있었다. 젖은 시멘트 물이 줄줄 흘러내렸다. 얼마 전 끌질하고 대패질을 해서 서까래로 쓰려다 내버려 뒀던 거였다. 마당에는 쓰고 남은 자재들이 널브러져 있었다. 벽을 허물고 있다는 것을 알았다.

아버지는 그것을 양팔로 움켜 들고 빗줄기 속에서 성문을 향해 돌진하는 병사처럼 담벼락으로 향했다. 한차례 담벼락을 치자 벽이 흔들리고 대들보가 들썩였다. 한 치의 오차도 없이 쌓아 올린 벽은 쉽게 쓰러질 기세가 아니었다. 세찬 빗줄기 사이로 마른 먼지가 풀풀 날렸다. 내가 그곳에 서 있는 걸 보았는지 아버지는 고개도 돌리지 않고 소리쳤다.

"저리 가라! 다친다! 저리 가! 다쳐!"

한 마리 성난 호랑이가 으르렁대는 것 같았다. 그렇게 성난 몸짓을 본 적이 없었다. 뭔가 아버지에게 세상이 이상하게 돌아가고 있다고 생각했다.

아버지를 불러대자 "주여! 주여!" 하고 하나님을 부르는 소리가 들려왔다.

그제야 그곳에 아버지 혼자가 아니었다는 것을 알았다. 목사가 구석진 처마 아래에서 비 오는 날 삽살개 헤매듯 안절부절못하고 기도를 하고 있었다. 이른 봄부터 집을 찾던 목사였다. 반지르르한 머리칼에 빗방울 하나 맞지 않은 목사의 모습과 비와 땀에 젖어 살갗을 다 드러낸 셔츠 바람의 아버지가 비교되었다. 이토록 아버지의 모습이 처량하게 보인 적은 없었다. 아버지는 움켜쥔 나무를 질질 끌고 뒷걸음질을 치면서 말했다.

"언제 집을 하나님에게 바친다고 했어! 돈이 없으면 집을 짓지를 말지."

아버지는 다시 또 돌진했다. 쾅! 하는 소리와 함께 벽이 다시 흔들렸다. 아버지는 다시 뒷걸음질을 쳤다. "거짓말쟁이 예수쟁이 놈!"이라고 말하면서 한 번 더 세게 내리치려 했지만 미끄덩해진 나무를 놓치고 말았다. 아버지는 풀썩 주저앉았다. 기울어진 나무가 발등을 찍었다.

이번에는 함마(해머)를 집어 들었다. 벽을 다시 치기 시작했다. 한 번은 좌로 한 번은 우로 번갈아 칠 때마다 내 어깨도 움찔거렸다. 그리고 오른쪽에서 왼쪽으로 왼쪽에서 오른쪽으로 힘이 옮겨 다녔다.

마른 등뼈 부러져 나가는 소리가 나기 시작했다. 단단하고 둥근 대들보는 흥분한 심장 소리를 들어보라는 듯 들썩였다. 아버지의 힘은 점점 더 강해졌다. 풀풀 날리는 허연 먼지가 장대비 사이로 물안개처럼 내려앉기 시작했다. 무쇠 망치 내려치는 소리가 천둥과 번개를 쉴 새 없이 불러들였다. 쿠르릉 쾅쾅, 귀청을 때리는 함마 소리와 천둥소리를 뚫고 아버지의 외치는 소리가 들렸다.

"저리 가라! 다친다."

아버지는 일격을 가했다. 쿵! 하고 포탄에 맞은 것처럼 거친 구멍이 뚫렸다. 그 속으로 빨려 들어갈 것처럼 아버지는 휘청거렸다. 푸석한 먼지가 소리 없이 피어올랐다. 허물어진 담벼락으로 빗물이 들이치기 시작했다. 벽이 부서지고 기둥 하나가 주저앉자 뾰족한 천장이 반쯤 항복을 하고 내려앉았다. 채 마르지 않은 벽돌들도 더는 버틸 기력을 잃었는지 괴롭고도 공허한 모습으로 하나둘 깨어지고 떨어져 나갔다.

아버지는 긴 숨을 내려 쉬었다. 몸은 가까스로 전쟁통에서 살아 돌아온 패잔병 같았다. 두꺼운 눈꺼풀이 허망하게 내려앉고 있었다. 처량하게 서 있는 모습을 숨기고 싶었지만 우리는 눈이 마주쳤다. 머리카락에서 떨어진 빗물이 눈동자로 흘러들었다. 앞이 보이지 않았다. 다리가 휘청거려 더는 서 있을 수가 없었다. 주저앉아 고개를 떨구자 눈물도 떨어졌다. 팔에 매달린 무쇠 망치도 눈물 같은 빗방울을 떨구고 있었다.

2

아버지는 남달리 손재주가 있었다. 온 동네에서 아버지의 노동력을 요구했다. 처음 단순노동에서 시작해 집을 맡아 짓게 되고, 지은 집을 되팔아 이윤을 남기고, 다시 터를 사고 집을 지었다. 그렇게 살던 판자촌은 아버지의 땀으로 일구어진 빨간 기와지붕 집으로 하나둘 바뀌기 시작했다. 그 집들 뜨락에는 아버지가 판 우물이 생기고 그곳에서는 물이 콸콸 쏟아졌다.

목사가 처음 집을 찾은 것은 봄이 막 시작될 때였다. 그는 문을 들어서자마자 기도를 했다. 그의 첫인사였다. 아버지의 첫인사는 큰기침이었다. 백열등에 비친 그의 이마는 매끄럽게 벗겨져 있었다. 머리를 막 손질하고 왔는지 기름기가 반질반질했다. 아버지와 대화하는 내내 이발소 냄새가 진동했다.

그는 교회 옆에 사택을 지어달라고 했다. 아버지가 언덕이 너무 가파르고 아직 전기선을 연결하기에는 너무 멀고 장애물이 많다는 말을 한 것으로 미루어 그의 요청대로 집을 짓는 데 애로사항이 많은 것 같았다. 결국 뭔가 합의점에 도달한 듯 보이더니 대화 말미에 뭔가 다시 틀어진 듯했다. 아버지의 석연찮은 표정과 줄담배가 그것을 말해주고 있었다. 목사는 아버지의 반응을 연신 살피면서도 몇 번이고 간청을 되풀이했다. 그때마다 아버지는 재떨이에 담뱃재를 툭툭 털어냈다. 두꺼운 입술 끝에서 뿜어 나오는 담배 연기처럼 피어오르는 불신을 억제하려는 듯 꽁초를 꾹 눌러 껐다.

"목사님이라니 그냥 그렇게 믿고 해 보죠."

"그냥 그렇게라뇨? 그래도 선금과 자재비는 받고 했어야죠."

이렇게 말을 하다 말고 할 말을 더 잇지 못한 사람은 엄마였다.

"······!"

아버지는 이맛살 주름을 모아 힘을 주고 있었다. 부릅뜬 눈은 엄마를 향해 있었다. '남자들 이야기 하는데 여자가 어디를' 호통이라도 칠 기세였다. 그렇지 않으면 목사님 면전이니 좀 근엄하게 '어디! 체통 없이'라고 말하는 표정이었다. 엄마는 휙 돌아앉았다.

그는 "믿어 주시니 정말 고맙습니다"라고 말하면서 아버지 손을 꼭 잡았다. 아버지는 큰기침으로 화답했다. 그는 눈물 콧물이라도 짜낼 사람처럼 얼굴에 힘을 주고 눈을 꼭 감았다. 그리고 두 손을 모으고 고개를 숙였다. 아버지도 엄마도 두 손을 모으고 눈을 감는가 싶더니 그가 기도를 시작하자 머쓱하니 딴청을 부렸다.

"하나님! 아버지……"

그는 기도를 시작했다. 기도 소리는 목구멍의 안쪽 끝에서 앞쪽 끝에까지 비틀고 누르고 힘을 주어 쥐어짰다. 그때마다 꼭 쥔 두 손에 힘이 들어갔다. "아—멘!"이라는 소리가 나올 때까지 그랬다. 기도를 마친 그는 "막내인가 봐요? 너 이름이 뭐니?"라고 말하면서 내 머리를 쓰다듬었다. 이발소 냄새가 확 풍겼다. 못마땅하게 지켜보던 엄마는 일어나 문지방을 넘으며 대신 대답했다.

"두호예요, 두호!"

그날 이후 목사는 집에 올 때마다 수박을 사 들고 오기도 하고 포도를 사 들고 오기도 했다. 아버지는 그와 상의가 끝나면 연탄가게 주인 황 씨 아저씨를 불러 이것저것을 논의했다. 나도 점심때면 막걸리가 한가득 담긴 노란 주전자를 질질 끌고 아버지가 있는 곳으로 나섰다. 그것은 나를 부리기 좋아하는 엄마의 심부름이었다. 아버지는 수맥을 잡고 우물을 팔 자리를 잡았다. 양팔을 벌린 만큼의 크기로 둥근 원을 그리고 우물을 파기 시작했다.

우물은 꽤 깊게 파였다. 마침내 샘물이 치솟았다. 파이프를 박고 펌프를 매달았다. 마중물을 붓고 몇 번 펌프질하자 물이 치솟았다. 목사는 흡족해했다. 하지만 엄마는 왜 돈 한 푼 받지 않느냐고 닦달했다. 아버지는 대꾸도 않고 담배만 뻐끔거렸다. 눌러 끈 담배꽁초가 재떨이에 넘치기 시작했다. 방 안의 공기는 먹구름을 잔뜩 머금은 폭풍전야처럼 불

길하게 백열등을 휘감아 돌았다. 아버지는 "제발 입 좀 닥쳐! 알아서 주
겠지!" 한마디 대답과 함께 한 모금의 담배 연기를 길게 뿜어냈다.
"후……"

교회 옆 빈터, 우물 옆으로 벽돌 차가 들어오고 목재들이 쌓였다. 아
버지는 먹줄을 퉁겨 정확한 경계를 만들고 안방, 건넌방, 거실별로 터파
기를 다 해 놓고 인부를 사들여 집을 짓기 시작했다. 인부라고 해 봐야
고작 못질하거나 목재를 자를 때도 "형님! 형님!" 하고 아버지를 부르면
서 홀로 일을 처리하지 못하는 깡깡이 황 씨 아저씨가 전부였다.

막걸리가 한가득 담긴 노란 주전자를 질질 끌고 아버지가 있는 곳으
로 나섰다. 톱질 소리, 드릴 소리, 망치질 소리, 널빤지 삐거덕거리는 소
리가 새삼 기분 좋게 들렸다. 공사현장은 너저분했다. 여기저기 벽돌 조
각들이 널브러져 있었고 벽면도 바르다 만 상태였다. 황 씨 아저씨가 시
멘트를 뜯어내자 가루가 날려 숨쉬기 곤란할 지경이었다.

햇빛이 창틀을 넘어 역삼각형의 그림자를 만들었다. 유일한 그늘이었
다. 허름한 작업복 차림의 아버지가 시멘트를 기다리고 있었다. 발끝에
는 담배꽁초가 쭈글쭈글하게 눌려있었고 옆에는 분신과도 같은 흙손이
놓여있었다. 그 옆에 철퍼덕 주저앉았다. 엄마가 뒤를 이어 미숫가루를
타서 가져왔다. 아버지는 게 눈 감추듯 미숫가루를 후루룩 마시고 연장
들을 챙겨 뙤약볕으로 나갔다.

아버지는 미장하기 시작했다. 시멘트를 바르는 모습은 형이 캔버스에
붓을 쓱쓱 비벼대던 모습과 흡사했다. 거의 한쪽 벽에 미장이 끝나갈 무
렵 한 발을 물리고 석고상처럼 마비된 상태로 서 있다가 무언가 마무
리를 할 것을 결정한 것 같았다. 마침내 다시 움직이기 시작했다. 순간

벌떡 일어나 '제가 할게요, 좀 더 쉬세요.'라고 큰소리 지를 뻔했다.

황 씨 아저씨는 막걸리 한 주전자를 마저 다 비운 후에야 뒤뚱거리는 몸을 일으켜 세웠다. 그리고 담배에 불을 붙였다. 황 씨 아저씨의 허리 둘레는 가늠할 수 없을 정도였고 조금만 움직여도 땀을 비 오듯 흘렸다. 움직임은 굼떠 느릿느릿했다. 내 생각에도 황 씨 아저씨가 정말 느리다고 생각이 들 때쯤 아버지는 소리를 쳤다.

"해 다 지겠어!"

황 씨 아저씨는 무거운 몸을 일으키고 무엇을 할까 두리번거렸다. 아버지는 다시 소리쳤다.

"시멘트나 세 포만 개고 있어!"

황 씨 아저씨가 버무린 시멘트를 가져다주었다. 미장도 마무리되어 가고 있었다. 그렇게 오후 한때도 마무리되고 있었다. 한 줄기 저녁 바람이 끈적하게 젖은 등을 시원하게 스쳐 지나갔다. 참을 수 없이 잠이 쏟아졌다. 요란한 드릴 소리도 뚝딱거리던 망치질 소리도 사라졌다. 몽롱해진 기억 속에 남은 것은 "두호, 이 녀석! 심부름했으면 그만 집에서 놀지." 하는 쩌렁쩌렁한 아버지의 목소리였다.

늙은 소나무 껍질 같은 손이 내 손을 잡는 것이 느껴졌다. 시멘트가 범벅된 안전화가 시선에 들어왔다. 황 씨 아저씨도 옆에 철퍼덕 주저앉았다. 땀에 얼룩진 셔츠와 시멘트 가루가 범벅된 바지, 땀에 전 모자가 허연 소금기로 얼룩져 있었다. 아버지와 황 씨 아저씨의 몸은 여전히 공사 중이었다. 황 씨 아저씨는 막걸리 사발을 들고 있었다.

"두호! 이 녀석, 꼴이 뭐가 돼?"

엄마의 목소리였다. 눈이 번쩍 뜨였다. 어느새 참으로 내온 음식이 눈앞에 차려져 있었다. 정말로 내 신발도 허연 시멘트가 묻은 작업화가 되어 있었다. 손끝에는 시멘트 부스러기가 껴 있었다.

"형님! 많이 힘드시죠?"

"힘들기는, 배운 게 도둑질인데, 자네가 힘들지. 속 편하면 됐지 뭐."

"속 편하다고요?"

"그럼."

아버지는 너무도 당연하다는 듯 눈을 올려 뜨고 계속해서 다시 말했다.

"아이코! 형님! 나는 밤마다 등이 잘려나가는 것 같소."

그는 껄껄거리며 웃으면서 내 머리를 쓰다듬었다.

"그래도 형님은 등이라도 밟아줄 두호라도 있으니 얼마나 좋아요."

벌겋게 달아오른 그의 얼굴은 기분이 좋아 보였다.

"돈 떼먹는 놈만 안 만나면 돼. 몸으로 먹고사는 놈이 별 할 말도 없어. 밥이나 먹자고!"

"두호도 이 집 다 짓고 나면 교회 다니겠네."

그는 내 머리를 계속 쓰다듬으면서 약간은 상기된 투로 말했다.

"그런 양반이 일을 이렇게 맡아서 해요? 아무리 목사라도 어디서 왔는지 근본도 모르는 사람을……."

이렇게 말하면서 끼어든 사람은 엄마였다. 엄마는 심드렁하게 말했다.

아버지는 하던 말을 멈추고 밥공기 하나를 후딱 비우고 담배를 물었다.

"나는 왜 이리 땀이 많은지 모르겠소, 형님."

그는 언제 숟가락을 떴는지도 모르게 그새 밥 한 그릇을 다 비우고 쿵쿵거리며 옷소매에 코를 대고 눈살을 찌푸리더니 막걸리 한 사발을 들이켰다. 동태탕을 휘휘 저어 숟가락을 채웠다. 그릇의 반을 차지했던 동태 대가리의 새까만 눈알이 나를 보고 말하는 것 같았다.

"두호! 그만 집에 가자!"

엄마는 내 손을 잡아 질질 끌었다.

어느덧 집이 거의 완성되어갔다. 목사는 시원하게 그늘진 담벼락에 앉아 기름진 머리를 하고 감사의 기도를 올렸다. 그의 기도는 경쾌해졌다. 어떨 때는 몇 안 되는 여신도들과 함께 양산을 쓰고 몰려와 집을 짓는 현장에서 기도를 했다.

"다 함께 기도합시다."

그럴 때마다 아버지는 못마땅해 했다. 기도 소리가 커질수록 아버지 불만도 깊어갔다. 뭔가 조금씩 엉클어지고 있는 게 느껴졌다.

"아니, 어찌 된 게 약속을 그리 안 지킨대요? 줄 때가 벌써 얼마나 지났는데……. 이번엔 담판 지어서 자재비라도 먼저 받아내요."

엄마가 열 번은 재촉해야 아버지 입이 겨우 한 번 떨어졌다. 그것도 엄마가 녹음해놓은 말을 들려주는 것처럼 전했다. 그럴 때마다 목사는 빤빤스럽게 껄껄 웃는 걸로 대답을 대신하고는 마치 지식인인 것처럼 내려다보며 설득하려 들었다.

"그게 무슨 말씀이세요. 목사가 설마 떼먹기야 하겠어요? 그런 이야기는 나중에 합시다. 이번 월말에 꼭 한 번에 정산해 드리지요. 그냥 좀 믿고 기다려 봐요."

늘 그랬듯이 목사는 또 고개를 조아리고 주여! 소리를 내며 두 손을 모았다. 뭐든 하느님이 다 해결을 해줄 것 같았다.

"그냥 믿고? 아니! 그놈의 월말, 월말. 그냥 기다리라 이야기한 게 언제부터 시작된 지 아시오?"

"그만둡시다. 당신처럼 나도 푸념을 늘어놓고 싶지 않소."

목사는 고개를 들고 조롱하듯 목쉰 웃음을 터뜨렸다.

"푸념이라고?"

아버지는 들고 있던 망치를 목사 발끝에 집어 던졌다.

"내가 다시 다 부숴버릴 테니 당신도 우물을 파고 망치질하고 톱질을 하고 땀 흘려 집을 지어 봐요!"

"함께 기도나 합시다."

목사는 고개를 조아렸다. 따라나선 두 여자도 서로 눈치를 주고받더니 고개를 숙였다.

"주여!…… 하도록 도와주소서. 아멘!"

목사는 기도를 끝내고 찬송을 시작했다. 굵고 끈적한 가래가 목구멍에 매달렸는지 목에 핏줄을 드러내도 목사의 쉰 목소리는 박자도 음절도 그것이 움직이는 대로 따랐다. 두 여자도 눈을 깜빡이면서 간드러지게 불러제꼈다. 그들은 찬송하는 중간중간에도 가능하면 음절과 상관없이 입을 크게 벌리지 않고 닭똥집처럼 모으려 애썼다. 높은 음을 만나면 턱을 들어 올리고 얼굴을 뒤로 젖혔다. 더 높은 음을 만나면 까무러친 사람처럼 얼굴은 하늘로 향해 자지러지게 소리쳤다. "주여!"

마침내 임무를 끝낸 목사는 두 손을 하늘로 향해 부르르 떨면서 뻗었다.

그녀들은 일제히 고개를 숙였다. "아멘!"

"빈털터리 주정뱅이 술 내놓으라고 소리 내는 것하고 다를 게 없군. 바랄 걸 바라면서 기도를 해야지. 주둥아리만 살아서."

아버지는 그들의 기도와 찬송이 싸구려 유곽에서 흘러나오는 소리 같았는지, 혼자 중얼거렸다. 그리고 명상하듯이 눈을 감더니 입술을 물었다. 이내 망치를 집어 들었다. 움켜쥔 망치 자루에 침을 퉤퉤 뱉고는 몸을 돌려 망치질을 시작했다.

매일 밤 아버지 허리를 밟았다. 손과 발, 등을 밟아주는 것은 내 임무였다. 철저히 육체의 본능만 따른 나머지, 손과 발 거죽은 아스팔트처럼 거칠었다. 등 근육은 벽돌처럼 딱딱하게 굳었고 뼈는 마른 장작처럼 도드라져 있었다. 아버지의 몸은 언제나 염전이었다. 땀은 곧 생명수였고 몸뚱어리는 성채였다. 땀이 쌀을 만들고 소금을 만들고 고기를 만들었다. 오직 땀만이 타인은 물론이고 자신에게도 대가를 얻을 수 있는 아버지의 보증수표였다.

그런 아버지에게 목사의 기도는 한낱 유행가 가사에 불과했다. 땀을 훔쳐 먹는 도둑고양이 같았다. 남을 속이고도 기도만 하면 죄를 용서받을 것처럼 구는 몰염치도 역겨웠다. 그래서인지 아버지는 그의 주둥아리를 살찐 돼지 쳐다보듯 했다. 화를 참지 못하고 들고 있던 연장을 획 내던진 것이 몇 번이었던가. "그만 밟아라!" 하면서 뻐근한 신음과 함께 "예수쟁이 놈" 하고 단단히 벼르고 있던 것이 얼마나 많은 시간이 흘렀나? 덩달아 속이 뒤집혔지만 기도밖에 할 수 없었다.

"주여! 용서하소서!"

비가 그치면서 기도 소리가 점점 커졌다. 집을 흔들 기세였다. 무쇠 망치로 벽을 치던 소리는 멈췄다. 예전과 달리 용서를 구하고 있었다. 하지만 그 용서를 구하고 있는 당사자는 아버지가 아니라 하나님이었다. 기도는 하늘로 오르지 못하고 낙숫물 소리와 함께 질척한 땅으로 짓뭉개졌다. 용서받지 못했다. 눈을 부라리며 목사를 지켜보던 아버지는 다시 온몸에 힘을 실어 무쇠 망치를 휘둘렀다. 우르르 또 하나의 기둥이 쓰러졌다. 그와 동시에 들고 있던 망치를 목사 발 앞에 내던졌다.

"목사는 얼어 죽을 놈의 목사? 네가 목사면 이 몸은 하나님이야! 네놈

돈 안 받아도 먹고 살아. 울긴 왜 울어 두호야, 가자!"

아버지는 질척한 바닥에 드러누워 있던 우산을 집어 들고 내 손을 덥석 잡았다.

너른 들판에 오를 때까지 서로 아무 말이 없었다. 하늘과 땅과 아버지가 만들어낸 분노가 사라진 대지는 고요했다. 한바탕 비바람을 몰고 왔던 먹구름은 어느덧 깃털 구름으로 흩어져 서쪽 하늘로 빠르게 흘렀다. 멀리 능선 너머에선 은빛 줄기가 구름을 뚫고 직선으로 내리꽂혔다.

어떤 말이 나지막이 들렸다. 입안에서 웅얼거린 소리였는데 목소리마저 피멍이 그렁그렁 맺혀 있어 잘 알아듣지 못했다. '사기꾼 놈!' 이라고 말하는 것도 같았고 '나쁜 놈!' 이라 한 것도 같았다. 똑똑히 말한 것은 분명히 들었다.

"두호야! 믿은 애비가 잘못이야."

그날 밤 아버지는 몸져누웠고 밤새 신음했다. 피우던 담배도 건들지 않고 그대로 잠들었다. 엄마는 울음을 터트렸다. 아버지 이마에 얹었던 수건은 다시 엄마의 눈으로 향했다. 눈물 젖은 수건은 다시 아버지 이마에 얹혀졌다. 긴 시간 그렇게 밤을 채웠다. 다음 날 아침, 방문을 열었을 때 아버지는 없었다. 그 다음 날에는 집을 나서려는 아버지 등에다가 엄마가 쏘아붙였다. 참았던 말을 하는 것 같았다.

"제발 그놈의 성질 좀 버려요! 일했으면 돈을 받아야지 집을 왜 허물어요?"

아버지는 뒤도 안 돌아보고 대문을 나섰다. 어깨에 매달린 연장 구럭이 얼마나 무거운지 늘어진 어깨에서 꿈쩍하지 않았다. 그리고 며칠 후 그 집은 똑같은 방법, 아버지의 힘으로 완전히 사라졌다. 엄마는 아침마다 집 나서는 아버지에게 잔소리를 멈추지 않았다.

"몸뚱이가 두서너 개는 돼요? 인제 몸 좀 생각해요. 기운이 남아돌아요?"

엄마의 말하는 표정은 '고개 좀 돌려봐요. 제발 그리고 말 좀 들어요.' 라고 말하는 것 같았다. 아버지는 으흠! 하고 큰기침을 한 번 하더니 뒤도 안 돌아보면서 소리쳤다.

"몸뚱이 하나니까 이렇게 살지!"

<h2 style="text-align:center">3</h2>

그로부터 스무날이 지났다. 막걸리가 담긴 주전자를 질질 끌고 너른 마당으로 향했다. 연탄가게 황 씨 아저씨의 심부름이었다. 그날은 동네 대소사를 상의하기 위한 활동이었기에 연탄가게 황 씨 아저씨보다는 통장님으로 부르는 것이 좋겠다. 언덕을 거의 올라 큰 마당에 가까워지자 시끄러운 소리가 들렸다. 동네에서 조금 큰 형들이 마당 한가운데 놓인 소형 축음기에서 흘러나오는 리듬을 타고 열기로 가득 차 신나게 춤을 추고 있었다.

"킵 온 러닝, 킵 온 러닝⋯⋯! 오, 예⋯⋯!"

버스 종점 인근에서 껄렁패 노릇을 하는 영애 오빠도 손가락을 휘저으면서 엉덩이를 실룩거렸다. 대부분 고개를 숙이고 궁둥이는 뒤로 빼고 좌우로 흔들었다. 한쪽 다리를 축으로 맴맴 돌다가도 다른 다리는 앞뒤로 일정하게 움직였다. 서로가 질세라 반복되는 노래를 따라했다. 어떤 순간에는 모두 박수를 치고, 어떤 순간은 허공을 향해 소리 질렀다. 그럴 때는 나도 어깨가 움찔거렸다. 그들은 한결같이 "오, 예, 오오, 예"

를 남발하면서도 같은 리듬, 같은 몸동작으로 흔들고 있다는 것을 알았다. 그들은 마구잡이로 온몸을 흔들어대는 나와는 완전히 차원이 달랐다. 물론 노랫소리도 집에서는 익히 들어보지 못한 처음 듣는 곡이었다. 내가 본능적으로 흔들어대던 춤에도 일정한 규칙들이 존재한다는 사실이 썩 마음에 들지 않았다. 기분이 나빠지고 얼굴이 화끈거렸다.

"춤은 아무나 추는 것이 아니군."

그렇게 중얼거린 나는 움찔거리는 어깨에 체통을 지키라는 신호를 보냈다. 그리고 아무래도 춤추는 짓을 진작 포기한 것은 정말 잘한 일이라고 생각을 했다. 그때 누군가 머리를 툭 쳤다. 연탄가게 황 씨 아저씨 아니, 통장님이었다. 그는 "두호! 저런 짓 따라하면 못써!"라고 말을 하고는 형들을 향해 소리쳤다.

"이놈들 그만들 돌아가!"

그는 꾸짖듯이 소리쳤다. 말이 떨어지자마자 그들은 군말 않고 잽싸게 축음기를 집어 들고 냅다 산으로 올라갔다. 뒤이어 한 무리의 동네 사람들이 이것저것 음식이 담긴 양재기 같은 것을 들고 올라오기 시작했다.

동네 형들이 자리를 비운 너른 마당은 다시 동네 어른들 차지가 되었다. 생선가게 앞에서 상추를 파는 아줌마, 스웨터 공장 주인, 무당, 쭈글쭈글한 닭똥집 같은 입을 가진 앞집 아줌마 곁에는 고개를 숙인 엄마도 있었다. 주정뱅이 추 씨 아저씨는 어느새 한복판에 드러누워 있었다. 용접공으로 일하는 아저씨도 있었다. 그는 동네 사람은 아니었지만 아버지에게 인건비를 받지 못해 달려왔다.

모두 원을 그리고 빙 둘러 앉았다. 통장님이 모두의 한가운데에 섰다. 그의 거무튀튀한 얼굴은 빨갛게 핏줄이 서 있었다. 그의 발목 아래로 막걸리와 과일과 음식물들이 놓였다. 그를 둘러싸고 벌어진 모임은 자주 있었지만, 아버지의 이야기로 시작된 회의는 이례적이다. 그것도 너른 마당에서 말이다. 언제나 공동변소 요금이 잘 걷히지 않는다든가 허물어진 골목길을 보수하거나 공공 시설물을 새로 증축할 때나 모이곤 했었다.

그는 숨을 몰아쉬면서 다소 격앙된 목소리로 연설했다. 한 마디가 끝나면 고개를 돌려 이 사람 저 사람에게 시선을 맞췄다. 또 한 마디를 끝내면 두꺼운 입술을 깨물었다. 그때마다 입술 가장자리에 거품이 고였다. 그는 다음 말이 준비될 때까지 산을 바라보았다. 속에 있는 말을 조금도 남김없이 뱉어낼 것처럼 핏대를 세웠다.

"어디 사람을 농락해도 유분수지, 우리가 마포에서 굴러 들어와서 신세 안 진 사람 없는데 그 자식을 내쫓아 버립시다. 형님에게 인건비를 못받아서 그런 게 아니요. 받고 싶은 마음도 없어요."

"그렇게까지 할 필요가 있나요. 자기 성질이 못되어서 그런 건데. 인건비는 걱정하지 마세요, 통장님."

이렇게 말하면서 엄마는 돼지엄마를 한 번 바라보고는 고개를 숙였다.

"그놈 새끼가 어정어정 동네 돌아다닐 때부터 알아봤다 아이가? 목사는 무슨 놈의 목사. 딱 생긴 게 사기꾼이더구면."

수양 엄마인 무당이 들고 있던 국자를 허공을 향해 삿대질을 하듯 하면서 거들고 나섰다.

"맞다! 매일 양산 들고 따라다니는 년 둘도 정신없는 년들이다. 남정네 혀가 빠지게 사막에 포장도로 만들면서 보내는 돈 가지고 춤바람 나돌아다니더니, 이제는 그놈만 따라다니더라. 기도는 무슨 놈의 기도. 그놈의 명분이 좋지."

그렇게 말한 것은 앞집 아주머니였다. 그녀는 만지작거리던 돌멩이를 휙 집어 던지면서 입술에 손을 얹고는 다시 한마디 더했다.

"제 마누라 두고 맨날 그년들만 몰고 다니는데 뭔 짓을 안 하겠어, 사기꾼처럼 생겨서. 그리고 그놈은 왜 애들만 보면 고추는 그렇게 주무른데."

통장님이 인상을 찌푸리고 그녀의 말을 가로막고 나섰다.

"어차피 그 교회 자리는 야학을 하던 무허가 자리였으니 다시 야학당으로 만들 테니 여러분들은 도장만 찍어주면 됩니다."

"하모야! 어려울 것이 있나, 모두 내일 통장네로 도장 가지고 온나."

수양 엄마는 고개를 한 바퀴 빙 돌리며 모두에게 시선을 던졌다. 모두 눈을 마주쳤지만 이의를 다는 사람은 없었다.

"그러면 그 터는 어찌 되는 기고?"

수양 엄마가 담배를 빨다 말고 콜록거리면서 말했다. 모두 시선이 통장님에게 집중되었다.

"산91번지 자기 터가 있는 사람이 어디 있어요. 다 무허가인데, 그놈은 몸만 나가면 됩니다."

"그나저나 두호 아배는 등골 빠지게 일하고 이게 뭔 날벼락인고? 그놈의 성질머리하고는, 쯧쯧."

"그놈이 형님 성질을 몰라서 그런 거지요."

통장님이 말했다.

"두오. 아배는 지금 어데 있노?"

그렇게 오랫동안 한 가족처럼 살면서 이름이 '두호'인지 '두오'인지 구분을 못하는 수양 엄마가 엄마를 향해 고개를 돌렸다.

"학교 축대 쌓고 있어요."라고 대답을 한 것은 나였다. 이어서 "두호예요, 두호."라고 말을 하려다가 말았다.

"그 몸뚱어리는 쇳덩어리도 아니고."

앞뒤에서 입속말을 하는 소리가 들렸다.

그때 일찌감치 세상 편한 자세로 드러누운 주정뱅이 추 씨 아저씨가 만사 다 필요 없다는 식으로 노랫가락을 늘어지게 불렀다.

"하늘에는 별도 총총, 쾌지나칭칭나네."

정말로 멀리 교회당 너머는 해가 뉘엿뉘엿 기울고 벌써 큰 별 하나가 반짝이고 있었다. "오, 예 오, 예, 킵 온 러닝……." 축음기에서 흘러나오는 노랫소리와 함께 흥에 겨운 형들 목소리도 흐릿하게 산을 타고 내려왔다.

"자자! 내일까지 도장들 가져오시고, 이제 정리도 되었으니 한잔씩들 합시다."

동네 사람들 대부분 회의 결과를 만족스러워하는 것 같았다. 통장님이 술잔을 들었다. 뒤이어 모두 한 사발씩 막걸리를 들이켰다.

"살림살이는 말도 많다, 쾌지나칭칭나네."

술 한 순배씩 돌리자 주정뱅이 추 씨 아저씨가 비틀비틀 일어나 춤을 추기 시작했다.

"쾌지나칭칭나네, 쾌지나칭칭나네."

만신인 수양 엄마가 국자와 그릇을 들고 굿판을 펼치듯 어깨를 덩실거리면서 후렴을 넣었다. 일제히 막걸리 사발에 젓가락을 두드려 박자를 맞추면서 하나둘 일어나 춤판이 벌어졌다. 통장님은 사람들 어깨를 툭툭 치면서 "자자! 실컷 마시고 내려가자고요."라고 말하고는 노랫가락을 가볍게 불러제꼈다.

"시냇가에는 자갈도 많다" 하고 그가 선창했다. 일제히 "쾌지나칭칭나네" 하고 후렴을 넣었다. 뒤이어 주정뱅이 추 씨 아저씨가 늘어진 목소리로 하늘을 향해 "가슴엔 사연도 많다" 하고 선창을 했다. 그밖에 너른 마당을 천천히 돌던 모든 이들도 고개를 들고 후렴구를 메겼다. 선창하고 후렴을 메기고, 선창을 하고 후렴을 메기고, 그것은 차례대로 끊이지 않을 것처럼 반복되었다. 그리고 마지막에는 선창도 없이 후렴구만으로 흥을 내기도 했다. 소리는 점점 더 흥겹고 빠른 속도로 반복되었다. 너른 마당을 뱅글뱅글 돌던 사람들의 몸동작도 원시적인 리듬을 타고 똑같이 빨라졌다.

"쾌지나칭칭나네, 쾌지나칭칭나네, 쾌지나칭칭나네."

모두 몸을 들썩였다. 그들은 동네 형들처럼 촌스럽게 눈을 껌뻑이거나 닭똥집처럼 입도 오므리지 않았고 손뼉도 치지 않았다. 독특한 자세로 양팔을 벌리고 어깨를 들썩이며 바보들처럼 덩실덩실 춤을 추었다. 일정한 규칙이라면 원시적으로 흔들어대는 춤, 본능적이고 원초적인 몸짓이었다. 이전처럼 절망감이 들거나 좌절할 만큼 기분이 나쁘지는 않았다.

한참 열이 오르고 있을 그때 "두호야!" 하고 누군가 머리를 툭 쳤다.

"아버지가 그러는데 두호 춤 잘 춘다던데 한번 춰봐라!"

그렇게 말한 사람은 공교롭게도 그런 짓 배우면 못쓴다고 말하던 통장님이었다. 쭈뼛쭈뼛 몸을 비틀자 그는 한술 더 떴다. 그는 그새 얼굴이 빨갛게 달아올라 "술 한잔 들어가야 출래!" 하고는 막걸리 사발을 건넸다. 마침 갈증을 느끼고 있던 차에 그것을 넙죽 받아 들었다. 막걸리 심부름을 할 때마다 한두 모금씩 몰래 마셔보았기 때문에 그것은 대수로운 것이 아니었다. 문제 될 것도 없었다. 게다가 엄마도 설탕을 타서 가끔 그것을 마시라고 준 적도 있었으니 그것에 설탕만 타면 시원한 음료수나 다름없었다.

동네 사람 모두는 막걸리를 마시는지 물을 들이켜는지 관심도 두지 않고 흥에 빠져있었다. 엄마도 관심이 없었다. 그것을 벌컥벌컥 마시고 캬! 하고 소리를 내질렀다. 기분이 더 좋아지고 노랫가락도 더 흥이 나기 시작했다. 그들처럼 덩달아 흥이 나 "쾌지나칭칭나네" 하고 입술이 꼬물거렸다. 어깨도 금방 들썩일 것처럼 움찔거렸다.

더는 춤을 추지 않으리라 마음먹었기 때문에 달콤한 꼬드김에 빠져들지 않을 자신이 있었다. 막걸리가 몸을 흐트러트리는 것도 막았다. 정신을 차리고 '꼼짝도 하면 안 돼!' 하고 어깨에 힘을 주었다. 입술도 절대 떨어지지 않게 읍! 하고 명령을 내렸다.

꾸며낼 줄도 모르고 고상하거나 지적이지도 않은 바보 같은 춤의 향연이 끝나자 하나둘 자리를 털고 일어나 동네로 향했다. 통장님은 절룩거리는 다리로 탈춤을 추듯 두 팔을 벌리고 목청을 높이면서 비틀비틀 내려왔다. 그의 뒤를 따라 취기에 오른 사람들도 목청을 높였다. 노랫가락은 집 앞마당까지 이어졌다. 그들의 소리는 황혼이 물드는 대기 속으로 퍼져나갔다.

"세월은 흘러도 설움만 남네, 쾌지나칭칭나네. 이내 가슴엔 사연도 많다, 쾌지나칭칭나네."

그때 누군가 회장님이 오신다고 소리쳤다. 황혼을 등지고 구불텅한 언덕을 오르는 사람은 아버지였다.

"아이고! 형님 오셨소!"

흠뻑 취한 통장님은 덩실덩실 춤을 추면서 끌어안았다. 용접일과 전기일을 맡아 하던 인부는 영문도 모르고 "안녕하세요, 동장님!" 하고 손을 잡았다. "두호 아베야! 작작 쉬엄쉬엄 좀 하라 마!" 하고 만신인 수양 엄마가 안타까운 소리를 냈다. '회장님', '동장님', '두오 아베' 아버지를 부르는 호칭은 다 나왔다. 그런데 들리지 않는 소리가 있었다. 술주정뱅이 추 씨 아저씨는 아직도 너른 마당에 누워있는 것 같았다. 갑자기 그의 말투를 흉내 내고 싶어졌다. 최대한 늘어진 목소리로 취기가 잔뜩 오른 모습으로 아버지를 불렀다.

"대장! 대장!"

하지만 아버지는 정식 호칭은 동네에서 귀찮은 일을 도맡는 '반장님'이었다.

#06

택시안에서

샘터에서 물을 퍼 담는 데 많은 시간이 걸렸다.

데그럭거리며 바가지에 물을 모아 담는 동안 샘에 떨어져 있는

젖은 낙엽을 바라보는 것만으로도 좋았다.

구르는 도토리, 돌멩이 하나하나, 들풀 이파리 한 잎 한 잎이 흐드러지게 핀 꽃보다

더 마음을 끌었다. 너무도 평범한 것들이어서 더 친근감이 들었다.

믿고 싶지 않은 것이 있었다. 엄마와 아버지와 함께 외출을 했을 때 엄마가 "우리 두호, 자장면 먹고 갈래?"라고 말하는 거라든가 "우리 두호 정말 춤도 잘 추네"라고 말하는 엄마의 말은 나도 정말 믿고 싶지 않았다.

    때로는 정말 새빨간 거짓말 같아서 믿고 싶지 않은 것들이 진실로 드러날 때는 정말 참을 수 없을 정도로 불쾌하다. 동네의 무시무시한 권력자, 돼지엄마가 인형처럼 귀엽고 예쁜 영애 엄마라는 사실이 그랬다.

1

산91번지 사람들은 공동수도에서 물을 사먹어야 했다. 긴 통나무를 사방에 두르고 가로세로 베니어합판을 덧대 대못을 박아 만든 그곳은 언제나 초롱 두 개씩 줄지어 있었다. 이른 아침이면 아주머니들이 순서를 기다렸다. 소박할 것 같지만 소박하지 않았다. 온전히 흙으로 빚어진 것처럼 질박하고 순수한 곳도 아니었다. 매일 물을 길어 가는 단조로운 일상에도 지루할 틈이 없었다. 긴 가뭄이라도 시작되면 공동우물터는 언제나 왈패 아주머니들의 전쟁터였다. 매일 한 번씩은 말다툼이 있었고 특히 이른 아침이면 싸움이 그치지 않았다. 편집된 기억의 필름을 잠깐 돌려보면 그 싸움은 너무 생생해서 조금의 꾸밈도 상상력도 필요 없다.

수십 명의 사람이 어깨에 물지게를 메고 줄지어 있는 물통에 물이 담길 차례를 기다린다. 그때 순서를 기다리다 말고 부리나케 집으로 달려가 아궁이 위에 걸어놓은 솥을 내려놓고 온다든지, 내달음쳐 뒷일이라도 시원하게 보고 온 아주머니가 있다면, 그들 중 누군가는 새치기를 당했다고 의심의 눈초리를 보내며 쌈닭처럼 꽥꽥거린다. 그러면 뭔가 켕기는 데가 있는 아주머니는 못 들은 척하다가 주변의 못마땅한 시선이 자신에게 집중되는 것을 느낀다. 하지만 정당하게 저지른 피의자임을 당당히 밝히는 데 반응이 정도가 지나치게 격렬하고 과격하다. 어떤 일이 있어도 물은 순서대로 초롱을 채웠다. 그녀는 사정을 잘 모르는 것 같았다. 산동네에서 물은 산소다. 공동수도장에서 새치기는 허파에 칼을 들이대는 것이다.

"왜 나를 쳐다봐!"

마침내 또 터졌다. 소리를 지른 것은 새내기 젊은 새댁이었다. 그녀는 동네에서 가장 예뻤다. 옷매무새도 신식으로 예사롭지 않아 열두 폭 치마를 걸치고 나와도 아저씨들의 시선은 끈적하고 쑥덕거리는 아낙네들의 시선도 곱지 않았다. 일전에는 그녀가 팬티 재봉선이 다 드러난 야드르르한 옷차림으로, 손에는 박박 구긴 신문지 한 줌 움켜쥐고 강 씨 할머니네 앞마당을 지나 공중변소를 향해 냅다 달리고 있었다. 그때 강 씨 할머니 딸내미가 앞마당에 앉아 무르팍까지 치마를 걷어 올리고는 채소를 다듬다 말고 "저…… 저…… 화냥년 같은……"이라고 말하면서 혀를 끌끌 차자 강 씨 할머니도 "저년 미친년 아이가?" 하고 맞장구를 쳤다.

강 씨 할머니나 딸이나 둘 다 깡마른 체구에 입이 걸었다. 사실 그렇게 말하는 것은 똥 먹은 개가 겨 묻은 개 나무라는 격이었다. 강 씨 할머니 딸내미도 그다지 떳떳한 입장은 아니었다. 외지를 떠돌다 산91번지에 되돌아와 처녀 행세를 하면서 노모에 얹혀살기를 몇 해 동안이나 반복해서, 말로만 노처녀지 동네 사람들 속으로는 쓴맛 단맛 다 본 소박맞은 여인네 취급을 하고 있었다. 아마 젊은 새댁이 화장실로 내달릴 때 서로 눈이 마주쳤거나 뒷일이 급하지 않았으면 사달이 나도 단단히 났을 것이다.

"왜 그렇게 쳐다보냐구!" 하고 다시 핏대를 올려 소리쳤다. 아마도 그녀는 이 기회에 험악하고 그악스러운 산동네 사람들 사이에서 외지에서 막 들어온 젊고 싱싱한 자신이 그렇게 나약한 존재가 아니라는 것을 확실히 드러낼 작정을 한 것 같았다. 그녀는 주변을 한 번 둘러보더니 줄지어 있는 초롱들을 냅다 걷어차면서 소리쳤다. 줄지어 있던 양철통들이

와장창 구르고 자빠졌다.

"야 이년아! 똥 누러 가서 밥 달라고 하는 년 언제까지 기다려."

"이년이 어디서 겁도 없이 새치기야, 새치기는."

"물 뜨러 왔으면 물이나 받을 것이지, 미친년. 아침부터 무슨 짓을 하다 인제 와서 난리야!"

"똥 싸고 온 게 죄냐? 이년아!"

둘은 이내 서로 달려들어 상대의 머리끄덩이를 잡고 늘어졌다. 그때였다.

"이 잡년 봤나. 어디서 굴러 들어와서."

찌그러진 양철통 주인이 이렇게 악다구니를 내면서 나섰다. 하필 걷어찬 물통 주인은 평소 자기를 못마땅해 하던 강 씨 할머니 딸내미였다. 그녀도 언제까지 이곳에서 살아야 할지 모른다는 막연한 생각이 들었는지 자신의 존재를 제대로 드러냈다.

"왜 멀쩡한 남의 물통은 걷어차! 이년아!"

깡마른 그녀의 빨간 립스틱을 입힌 입술이 날카롭고 사납게 실룩거렸다. 쌈닭들이나 털 없는 원숭이들이나 자신이 터를 잡은 영역에서 지위를 확보하기 위해 싸움에 나서거나 힘의 균형에 따라 싸울 상대를 정하고 바꾸는 것은 같았다.

강 씨 할머니 딸은 강했다. 그녀가 나서자 싸움을 양보하고 "어디서 새치기야! 새치기는…… 미친년!" 하고 첫 상대가 돌아섰다. 싸움은 졸지에 2대1이 되었다가 다시 1대1이 되었다. 둘은 이년 저년 하면서 머리끄덩이를 잡고 물동이를 걷어차고 쥐어박고 박혔다. 싸움은 치열했다. 얼마나 야단스럽게 싸우는지 공동수도장 맞은편 슬래브 집 문지방 앞에 개밥그릇을 핥아대던 쌍둥이네 개도 놀라 왈왈 짖어대자 토굴 같은 루핑 집에서 미라처럼 살가죽만 남긴 백발 노파가 활짝 문을 열어젖혔다. '부산 할매'라고 불리는 노파였다. 그녀는 누런 장판을 깔고 앉아 빨고 있던 곰방대를 탁탁 내리치면서 악다구니란 악다구니는 쉴 새 없이 퍼부었다.

"뭐꼬? 저리 가라 개새끼야! 네 집 가서 처먹으라 시끼야! 왜 남의 집 밥을 처묵노, 쌍애야! 아가! 네 개새끼 간수 잘 안 하고 뭐카노! 확 잡아먹어뿔기 전에 어서 묶어라!"

쌍애, 쌍녀라 불리는 쌍둥이가 동시에 화들짝 놀라 튀어나와 개를 묶자 개 짖는 소리는 더해졌다. 그때 무르팍이 반질반질하게 나온 줄무늬 운동복 차림의 동갑내기 광용이가 연탄재를 버리러 가다 말고 구경꾼 틈에 끼어들고 있는 것이 보였다. 광용이가 끌고 나온 누렁이도 덩달아 으르렁거리기 시작했다.

공동수도장은 완전 개판이 되었다. 결국 가장 덩치가 크고 힘이 센 부산 아줌마 목소리 한마디가 꺽지고 감때사납게 터져 나왔다. 돼지엄마의 목소리는 비상용 물을 저장하는 드럼통을 흔들고도 남았다. 돼지 멱 따는 소리나 다름이 없었다.

"어디서 쌈박질들이고! 네년은 어디서 겨들어 온 년인데 난리를 치나! 젊은 년이! 오늘 니한테는 물 안 판다! 가라 마!"

돼지엄마는 이렇게 소리치면서 삿대질을 했다.

산91번지 풋내기들에게는 기선제압이랄 것도 없지만, 돼지엄마도 일상이 무료한 나머지 오래간만에 동네에 자신의 존재를 다시 알릴 필요가 있는 것 같았다. 결국 풋내기들의 신고식은 돼지엄마한테 끽소리도 못하고 파리하게 질려 슬금슬금 자리를 피하는 것으로 끝났다. 강 씨 할머니 딸내미는 다시는 물을 사먹지 않을 사람처럼 찬바람을 일으키며

116

돌아섰다.

"씨발! 물 좀 판다고 재기는."

하지만 어디 똥 누고 간 우물 다시 먹을 날 없을까.

공동수도장은 돼지엄마가 주인이었다. 더 정확하게는 관리인이었다. 그녀의 그날그날 기분에 따라 물은 사람들을 옥죄는 권력수단이 되기도 하고 선심을 베푸는 수단이 되기도 했다. 물 판매수익은 돈놀이 수입원이 되었고 동네 계주 역할도 했다. 마치 마을금고와도 같은 역할이었다. 대체로 빚에 쪼들리는 동네 사람들의 급전으로 다시 사용되었다. 돈을 빌린 사람들은 그 이자를 갚기 위해 또 이잣돈을 얻는 꼴이어서 쪼들린 동네 사람들의 목줄을 옥죄기도 했다.

공동수도장에서는 겨울에 수도관이 얼어 터져버릴 때를 제외하고는 봄·여름·가을 멈추지 않고 물이 콸콸 쏟아져 나왔다. 그만큼 그녀의 허리에 졸라맨 돈주머니는 매일 돈이 넘쳐 마를 날이 없었다. 그녀는 동네 사람의 생명줄을 쥔 큰손이 되었다. 그뿐만 아니라 덩치로 보나 목소리로 보나 성질로 보나 동네의 최고 권력자였다. 모두 부산 아지매, 돼지엄마 앞에서 무릎을 꿇었다.

새댁 아주머니도 전혀 성과가 없는 건 아니었다. 누구를 가까이하는 게 좋을지, 누가 악질인지 등의 면면을 대충이나마 파악하게 된 것이다. 뜯어말리던 몇몇은 이웃이 되었다. 그러나 강 씨 할머니 딸내미에게만은 끝내 경계를 늦추지 않았다. 일체 말을 걸거나 눈도 마주치지 않았다.

돼지엄마에게도 그랬다. 그녀가 어슬렁거리고 오면 구렁이가 숲 속으로 사라지듯 자리를 떴다. 공동수도장에서는 될 수 있으면 고개를 들지 않았다. 그렇다고 아주 기가 죽어 산 것만은 아니었다. 가끔은 화가 치미는지 "언제까지 물을 져다 먹어야 하는지……" 하고 푸념하곤 했다. 강 씨 할머니 딸내미는 다시는 안 사먹을 것처럼 하더니 제일 먼저 초롱을 메고 댓바람에 언덕을 내려갔다. 돼지엄마 손아귀를 벗어나서는 살 수 없다고 판단했는지 어디서든 그녀만 나타나면 환심을 사려 굽실거렸다. 예사롭지 않았던 신식 새댁의 신고식은 그렇게 지나갔고, 또 그렇게 그들은 산91번지의 일원이 되었다.

2

우리도 물을 사먹어야 했다. 나보다 여덟 살 많은 작은형은 집안에서 가장 크고 우람했다. 사사로운 것부터 힘쓰는 일까지 아버지처럼 해결했다. 물이 떨어지면 덜컹거리는 초롱을 메고 한달음에 내려갔다. 물이 채워지면 양쪽 손을 벌려 고리를 움켜쥐고 한 번도 비틀거리지 않고 중심을 잡았다. 행여 길이 얼어있어도 물 한 방울 흘리지 않고 성큼성큼 걸어 부엌까지 한달음에 오곤 했다.

물지게를 지고 가는 사람 중에 작은형만큼 빨리 걷는 사람을 보지 못했다. 몇 해 동안 비가 오나 눈이 오나 그 행위는 반복되었다. 싸움 잘하기로도 소문났다. 싸우는 걸 직접 본 적은 없지만 종종 못된 불량배들에게 붙잡히거나 싸움판이 벌어질 일이 생기면 형의 진가를 알 수 있었다. 백치가 아닌 이상 누구든 잘못 건들면 후환을 맞을 수 있게 마련이니 어설픈 껄렁패들에게는 먼저 주변을 알아보는 것이 기본이었다.

"너 형 있어 없어? 형 이름 뭐야?"

"두민인데……."

그들은 나를 아무 일 없이 돌려보냈다. 그런 일은 종종 발생했다. 때로는 그들을 통해 형이 누구누구를 두들겨 팼다는 소식을 전해 들었다. 그 누구누구는 평소 힘이 좀 생기면 한번 패주고 싶은 충동을 들게 하는 몇 명 중에 하나였다.

"두민아! 두민이 이리 온나!"

화들짝 놀랐다. 공동수도장에서 왈패 아주머니들 기를 단번에 꺾은 그 목소리였다. 창문을 손가락만큼 열어 내다보았다. 역시나 돼지엄마였다. 불룩 튀어나온 배는 여전했지만 머리는 산발한 채 싸움이라도 한판 하자고 달려들 기세였다. 영애 오빠, 돼지 형이 눈가에 멍 자국을 문지르며 훌쩍거리고 있었다. 종점 다방 근방에서 어쭙잖은 건달 행세를 하고 다닌 벌을 받은 것 같아 한편으론 고소하기도 했다. 재차 불러대는 목소리는 기차 화통을 삶아먹고도 남았다. 사달이 나도 단단히 날 것 같았다.

강 씨 할머니 딸내미가 자신의 동생이라도 맞고 들어온 것처럼 씩씩거리는 시늉을 하면서 구정물이 뚝뚝 흐르는 돼지 형의 어깨에 손을 얹고 한마디 거들었지만, 잇속도 못 건지는 소리였다.

"아니, 애를 어찌 때렸기에 이 모양으로 해놨어? 두민이 그렇게 안 봤는데 말이야."

"니는 왜 나서고 지랄이고!"

아버지의 성미를 잘 알고 있는 돼지엄마는 말을 가리지 못하고 함부로 내던지는 강 씨 할머니 딸내미를 향해 성을 냈다. 그때 문이 부서져 나갈 것처럼 열리더니 집이 들썩거릴 만큼 굵직한 목소리가 들렸다.

"두민이 이리와! 당신도 들어오지 말고, 두호도 밖에 있어!"

형은 순식간에 아버지에게 질질 끌려 안방으로 불려 들어갔다. 다리 몽둥이를 분질러 버리겠다고 엄포를 놓으면서 손에 잡히는 물건들을 바닥에 메치고 형에게 집어 던지는 것 같았다. 무릎을 꿇으라는 소리가 들렸다. 형의 목소리는 한마디도 들리지 않았다. 무언가 딱딱한 물건들이 부서지는 소리가 들리고 뼈마디가 깨져 나가는 소리가 들렸다. 어디랄 것도 없이 마구잡이로 휘둘러 때리는 소리가 이어졌다. 엄마는 눈물을 글썽이며 애간장 녹는 소리를 했다.

　"그러다 애 잡아요! 제발 그만 좀 해요!"

　아버지는 아랑곳하지 않았다. 엄마가 역성을 들수록 우리에게 더 엄격해지는 걸 엄마는 왜 잘 모를까. 엄마의 간절한 목소리를 들었는지 아버지의 힘이 더 가해지는 것 같았다. 결국 엄마는 방문을 열었다.

　"두민아! 아버지한테 무조건 잘못했다고 그래! 어서!"

　돼지엄마도 생각보다 사태가 심각해져 가고 있다는 것을 느꼈는지 엄마와 함께 가세했다.

　"두호 아베! 제발 그만 좀 하소! 애 죽이려고 작정했는교?"

　"나가 있지 못해!"

　아버지는 엄마뿐만 아니라 돼지엄마에게도 쥐잡듯이 소리쳤다. 결국 아버지와 엄마의 싸움으로 이어질 것 같았는지, 해 질 녘이 다 되어서야 형의 목소리가 들렸다.

　"아버지, 용서하세요!"

　작은형은 엉금엉금 기어 나와 자기 방문을 열었다. 유채물감 냄새가 확 풍겨 나왔다. 엄마는 난장판이 된 안방에서 흐느끼며 깨진 재떨이와 각목 부스러기를 주섬주섬 주워 담았다. 돼지엄마도 그제야 비탈길을 내려갔다. 뭐라 꾸중하는 것 같더니 아들의 뒤통수를 한 대 후려갈겼다.

"애를 죽일 작정이 아니고서야."

들리지 않을 만큼 아버지를 원망한 것은 나였다. 그것은 엄마에게서 학습된 것이었다. 유일한 나만의 공간인 장롱 속을 파고들었다. 평소에는 이불을 최대한 높이고 이불장으로 기어올라 문을 꼭 닫았다. 언제나 장롱 안에서 안락함과 행복감 그리고 포근함을 만끽했었다.

그날은 평소와 달리 옷장 속으로 파고들어갔다. 두 다리는 쭈그리고 장롱 뒷벽에 바짝 붙여 앉았다. 안락과 평온보다는 불안과 안타까움 속에서 흐느끼는 소리가 흩어졌다. 태어나서 아버지가 세상에서 제일 무서운 사람이라는 것을 알았다. 형이 아버지를 얼마나 무서워하는지도 알았다.

"애를 죽일 작정이 아니고서야."

엄마는 원망을 쏟아냈다. 아버지의 긴 한숨 소리도 들렸다. 화가 조금 누그러졌는지 "저놈의 자식, 누구 성질머리를 닮아서……" 하는 장탄식을 뿜어내는 소리도 들렸다.

"두호야, 밥 먹자!"

덜커덩 장롱 문이 열렸다. 텔레비전 속에선 소매와 바짓단을 팔푼이처럼 걷어 올리고 검정고무신을 신은 바보가 히죽거리며 시골 냇가를 뛰어다니고 있었다. 탤런트 교습을 받고 있을 영애가 떠올랐다. 그 아이가 텔레비전에 나온다면 정말 바보 같을 거란 생각도 들었다.

아버지는 여전히 방 안 가득 담배 연기를 뿜어내고 있었다. 작은형은 이불 속에서 다음 날 아침까지 얼굴을 내밀지 않았다. 형은 한동안 그림만 그렸고 바깥출입을 거의 하지 않았다. 학교 이외에는 통기타 줄이나 레코드판을 사러 음반가게로 달려간다든가, 아니면 삼각지로 그림 재료를 사러 다니는 것이 전부였다. 집에 물이 떨어져도 공동우물터에 가지 않았다. 너른 마당을 지나 10여 분 오르면 만나는 샘터가 있는 산으로 올랐다.

샘터에서 물을 퍼 담는 데 많은 시간이 걸렸다. 데그럭거리며 바가지에 물을 모아 담는 동안 샘에 떨어져 있는 젖은 낙엽을 바라보는 것만으로도 좋았다. 구르는 도토리, 돌멩이 하나하나, 들풀 이파리 한 잎 한 잎이 흐드러지게 핀 꽃보다 더 마음을 끌었다. 너무도 평범한 것들이어서 더 친근감이 들었다. 그것들이 마음에 들었다. 칼바위 너머에서 소생한 이름 없는 바람도 매혹적이었다. 그곳에 머무를 때면 시간이 느리게 흘렀으면 좋겠다는 생각이 들었다.

"춥지? 조금만 기다려! 형이 내려갈 때 업어줄게."

그곳에 머무를 때면 형은 늘 나를 신경 썼다. 그러면 고개를 끄덕여 괜찮다는 표시를 해주었다. 추운 날에도 한 번도 춥다는 표정을 짓지 않았다. 오히려 시린 바람조차도 이상하리만큼 시원하게 느껴졌다. 형은 출렁거리는 물지게를 매달고 산비탈을 내려왔다. 그러면 주변에 갈대를 툭툭 치면서 형의 뒤를 따랐다. 행여 가뭄으로 샘이 말라 마른 낙엽만 적실 정도면 물통을 채우지 못했다. 그때는 등지게에 내가 매달렸다. 그래도 한달음에 내려와 너른 마당에서야 한 번 걸음을 멈추었다. 그러면 동네가 사방으로 펼쳐졌다.

"인천 앞바다 보이지?"

형은 먼 곳을 가리켰다. 멀리 안양천 너머로 은빛 물결이 무한히 하늘과 맞닿아 펼쳐졌다. 하늘인지 바다인지는 잘 구분을 할 수 없었지만, 나의 영웅이 말하는 소리였기에 무조건 고개를 끄덕여 주었다.

3

찌르르 찌르르……. 여치가 집 앞마당까지 내려와 울기 시작했다. 여치는 속성이 달아나는 것이 너무 재빠르고 생김새도 풀잎 같아 조심스럽게 다가가도 쉽게 잡을 수가 없었다. 그런데 웬일인지 화단에서 여치 우는 소리가 청아하게 들려왔다. 아마도 일전에 어렵게 잡아다가 풀어놓은 녀석이 틀림없었다. 돌 틈에 채송화도 물이 올라 있었다. 그것도 산에서 이끼와 함께 옮겨다가 심은 것인데 수가 부쩍 늘어 돌 틈바구니마다 성하게 피어났다. 봄부터 아버지와 실랑이를 하며 만든 화단은 절정을 이루었다.

아버지는 앞마당에 땅을 파기 시작했다. 한동안은 황토가 잔뜩 올라왔다. 바위가 드러나면 정과 망치로 깨 내려갔다. 쇠망치를 내리칠 때마다 쉭쉭 바람 소리를 냈다. 망치가 정을 내리치면 번쩍번쩍 섬광이 일었다. 정이 바위에 부딪히면 돌가루가 얼굴까지 튀어 올랐다. 손가락과 손목 관절 마디마디가 부서져 나가는 것 같고 눈은 저절로 감겼다. 아버지 표정이 일그러지면 내 얼굴도 일그러졌다. 움찔움찔 어깨에 힘이 들어갔다. 곡괭이를 내리찍고 한 삽씩 흙을 퍼내고, 돌 깨는 소리가 그칠 날이 없었다. 그 일은 며칠 동안 반복되면서 마침내 바윗덩이가 쩍 갈라졌다. 우물은 날이 갈수록 깊어졌다.

"오늘은 그만하고 내일 해요. 너무 늦었어요."
"지금 해야지! 죽어서 해?"
엄마는 아버지를 걱정했지만 말해 봐야 소용없는 잔소리였다. 대답은 언제나 변함없었기 때문이다. 하지만 이번에는 좀 설득력 있고 정확한 구실을 가져다 붙였다. 그럴 때는 더 격을 높여서 존칭을 쓰기도 하고 부드럽게 말했다. 그러면 엄마는 조금 걱정을 내려놓는 것처럼 근심을 삼키고 유순한 양이 되었다.

"지금 안 하면 물이 차서 못해요. 마나님!"

"비는 무슨 비. 별이 저렇게 맑은데, 제발 좀 어두운데 조심해요."

"내 몸이 관상대보다 앞서 있어."

엄마는 할 말을 잇지 못했다. 아버지는 작업복을 입은 채로 저녁상을 물리고 다시 우물가로 향했다. 우물 한가운데에 각목으로 삼각대를 세우고 천막을 덮고 백열등을 매달았다. 도르래로 정과 쇠망치를 우물 바닥까지 내려놓았다. 곧이어 뒤도 돌아보지 않고 밧줄을 타고 바닥까지 내려갔다. 쇠망치와 돌이 부딪히는 소리가 희미하게 들리기 시작했다.

찌르레기 울음소리까지 더해졌고 산바람도 시원하게 얼굴을 스쳤다. 교회당 십자가는 붉게 빛을 내고 그 너머 도심 불빛들도 점점 선명해졌다. 숯덩이처럼 검어진 능선 위 별들도 하나둘 빛을 내기 시작했다. 밤이 깊어지면서 도르래를 묶은 밧줄이 소리 없이 흔들렸다. 임시로 덮은 천막은 물결처럼 일렁였다. 백열등 불빛도 노란 꼬리를 만들어 이리저리 흔들렸다. 천막 펄럭이는 소리가 멈추자 깊은 돌 깨는 소리가 점점 선명하게 들렸다.

그때 쿵 소리가 크게 들렸다. 회전축을 고정한 도르래 밧줄이 풀리면서 백열등이 깨져 나가고 도르래가 우물 안으로 떨어진 것이다. 후다닥 내달려 우물가로 갔다.

"아버지! 아버지!"

대답이 없었다. 내 목소리만 메아리로 소용돌이쳐 올라왔다. 골목 끝에서 황 씨 아저씨가 무거운 몸을 헐떡이면서 빠른 걸음으로 걸어오고 있었다. 그는 본능적으로 심상찮은 낌새를 느꼈는지 불룩한 배를 출렁이며 황급히 달려왔다.

"무슨 일이야, 두호야?"

'우물이 아버지를 삼켜버린 것 같아요'라고 말이 나올 뻔했지만, 정황을 설명하기도 전에 그가 먼저 소리쳤다.

"형님! 형님!"

황급히 두리번거리며 밧줄을 찾았다. 이미 우물 안으로 떨어진 상태였다. 발만 동동 구르고 있는데 동네 사람들이 꾸역꾸역 모여들었다. 그중에는 새내기 아주머니도 있었다. 궁둥이가 터져나갈 만큼 꽉 낀 반바지를 입고는 어깨를 흔들어대며 "어쩜 좋아"를 연발했다. 날카롭고 비뚤어져 보이기까지 하던 첫인상과는 달리 가까이서 본 그녀는 영애보다 어린아이 같았다. 긴 머리카락이 얼굴에 달라붙을 만큼 눈물을 흘리는 걸로 보아 생각보다 심성이 여린 듯했다. 나도 몸살기 같은 열이 치밀어 오르면서 눈물이 쏟아지는 것을 참았다. 그리고 충동적이고 씩씩하게 큰 소리를 지를 뻔했다.

"왜 이리들 호들갑이야? 누가 죽기라도 했어?"

아버지 목소리가 용맹스럽고 큼직한 목소리로 들려왔다. 얼른 들여다보니 큰대자로 양팔을 벌리고 두 다리를 뻗어 우물을 기어오르고 있었다. 콧잔등이 해졌고 손가락 마디마디에 핏줄이 터져 붉게 멍울져 있었다. 팔뚝은 칼날에 베인 것처럼 핏줄이 선명했다. 머리에 싸매진 러닝셔츠는 붉게 물들었고 머리카락도 덕지덕지 엉겨 붙었다. 허연 돌가루가 앉은 이마는 땀과 피로 범벅이 되었다.

"아이고, 형님. 큰일 날뻔했습니다."

황 씨 아저씨는 손을 덥석 잡았다. 그는 사력을 다해 끌어올렸다.

"누가 죽기라도 했어?"

아버지는 이렇게 말하면서 손을 덥석 잡았다. 돌 뭉치 속으로 손이 파고드는 것 같았다.

"들어가자!"

"황 씨도 들어갔다 가!"

그는 고개를 설레설레 흔들었다.

"뭐가 그리 급하다고 이 밤까지…… 형님도 참!"

창을 열었다. 해바라기도 우물가 담장에 기대어 잠들고 있었다. 찌르르, 찌르르, 화단에서는 한여름 밤의 노래가 들렸다. 빼곡한 판자촌 지붕들도 달빛을 받아 신비스럽게 보였다. 밤하늘엔 별이 총총 떠있었다. 별빛은 하늘이 내리는 밤의 인사, 잘 자라는 인사다. 하지만 우물 속이 궁금했다. 한 발 한 발 조심스럽게 어둠이 짙게 내린 우물가로 갔다. 흙과 잿빛 돌가루가 쌓인 우물터가 갑자기 무서웠지만, 은밀하고도 탐욕스럽게 엎드려 속을 들여다보았다. 달빛에 한낮보다 더 잘 보였다. 맑고 시원한 흙냄새가 올라왔다. 시원한 물 냄새가 올라왔다. 언젠가 교회당에서 들리는 새벽 기도 소리를 만난 것처럼 시원하고 신선한 기분으로 감격에 빠졌다. 고개를 더 깊게 숙였다. 깊이를 알 수 없는 먼 밤하늘이 투영된 우물은 검은 눈동자의 형상을 하고 있었다. 바닥은 젖은 암반을 드러냈고 한쪽으로는 밤하늘이 반짝였다. 얼마나 신비롭던지 빛나는 달 하늘에 작은 돌 하나를 떨어트려 봤다. 검은 하늘이 은빛 물결을 일으키더니 달 끝에서 작은 별 하나가 툭 떨어졌다.

이튿날 아버지는 파이프를 꽂았다. 잔돌을 채웠다. 퍼낸 흙을 메웠다. 펌프를 파이프에 꽂았다. 아버지는 첫 마중물 한 바가지를 부었다. 물이 콸콸 쏟아졌다. 지극히 하찮은 말로 나열할 수 없고 말할 수 없었다. 단순하게 믿고 싶지 않았다. 단단하고 큰 바위가 깨져나가고 교만하고 묵직한 쇠뭉치가 때린 곳에서 흐르는 핏물과 같은 성스러운 신이 허락한 준엄한 성수였다.

스무날이 지나고 아버지는 무당집터를 잡고 또 집을 짓기 시작했다. 그 집 앞마당에도 우물을 파 내려가기 시작했다.

우리는 퍼 올린 물을 사방에 뿌려댔다. 화단에 꽃이 만발했고, 손님이 수박 한 덩이 들고 오면 그곳에 놓았다. 엄마는 막 퍼 올린 물로 미숫가루를 타주었다. 작은형과 등물을 할 때면 머리가 얼어 깨져나가는 것 같았다. 더는 공동수도에 갈 일이 없었다. 아무리 가물어도 형은 물지게를 지고 산으로 향하지 않았다.

이웃 중에 제일 좋아한 사람은 새내기 아주머니 같았다. 엄마가 사람 가리지 않고 음식을 나눠주면서 얻게 된 인연이라고, 그녀는 이 눈치 저 눈치 보지 않고 아침저녁 작은 종지라도 들고 와서는 커다란 엉덩이를 들썩이며 펌프질했다. 그때마다 돼지엄마 대신 외상값을 거두러 다니던 강 씨 할머니 딸내미는 "별 꼬락서니를 다 보겠네. 물을 궁둥이로 푸나?" 이렇게 말하면서 다듬던 채소 뭉치를 양재기에 휙 집어 던지고는 집 안으로 들어가 버렸다.

늦은 저녁이 되어서야 펌프질하는 여인네도 있었는데 그녀는 어스름한 밤이나 되어야 나타났다. 그런데 그녀는 펌프질 하는 것이 좀 버거웠는지 펌프질을 할 때마다 "아이코! 아이코! 나 죽겠네. 아이고 나 죽겠네!" 그렇게 소리를 지르면서 무겁고 함지박만 한 궁둥이를 위아래로 들썩였다. 그때마다 온몸에 두껍게 달라붙은 살가죽이 출렁거렸다. 그러고는 펌프질을 하다말고 꼭 허리를 숙여 커다란 궁둥이를 하늘로 쳐올리고는 두꺼운 입술을 쫙 벌리고 탐욕스럽게 꼭지를 삼킬 듯이 입을 들이대고는 "아이고 시원해! 아이고 시원해!"를 연발했다. 그렇게 연방 어푸어푸 물을 들이켜고는 "물은 지하수가 최고야! 최고!"라고 감탄을 쏟아내며 "아이코 살겠네." 하고는 숙였던 고개를 들어 흠뻑 젖은 얼굴을 흔들어 젖혔다.

그 모습을 볼 때마다 입에 올리기도 싫고 절대로 믿고 싶지도 않았다.

"아이고! 맙소사! 저 아줌마가 내 색시, 영애 엄마라니!"

#07
도마뱀

이 돌에서 저 돌 사이의 공간을 껑충 뛰어넘고 가파른 산허리를 돌아

언덕에 오르자 판잣집들로 얼키설키 엮인 신림동과 난곡동이 눈 아래 펼쳐졌다.

푹석한 바위에서는 마른 태양의 향기가 피어올랐다.

작은 수풀들이 발목을 툭툭 치면서 왜 학교에 안 가느냐고 말을 거는 것 같았다.

'이 좋은 봄날에…… 나더러 어쩌라고!

산 91번지 대부분 어른이 노점이나 행상으로 집을 비운 후에 홀로 남은 아이들은 다방구나, 술래잡기와 같은 놀이를 하며 천진난만하게 놀았다. 조금 큰 아이들은 무인도에 불시착한 소년들 이야기(윌리엄 골딩의 장편, 『파리 대왕』)처럼 사사건건 싸우고 갱단을 만들어 몰려다니며 '씨발!'과 '좆나게'와 같은 여러 가지 욕을 동원해 질서를 유지했다. 그것은 어른들도 뱉어냈다.

애초에 집단놀이를 좋아하지 않은 나는 개구쟁이 같은 기질도 없었다. 다른 아이들이 놀이에 빠져 웃고 놀면서 소리 지르는 광경을 보면 감탄했다. 이웃이 베푸는 익숙하지 않은 음식물에 거리낌 없이 달려드는 순진하고 천진한 아이들을 보면서도 그랬다. 창자에서 기러기 우는 소리만 들키지 않으려 아랫배에 힘만 주었다. 아이들 싸움질하는 욕지거리와 동네 아줌마들이 떠드는 수다가 집 앞마당을 더럽히고 침묵을 깨트려도 욕설을 퍼붓지도 않고 징징거리지도 않았다. 아버지가 말하는 것처럼 체통에 어긋나지 않게 보이려고 전쟁을 벌였다. 억누르는 데 이골이 났고 모든 것이 마땅치 않을 때는 체통을 어깨에 짊어지고 산으로 향했다.

1

책가방을 다 꾸리자 엄마는 근심 어린 시선으로 바라보았다. 일거수 일투족이 걱정거리였기에 아침마다 잔소리를 만들어내곤 했었다. 의무라기보다는 일종의 세상 사는 재미 같았다. 더구나 내일 일까지 태산처럼 걱정을 떠안고 사는 분이었으니.

아버지는 새벽에 나갔는지 보이지 않았다. 감색 반바지를 입었다. 불알 두 쪽이 배꼽에 달라붙을 만큼 멜빵을 추켜올렸다. 큰 장롱에 붙은 거울 앞에 섰다. 너덜너덜한 소매에 입과 코를 문질러 얼룩이 남은 게 조금 거슬렸지만 두어 번 접어 올리니 괜찮았다. 가방을 둘러메고 문턱을 나서자 엄마는 대문 앞까지 따라 나와 끌어안더니 잔소리를 빠뜨리지 않았다.

"두호야! 불량식품 절대 사 먹으면 안 돼! 달고나 같은 것도."

오늘의 잔소리 목록은 불량식품이었다. '나도 다 컸어요. 걱정 마세요.'라고 말대답하고 싶었지만 꾹 참았다.

부정과 반항에 대한 표현조차 하지 않는 아이였고 있는 듯 없는 듯 내성적이어서 엄마의 걱정거리들은 모두 필요가 없는 것들이었다. 달고나 과자를 사 먹는 것도 그렇다. 달고나 장사들이 교문 앞에서 좌판을 깔고 많이 펼쳐졌지만, 엄마의 잔소리를 들어야 할 만큼 길거리에서 아이들과 쭈그리고 앉아 그것이 만들어지는 것을 구경하거나 사 먹는 것도 좋아하지 않았다. 집에서도 작은누나가 달고나 덩어리를 사다가 국자를 연탄불에 얹어 놓고 그것을 만들어 흉내 내는 것도 경박스러운 것 같아 기분을 썩 흥겹게 하지는 않았다. 말하자면 관심 밖의 일이었다.

엄마에게서 잔소리가 시작된 건 이유가 있었다. 입학하고 가슴에 손수건을 매달고 다니던 때였다. 등교하다가 설탕 타는 냄새 때문에 힐끗 쳐다봤더니 아이들이 둘러앉아 뽑기를 하고 있었다. 아저씨는 연실 설탕물을 녹이고 소다를 첨가하여 누런 똥처럼 부풀어 오른 그것을 철판에 펼쳐놓았다. 별, 달, 비행기 모양의 쇠틀을 꾹꾹 눌러 별의별 모양들을 다 만들어냈다. 누런 콧물을 줄줄 흘리던 아이들은 십 원짜리 동전을 건네고 손톱으로 눌러가며 모양대로 잘라내려 애쓰고 있었다. 온전하게 오려내면 하나 더 뽑을 기회가 주어졌기 때문이다. 그런데 대부분 아이들이 실패였다. 그것이 나를 자극했다.

끈적거리는 그것을 손에 들고 다닐 마음도 없었다. 그저 기막힌 손재주와 집중력을 즐기고 싶었을 뿐이다. 엄지손가락에 손톱이 제 기능을 발휘했다. 한 번은 별, 한 번은 초승달…… 점점 어려워졌다. 두 번, 세 번을 성공하는 동안 아이들은 조각난 부스러기를 입에 넣으며 연신 와! 와! 탄성을 내질렀다. 그럴 때마다 아저씨는 못마땅하다는 듯 부지깽이로 애꿎은 연탄구멍을 쑤셔대면서 그렁그렁 가래침 모으는 소리를 냈다. 마침내 네 번째 칼바위처럼 생긴 커다란 장검이 시작되었다. 그것을 집어 들고 경계선에 손톱을 누르는 순간 세상이 멈췄다. 들리는 것도 보이는 것도 없었다. 조심조심, 조금씩 조금씩 틱틱 소리를 내면서 설탕 결정체가 조금씩 떨어져 나갔다. 몰입의 순간은 그렇게 흘러갔다. 마침내 손잡이 부분이 잘려 나가기 시작했다. 틱! 틱!

"씨발! 가뜩이나 장사도 안 되는데 아침부터…… 퉤!"

급기야 가래침을 내뱉고는 참았던 불만을 터뜨렸다. 순간 몸이 움츠려졌다. 어른에게서 이런 몹쓸 소리를 들어본 적은 없었다. 한 대 얻어맞는 기분이 들었다. 하던 짓거리를 멈춰야만 했다. 아이답지 않게 어이 없다는 표정을 하고 아저씨를 물끄러미 바라만 보고 있는데 힐끔 노려보더니 퉁명스레 한마디 더 했다.

"너 학교 안 가니?"

속이 뒤집혔다. 나는 차마 욕을 할 수 없었다.

"너 여태 학교 안 들어갔어?"

등 뒤에서도 익숙한 소리가 들렸다. 두 살 위 누나가 뒤에서 신주머니만 들고 있었다. 아뿔싸! 눈이 휘둥그레졌다. 벌써 수업시간이 한 시간이 지난 것이다. 아이들도 사라지고 없다는 것도 알게 되었다. 언제나 용돈을 등굣길에서 갈취하는 걸 즐기던 누나여서 늘 미리 내달려 왔다. 그런데 누나는 이미 한 시간의 수업을 끝내고 문구점을 들렀다가 다시 들어가는 중인 것이었다.

"그것 뭐야?"

누나는 들고 있던 것들을 잡아챘다. 기껏 뽑아놓은 별, 달, 비행기도 누나에게 다 빼앗겼다. 손이 끈적거려 처치하기 곤란한 것들이었지만 그래도 명백한 갈취였다. 누나는 달아나듯 내달리면서 협박까지 서슴지 않았다.

"너, 엄마한테 다 이른다?"

"다 꼬아 바칠 거면서."

입속말하면서 투덜거렸다. 수업도 빼먹고 손에 쥔 비행기마저 빼앗겼으니 억울했다. 선생님에게 혼날 생각도 하니 나도 모르게 헛발질을 하면서 '씨발! 아침부터······'라고 소리를 칠 뻔했다. 신주머니를 흔들며 교정으로 들어갔다. 운동장은 텅 비었고 화단에는 진달래꽃이 피어나고 있었다. 두 번째 수업이 시작되어서야 교실에 들어갔다.

그날의 사건은 누나의 고자질로 밝혀졌다. 그리고 군것질에 대한 엄마의 잔소리를 끊임없이 만들어 낸 계기가 되었다. 매일 그랬던 것처럼 고개를 한 번 꾸벅 숙이고 엄마 손을 뿌리쳤다. 그러고는 언덕바지를 한달음에 내려와 맞은편 언덕 너머 학교로 내달렸다. 등 뒤에서는 아톰이 인쇄된 작은 가방이 들썩였다.

2

수천 마리의 반딧불이가 한꺼번에 반짝이고 축구 관중들이 파도타기 응원을 한다. 잘 짜인 각본에 따라 누가 솜씨 있게 지휘하는 것처럼 움직인다. 베스트셀러에 손이 가고, 인기검색어를 클릭하고, 천만 관객 영화에 발길이 향한다. 집단으로부터 배제되지 않기 위해 따르는 것이다. 이게 한쪽 극단으로 치우치면 옳고 그름과 무관하게 공격성을 띠게 된다. 동네 패거리들도 그랬다. 도대체 그것은 인간 내부의 어디에서 끊임없이 생성되는 것인가? 나의 내면의 삶은 전쟁이고 전쟁을 벌이는 싸움터였다.

우리 집에서 두 집 아래에 구멍가게가 있었는데 그곳에는 나보다 한 살 많은 영훈이가 살았다. 우리는 아침반 오후반으로 엇갈려 한동안 함께 다니지 못했다. 외지에서 흘러들어온 영훈이를 처음 봤을 때 그는 아이라 보기에 어색할 정도로 어른스러웠다. 그래서 처음은 데면데면했었다. 만일 그의 선한 눈빛만 아니었다면 키가 크고 광대뼈와 늑골이 선명해서 지레 겁먹고 모른 척했을 것이다. 그래서 그런지 학교에서도 그 아이에게 함부로 싸움을 걸거나 시비를 걸지 않았다. 누군가가 시비라도 걸면 뒤에서 큰 걸음으로 다가왔다. 그러면 그들은 슬그머니 자리를 피했다. 둘 다 내성적이고 특별히 함께 즐기는 놀이도 없었지만 가장 친하고 편한 사이가 되었다. 그 이유만으로도 학교생활이 편했다.

동네에는 우리보다 한두 살 많은 패거리도 있었는데 그들은 집단놀이를 좋아했다. 함께 그들과 야구나 축구 시합을 자주 했다. 이 골목 저 골목을 헤집고 뛰어다니며 다방구나 술래잡기도 즐겼다. 그들과 곧잘 어울리면서도 오히려 영훈이와 둘이 있는 걸 더 좋아했다. 그래서 서로 불편한 상황이 빚어지기도 했다. 영훈이는 또래 아이들보다 덩치가 컸다. 그래서인지 그 패거리가 자신을 적으로 대하고 있다는 것을 경계하는 듯했다.

구멍가게는 널빤지로 얼키설키 벽을 치고 루핑으로 지붕을 얹은 집이었다. 문짝을 열고 들어가면 한쪽 벽에 진열장이 서 있었는데 손잡이에 얼룩진 가격표가 대롱대롱 매달려 있었다. 군데군데 곰팡이가 피어난 시렁 구석에는 생활 잡화들이 너절하게 펼쳐졌다. 팔려고 진열한 상품이라기보다는 잡동사니들을 모아놓은 것처럼 보였다. 한복판에는 굵은 각목을 지지대로 세우고 베니어합판을 펼쳐 대못을 박아 만든 진열대가 있었다. 그 위에는 주전부리 과자들을 펼쳐 놓았다.

쪽창 하나가 전부여서 해가 조금만 기울어도 손바닥만 한 햇살조차 들지 않았다. 백열등은 울퉁불퉁한 맨땅의 도드라진 부분만 더 반질반질 돋보이게 했다. 아이스크림을 팔만한 냉장고도 없었기 때문에 그 집으로 물건을 사러 가는 일은 아버지 심부름으로 청자 담배를 사러 가는 정도였다. 그러면 주인 노릇을 하는 영훈이가 창호지 살이 부러지고 찢어진 방문을 삐걱 열었다.

"영훈아, 청자 한 갑 줘!"

"들어와!"

영훈이는 반쯤 문을 열고 거스름돈을 내주려다 말고 나를 불러들였다.

아버지 가슴에 꽂힌 담뱃갑에 여분의 담배가 있는 것을 보았기 때문에 급할 건 없었다. 천장을 바라보고 특별히 말도 주고받는 것 없이 누워서 한참을 보냈다. 갑자기 그를 밖으로 끌어내고 싶었다. 온종일 영감처럼 앉아있는 모습이 안쓰럽게 보이기도 했고, 뭔가 새로운 걸 해 보고 싶은 욕구도 있었다.

"나가서 놀자. 맨날 처박혀 있지만 말고."

영훈이는 아무런 대꾸도 하지 않았다. 그러잖아도 요즘 한동안 아침반 오후반으로 엇갈려 학교 가는 길도, 돌아오는 길도 서로 엇갈려 함께 다니지 못한 나는 그의 팔을 질질 끌어 앉혔다.

"산에나 올라가자."

"가게 봐야 해."

영훈이는 누런 장판에 달라붙어 도무지 움직일 생각을 하지 않았다.

"가게는 동생이 오면 보겠지, 그럼 앞산에나 가자!"

사실 가게는 영훈이가 없는 시간이면 거의 비어 있었고, 어쩌다 두 살 어린 동생이 보고 있었다. 그러니 자리를 좀 비운다고 문제 될 것이 없었다. 붙잡고 있던 그의 팔목을 휙 집어 던지고 다시 허리춤을 잡고 늘어졌다.

그제야 마지못해 몸을 일으켰다. 모가지가 나보다 하나는 더 붙어있어선지 축 늘어진 천장이 머리에 닿을 것처럼 낮아 보였다.

너른 마당에 이르자 이제 막 코딱지를 떼어낸 어린 조무래기들이 술래잡기를 하고 있었다. 조금 큰 다른 무리는 먼지 풀풀 날리는 땅바닥에서 오징어 모양의 그림을 그려놓고 치열한 몸싸움 중이었다.

"두호야, 이리 와봐."

도석 형이었다. 그는 오징어 모양의 선 안에 한 발을 담그고 어정쩡하니 서있었다. 반사적으로 영훈이 눈치를 보았다.

"너도 이리 와. 그래야 편 나누지."

도석 형이 재촉했다. 지나칠 수 없었다. 가위바위보로 편을 갈랐다. 욕을 싸지르며 그악스럽게 게임하는 홍구 형 쪽으로 영훈이가 낙점되었다. 우리는 선을 넘나들며 서로 잡고 늘어졌다. 물어뜯을 듯이 팔을 잡아끌고 안짱다리를 걸고 자빠트렸다. 심지어는 홍구 형은 머리채를 잡아채기도 했다. 땀이 등에 흥건히 고일 무렵, 영훈이가 지키고 섰던 선을 한 살 어린 재성이가 잽싸게 뛰어넘었다. 긴 팔을 뻗었지만 놓쳐버렸다.

"얀마, 똑바로 못해? 선 밟기 전에 낚아챘어야지. 놓치면 어떡해!"

"......!"

홍구 형이 핏대를 세우며 씩씩거렸다. 몸보다는 혓바닥으로 들들 볶아대던 그는 먹잇감을 찾아낸 듯 입을 가만히 두지 못했다.

"덩칫값 좀 해라, 인마!"

아무래도 영훈이를 불러낸 게 실수란 생각이 스쳤다. 우리 편이 승리하자 그는 더더욱 흥분했다.

"에이, 씨발! 병신 같은 놈!"

누가 들어도 그 소리는 영훈이를 향한 거였다. 영훈이가 얼굴을 일그러트리면서 고개를 떨궜다.

"한 판만 더 하고 그만하자."

그렇게 말한 것은 도석 형이었다. 그가 중재에 나섰다.

"똑바로 좀 해. 안 하려면 하지 말고!"

흥구 형은 멈추지 않았다. 영애와 나를 몰래 따라다니며 흥구 형이 혀를 날름거릴 때와 똑같이 성일 형도 옆에서 이죽거리며 비아냥거렸다.

"흥구야, 그만해라. 그러게 두호를 편으로 먹었어야지."

그는 그렇게 말하면서 영훈이 발 앞에 침을 퉤 뱉고는 돌아섰다. 그때 영훈이가 고개를 휙 돌리며 침을 퉤 뱉었다. 순간 성일 형이 몸을 돌렸다. 그는 저벅저벅 걸어와 영훈이 볼을 툭툭 쳤다.

"잘해라, 응?"

"……!"

영훈이는 고개를 한 번 떨구고 다시 얼굴을 들고 눈을 부릅떴다. 순간 서늘한 칼날 같은 시선이 오갔다. 침묵이 흘렀다. 그때 급기야 흥구 형이 또래들에게 눈짓을 보냈다. 나머지 무리가 영훈이를 에워쌌다. 도석 형은 멀찍이서 상황을 주시하고 있었다. 그는 가장 작았지만, 힘은 가장 셌다. 의협심과 정의감이 남달랐다. 가끔 나와 같이 산과 들을 헤매다니기도 했다. 절벽에 새 둥지를 틀 때도 그를 불러 낼 만큼 마음이 잘 맞았다. 그는 골목대장 노릇을 하지는 않았지만 언제나 또래 집단을 대표했다. 그가 나섰다.

"야, 그만들 해! 너도 기분 좀 나쁘다고 그러면 안 되지. 그만 기분 풀어."

사실 겉모습으로는 영훈이가 그들보다 형처럼 보였다. 실제로 영훈이가 그들을 향해 형이라 부르는 걸 한 번도 못 봤다. 영훈이는 그들을 만날 기회를 만들지도 않았다. 나 역시도 형 소리가 쉽게 나오지 않았다. 언젠가 한번은 흥구 형과 한판 뜨기를 벼르던 참이었다. 매사에 이쪽저쪽 편을 들지 않고 중심을 잘 잡고 판단하는 도석이 형의 한마디에 상황이 정리되는 듯했다.

"그만들 해!"

도석 형이 돌아서 옷을 털면서 집으로 향할 준비 태세를 했다.

"건방진 새끼! 누구를 똑바로 바라봐!"

싸움을 다시 부추긴 사람은 홍구 형이었다. 홍구 형은 입술을 파르르 떨면서 욕하는 것을 멈추지 않았다.

순간 영훈이가 주먹을 불끈 쥐었다. 하지만 둘 다 영훈이의 사정거리에서 떨어져 있었다.

"좆만 한 새끼. 저게 주먹을 쥐어? 한 번은 버릇을 고쳐야 해. 껑다리 새끼!"

이번에는 홍구 형이 하는 대로 따라하는 성일 형이었다. 그도 눈을 껌뻑이면서 입술을 파르르 떨었다.

도석이 형은 자신과 조금 가까운 성일 형이 다시 나서자 멈칫 고개를 돌렸다. 방향을 틀었다. 영훈이를 노려보았다. 아무래도 뭔가 결판을 낼 것 같은 표정이었다. 순간 피할 겨를도 주먹이 바람처럼 날아갔다. 퍽 소리가 났다. 한 대 얻어맞은 영훈이는 뒤로 자빠졌다. 싸움판이 벌어졌다.

그것은 부모들이 일터로 나가고 아이들만 고립된 섬에서 벌어지는 일종의 질서 잡기 의식과도 같았다. 그래서 싸움의 당사자는 사냥개 같은 홍국 형이 아니라 대장 격인 도석 형이 되었다. 언젠가는 터질 활화산과 같은 것이었다. 누구도 말릴 수 있는 싸움이 아니었다. 도석 형은 평소 영훈이를 꺼리거나 마음에 안 든다고 내색한 적이 없었는데도 말이다.

"좆나게! 죽여버려."

"씨발! 놈, 버릇을 단단히 고쳐!"

모두 그들을 에워싸고 구경꾼이 되었다. 홍구, 성구 그들 둘은 입을 쉴 새 없이 놀려댔다. 그때마다 시발, 좆나게가 쉴 새 없이 터져 나왔다. 순간 나도 모르게 주먹이 불끈 쥐어졌다. 원인 제공자면서도 지켜만 보고 있는 흥구 형 면상을 후려갈기고 싶었다. 하지만 그렇게 하지 못했다.

마른 땅에 먼지가 풀풀 날리기 시작했다. 다시 모가지를 움켜잡히고 일어났다가도 다시 안짱다리에 또 걸려 넘어진 건 영훈이였다. 목과 관자놀이에 핏줄이 섰다. 야생마가 푸드덕거리는 것 같았다. 발끝에 땅이 팰 정도로 안간힘을 썼지만 끝내 빠져나오지 못했다.

"항복할래, 안 할래?"

싸움을 쉽고 빠르게 끝내려는 도석 형이 항복을 권유했지만 영훈이는 빠져나오려 발버둥만 쳤다. 묵직한 팔뚝이 점점 더 영훈이 목을 조였다. 마침내 두꺼운 오른 주먹이 영훈이 턱을 가격했다. 연달아 코와 광대뼈를 세차게 때렸다.

"항복 안 해? 이래도 안 해?"

"......"

영훈이는 도석 형의 팔목을 움켜쥐고 눈을 부릅떴다. 눈동자에 붉은 핏줄이 섰다. 패배를 인정하지 않으려는 일그러진 표정, 일어날 수 없는 몸짓, 굴욕적인 눈동자, 저녁놀이 지면서 얼굴이 더욱 빨갛게 물들었다. 핏발 선 눈이 나와 마주쳤다. 교회당 너머로 붉은빛이 완전히 내려앉을 때까지 영훈이 머리는 도석 형 옆구리에서 빠져나오지 못했다. 영훈이는 끝내 항복하지 않았다.

모두 돌아갔다. 영훈이 목에는 검은 피멍이 들어 있었다. 구멍가게 방 안에서 그랬던 것처럼 우린 너른 마당 한복판에 벌렁 누웠다. 산마루턱에 어둠이 내릴 때까지 우리는 아무 말 하지 않았다. 하늘에는 별이 총총

히 빛났다. 동네 어귀까지 밤안개가 자욱하게 내리는 늦은 밤이 되어서
야 부스스 일어났다.

　집 앞에서 서 있는 동안 영훈이는 계속해서 내려갔다. 불안과 고통을
안고 붉은 절벽으로 향하는 사람처럼 걸었다. 터덜터덜 걷는 소리가 길
바닥을 울렸다. 영훈이는 뒤를 한 번 힐끗 돌아보더니 삐거덕거리는 판
자때기로 만든 문짝을 잡아당겼다. 메마른 건초더미가 쌓여있을 법한
어둠 속으로 들어갔다.

　언제나 싸움판의 승자는 먼저 시비 건 쪽이 된다는 게 너무 화났다.
영훈이가 얼마나 많은 상처를 입었을까를 생각을 하니 한동안 잠도 이
룰 수 없었다. 그날 이후로 영훈이는 집 밖에 나오지 않았다. 얼마 후, 공
동수도장 옆에 냉장고가 딸린 큰 슈퍼가 생겼다. 영훈이네 구멍가게는
결국 문을 닫았다. 그리고 얼마 지나지 않아 우리는 이별했다. 그날의
승자는 없었다. 새로운 승부만 있을 뿐이었다. 도석 형은 만날 때마다
영훈이 소식을 물었다. 두고두고 미안해하는 것 같았다. 하지만 전해줄
만한 소식을 더는 알 길 없었다.

3

　어지럽고 누추한 세상을 도망치듯 빠져나와 점점 자신을 스스로 고립
시켰다.

　스스로 만든 섬 안에서 자신만의 세계를 찾아다닌 것을 그렇게 표현
을 해야 할지? 아무튼 점점 까닭을 알 수 없이 홀로 지내는 시간이 많아
졌다.

#7 도망　143

학교도 재미없었다. 금테안경을 낀 담임은 언제나 지휘봉을 들고 다녔다. 수업 시작종이 울릴 때면 그 지휘봉으로 칠판을 탁탁 내리치면서 "주목!"을 외쳤다. 안경 너머로 매서운 눈초리를 쏘아댔다. 지휘봉은 칠판지우개를 두드리는 데도 사용이 되었다. 그럴 때마다 분필 가루가 교탁 앞에 앉은 아이 머리카락 위로 하얗게 내려앉았다. 주번이 지우개 털기를 소홀히 했다는 의사 표시였다.

쉬는 시간을 알리는 종이 울려도 지휘봉은 눈앞에서 떠나지 않았다. 발뒤꿈치를 들고 좌측보행 규율을 지키면서 반질반질하고 차가운 마룻바닥을 지나다녔다. 노랗게 좌측경계를 그려놓은 선을 넘으면 지휘봉이 머리를 때렸다. 수업이 끝나면 무릎 꿇고 엎드려 마룻바닥에 광택제를 뿌리고 마른걸레로 윤을 냈다. 그게 끝나면 계단 물청소를 했다. 그때까지도 지휘봉은 "청소당번 누구야?"라고 말하면서 공포의 레이더를 쏘아대고 있었다.

'청소당번 정해주지 않았는데요' 라고 당당하게 말하고 싶었지만 대답하지 않았다. 일전에 그 말을 하고 이유 없이 미움을 산 기분이 들었기 때문에 더는 손해 볼 짓을 하고 싶지 않았다. 학교는 따스한 봄이 오고 있는 것도 모르고 여전히 차가운 그늘이 가시지 않았다. 한낮이 되어도 햇살이 들지 않았다.

3학년 교과가 2부제 수업을 하면서 등교 시간이 오후로 변경되었다. 그날은 다른 길, 다른 길목으로 걸어서 학교로 향했다. 언덕배기에서부터 꾸불텅한 길을 내려오면서 버스 종점과 만나는 작은 언덕을 만났다. 그 산자락에는 초기에 수도청장을 지낸 장택상 별장이 있었다. 그래서 그곳에 갈 땐 그냥 '별장에 간다' 고 말하곤 했다. 별장 산은 쨍쨍한 날에도 습하고 냉했다. 그래서 별로 좋아하지 않았다.

버스정류장과 별장 산을 오르는 언덕에서 걸음을 멈췄다. 서너 둥치로 잘린 나무뿌리들이 나 같은 어린이가 놀기 좋게 놓여있었다. 매끈한 부분은 목재로 이미 쓰고 나머지 부분을 버린 듯했다. 뒷산 고욤나무 밑동을 옮겨다 놓은 것처럼 보였다. 속은 텅 비어 겨울 곰이 자리를 털고 빠져나간 자리처럼 보였다. 둥글고 잘록하게 도드라진 마디들은 닳고 닳아 복숭아씨처럼 반질반질했다. 바짝 마른 껍질은 달리기 선수 허벅지 근육처럼 매끈하게 뻗어있었다. 햇살이 나무 밑동 언저리의 여린 풀잎까지 비추었다. 속을 들여다보니 아지랑이가 아른거리면서 따뜻한 바람이 올라와 향긋한 냄새가 돋아났다.

맞은편 큰길 건너에 보이는 학교에서는 태극기가 휘날리고 있었다. 호암산 자락에서 내려온 한 줄기 산들바람이 옷깃으로 스며들었다. 호암산은 학교처럼 습하고 눅눅한 기운도 없다. 차가운 겨울 한낮에도 따뜻한 햇볕을 품고 있었다.

태극기가 날리는 학교로 가려면 겨우내 얼었던 폐유가 녹아 질척한 버스정류장을 지나야 한다. 거기서 다시 눅진눅진한 시장골목을 통과해야 했다. 생각이 거기에 미치자 고목에 뚫린 구멍에 가방과 몸통을 숨기고도 남겠다 싶었다. 순간 가슴은 설렘과 떨림으로 두근거리기 시작했다. 뭔지 이렇다 하게 표현할 수는 없지만, 익히 경험하지 못한 기분이 나를 감쌌다. 주위를 살피고 얼른 가방을 밀어 넣어 꼭꼭 숨겼다. 약간의 두려운 마음까지도.

넉넉한 풍채의 고욤나무가 있는 호암사로 발길을 돌렸다. 호랑이 형상을 닮았다 하여 붙여진 이름이다. 집에서부터 가려면 연탄가게가 있는 골목길을 빠져나와 작은 내를 건너 언덕 하나를 넘어야 했지만, 거기 선 교회당이 있는 언덕 줄기만 타고 넘으면 됐다. 검고 거친 화강암의 날 카롭고 우툴두툴한 표면을 한 발 한 발 디디면서 걸어 올랐다. 이 돌에서 저 돌 사이의 공간을 껑충 뛰어넘고 가파른 산허리를 돌아 언덕에 오르 자 판잣집들로 얼키설키 엮인 신림동과 난곡동이 눈 아래 펼쳐졌다. 푸 석한 바위에서는 마른 태양의 향기가 피어올랐다. 작은 수풀들이 발목 을 툭툭 치면서 왜 학교에 안 가느냐고 말을 거는 것 같았다.

'이 좋은 봄날에…… 나더러 어쩌라고!'

이렇게 속으로 중얼거리면서 숲길을 지나 뚝 잘려나간 바위 능선을 타고 산마루에 올랐다. 머리 위로 솜사탕 같은 구름이 둥둥 떠다녔다. 신림동 쪽으로 더 들어가는 산자락에선 호암사를 만났다. 앞마당에는 천 년은 족히 되었을 법한 고욤나무가 휘우뚱 서 있었다. 숲은 신선했다. 두 눈이 시원해짐을 느꼈다. 바늘처럼 가느다란 햇살이 도토리나무와 개암나무 잎사귀들을 직선으로 내리쬐었다. 연녹색 빛이 흩뿌려졌다.

숲도 바람도 빛의 향연에 눈이 부신지 모두 눈을 감았다. 세상에 아무 도 없는 것처럼 느껴졌다. 모두가 침묵을 지켰다. 이곳에 잘 어울리도록 고욤나무 밑동에 기대어 앉았다. 시간을 멈추어 놓은 기분이었다. 누군 가 등 뒤에 태엽 장치라도 풀어줘야 다시 일어나 움직일 것 같았다.

고욤나무 숲에서의 '자유'로운 기분은 짧았다. 눈을 뜬 순간 발끝에 서 자기 껍데기에서 빠져나오려고 달팽이가 더듬이를 길게 뽑아내고 꿈 틀거리고 있었다. 손톱만 한 껍데기를 질질 끌고 나가려는데, 끈적끈적 하게 늘어져 작은 나뭇가지 하나 넘지 못했다. 느릿느릿 더듬이만 넣다 뺐다를 반복했다. 그것을 보는 순간 무어라 말할 수 없는 갑갑증이 느껴 졌다.

멀리서 비행기 소리가 잔잔하게 들려왔다. 고개를 들어도 아무것도 보이지 않았을 뿐더러 하늘도 보이지 않았다. 갑자기 숲에 숨어들어 기어 다니는 기분이 들어 썩 마음에 들지도 않았고 위아래서 압박을 당하는 기분이 들었다. 답답하게 느껴진 기분에 돌멩이 하나를 심술궂게 풀숲으로 집어 던졌다. 애기똥풀 겨드랑이 아래서 참새 한 마리가 푸드덕 시원하게 하늘로 날아올랐다.

좀 더 좋은 곳을 찾아 나서는 것이 좋겠다는 생각이 들었다. 교만하게 앞을 가로막은 절벽 길을 돌아 딱딱한 능선을 타고 걸음을 옮겼다. 땀이 송골송골 맺히기 시작할 때쯤 살가죽을 벗어던지고 드러낸 푸석한 너른 바위들이 펼쳐졌다. 먼 전망을 바라보며 한숨 돌리기 좋은 곳에 이르자 가슴이 트이는 기분이 들었다. 멀리 굽이굽이 흐르는 한강이 보였다. 반대편으로 몸을 돌려 손으로 해를 가리니 비닐하우스들이 희끗희끗 펼쳐진 곳에 은빛 줄기로 흐르는 안양천도 보였다. 그 너머로는 먼 바다와 하늘이 구분할 수 없을 만큼 펼쳐졌다.

저 멀리 산 끄트머리에 칼바위가 보였다. 그곳으로 향하는 산길이 가느다란 실오라기처럼 이어져 있었다. 갑자기 나를 반기는 것은 내리는 햇빛이 전부가 아니라는 생각이 들었다. 들뜬 마음으로 칼바위 있는 곳을 향해 한달음에 내달렸다.

칼바위 있는 곳에 이르자 가슴이 두근거렸다. 반은 두려움이었고 반은 기쁨이었다. 절반의 두려움은 허공을 찌르고 있는 칼바위 아래 낭떠러지가 눈에 들어온 탓이고 절반의 기쁨은 칼바위 아래 보금자리로 갈 생각 때문이었다. 집에서 오르면 안전하게 오르는 길이 있었지만, 산 능선에서는 처음이었다. 겁이 났다. 그렇다고 마을로 내려가 돌아서 올 수도 없는 노릇이었다. 숨을 돌리고 두리번거렸다. 돌무더기가 쌓인 곳으로 돌아가면 되겠다는 생각에 머물렀다.

한 발 한 발 조심스럽게 내려갔다. 푸석한 바위 부서진 돌가루가 흩어져 굴러내렸다. 시야가 발끝 너머로 옮겨갈 때마다 소름이 돋았다. 조심스럽게 돌무더기를 지나자 무뚝뚝하게 선 큰 바위가 교만하게 앞을 가로막았다. 그곳을 돌아서자 한 키가 넘는 벼랑이 헛발질을 유도했다. 꼼짝을 할 수 없었다. 뛰어내리기에는 너무 비좁고 가팔랐다. 모험을 하기로 했다. 바위 끝에 매달려 조심조심 한쪽 발끝을 벼랑에 디디고 다른 한 발을 내려 보았으나 발끝이 허공을 디디고 있었기 때문에 도저히 손을 뗄 엄두가 나지 않았다. 순간 벼랑에 매달려 있다고 생각을 하니 갑자기 공포가 밀려들었다. 꼼짝도 할 수 없었다. 무모한 짓이었다. 가까스로 몸을 끌어올려 걸터앉았다. 작은 키, 짧은 팔이 원망스러웠다. 겁도 없이 칼바위를 오르내리는 석도 형과 그의 형을 생각하니 수치심도 밀려들었다.

"두호! 명색이 호랑이 머리인데, 여기서 멈출 수는 없지. 더 어릴 때는 밤에도 홀로 앉아있던 곳인데, 그리고 지금은 어리지도 않아."

그렇게 중얼거리면서 한참을 궁리하던 끝에 무릎을 쳤다. 돌무더기에서 돌을 들어 날랐다. 그리고 발아래로 떨어트렸다. 점점 다리가 닿을 수 있을 만큼 바위 틈바구니가 메워지기 시작했다. 돌은 금방 채워졌다. 디디고 섰던 바위에 매달려 조심스럽게 발을 디뎠다. 성공이었다. 마침내 벼랑이 갈라져 발을 디딜 수 있는 곳으로 이어졌다. 조심조심 한 발 한 발 벼랑에 기대어 두 그루의 작은 소나무, 작은 갈참나무가 있는 곳으로 껑충 뛰었다. 연녹색 도토리 알들이 흔들거렸다. 바람이 부드럽게 목덜미를 쓰다듬었다. 멀리서 교회의 종소리가 들려왔다. 때문에 고요와 울림이 혼합된 현상 속에서 깨어 있지 않고 잠들지도 않은 상태로 나무 인형처럼 앉았다.

시선을 교회당이 있는 호랑이 발톱 능선을 넘어 안양천이 보이는 곳으로 보냈다. 다시 초점을 모으고 땅과 바다가 끝 간 데 없이 펼쳐진 서쪽 하늘로 뻗었다. 그때 하늘과 맞닿은 곳에서 비행기가 가물가물하게 날아오는 것이 보였다. 구르르릉! 대기를 가르는 엔진 소리는 점점 커졌다. 어마어마하게 큰 비행기가 머리 위에 이르자 쎄엑! 하고 바람을 가르는 소리가 귀청을 때릴 지경이었다. 비행기는 배꼽 같은 구멍으로 바퀴를 말아 올리고 있었다.

사람들이 볼지도 모른다는 생각이 또 들었다. 경망스럽거나 불량한 아이로 보이지 않으려 한 손을 들어 천천히 좌우로 흔들었다. 멀어져 가는 비행기는 양 떼 같은 한 무리의 구름을 펼쳐 놓더니 한 점 빛으로 반짝이다가 사라졌다.

하늘은 다시 구름 한 점 없이 파랗게 돌아왔다. 숲은 다시 침묵했다. 시선을 발치에 떨어뜨렸다. 벼랑에 등을 기대고 태평스럽게 앉아 동네를 바라보았다. 숨통을 활짝 열었다. 깊게 숨을 들이켰다. 푸석한 바위 향기, 소나무에 붙은 단단하고 둥근 송진 냄새가 꿀 향기처럼 피어올랐다. 태평함과 신선함과 고요가 온몸을 감싸면서 충만한 희열이 스며들었다.

"아! 이렇게 안락한 곳에 앉아 느끼는 이 짜릿함!"

#08

틀니

아무래도 앞집 아줌마는 평소 닭똥집 같은 입이 다시 새빨간 틀니로
뭉텅 채워질 때면 번들거리는 이를 드러내 보이고 싶어
말도 안 되는 이야깃거리를 만들어내는 것이 분명했다.
재빨리 창을 닫았다. 눈을 질끈 감았다.

이 동네 저 동네 두루 다니며 미숫가루 행상을 하는 아줌마가 앞집에 살았다. 엄마보다 어렸지만 작달막한 키에 볼이 움푹 파인 얼굴이었다. 입술은 시들어 오므라든 호박꽃처럼 쪼글쪼글했다. 허리마저 굽어서 얼핏 보면 할머니나 다름없었다. 하지만 자신보다 큰 대야를 머리에 이고 행상을 나갈 때는 이상하게도 굽었던 허리가 꼿꼿하게 펴졌다. 닭똥집 같던 입술은 번드르르하게 바뀌었다. 행상을 마치고 돌아오면 이 마을 저 마을에서 주워들은 소식들을 전하곤 했는데 소식은 늘 새롭고 그럴듯해 엄마는 물론이고 동네 사람들까지 푹 빠져들었다. 그것들이 허위인지 사실인지는 종종 호기심에 의해 직접 증명되기도 했다.

1

오후반 수업을 마치고 집에 거의 이르렀을 때, 동네 아주머니들이 앞집 아주머니를 에워싸고 있었다. 이번에도 무슨 소식이 그리 흥미로운지 머리에 이고 있는 대야를 내려놓지도 않고 뭔가 새로운 소식을 전하는 데 열중이었다. 한 칸 건너 윗집에 사는 만신 아주머니, 그리고 동네에서 가장 강력한 경제력을 쥐게 된 돼지엄마, 도석이 형네 엄마까지. 가까이 사는 동네 아주머니들이 모두 집 앞에서 새로운 소식에 빠져들어 너나 할 것 없이 웅성거리고 있었다. 그 가운데 엄마도 마주 보고 안타까운 표정을 짓고 있었다.

학교 수업을 빼먹은 것을 까맣게 잊고 태연스럽게 걷고 있었다. 돼지엄마의 치맛자락에 매달려 빼꼼히 바라보는 영애의 반짝이는 큰 눈과 마주쳤다. 갑자기 가슴이 두근거렸다. 앞집 아주머니가 행상을 다니다가 버스 종점 인근에서 커다란 나무 밑동에 가방을 숨겨놓는 나를 본 것은 아닐까, 아니면 교회당이 있는 능선을 타고 호암산으로 오르는 것을 본 것은 아닐까, 순식간에 땀이 흘러내렸다. 가슴이 두근거리는 것을 봐서는 학교를 빼먹고 칼바위 아래서 꿈결 같은 시간을 보내고 온 건 불안한 자유와 평화란 생각이 들었다.

심장에 열이 나더니 튀어나올 것처럼 요동쳤다.

발목에 힘이 풀리고 발바닥이 땅바닥에 붙어버렸다.

아! 아버지의 불호령.

아! 상상만 했는데도 철퍼덕 주저앉을 것만 같았다. 힘겹게 공부를 마치고 심신이 지쳐버린 아이처럼 허약한 표정을 짓기 시작했다. 한 발 한 발 발걸음을 내디딜 때마다 "아이고! 아이고! 허리야!" 하면서 능청맞게 비탈길을 오르는 허리 굽은 할머니 흉내를 냈다.

집에 다 올라와서 그제야 모두의 시선이 건너편 교회당 아래 경사진 루핑 집들이 가득한 곳을 바라보고 있다는 것을 알았다. 집 앞에 거의 다 이르자 엄마의 목소리가 제일 먼저 들렸다. 엄마는 또 이야기에 깊게 빠져든 모습이었다. 나와는 무관한 이야기라는 것을 알았다. 한시름 마음이 놓였다. 그녀가 이번에도 뭔가 이야깃거리를 들고 온 것이 틀림없었다. 귀를 쫑긋 기울였다.

"요사스런 일이지, 어찌 사람이 뱀하고 살 수가 있을까?"

엄마의 얼굴은 믿을 수 없다는 표정과 호기심이 함께 묻어 있었다. 그러자 술주정에 의처증까지 있는 아저씨에게 매일 구박을 받던 우물터 앞집 아주머니가 무당네 뒷집에서 산다는 것을 자랑하듯 모든 사실을 알고 있는 것처럼 허공을 향해 손사래를 쳤다.

"나도 그 소식 들었는데 그게 아니라. 자고 일어나니까 구렁이가 천장에서 떨어져 처녀를 둘둘 말았대."

동네 대소사와 가내 우환을 굿으로 해결하고 동네 여인들의 어른 역할을 해온 만신 아주머니도 어림없는 소리 하지 말라는 표정으로 혀를 끌끌 찼다.

"시끄럽다! 마! 사람이 어찌 구렁이를 끼고 자겠나! 미쳤나 보제."

"맞아! 그렇지! 언니 말이 맞아!" 라고 말한 사람은 엄마였다. 엄마에게 권능을 가진 존재인 만신 수양 엄마의 말이 떨어지자, 엄마는 호기심을 떨쳐 버리고 이야기의 가치도 없다는 표정을 지었다. 하지만 누군가 자신의 할 말은 아직 해 보지도 못했다는 아쉬움을 남기며 모두 말 같지 않은 말을 한다는 투로 한마디 더 했다.

"뱀이 똬리를 틀어 여자가 숨도 못 쉬고 죽은 건데……. 알지도……"

"우리 두호 왔구나!"

엄마가 나를 반기는 소리를 하자 "영애 신랑 왔네!" 하고 옆에 있던 돼지엄마가 목에 가래가 찬 사람처럼 걸걸거리는 목소리로 거들었다. 순간 모두가 깔깔대고 웃었다. 얼굴을 붉혔다. 그럴 때마다 동네 또래 아이들에게도 조롱거리가 되는 기분이었다. 아무래도 화제를 영애로 돌리고 싶은 것이 분명했다.

돼지엄마가 늦둥이 딸, 영애를 데리고 동네를 어슬렁거리는 날은 딸 자랑을 하고 싶은 날이었다. 영애 자랑을 하기에는 사람이 가장 많이 드나드는 우리 집 앞마당이 제격이었다. 건너편 마을에 요사스런 이야기만 아니었다면 진작 영애를 화제의 주인공으로 만들었을 것이다. 결국 아줌마들의 시선이 영애에게로 돌아가자 돼지엄마는 기회를 놓치지 않았다.

"두호야! 우리 영애 다음 주에 텔레비전에 나온다."

"언제?"

모두가 합창하듯이 물었다. 그녀가 원하던 대로 모든 눈이 영애에게 로 집중되었다. 진작부터 막내딸 영애를 방송에 출연시킨다고 돈을 싸들고 방송국 관계자들을 만나러 다닌다는 것이 동네에 소문이 나 있었기 때문에 그 누구도 그녀의 말을 의심하지 않는 것 같았다. 이제야 영애가 화제의 중심이 된 것을 알고는 짐짓 표정과 목소리는 점점 더 의기양양했다.

"다음 주에 〈전설의 고향〉에 출연한다 아이가."

그녀는 불쑥 튀어나오는 부산 사투리는 다시 삼켰다. 그리고 다시 표준어를 쓰려고 애쓰면서 부드럽게 다시 반복해 말했다. 가래 섞인 목소리는 큼큼거리며 다듬었다.

"다음 주에 〈전설의 고향〉에 출연해, 두호야. 우리 영애가 주인공이다."

"아이고! 우리 영애 예쁜 짓만 하더니."

제일 좋아하는 사람은 엄마 같았다. 젖살이 몽긋몽긋하게 오른 영애의 볼을 두 손으로 감싸더니 '에구 귀여운 것' 하면서 끌어안았다.

"잘 되었네. 우리 동네에 탤런트가 다 있네."

모두 대단하다며 머리를 쓰다듬었다. 예쁘다는 것에 유용한 비유는 다 영애한테 갖다 붙였다. 꾸부정한 채 빨간 대야를 잡고 앉았던 앞집 아주머니는 자신이 들고 온 소식이 별 흥미를 끌지 못하고 영애에게 모두의 관심이 돌아가자 몽긋몽긋 머뭇거리던 몸을 일으켜 "아이고 허리야" 하면서 무릎에 손을 얹고 힘겹게 일어나더니 자신보다 큰 빨간 대야를 질질 끌고 집으로 들어갔다. 아무래도 영애의 소식보다는 자신의 이야기보따리에 흥미가 남아있는 사람이 서 있는 줄 모르는 것 같았다.

어른들이 칭찬을 해줘도 나처럼 몸을 배배꼬는 수줍음도 없는 데다가 춤을 추라면 춤을 추고 뽀뽀해 달라면 뽀뽀도 서슴없이 해주는 영애는 머리에 보기 싫게 꼽은 큰 나비 모양의 머리핀만 아니면, 정말 눈이 왕방울만 하고 목소리는 옥구슬 같은 데다가 귀엽기까지 해서 정말로 탤런트가 될 자격이 있어 보였다.

게다가 〈전설의 고향〉은 당시 최고의 프로그램이었다. 주로 꼬리가 아홉이 달린 구미호 이야기부터 무시무시한 귀신 이야기였다. 하지만 무서운 느낌보다는 이야기가 유치하기 짝이 없다는 생각을 했다. 그러나 엄마는 늘 빠져들어 창백한 얼굴에 머리를 풀어헤치고 하얀 소복을 입은 여인이 푸르스름한 달빛 아래서 산소를 파헤치다가 빨간 입술에 핏물을 묻히고 고개를 돌리기만 하면 "에구머니나! 두호야!" 하고 내 어깨를 잡고 소스라치게 놀라곤 했었다.

"신랑!" 하고 아직 학교도 들어가지 않은 영애가 나를 빤히 바라보며 말을 걸어왔다. 딴에는 신이 난 모양인지 한동안 안 하던 소리를 했다. 두 팔을 벌린 품새가 품에 와락 달려들 기세였다. 나도 내심 기분이 좋기는 했지만 차마 표정을 드러낼 수는 없는 노릇이었다. 아주머니들은 또 때를 놓치지 않았다.

"이젠 두호 색시 탤런트네? 두호는 좋겠다. 예쁜 색시 둬서."

"창피하게 자꾸 왜 그래?"

오만상을 찌푸리고는 영애의 배를 쿡 찌르는 시늉을 하고는 방 안으로 내달렸다. 영애는 와락 울음보를 터트렸다. 그 소리에 아주머니들의 깔깔대는 소리까지 더해져 방 안까지 흘러들어왔다.

"씻고 밥 먹자!"

엄마가 집 안으로 향하는 나에게 소리쳤다.

"나, 밥 안 먹어! 미숫가루나 타 줘!"

'나, 밥 안 먹어!' 라는 소리는 언제나 뭔가 불만족스럽다든가, 욕구를 충족하지 못할 때 불평스럽게 나오는 소리였다. 이번에도 엄마가 아주머니들과 수다를 떠는 게 탐탁지 않았고, 영애도 〈전설의 고향〉도 관심이 없는데 영애 때문에 앞집 아주머니의 흥미로운 이야기를 마저 듣지 못했다. 이래저래 또 조롱까지 받은 데다가 영애마저 '신랑' 이란 소리를 또 한 것에 화가 치밀었다. 오전 내내 고욤나무 아래서, 그리고 칼바위 아래 아지트에서 묻혀온 내 신비롭고 평온했던 기분을 잡친 것이다.

툇마루에 몸을 벌렁 눕히자 삐거덕삐거덕 펌프질하는 소리가 들렸다.

그것은 엄마가 동네 아주머니들에게 그만 수다를 떨고 각자의 집으로 돌아가 저녁상을 차리거나 할 일들을 하라는 소리와 같았다. 아주머니들이 하나둘 사라지는 소리가 느껴졌다.

엄마는 우물에서 퍼 올린 샘물에 미숫가루와 설탕을 조금 넣고 휘휘 저어 한 그릇을 타왔다. 시원한 미숫가루 한 그릇을 다 비우고 천장을 보고 누워 있자니 몸이 사르르 녹아드는 것처럼 편안해지면서 요사스런 소문의 진원지인 교회당이 있는 건넛마을이 궁금해졌다. 아무래도 형에게 한번 가보자고 졸라 봐야겠다는 생각을 하면서 태연하게 잠이 들었다. 그날의 강요된 행복에서 벗어나 스스로 만들어 낸 첫 인생의 무대는 소리소문없이 무사히 꿈결 속으로 사라져 갔다. 어렴풋이 엄마의 목소리가 들리더니 잇몸에서 손을 잡아내리는 것이 느껴졌다.

2

이튿날은 기분 좋은 일요일이었다. 궁금증을 참지 못하고 이른 아침부터 잠에서 깼다. 휴일이 따로 없는 아버지는 일찌감치 나갔는지 연장 구럭도 보이지 않았다. 창문을 열자 말도 못할 정도로 날이 맑았다. 얼굴에 닿는 공기는 말할 수 없이 신선하고 보드라웠다. 건넛마을 가난한 사람들은 초라한 집, 얼룩진 벽, 구불텅한 골목에까지 따사로운 아침 공기가 은혜를 내리는 줄도 모르는 것 같았다. 아직도 잠이 들어있는지 온 동네에 개미 새끼 한 마리 보이지 않았다.

형은 벌써 전축을 틀어놓고 방에 드러누워 그룹 퀸의 레코드판을 만지작거리고 있었다. 도저히 호기심을 참아낼 수가 없었다. 형의 배에 머리를 틀고 다시 몸을 눕히고 담아두었던 생각을 끄집어냈다. 그룹 퀸의 레코드판이 눈앞에서 천장을 가렸다.

"형! 형! 말도 안 되는 소리 같지만 가내수공업 센터 있는 마을에 구렁이하고 사는 여자가 있대. 가보자. 엉?"

형을 꼬드기기 시작했다. 요사스런 소문의 진원지에 꼭 가보리라 작정을 했다. 건넛마을은 바라만 보던 것이 전부였다. 집 앞마당에서 놀이에 빠져있다가도 하늘과 맞닿은 언덕 어름에 교회당이 있는 곳을 바라보면 천둥 번개가 치고 비가 오고 눈이 오는 자연의 섭리들이 어김없이 그곳에서부터 시작되는 것만 같았다. 해가 뜨고 별이 뜨고 하루의 시간이 흐르는 것도 그곳을 바라보고는 알아챘다.

교회당이 있는 능선 아래로는 좁은 비탈길 사이로 허름하게 지은 판잣집들이 빼곡히 들어차 있었다. 산허리를 베어낸 곳에 스웨터를 만들어내는 가내수공업 공장만 빼면 루핑과 양철 지붕으로 만든 허름한 판잣집 모두가 검은 잿빛이었다. 그래서인지 그곳은 우리 동네보다 더 빈곤해 보였다.

새벽의 희뿌연 안개가 자욱이 퍼져 길바닥을 눅눅하게 적시고, 어스름하게 달안개 깔리는 시간이면 커다란 개 짖는 소리가 고요한 밤을 꿰뚫고 이따금 들려 왔는데 꼭 늑대 울음 같았다. 그 소리는 교회당 너머 먼 곳에서도 희미하게 들려왔다. 공명과 진동이 소리 없이 음습한 달안개 속으로 사라질 즈음이면 우리 동네 작은 개들마저도 늑대 울음 흉내를 냈다. 그럴 때마다 음산하고 섬뜩한 기운에 정말 소름이 돋을 만큼 어둡고 우울한 분위기를 만들어냈다.

그곳을 늘 호기심 어린 눈으로 바라보곤 했지만 선뜻 가볼 엄두를 내지 못했다. 하지만 이른 휴일 아침에 교회의 종소리가 아련히 들려올 때면 움츠렸던 마음은 사라지고 감미로움에 빠져들었다. 그때마다 가보고 싶다는 충동이 느껴져 그쪽 동네는 늘 호기심과 두려움 그리고 흥미로움을 불러일으키는 대상지였다. 그런데 소문대로라면 정말 믿을 수 없는 일이 그 동네에서 벌어졌으니 기회를 놓칠 수 없었다. 마침내 때가 되었다는 생각이 들었다. 형의 허리춤을 붙들고 늘어졌다.

"형, 가보자. 엉? 가자!"

"……."

전축에서 흘러나오는 음악에 취한 형은 졸라대는 나를 심드렁하게 쳐다봤다. 표정은 정말 말 같지도 않은 말은 하지도 말라는 식이었다. 붙들고 잡아끌었지만 덩치도 키도 두 배가 넘는 형은 꿈적도 하지 않았다. 하지만 부탁을 아주 거절하지 못한다는 것을 알고 있었다. 마침내 그것을 감지했다. 형은 잠시 넋을 놓고 있더니 갑자기 이얍! 하고 기합소리를 내며 몸을 벌떡 일으켜 세웠다.

의자에 올라앉았다. 무슨 생각이 들었는지 서랍을 뒤적였다. 안에는 날개 달린 사자가 그려진 '비사표 덕용 성냥'이라고 적힌 작은 성냥갑들과 빈 성냥갑들이 가득했다. 또 다른 서랍을 열어 작은 사진 앨범을 펼쳤다. 그곳에는 '해태 왕 드롭스', '해태 초콜릿 팩'과 '비둘기표', '사자표', '보해소주', '진로' 등 허접스런 상표딱지들이 스크랩 되어 있었다. 그리고 우표를 수집해 놓은 앨범을 한 장 한 장 뒤적거렸다. 형의 속에 있는 생각을 짐작할 수 있었다. 허리춤을 더욱 강하게 잡고 늘어졌다.

"형! 가보자! 성냥갑 더 주워 줄게!"

형은 말을 듣는 둥 마는 둥 하더니 턱을 괴고 앉아 골몰히 생각에 빠져들었다. 잠시 후 4H연필을 집어 들었다. 석고상, 손가락, 풍경 등 연필로 그린 그림이 가득한 스케치북도 챙겼다.

"가자!"

날은 푸르러 교회당에 매달린 십자가에 비둘기 깃털 같은 구름이 걸렸다.

오랜만에 생기가 넘치는 걸음걸음으로 형의 뒤를 따랐다. 공동수도장을 지나 다시 너른 길을 건너 조그만 다리를 건너자 가파르고 비좁은 골목길이 나왔다. 비좁은 골목길은 마주 오는 사람과 어깨를 부딪칠 만큼 비좁았고, 빼곡히 들어선 허름한 집들은 한 뼘만큼의 마당도 없었다. 음식 찌꺼기가 말라붙은 개밥그릇이 있는 문턱에는 마른 개똥 하나가 뒹굴었고 작은 누렁이가 그것을 지키고 있었다. 어찌나 좁은지 가재도구들이 널브러진 문지방 너머 노란 장판이 깔린 안방까지 들여다보였다.

가파른 길목을 부지런히 오르는 것으로 보아 아무래도 형은 소문의 근원지에도, 이 동네에도 관심이 없는 것 같았다. 의도적으로 골목길을 이리저리 돌며 요사스런 소문의 근원지로 형을 이끌고 싶었지만, 형은 비탈길을 곧장 올라 교회당이 있는 언덕으로만 향했다. 형의 걸음은 너무도 빨랐다.

"아이고! 아이고! 힘들어!"

발을 내디딜 때마다 엄살을 부렸다. 혹시 뒤돌아볼까 잽싸게 한쪽 무릎에 손을 올려놓고 멈춰서 눈치를 봤다. 형은 업어주기는커녕 쳐다보지도 않았다. 고작해야 큰 개가 킁킁거리면서 코를 바짝 들이밀고 뒤를 따라올 때만 '개 조심해!'라고 말할 때의 표정으로 주의 깊게 쳐다보았다.

가내 수공업으로 하는 스웨터 공장에 도착하자 형은 쓰레기가 잔뜩 버려진 곳을 발로 툭툭 차면서 버려진 상표 따위를 찾아내려 애썼다. 그럴 때마다 겨우내 쌓였던 연탄재가 풀풀 날렸다. 행여나 자신이 갖고 있지 않은 성냥갑이나 상표라도 손에 넣으면 "두호야! 이것 봐라!" 하면서 묻은 흙을 툴툴 털어내며 표정이 밝게 빛났다. 고작해야 연탄재가 묻어 있는 '비사표 성냥'이라고 적힌 작은 성냥갑이었다. 그것이 구접스러워 보여 이해할 수 없다는 표정으로 인상을 찌푸리면서도 그것들이 가지고 있는 고유의 디자인에 관심이 있는 형의 기분을 맞춰주기 위해 함께 뒤적거려 주었다.

마지막 교회당이 있는 언덕에 가까이 이르자 우리가 사는 동네가 훤하게 펼쳐졌다. 싱싱한 풀 냄새가 물씬 풍겼다. 발아래로 얼키설키 얽어진 루핑과 양철 지붕들이 발아래 놓였고, 가까이 공동수도시설에 한 무리의 사람들과 가파른 황톳길로 물지게를 지고 오르는 사람도 보였다. 멀리 너른 마당에서는 동네 아이들이 집단놀이를 하며 뛰어노는 것도 한눈에 들어왔다.

그때 구르르릉! 소리를 내면서 비행기가 머리 위로 지나고 있었다. 얼마나 가깝게 보이는지 우리를 향해 손을 흔들 것처럼 가까웠다. 형은 들고 있던 스케치북을 둘둘 말았다. 그것은 망원경이 되었다.

"형! 비행기에서 우리가 보일까?"

"보일지도 모르지."

대항해를 하는 선장처럼 종이 망원경을 하늘로 향했다. 그러고는 망원경에서 눈을 떼지 않고 다시 말했다.

"보일 것도 같은데……, 나중에 커서 네가 직접 확인해봐."

'과연 비행기를 타게 될 수 있을까?'

이렇게 말하려 했지만 하지 않았다. 갑자기 먼 꿈처럼 느껴졌다. 큰 궁금증을 불러일으켰지만 도리가 없었다. 비행기 소리는 시끄러웠지만 얼마나 좋은지 멀리 가지 않아도 그것을 볼 수 있다는 것만으로도 행운이란 생각이었다. 그래도 언젠가는 비행기에서 창밖을 내려다보는 모습을 동경하면서 먼 이국에 사는 사람들도 두 눈으로 직접 보리라 마음을 먹었다.

형은 비행기보다는 배를 좋아했다. 마도로스가 꿈이었던 형은 그림을 그리지 않으면 나무를 깎아 배를 만들었다. 정말 손재주가 특별했다. 항공모함을 주로 만들었는데 정말 고급스럽게 만들어 냈다. 그것들을 만들 때면 톱, 망치, 칼, 끌, 어떨 때는 손톱깎이도 사용되었다. 굵은 소나무를 깎아 선체를 만들고 굴뚝을 만들고 함포를 여기저기 만들었다. 심지어는 어뢰도 있었고 기관총도 있었다. 그것을 만들 때는 성냥개비도 재료로 사용되었다. 형이 배를 만들 때마다 마도로스가 되겠다고 말을 하곤 했는데 그러면 아버지는 못마땅해 하면서 이렇게 나무랐다.

"이놈아! 마누라한테 기죽지 않고 살려면 장가는 갈 생각도 말아!"

아버지는 뱃사람 부인은 모두 거칠고 드세 남편들은 기도 못 펴고 사는 사람으로 여겼다. 그것은 돼지엄마와 부산 할머니의 영향을 받은 것이 틀림이 없었다. 부산 할머니가 욕하는 소리나 돼지엄마 목소리가 들리기라도 하면 아버지는 "어휴! 뱃놈들은 순해 터졌는데 여자들은 왜 저리 기가 세!" 이렇게 푸념하면서 형에게 고개를 돌리고는 말했다.

"뱃놈은 될 생각도 하지 마라. 이놈아!"

완성된 배는 유리관에 맞춰 넣어져 진열을 시켰다. 그러면 돈을 주고 사 가는 사람도 있었다. 마도로스 출신, 영애 아버지가 고객이었다. 그는 형이 배를 만드는 모습을 보고는 턱선에 손을 받치고 한동안 지켜보다가 점잖은 목소리로 같은 말을 되풀이하면서 어깨를 두드리고 머리를 쓰다듬었다.

"두민이는 마도로스보다는 예술가가 되는 게 좋겠어. 그 항공모함은 아저씨가 사야겠군."

우우우웅…… 비행기가 칼바위가 있는 산을 넘어 긴 꼬리를 만들고 사라지자 형은 원양어선의 마도로스처럼 망원경을 다시 산91번지로 향했다. 그리고 다시 엄지와 집게손가락으로 사각형 틀을 만들어 한쪽 눈을 지그시 감고는 동네의 모든 것을 담아내는 시늉을 했다. 이리저리 방향을 돌려가며 그것을 반복해 구도를 잡아 보기도 하고 이곳저곳으로 시선을 돌려보았다.

그것은 형이 새로운 그림을 그리기 전에 꼭 행해지던 습관이었다. 이내 4H연필로 쓱쓱 그어 스케치북에 그려내고는 기이한 예술적 행위를 끝냈다.

형의 관심은 소문의 진원지가 아니라는 것을 알았다. 산91번지에서 뭔가 그림의 소재를 찾고 있다는 생각을 했다. 우리는 다시 발길을 돌렸다. 교회당 아래로 좁은 비탈길로 내려가자 기분 나쁘게 짙은 향내가 피어올랐다. 골목이 갈라지는 곳에 평상이 놓여있는데 그곳에 검은 옷에 삼베 모자를 쓰고 몇몇 사람들이 모여 앉아있는 것이 보였다. 한쪽 벽에는 상갓집을 알리는 글자가 쓰인 노란 등이 매달려 있었다. 분명 엄마와 동네 아주머니들이 가리키던 요사스런 여인이 사는 소문의 진원지라는 것을 알 수 있었다.

"두민아! 여긴 웬일이야?"

누군가 형을 불러세웠다. 검은 테 안경을 쓴 것이 형과 달리 공부를 좀 하는 형처럼 보였다. 둘은 서로 인사를 하더니 어정쩡한 태도로 이야기를 나누었다. 형이 고개를 숙이고 연탄재를 사부작사부작 밟으면서 말하자 상대도 이내 같은 행동을 따라하면서 이야기를 하는 것이 너나 들이로 지내는 사이 같아 보이지 않았다. 형은 나에게 고개를 돌렸다. 홀로 선 내 모습이 숫기 없는 형에게 빨리 자리를 뜨고 싶은 좋은 핑곗거리였을 것이다. 둘은 이내 손을 흔들고 헤어졌다.

"누구야?"

"초등학교 친구."

형은 손을 잡아 내려오던 길을 돌려 다른 골목으로 나를 이끌었다. 의도적으로 그곳을 비켜나려고 빠져나온 것 같았다. 형의 말대로라면 소문은 연탄가스를 마시고 죽은 여인의 사망이었다. 그것은 형의 친구에 의해 증명되었다.

지난해 겨울, 윗동네에서 신혼부부가 연탄가스에 질식해 죽은 시신이 팔다리가 뒤틀려 들것에 실려 나오는 것을 구경꾼으로 목격한 적이 있었다. 그때를 떠올리니 오늘 하루 있었던 일에 대해 뭔가 이야깃거리도 안 된다는 생각이 들었다. 다리만 아프고 이렇다 할 소득도 얻지 못한 기분이 들었다.

그렇지만 그때까지 죽음에 관해 생각을 해 보지 않았었다. 그때까지만 해도 사람은 죽을 때 손발이 꼬이고 뒤틀려 죽는 줄 알았다. 그런데 잠이 들면서 그 여자도 몸이 뒤틀려서 죽었을까 하는 생각이 들었다. 곰곰이 생각하니 일전에 죽은 부부는 온기는 사라지고 연탄가스만 스며든 방에서 웅크리고 자다가 팔다리가 펴지지도 않을 정도로 얼어 죽은 것이라는 것을 알게 되었다.

앞집 아줌마가 만들어낸 소문의 진상을 밝혀내면서 덤으로 죽음의 형태에 대한 호기심도 사라졌다. 그 무엇보다 형이 그림을 어떻게 그려낼지가 궁금했다. 도화지를 펼치자 산91번지가 고스란히 담겨있었다.

이튿날 이른 아침, 창을 열었다. 앞집 아주머니가 세숫대야를 앞마당까지 들고 나와 양치질을 하고 있었다. 놀라지 않을 수 없었다. 그녀는 망측하게 생긴 잇몸 덩어리를 휘휘 흔들어 헹구고 있었다. 그러고는 양칫물을 퉤 뱉어 버리고 닭똥집 같은 입을 벌려 그것을 꾸겨 넣고 있었다. 무의식적으로 내 잇몸을 잡아 흔들었다.

아무래도 앞집 아줌마는 평소 닭똥집 같은 입이 다시 새빨간 틀니로 뭉팅 채워질 때면 번들거리는 이를 드러내 보이고 싶어 말도 안 되는 이야깃거리를 만들어내는 것이 분명했다. 재빨리 창을 닫았다. 눈을 질끈 감았다. 새빨간 그것이 머릿속으로 떠오르는 것까지 원천차단했다.

그날 이후, 이가 뭉팅 빠져나가는 악몽을 피해가진 못했다. 그럴 때마다 가슴이 철렁 내려앉았다. 나도 모르게 잇몸에 손이 가 있었다. 그 버릇은 아무리 장난 말이라도 새빨간 거짓말을 할 때면 나타났다.

#09
장마

축축이 젖었던 하늘은 깃털 구름 하나 없이 맑게 개었다.

며칠 고개를 숙이고 축 늘어졌던 해바라기도 고개를 바짝 세웠고

뜨락에 개망초도 모두 고개를 들었다.

채송화는 물을 얼마나 먹었는지 살이 통통하게 올라 있었다.

"아버지! 제 피를 드시고 꼭 살아나셔야 해요."

영애의 목소리가 텔레비전에서 흘러나왔다. 〈전설의 고향〉에 출연한 것이다. 손가락을 깨물어 자신의 피를 내서 죽어가는 아버지에게 먹이는 장면이었다.

한마디의 대사와 함께 영애는 잠시 잠깐만에 스쳐 지나갔다. 귀여운 얼굴을 보면서 영애가 우악스럽게 생긴 돼지엄마 딸이라고는 전혀 상상할 수가 없었다. 종점 인근에서 얼뜨기처럼 건들거리며 짝다리를 하고 서 있는 돼지형 동생이란 것도……. 바보처럼 얼마나 연기가 서투르던지. 어울리지 않는 한복을 입고 대사도 국어책 읽는 것 같아 〈여로〉에 나오는 주인공보다 더 바보 같다고 한마디 말해주고 싶었지만, 돼지엄마 얼굴이 떠올랐다.

'그래도 동네에서 제일 예쁜 아이가 색시라고 나를 졸졸 따라다니니…… 흠!'

1

전날도 비가 억수같이 내렸다. 사실 그날은 처음에는 날씨가 너무 좋아서 하늘에 구름 한 점 없이 화창했었다. 그러더니 수시로 소낙비가 내리고 해가 뜨기를 반복했다.

빗물로 막 목욕을 끝낸 언덕은 신선했다. 공동수도에서 집으로 오르는 우툴두툴하던 길은 부풀었고 움푹움푹 패인 곳은 물길이 만들어졌다. 땡볕이 드는 순간이면 길목에 흐르는 빗물에서도 실바늘 같은 빛이 보석처럼 튕겨 올랐다. 물장난하기에 아주 좋은 날이었다. 첨벙첨벙 마르지 않은 빗물을 튀기면서 걸었다. 조금이라도 물이 고인 곳은 얼마나 예쁘던지 쪼그리고 앉아 돌을 모아다가 깨끗이 닦아 바닥에 깔았다. 그리고 손바닥을 철퍼덕철퍼덕 담갔다.

"오빠! 집에 안 가고 뭐 해!"

어느새 돼지엄마네 막내딸 영애가 주름진 레이스가 달린 흰 원피스를 입고 곁에 앉았다. 긴 머리를 두 갈래로 땋아 늘인 머리 한복판에 흰 가르마가 선명하게 그어졌고, 이마에는 나비 모양 핀을 꽂고 있었다. 영애가 어린애 쳐다보듯 빼꼼히 바라보고 있었다. 눈을 찡그리면서 벌떡 일어났다.

"이것이! 저리 안 가?"

"안 가."

영애는 눈을 말똥말똥 굴렸다.

"이것이!" 하고 손을 번쩍 드는 순간 며칠째 장마가 이어져 일을 나가지 못해 집을 지키던 아버지가 우두커니 서서 우리를 보고 있다는 것을 알았다. 어쩔 수 없었다. 부리나케 자리에서 일어나 집으로 향했다. 집에 돌아와서도 펌프질을 해서 웅덩이에 물을 고이게 해 놓고 발을 담그고 철퍼덕거리며 놀았다. 우물에서 퍼 올리는 물은 넘쳐흘렀다. 그새 영애가 또 따라붙었다.

"저리 가! 창피하게."

"안 갈 거야!"

"한 대 때려줄 거다."

"그럼 신랑이라고 부른다."

"이것이 정말!"

얼굴을 찌푸리면서도 순간 영애가 신랑이라고 부르지 않은 것만으로도 다행이라는 생각이 들었다.

"그렇게 부르기만 해 봐! 정말로 때려줄 거야!"

영애는 입술을 삐죽거리더니 울음을 터트릴 것처럼 울먹거리기 시작했다. 내려다보던 아버지의 인상이 호랑이처럼 바뀌고 있었다. 아버지의 표정을 보는 순간 지난 기억이 떠오르면서 저절로 몸이 멈칫했다.

아마도…… 엄마나 아버지뿐 아니라 동네 사람들 모두 영애가 나한테 한 번 쥐어박히고부터라고 생각하고 있는 것 같았다. 하지만 그렇다면 그것은 정말 잘못된 생각이었다. 지금이라도 해명을 해야 할 것 같다는 생각이다. 기억을 더듬을 필요도 없이 생생하다. 억울한 일은 잊히지 않는 법이니 말이다.

돼지엄마 딸, 영애는 나보다 두 살이 어렸다. 학교를 입학하기 전에 우리는 결혼을 약속했다. 하지만 그것은 어른들이 자신들의 무료한 삶에 재미를 보태기 위해 장난스럽게 만들어낸 약속이었다. 그럼에도 불구하고 영애는 그때부터 나를 만날 때마다 신랑! 신랑! 하고 매달렸다.

영애는 우리의 결혼약속을 굳게 믿고 있는 것 같았다. 나도 그것이 거북하거나 나쁘게 들리지 않았다. 아니다. 그렇게 표현을 하는 것보다는 그렇게 부르는 소리에 아무런 관심을 두지 않았다는 표현이 더 맞을 것 같다. 아무튼 그 일이 있기 전에 우리는 서로가 이 집 저 집 문지방을 들락날락하면서 그럭저럭 사이좋게 뛰어 놀았다.

나무에선 새싹이 돋고, 새들이 노래하기 시작하던 계절, 비가 갠 어느 날이었다. 햇빛이 쓸어내리는 집 앞마당에서 영애가 긴 머리를 어깨까지 늘어트리고 인형처럼 놀고 있었다. 동네 너른 마당에 외롭게 서 있는 떡갈나무 아래에 있는 산소에서 할미꽃을 꺾어다가 건네주었다.

"너처럼 예쁜 꽃이야, 받아!"

"무슨 꽃인데?"

"할미꽃."

"…… 할머니가 죽어서 피어난 꽃이야, 무서워."

영애는 무덤에서 캐온 할미꽃이라고 받지 않았다. 시무룩해진 기분에 자존심도 조금 상했다. 그것을 담장 아래 심었다. 그곳에는 채송화도 심고 원추리도 뽑아다 심었는데 그것만 금방 시들어 축 늘어져 버렸다. 다음 날도 햇빛이 반짝였는데 할미꽃은 고개를 들지 못했다. 그것을 뽑아 버렸다. 그것이 죽어서 그런 건 아니었다.

한 살 많은 동네 형, 그의 이름은 흥구였다. 그가 어찌된 영문인지 꽃의 비밀을 알고 있었다. 그는 그때부터 볼 때마다 얼라리 꼴라리 하면서 혓바닥을 날름거리면서 손가락질을 했다. 심지어는 흥구 형 친구 녀석인 성일이도 덩달아 이죽거리면서 흥구 형을 따라했다. 그때마다 얼굴이 빨개졌고 처음 가슴속이 부글부글 끓어오르는 것을 느꼈다. 나이만 많지 않다면 한 대 때려주고 싶을 정도였다. 더는 놀림을 받고 싶지 않앉다. 시들어빠진 할미꽃처럼 고개를 떨구고 영애에게 본심을 숨긴 채 말을 했다.

"영애야! 다시는 신랑이라고 부르지 마!"

"싫어, 신랑!"

영애는 내 말은 들은 척도 않고 혀 짧은 소리를 냈다. 남자아이들이 놀리는 것도 알아채지 못한 것 같았다. 허리춤에 매달리기까지 했으니까 말이다. 할 수 없이 독하게 마음을 품었다. 다시 말했다.

"다시 한 번 신랑이라고 그러면 때려줄 거야!"

영애는 마침내 울음을 터트렸다. 마음이 안 좋아 눈물을 닦아주고 싶었는데 참았다.

"영애랑 친하게 지내야지, 왜 때리고 그래!"

"때리기는 누가 때려요!"

"이 녀석이 그래도."

다음 날 이른 아침부터 아버지는 호랑이처럼 으르렁거렸다. 아버지와 엄마는 내 마음을 알지도 못하는 것 같았다. 마치 자신들의 딸을 괴롭히는 녀석을 대하는 것처럼 유난스럽게 영애 편을 들었다. 억울하고 화가 치밀었다. 때리지도 않았고 잘 타이른 것밖에 없는데 말이다. 아침도 거르고 툇마루 밑에 있는 지하실로 숨어들었다.

지하실은 어두컴컴했지만 전깃불만 켜면 음습하지 않았다. 언제나 맑은 물이 고여 있었다. 사실 그곳은 놀이터나 다름이 없었다. 예쁜 돌을 주워서 가재와 송사리가 숨을 곳을 만들어 놓고 산에서 그것들을 잡아다 풀어 놓았었다. 그곳 한구석에는 장독이 하나 있었다. 첨벙거리고 들어가 물속을 헤엄치는 송사리에게 손을 뻗으며 철퍼덕거리는데 항아리 바닥으로 유난히 많은 송사리가 숨어 달아났다.

호기심에 장독 뚜껑을 열어젖히니 포도가 수북이 쌓여있었다. 기분 좋은 향기가 코를 찔렀다. 포도알을 하나 떼어먹는데 얼마나 향기롭고 기분이 좋던지, 백 알도 더 먹고는 철퍼덕거리다 가재와 송사리가 숨을 만한 곳을 뒤적거리면서 놀았다. 그런데 시간이 갈수록 다리에 힘이 풀리고 어지러웠다. 지하실에서 나오니 눈이 얼마나 부시던지 휘둥그레 달걀 노른자위가 아른거리는 것만 같고 기분도 최고로 좋아졌다. 나도 모르게 눈을 질끔 감고 노래를 흥얼거렸다.

"저 푸른 초원 위에 그림 같은 집을 짓고…… 사랑하는 우리 님과……"

그때 누군가 허리를 획 감아 안았다. 영애라는 것을 알았다. 고개를 돌리자 신랑! 하면서 나를 말똥말똥한 눈으로 올려보고 있었다. 순간 엄마가 꾸짖던 소리가 떠올라 영애에게 화를 내기는커녕 어른스럽게 말해야겠다는 생각이 들었다.

"영애야, 우리 결혼은 어른들이 한 약속이야. 어른들이 심심해서 몹쓸 장난을 친 거야. 다시는 그런 소리 하면 못써!"

아버지 목소리를 흉내 내면서 오빠처럼 말했다. 말이 떨어지는 순간 꺽 하고 트림이 연거푸 올라왔다. 칫! 하는 소리를 내면서 영애는 좁쌀 주워 먹는 병아리처럼 고개를 숙이고 종종거리며 나를 맴돌았다. 어지러워! 하고 말하려는데 이번에는 딸꾹질이 났다. 딸꾹질은 멈추지 않았다. 그때 흥구 형 목소리가 들렸다.

"야! 두호야! 연애하나?"

그는 좁쌀 같은 소리를 내면서 혀를 날름거리고 있었다.

"정말로 저리 안 가!"

주먹을 불끈 쥐고 악다구니를 냈다. 이전과 달리 소리를 크게 지르고 말았다. 그것은 영애에게 한 소리였다. 정말로 순식간에 나도 모르게 벌어진 일이었다.

우왕! 하고 영애가 울음을 터트렸다. 하필이면 그때 또 아버지가 구불 텅한 길을 올라오고 있었다.

"너 이놈의 자식, 왜 애를 자꾸 때리고 그래!"

아버지는 한걸음에 올라와 영애의 머리를 쓰다듬었다.

"아저씨가 두호 녀석 때려줄 테니 울지 마!"

아버지는 나를 본 체도 않고 영애를 달랬다. 아버지는 왜 저럴까 하고 의문도 품고 분도 났지만, 아버지의 엄포는 아무런 자극이 되지 못했다. 왜냐하면 그것은 정말 판에 박힌 말뿐이었고 꿀밤 한 번 맞아본 적이 없 기 때문이다. 그래도 영애의 울음을 그치게 하는 데는 효과적이었다. 영 애는 아버지가 뻔한 거짓말을 하는 것도 모르는 것 같았다. 영애는 눈물 을 뚝 그쳤다.

"두호 너, 영애 또 때렸구나."

이번에는 엄마였다. 쥐고 있던 행주를 휙 집어 던지더니 행주 쥐어짜 듯 손을 잡아끌었다.

"이건 또 무슨 냄새야! 너 얼굴이 왜 이렇게 빨개? 누가 술을 먹었어?"

아버지는 눈을 부릅떴다. 그리고 "황 씨 왔었어?" 하고 다시 물었다.

"아니!"

그렇게 건방지게 대답한 것은 나였다. 아버지는 고개를 돌려 엄마를 노려봤다. 엄마도 터무니없다는 투로 아버지를 노려봤다. 나도 아버지 가 하는 소리가 뭔 소리인지 데굴데굴 눈알을 굴리며 번갈아 아버지와 엄마를 바라봤다.

엄마도 뭔가 이상한 점을 발견했다는 듯이 앞으로 고꾸라질 듯 고개 를 숙이고 코를 점점 더 들이대면서 코를 큼큼거렸다. 그리고 어깨를 쳤다.

"두호 이 녀석. 어서 술을 얻어 마셨대, 도토리만 한 놈이. 황 씨 아저씨 만났니?"

"아니!"라고 또 말했다. 그리고 터무니없는 말은 하지도 말라는 표정도 지어주었다. 아무래도 연탄가게 황 씨 아저씨한테 막걸리라도 얻어먹은 줄로 모두 착각하는 것 같았다. 술을 먹다니 엄마는 왜 또 터무니없는 누명을 씌우는지 이해할 수가 없었다. 얼마나 억울하던지 "참 내!" 하고 어이없다는 듯이 씩씩거렸다. 할 말도 하지 못하고 획 돌아들어 가는데 땅이 빙글빙글 돌았다. 뒤에서 깔깔거리며 웃는 소리가 들리더니 엄마가 부르는 소리가 들렸다. 고개를 돌렸다.

"두호야! 다시 걸어봐!"

엄마는 배꼽을 쥐어 잡고 웃고 있었다.

"저놈 걸음걸이 봐라! 취해도 단단히 취했네."

아버지는 넋 나간 사람처럼 나를 바라보았다.

'음…… 왜들 나를 그렇게 바라보는지 모르겠어' 하고 머릿속에서 하고 싶은 말들이 빙빙 맴돌고 몸도 어지러웠다. 등 뒤에서 오빠! 하고 부르는 소리가 들렸다. 처음 듣는 소리였다. 아버지 허리춤을 잡고 있는 영애가 눈을 말똥말똥 뜨고 바라보고 있었다. 마치 어린 천사 같은 모습으로 서있는 영애를 보는 순간은…… 밉다가도 안쓰럽게 보였다.

'영애야! 이건 다 어른들의 몹쓸 장난에서 비롯된 거야' 라고 생각하면서 '게다가 홍구 형이 마음을 상하게 해서 생긴 일이야' 라고 어른스럽게 말해주고 싶었다. 순간 언젠가는 형 같지도 않은 홍구 녀석을 한 번은 혼내주고 싶다는 생각도 들었다.

아무튼 영애를 만나면 좋은 일보다는 나쁜 일이 더 많이 생겼다. 더는 훼방꾼들에게 놀림을 당해 마음이 상하고 싶지도 않았다. 아무래도 우리가 결혼한다면 불행한 일만 초래될 것이 뻔하다는 생각도 들었다.

"음…… 네 울음은 마음을 이해하지 못해서 생기는 거야. 이런 신랑의 마음을 알아줘야 할 텐데……. 쩝, 안녕 귀여운 영애야."

입속말을 하면서 입술을 오물거렸다. 몸을 돌렸다. 파란 나비 한 마리가 햇빛에 씻긴 연녹색 이파리에 앉았다가 푸른 하늘로 날아가는 것을 바라보고는 기분을 숨겼다. 모든 세상의 눈을 피해 집 안의 피난처 장롱으로 기어들어갔다. 사랑의 기쁨과 고통 대신에 사내나 느끼는 고독을 맛보기로 한 것이다. 깜깜한 침묵의 공간에 오직 나 혼자 떨어져서 눈을 감았다.

'이 순간만큼은 모두 나의 것, 온갖 것이 잊혔으니 그 누구도 사나이의 고독을 방해하지 말 것.'

그날 이후 영애를 볼 때마다 화가 난 것처럼 굴었다. 그렇게 시간은 흘러갔다. 그래도 영애는 여름과 가을, 그리고 겨울이 지나는 동안에도 곁을 떠나지 않았다. 언제나 창을 열면 그 아이가 나를 바라보며 큰 소리를 냈다. 그러면 인상을 찌푸리고 창문을 탁 닫아버렸다. 그때마다 밖에서는 우왕 하고 울음 터트리는 소리와 함께 오빠! 오빠! 하는 소리가 들렸다. 그 애 나이 여섯 살 때였다.

"그럼 누가 술을 또 먹였어?"

아버지가 소리쳤다. 깜짝 놀라 눈이 휘둥그레졌다. 작년하고 똑같은 일이 벌어진 것만 같았다. 영애는 어느새 아버지 허리춤에 매달려 있었다. 그때 대장! 하고 늘어진 목소리로 아버지를 부르는 소리가 들렸다. 우물터에 사는 술주정뱅이 추 씨 아저씨였다.

"먹이기는 누가 먹여요."

그는 혀 꼬부라진 소리를 늘어지게 내면서 씩 웃었다. 그는 물놀이를 하고 있는 동안에도 채 마르지 않아 무르고 눅진한 집 앞마당에 드러누워 있었다. 산 할아버지 같은 흰 수염도 질퍽한 길바닥에 늘어져 있었다.

아버지보다 나이가 어린지 많은지는 알 수 없었지만, 할아버지는 아니었다. 큰 덩치에 희끗희끗한 턱수염은 벗겨진 머리에 남은 흰 머리칼보다 많았다. 이마는 넓어 이목구비가 시원하고 미간에 모인 주름이 선명했다. 표정은 서부영화에서 총을 쏘는 서부의 총잡이 존 웨인 같았다. 술 취한 몸은 흐트러진 백발에 잘 어울려 노쇠한 사람처럼 흐느적거리는 것도 전혀 이상하지도 않았다.

추 씨 아저씨는 맑은 날에도 비가 오는 날에도 어떤 문제라도 있는지 비척거리다가 팔뚝에 매달린 손을 쓸 틈도 없이 무릎을 꿇고 바닥에 얼굴을 처박았다. 봄·여름·가을·겨울 그랬다. 그렇다고 술에 취해 남을 해코지하거나 한 번도 피해를 준 적이 없었다. 사람들은 추 씨 아저씨를 그렇게 걱정을 하거나 관심을 두지 않았다. 거의 수년째 멀쩡한 모습의 백발 아저씨를 본 기억이 없으니 별문제는 아니었다. 사람들은 그러거나 말거나 별 관심을 두지 않았지만 아버지만큼은 언제나 손을 잡아 일으켜주었다.

그는 '대장!'이라는 말을 잊었는지 "회장!" 하고 혀 꼬부라진 소리를 하면서 씩 웃었다.

"날도 구중중한데 물장난 그만하고 아주머니한테 가서 아저씨 데려가라고 전해라. 얼른!"

아버지의 말이 떨어지기 무섭게 후다닥 내달렸다. 영애도 뒤따랐다.

혀 차는 소리와 함께 언젠가 들어봤던 익숙한 소리가 들렸다.

"맨정신에 살기도 힘든 세상 왜 취해 살아! 취해도 단단히 취했군…… 쯧쯧!"

근심스런 목소리도 들렸다.

"그나저나 이놈의 비는 또 얼마나 오려고……."

2

'어휴, 무서운 천둥소리.'

화포 쏘는 소리처럼 요란했다. 마치 전쟁이라도 터진 듯했다. 깜짝 놀라 창문을 열어젖히니 사람들이 앞마당에 모여 웅성거렸다. 곧 무슨 변고라도 날 것처럼 걱정스러운 표정들이었다. 시커먼 구름에서 아무도 눈을 떼려 하지 않았다.

예전 같으면 건너편 교회당이 있는 언덕에서부터 먼저 검은 구름이 끼고 천둥과 번개가 치고 비가 내렸었는데, 그날의 오후는 달랐다. 산봉우리가 이고 있는 건 하늘이 아니라 둥둥 떠다니는 커다랗고 검은 물동이였다. 먹구름은 그나마 한 줄기 빛줄기마저 가려 산은 아예 보이지가 않았다. 천둥소리를 동반한 날카로운 섬광이 번쩍번쩍 레이저 빔처럼 검은 구름을 가르고 내려와 산 껍데기를 까뒤집고 속살까지 갈라냈다.

구르릉…… 콰광……!

대포 소리 같은 우레가 산 끝에 가까스로 매달려 있는 칼바위는 물론이고 모든 단단한 바위들을 다 부서트리고 굴러 떨어뜨릴 것처럼 사납게 울렸다. 겁먹은 영애가 머리핀을 떨구었는지도 모르고 자기 집으로 달려가자 폭우가 무섭게 퍼붓기 시작했다. 나도 나만의 안식처, 장롱 속으로 도망치듯 파고들었다.

긴장감이 흘렀다. 적의 침투가 임박한 듯했다. 개인 화기는 은폐하고 적의 침투를 차단하기 위해 엄폐물을 찾아 갈피를 잡지 못하고 헤맸다. 기동성이 있는 자주포를 지원받아야 한다는 소리가 무전기를 통해 흘러나왔다.

구르르릉, 구르르릉…….

멀리서 화차가 달려오는 소리가 철로를 타고 땅을 울렸다.

"저것을 타고 이곳을 탈출하는 게 좋을 것 같아!"

떨리는 철로 위에 서서 질주하는 화차를 향해 손을 흔들었다. 분대장도 철로 위로 올라섰다. 돌진해 오는 화차는 멈추지 않았다. 재빨리 몸을 피했다. 맞은편 언덕으로 황급히 기어올라 화차가 지나간 철로를 바라보았다. 뒤를 따르던 분대장이 화차를 미처 피하지 못한 것 같았다. 화차가 지나가고, 팔다리가 무참하게 잘려나가고 늘어지게 쓰러져있는 그가 보였다. 그는 일어나지 않았다.

철로 옆에 작은 들풀들이 바람에 흔들렸다. 다시 위기가 느껴졌다. 화강암 석조로 만들어진 엄폐물로 돌아가 숨겨진 개인 화기를 살폈다. 그리고 높은 곳으로 다시 올랐다. 멀리 눈이 닿는 곳까지 시선을 내던지는 순간이었다. 꽝 하고 적의 포화가 시작되었다. 쿠르릉 쾅쾅! 포탄이 줄기차게 쏟아졌다. 갑작스럽게 쏟아지는 포탄 소리에 고함이 터져 나왔다.

"돌격 앞으로!"

누군가 소리를 치는 순간, 수풀에서 나무가 꺾이고 황톳빛 땅거죽이 벗겨지면서 커다란 구멍이 파였다. 바람이 불고, 비가 퍼붓고, 바윗덩이가 구르릉거리고 산이 쏟아져 내려 나를 덮치기 시작했다. 죽음의 환상이 참혹하게 떠올랐다. 비명을 질렀지만 소리는 속에서 머물러 들리지 않았다. 마침내 칼바위가 쩍 하고 갈라져 동네로 떨어지고 있었다. 영애가 우물가에 쪼그리고 앉아있는 것이 보였다. 마지막 비명을 질렀다.

"아악! 영애야!"

"두호야! 밥 먹어야지, 빨리 내려와!"

엄마의 목소리가 들렸다. 꿈이었다. 휴! 하고 한시름 놓았다. 안도감이 들었다. 형의 목소리가 장롱 틈새로 새어 들어왔다. 어떤 내용인지를 귀담아듣지를 않고 형이 저렇게 흥분을 하고 말을 많이 하는 것이 처음이라는 생각이 들었다.

"붙잡느냐 놓치느냐가 생사를 갈랐어요. 엄마! 저는 전봇대를 잡고 있었어요. 너무 많은 사람이 줄줄이 떠내려갔어요. 어린아이가 코앞에서 떠내려가는데 잡을 수가……."

형이 버스 종점 인근에 있는 탁구장에서 나오다가 죽을 뻔했다는 것을 알았다. 잠들어 꿈을 꾸고 있는 시간이었다. 아마도 좋아하는 아이스크림은 못 사온 것은 뻔했다. 잠에서 완전히 깨어났다.

"웬일인가? 무슨 대소동이라도 벌어졌나?"

밖에서 웅성거리는 소리가 들렸다. 천둥과 번개는 사라지고 어둠이 내린 밤에도 사람들은 모두 변고가 무사히 물러난 것처럼 웅성거리며 한결같이 안도의 숨을 쉬었다. 고욤나무가 있는 곳으로 가다가 만나게 되는 능선이 쓸려가 사라지고, 산허리가 잘려나갔다는 소리가 들렸다. 건너편 교회당이 있는 마을 아래 개천가 집들과 그곳의 수많은 사람이 떠내려갔다는 소리도 들렸다. 아버지도 청자 담배에 불을 붙이고는 한숨을 내쉬듯 담배 연기를 내뿜더니 안타깝게 혀를 끌끌 차며 알아듣지도 못하는 말을 했다. 사람들은 "맞아요", "옳아요" 하면서 공감을 표시했다.

영애와 눈이 마주친 것은 그때였다. 윤기 나는 긴 머리를 늘어트리고 아버지 허리춤에 매달려 있었다. 그 모습을 보는 순간 온갖 세상 모든 것들에게 감사를 해야겠다는 생각이 들면서 눈물이 뚝뚝 떨어질 지경이었다. 영애와 눈이 마주쳤다. 아무래도 뭔가 소리를 지를 기세였다. 모른 척 고개를 들어 시선은 아버지의 담배 연기를 따라갔다. 검은 구름이 머리 위까지 내려앉아 아직도 완전히 가시지 않고 있었다. 하늘은 아직 험악했지만 구름이 비켜난 사이로 희미한 별빛이 하나둘 반짝였다. 영애의 목소리가 들렸다.

3

축축이 젖었던 하늘은 깃털 구름 하나 없이 맑게 개었다. 며칠 고개를 숙이고 축 늘어졌던 해바라기도 고개를 바짝 세웠고 뜨락에 개망초도 모두 고개를 들었다. 채송화는 물을 얼마나 먹었는지 살이 통통하게 올라 있었다.

"두호야! 가보자!"

형은 민소매 셔츠에 청바지를 폼 나게 입고 약간은 흥분된 어조로 말했다. 형이 낡은 청바지를 챙겨 입는 모습을 보니 통기타를 들고 다니는 멋진 사내처럼 낭만적으로 보이는 것이 부러웠다. 형처럼 청바지를 입었으면 좋겠다는 생각을 하면서 반바지를 추켜올렸다. 멜빵을 어깨로 툭 걸쳐 놓았다. 주름진 무릎이 유난히 까맣게 보이는 것이 신경 쓰였지만, 할 수 없다는 생각을 하고 형을 따라나섰다.

호암사로 갈 때 만나게 되는 개울이 있는 곳으로 향했다. 교회당이 있는 언덕 한쪽은 절개되어 나가 수십 채의 집들이 흔적도 없이 사라져 버리고 짙은 황토만 드러냈다. 개울이 시작되는 곳으로 향하자 급작스럽게 산에서 굴러 내린 바윗돌이 박히고 깊게 패인 개울은 폭포처럼 엄청난 황톳물을 쏟아냈다. 개울가에 아슬아슬하게 매달려 있는 반나마 남은 집들은 기둥 하나만 걷어차도 무너져 내릴 것 같았다. 무너진 집들은 흔적도 없이 사라지고 없었다. 그나마 잘려나간 나무뿌리에 세간 잔해들만 가득 널브러져 있었다.

물이 넘쳐흘러 더는 가까이 갈 수가 없었다. 조금은 먼 거리였지만 구경을 하는 데 문제가 될 건 없었다. 우리는 멀거니 서서 흩어진 가재도구와 쓰러진 벽기둥을 들어내는 작은 굴착기와 삽과 곡괭이를 들고 분주하게 움직이는 사람들을 바라보았다. 익숙하지 않은 것에는 약간의 용기가 필요했다. 조심조심 한 발 한 발 개울가 가까이 다가갈 때마다 형은 나를 잡아끌어 움츠러든 용기에 힘을 불어넣어 주었다. 어른들이 웅성거리는 소리가 들렸다. 아이들도 어른들 가랑이 틈 사이로 기어들어가 목을 빼고 수군거렸다. 순간 형의 손을 놓을 수 없었다. 형도 손을 꼭 잡았다.

흙더미에서 머리카락 하나 없는 사람이 옅은 보랏빛 입술을 하고 하늘을 향해 팔뚝 하나를 쑥 뻗고 있었다. 허옇게 살가죽이 벗겨진 다른 팔은 나를 향해 있고 큰 나무뿌리에도 살가죽이 반질반질하게 벗겨진 채로 사체가 넝마처럼 널브러져 있었다. 용기를 내어 옆으로 몇 걸음 옮겨 돌아 있는 얼굴로 시선을 보내자 하얗게 질려있는 눈동자가 보였다. 너무 놀란 나머지 심장이 얼음덩어리가 되는 것 같았다. 살이 벗겨진 죽은 형상들의 시야에서 벗어나는 것만이 얼어버린 마음을 녹일 방법이라 생각하고 겁에 질린 채 뒷걸음치며 형의 손을 잡아끌었다.

"형! 돌아가자!"

어제 꾸었던 꿈이 생각나면서 형의 생생한 목소리도 떠올랐다. 꿈속에 화차를 미처 피하지 못하고 쓰러진 선임관은 형이었고, "돌격 앞으로!" 소리를 지른 사람도 형이었다. 천둥이 치고 번개가 번쩍이며 빗물이 쏟아질 때 장롱 속은 몸을 숨기는 도피처였고 천둥 번개에 놀란 불안감은 꿈속에서 달아나는 것으로 드러났다. 집에 돌아와서도 살갗이 벗겨진 사자의 형상과 눈매가 아른거리고 불쾌한 생각이 눈앞을 가로막고 떠나지를 않았다.

소름이 끼치는 생각을 떨쳐버리려 급작스럽게 일어나 창을 열었다. 집 앞마당은 여전히 패이고 갈라져 물이 줄줄 흘렀고, 집집이 축대는 젖어 있었다. 교회당이 있는 언덕 아래로 흐르는 개울에서부터 집 앞마당은 물론이고 곳곳에 짙은 안개가 피어올라 입고 있는 옷을 눅눅하게 만들었다. 개 짖는 소리가 마치 어미를 잃은 어린 늑대가 울부짖는 소리처럼 들려왔다. 머리가 벗겨져 죽어 나간 사람이 머릿속을 좀처럼 떠나지 않았고 오히려 저항할 수 없는 공포감만이 더욱 거세게 밀려왔다. 으스스한 기분에 창을 닫았다.

텔레비전에서 무서울 정도로 살인적인 폭우가 내렸다는 소식과 함께 우리가 구경을 갔던 곳이 방송되었다.

"어떻게 해서 그렇게 산이 무너져 내릴 수가 있단 말이냐구요?"

엄마는 한숨을 쉬었다.

"으흠! 빌어먹을…… 한 놈도 제대로 된 말을 안 하네."

아버지는 담뱃대를 재떨이에 털어내면서 못마땅한 소리를 냈다.

형은 평화롭게 드러누워 음악을 듣고 있었다. 좋아하는 폴 사이먼 앤
드 가펑클의 〈엘콘도 파사(철새는 날아가고)〉가 방 안을 가득 채웠다. 형의
허리를 죄고 있는 버클을 비켜 형의 배를 베개 삼아 이리저리 머리를 틀
었다. 철새 우는 소리는 아니었지만, 뱃속에서 물 빠지는 소리가 기러기
우는 소리처럼 들렸다. 형의 숨소리가 들리면서 모든 두려움이 잊히면
서 안락함이 온몸에 스며들었다. 무엇보다 영애가 무시무시한 것들을
보지 않았다는 것은 천만다행이었다. 나 같은 씩씩한 사내에게도 그 끔
찍한 광경이 머릿속을 떠나지 않고 있으니 말이다.

안방에서 국지성 폭우가 계속될 것이라고 기상 통보관이 심심한 목소
리로 지루하게 말하는 소리가 대청마루를 건너왔다. 머리를 돌려 형의
뱃속으로 푹 파묻었다. 담숙하니 편안한 온기가 전해졌다. 〈엘콘도 파사〉
가 끝나고 스피커에서 부침 지지는 소리가 들리자 형은 손을 뻗어 전축
을 만지작거렸다.

"형! 진짜 꿈은 반대구나."

"……."

형은 아무런 대답도 않고 천장만 바라보았다. 말에 담긴 의미도 생각
지 않는 것 같았다. 라디오에서 남성 듀엣 둘 다섯의 〈긴 머리 소녀〉가
숨결처럼 감미롭게 들리기 시작했다. 스르르 눈이 감겼다.

　　빗소리 들리면 떠오르는 모습
　　달처럼 탐스런 하얀 얼굴

우연히 만났다 말없이 가버린

긴 머리 소녀야

　그날은 방학 중이었고, 형을 보러 화실을 가다가 천둥과 번개에 놀라 산길이 끝나는 종점에서 돌아오는 길이었다. 1977년 7월 8일이었다. 당시 산91번지 일대를 휩쓴 재난의 원인을 폭우로 돌렸지만, 녹지대를 조성하기 위해 가옥 6백 채를 철거하고 방치한 흙더미와 돌덩이가 호우로 굴러 내린 게 주요 원인이었다.

#10

타내지 말상니

형은 오히려 같은 잿빛에 감색과 흙색 물감을 짙게 섞어 한쪽 면을 더 어둡게 칠해 버렸다.

빛이 들어오는 방향은 달라지지 않았지만, 생각과는 반대로 어두운 그림자를 만들었다.

이번에는 구불텅한 큰길에서 작은 골목으로 이어지는 돌바닥을 그려 넣었다.

아버지가 손수 지은 집들도 어두운 색채로 묘사되고 있었다.

언제부터인가? 영애는 가까이 오지 않았다. 어찌 된 영문인지 동네에서 볼 수도 없었다. 어쩌다 학교로 향하는 길에 집을 들여다보려 해도 문은 굳게 잠겨있었다. 학교에 들어갔다는 소식도 듣지 못했고 학교에서도 보지 못했다. 그렇게 뜨거운 여름을 맞았다.

날씨가 얼마나 더운지 골목길에서 만난 또래 아이마다 얼음과자가 손에 들려 녹아 흐르고 있었다. 상고머리를 한 형이 어깨에 철가방을 메고 조무래기 아이들 한가운데 둘러싸여 있었다. 형은 팔고 남은 얼음과자를 아이들에게 나눠주고 있었다. 나에게도 하나를 건네면서 집에서 아무 말 말라고 당부했다. 하지만 엄마는 눈치가 빨랐다.

작은형이 왜 아이스크림을 팔고 신문배달을 해야 했는지 묻고 싶었지만, 엄마는 그저 눈물만 뚝뚝 흘렸다. 그리고 아버지에게 들킬까 불안해하며 형을 말리기만 했다. 하지만 형은 멈추지 않았을 뿐더러 신문마저 돌리기 시작했다. 얼음과자를 파는 것은 아버지에게 끝내 숨겨졌지만 새벽에 일어나 신문 돌리는 일은 숨길 수가 없었다. 아버지에게도 그것은 기분 나쁜 일이 아닌 것 같았다. "운동 삼아도 하는 일이야! 부지런하면 좋지!" 그렇게 말하는 표정으로 보아 오히려 흡족해하는 것 같았다.

그해 여름, 형은 그렇게 얼음과자 통을 들고 뜨거운 한여름에 서있었다.

1

여전히 코흘리개 남자아이들과 집 앞마당을 중심으로 땀을 삐질삐질 흘리며 이 골목 저 골목을 뛰어놀고 있는데 점잖게 보이는 아저씨가 집 문턱을 넘고 있는 것이 보였다. 냅다 집으로 달렸다. 이 뜨거운 여름에 수박을 들고 언덕을 오르는 사람은 외지 사람임에 틀림이 없었다. 양평에서 삼촌이 온 게 아닐까 생각했지만, 엄마와 수색 이모가 그리로 갔으니 삼촌은 분명 아니었다.

뜻밖에도 그는 영애 아버지였다. 그는 "두호! 그새 많이 컸구나!"라고 말하면서 머리를 쓰다듬고 다른 손에 들고 있던 수박을 넘겨주었다. 얼마나 컸는지 잘 몰랐지만 "네" 하고 고개를 숙이고 그것을 받아들었다.

원양어선 마도로스 출신인 영애 아버지는 돼지엄마와는 상반된 이미지였다. 돼지엄마 기세에 눌렸었는지 공동수도장에 싸움판이 벌어져도 결코 얼굴을 내밀지 않았었다. 학식이 있어 보이는 데다가 다정다감한 인상이었고 길에서 우연히 만나기라도 하면 선뜻 용돈을 주곤 했었다. 그때보다 목소리도 좋아지고 남자다워졌다고 생각했다. 그래서 그런지 땀으로 흠뻑 젖은 얼굴에도 환한 미소가 이맛살까지 밝게 빛났다.

그는 들어서자마자 한바탕 펌프질을 해 물을 퍼 올리더니 손잡이를 넘겼다.

"두호야! 펌프질 좀 해 봐라! 너무 덥구나!"

아저씨는 허리를 숙이고 한바탕 얼굴에 마구 물을 뿌렸다. 펌프질을 끝내고 잽싸게 빨랫줄에서 수건 하나를 걷어 건넸다.

"강남은 좀 살만한가?"

아버지 목소리였다. 그는 평상에 철퍼덕 주저앉았다.

"형님 안 계시면 어쩌나 했는데……, 그럭저럭! 여기보다 낫죠. 그나저나 생각 좀 해 보셨소?"

얼굴의 물기를 훔치며 말을 했다.

"되도 않을 일이야. 어디 정리할 게 한둘이어야지."

아버지는 심드렁하게 대답했다.

"두호야! 막걸리 한 되 받아와! 정 씨 아저씨 오셨다고, 황 씨 아저씨에게 아버지가 좀 와 보란다고 그래!"

말이 떨어지기가 무섭게 주전자를 들고 냅다 달렸다. 그렇게 빠르게 판단을 한 것은 혹시 내가 없는 사이 영애 소식이라도 나오면 안 된다는 생각 때문이었다. 늘 가족 이야기는 이야기 말미에 나왔기 때문에 황급히 다녀올 생각이었다. 막 집을 나와 골목길을 들어서는데 부르는 소리가 들렸다. 아버지는 또 하나의 심부름을 더 시켰다.

"두호야! 청자 담배도 한 보루 달라고 해!"

황 씨 아저씨는 보이지 않았다. 주전자가 어찌나 무거운지 비틀거리면서 왔다. 어느새 평상에는 깨끗이 씻긴 오이, 고추장, 쉰 열무김치가 놓여있었다. 막걸리를 넘치게 따르자 아저씨는 갈증이 났는지 기다렸다는 듯, 한 사발의 막걸리를 단숨에 들이켜고 열무김치 하나를 통째로 입속에 넣었다. 그리고 아버지에게도 막걸리를 따르러 들었다.

"나는 됐네."

아버지는 손사래를 치고 한 잔을 더 따라 그에게 건넸다. 그리고 부싯돌을 켜 담배에 불을 붙였다. 그는 막걸리 사발을 내려놓고는 침착하고 차근차근하게 말했다.

"형님! 제가 있는 곳으로 갑시다. 강남은 지금 땅에 말뚝만 박아도 자

192

재를 그냥 가져다 쓰라는 곳이 줄을 섰어요. 집 짓는 규모가 달라요. 나도 땅을 좀 샀으니 형님은 문제 될 것도 없어요. 이곳에서도 쫓겨나면 정말 이제는 갈 곳도 없어요. 그냥 갑시다."

"누가 그걸 모르나! 두호 엄마가 저렇게 난리를 치니 갈 수가 있어야지. 그도 그럴 것이……."

아버지는 말을 끝까지 다 안 해도 누구나 아는 사실처럼 남겨놓았다. 그러고는 담배 연기를 길게 뿜어냈다.

"형님 재주가 어떤 재주인데, 이런 동네서……."

"말도 마! 집이라고 몇 동 지어 놓은 게 저렇게 팔리지도 않고 빚쟁이들 차지가 되어 있는데. 지금 말이 아니야. 게다가 목사 집 짓고 난 다음부터는 뭐든지 의심만 하고, 동생 말도 믿지를 않으려 들어. 할 말도 없고."

아버지는 느릿느릿하게 말을 하고는 쩝 하고 씁쓸한 입맛을 다시더니 담배 연기를 뿜었다.

"참! 형님도 그렇게 집을 왜?"

안타깝다는 표정으로 말을 하려 들자 비행기가 하늘을 가르는 소리가 들렸다. 그 때문에 그의 목소리는 들리지 않았다. 그는 하늘을 올려 보더니 하던 말을 멈췄다. 아버지도 담배 연기를 하늘로 날리며 머리 위로 날아가는 비행기를 바라봤다. 비행기가 시야에서 사라지면서 소리도 사라지자 다시 말문을 열었다.

"하필 동네가 비행기 길 아래 있어서……. 형님! 비행기에서 내려다보면 여기가 그렇게 흉물스럽다고 그럽디다. 그래서 정부에서 다 철거한다고 그래요. 나중에 빈털터리로 쫓겨나가기 전에 형님도 빨리 뜹시다."

흉물스럽다는 말을 듣는 순간 기분이 나빠진 것은 물론이고 그보다 더한 분노를 느꼈다. 이야긴즉슨 동네가 비행기를 탄 사람들에게 창피하게 보여서 철거를 해야 한다는 것이 아닌가? 최근 소문처럼 자주 들리던 말이어서 새삼스러운 것은 아니었지만 그 소리를 들을 때마다 자존심까지 상했는데, 정말 때가 온 것처럼 느껴졌다. 그는 하던 말을 끊지 않았다.

"모두 불하도 안 난 땅에 지은 무허가니, 찍소리 못하고 쫓겨날 게 뻔한 것 아니요. 형수님 좀 더 설득해 봐요. 여분의 땅도 있으니 형님과 손좀 잡으면 강남에서 다시 일어설 수 있어요. 우리가 남도 아니고."

그는 남은 잔을 들이켜고는 하던 말을 마무리 지었다.

"형님도 참, 걱정할 것을 해야죠. 그냥 가면 돼요. 그냥 저만 믿고 가면 돼요."

"그냥은 무슨 그냥."

아버지는 하늘을 올려 보면서 길게 담배 연기를 뿜었다. 아버지의 굵은 입술까지 담뱃불이 타들어가고 있었다.

화제는 비행기 길 아래 있는 산91번지가 사라진다는 소식이었다. 땅과 집 이야기만 나오면 아버지와 엄마는 말다툼했었기 때문에 그 이야기가 새로운 것은 아니었다. 그때까지만 해도 아버지가 반대해서 엄마와 다투는 줄로만 알고 있었다. 그리고 그나마 형편이 좋았던 영애네 가족이 눈치 빠르게 수도 관리를 다른 이에게 넘기고 부리나케 여기를 뜨게 된 연유와 빈집으로 굳게 닫히게 된 이유를 알게 되었다. 그것은 산91번지가 완전히 사라지게 될 것이라는 첫 신호였다.

그보다 영애의 소식이 궁금했다. 그런데 그는 한숨을 쉬면서 돼지 형 이야기를 했다. 아버지는 "좀 더 나이가 들면 나아지겠지. 그냥 지켜봐." 그렇게 말하면서 담배를 꾹 눌러 껐다.

마음을 전달할 수도 없고 무조건 한 마디 한 마디를 빼놓지 않으려고 귀를 쫑긋 세웠으나 대화는 작은형의 진학 이야기로 이어졌다. 아무래도 두 분 사이에 사돈 관계는 끝난 것 같았다. 그가 "우리가 남도 아니고" 이렇게 말하는 소리에도 아버지는 귀를 기울이는 것 같지 않았다. 영애와 나와의 관계는 이야깃거리조차 되지 않았는지 끝내 영애 소식은 털끝만큼도 주워들을 수 없었다.

그는 문밖을 나서면서 "두호야, 네 아버지는 강철이야, 강철. 너도 아버지처럼 열심히 사는 사람이 돼야 해!"라고 말하고는 머리를 쓰다듬었다. 머쓱하니 목덜미에 손을 올리며 꾸벅 인사했다.

"그래도 동생 덕에 우리 아이가 학교에도 다시 가게 되었다"고 아버지는 말하며 그의 손을 꼭 잡아 흔들었다. 그리고 "못 가더라도 종종 보세" 하고는 그의 손을 놓아주었다.

"참 형님도. 그냥도 해 드렸어야 할 일인데요, 워낙 두민이 솜씨가 좋았지요."라고 말하고는 "형수님 좀 잘 설득해보시지, 참." 이렇게 말끝에 못내 아쉬움을 드러냈다.

그날 밤 으르렁대는 목소리가 창문 너머까지 나갔다.

"그냥 떠나면 되는 거지, 뱃놈 마누라도 아니고 왜 이리 목소리가 커졌어?"

"아무튼 그냥 그렇게 떠나면 나도 확 죽어버리는 줄 알아요."

엄마가 가슴 치는 소리가 마루방을 건너왔다. 그냥이라는 말은 늦은 밤까지 흘러나왔다.

그는 이후에도 몇 번을 찾아와 같은 말로 아버지를 설득했지만 변하는 것은 없었다. 아저씨는 다시 오지 않았고 우리의 인륜대사(人倫大事)

는 물거품이 되어 사라졌다. 영애의 얼굴마저도 기억 속에서 허망하게 사라져갔다.

2

그때 형은 영애 아버지 추천으로 당시 처음 개교한 예술 고등학교에서 서양화를 배우기 시작했다. 형은 학교에 다니면서도 신문 돌리는 일을 멈추지 않았다. 그리고 학교가 끝나면 교복을 벗어 던지고 걸쭉한 유화물감이 묻은 청바지에 엄마의 상아색 카디건을 걸치고 자기 방으로 향했다.

비지스, 비틀스, 존 레논, 폴 사이먼과 가펑클의 레코드판이 진열된 전축 옆에는 통기타가 세워졌고, 다른 한쪽 벽으로는 캔버스들이 크기별로 겹겹이 세워지기 시작했다. 그리고 나무 책상과 이젤이 잘 어울려 있었는데 책상 위에는 전라의 여인이 표지를 장식한 스케치 교본과 크고 작은 붓들과 물감들과 나이프와 같은 갖가지 화구들이 놓였다. 전축에 올려진 레코드판에서도 낭만이 흘러나오고, 유채 물감 냄새가 짙게 풍기기 시작하면서 형의 방은 예술가의 냄새가 물씬 풍기는 화실로 변했다. 모든 것의 리듬과 하모니가 잘 어울렸다.

형은 덩치나 큰 키만 빼면 아버지의 유전자를 그대로 이어받은 것 같았다. 형이 그림을 그리는 모습은 아버지가 시멘트를 바르는 모습과 다르지 않아 보였다. 아버지가 일하는 모습을 보면 작은형이 그림 그리는 모습이 겹쳐졌다.

아버지 뒤를 따라다니며 쪼그려 앉아 일이 끝나기를 기다리곤 했다.

벽돌을 쌓아 올려 커다란 캔버스 같은 벽면이 만들어지면 미세한 표면을 다루는 흙손으로 번갈아 시멘트를 발랐다. 아버지는 가끔 한두 발짝 물러나 시선을 벽체에 고정하고 침묵의 시간을 흘려보내기도 했다. "두호야!" 하면 벌떡 일어나 큰 붓에 물을 축여 건넸다. 그림에 마지막 정점을 찍듯 붓으로 벽을 죽죽 그어댔다. 그러면 미세한 틈도 없이 고운 벽체가 마감되었다.

작은형도 뚝딱뚝딱 망치를 두드려 각목으로 틀을 만들었다. 거기에 광목 같은 하얀 천을 둘러 화폭을 완성했다. 아버지의 흙손과 다름없는 나이프를 들고 유채 물감을 죽죽 칠하다가 큰 붓, 작은 붓을 춤추듯 움직였다. 어느 순간이 되면 한 발짝 뒤로 물러나 시선을 캔버스에 고정했다. 눈매가 진지했다. 무언가 마음의 결정을 하고 나면 소리쳤다.

"두호! 마젠타!"

가장 많이 쓰는 붉은 자줏빛 물감이 다 떨어진 것이다.

형이 말하는 마젠타를 만들어 건네면 유채 물감은 금방 향기라도 피워낼 것처럼 꽃을 피워냈고 하얀 들판과 같은 캔버스에는 건초가 쌓이고 들꽃이 피어나기도 했다. 정원의 나무에는 싱싱한 과실이 열리고, 채 마르지 않은 새콤달콤한 자두와 풋풋한 생과일이 열리기도 했다. 어떨 때는 기하학적인 회화방식으로 알 수 없는 어두운 내면의 뼈아픈 그림자를 그려내거나 생명과 삶의 기쁨을 꿈꾸듯이 몽환적인 회화기법으로 그려내기도 했다. 그런 그림을 그려내는 형의 모습이 아버지와 다른 것이라고는 아버지는 오른손을, 형은 왼손을 사용한다는 것이다. 하지만 때로는 왼손은 붓, 오른손은 나이프를 쥐고 양손잡이가 되어 있었다. 아버지도 더는 그것을 나무라지 않았다.

작은형 방에서는 엄마가 아침 차리는 시간에도, 저녁 설거지를 하는 시간에도 음악이 흘러나왔다. 작은형은 집에 머무는 시간에는 집 밖으로 나가지 않았다. 창밖에서 또래 아이들이 집단놀이를 하며 부르는 소리에도, 너른 마당에서 다방구를 한다고 시끄럽게 몰려다니는 소리에도 아랑곳하지 않고 창문을 닫았다. 탁! 하고 창문이 닫히면서 '나를 가만히 둘 것!'이라는 강력한 의사를 대신 전달해주었다.

그림을 그리는 동안 서로 말이 없었지만, 형이 자리를 뜰 때까지 등 너머에서 하얀 캔버스가 형의 마음대로 변해가는 것을 탐미적이고 신기하게 바라보다가도 뜬금없는 질문을 해서 그림 그리는 행위를 훼방 놓았다.

"그림 그리는 게 좋아? 재밌어?"

"재미있다기보다는 세상을 다 가진 것 같은 느낌? 음…… 부자보다 더 부자가 된 기분? 너도 그려봐. 그러면 알게 돼. 작은형이 제일 잘하는 거니까 그리는 거야."

형은 뜬금없는 질문에도 귀찮아하지 않고 한 단계씩 산수 문제 풀듯 이해시키려 대답을 해주었다.

"그렇다면 난 뭘 제일 잘할까?"

좀 더 진지하게 물었다. 형은 붓을 내려놓았다.

"너? 너는 뭐든 잘할 거야. 꿈도 잘 꾸잖아."

형은 늘어지게 말하면서 깍지 낀 양팔을 뻗치고 허리를 비틀고 목을 좌우로 돌렸다. 팔목을 털고 천장을 향해 고개를 뒤로 젖힌 채로 계속해서 말했다.

"너는 절벽에 새 둥지를 짓고 잠자지를 않나, 학교 안 가고 산에서 팽팽이도 치고……. 암튼 너는 뭐든지 잘할 거야."

형의 목소리가 입 밖으로 시원하게 나오지 못하고 있었다. 마치 레미콘 차가 시멘트와 자갈을 섞는 소리처럼 그르렁거리며 울대만 울렸다. 형은 고개를 들었다.

"참, 너는 춤도 잘 추잖아. 벤처스 곡 틀어줄까?"

놀리듯 말하면서 형은 벌떡 일어났다.

말을 잇지 않았다. 나를 가장 잘 알고 있는 형이 여러 가지 비밀들을 들춰내며 반쯤은 놀리고 있었기 때문이다. 아무래도 어린애 취급을 하면서 자신의 말 상대가 안 된다고 생각하는 것 같았다. 정말 춤 이야기가 나오면서 '그 이야기는 더는 하지 말 것!' 하고 소리를 내고 싶었지만, 얼굴만 붉혔다. 내일 모레면 중학생이 될 터인데 말이다. 아무래도 좀 더 나이가 들어 여덟 살 많은 형을 따라잡을 즈음 대화를 하는 것이 좋겠다는 생각이 들었다.

다행히 형은 벤처스 악단의 연주곡을 틀지는 않았다. 폴 사이먼 앤드 가펑클의 레코드판이 다 돌아가고 비지스(Bee Gees) 판으로 바꾸어 놓은 것은 나였다.

〈홀리데이(Holiday)〉가 방 안을 가득 채웠다. 평온한 휴일 한낮을 즐기려는 사람처럼 창밖을 한 번 내다보던 형은 이내 무의식의 세계로 다시 빠져 들어갔다. 자연스럽게 그림을 그리는 손놀림을 따라 내 시선도 빨려 들어갔다. 그러고는 탐욕적으로 형의 다음 동작을 짐작하거나 마음을 읽어냈다.

'음…… 분명히 이번에는 작은 붓을 들고 나뭇가지를 그릴 게 뻔하지.'

3

좀 나이가 들었다. 중학생이 된 것이다.

형이 집에서 그린 마지막 그림은 엄청난 크기였다. 큰방 하나를 다 차지할 정도였다. 유채 물감과 아마인유, 테레핀 정유 냄새가 진동했다. 구불텅한 오르막길, 너른 마당, 우물터, 빨간 기와집, 다닥다닥 붙은 판잣집, 골목길……. 거인국의 고욤나무가 쓰러져 누운 것처럼 보이는 능선을 배경으로 그것들이 그려졌다. 형은 밑그림에 큰 붓을 죽죽 그었다. 색감은 이전과 달리 칙칙했고 어두웠다. 형의 몰입된 행위를 훼방 놓았다.

"형! 우리 동네야?"

"응."

대답을 한 형은 다시 말문을 열었다.

"이제 이 동네도 사라질 거야. 그러면 이 그림으로 우리가 살던 때를 기억하겠지."

형은 화폭에서 눈을 떼지 않고 붓을 놀리며 말을 계속했다.

"아마도 형 군대 갔다 오면 우리 집도 없을 걸, 재개발되는 거야. 동네가 아파트로 바뀐대."

눈을 동그랗게 뜨고 한 마디 한 마디 끝날 때마다 잘 알아들었다는 듯이 고개를 끄덕였다. 아파트에서 살게 될지도 모른다는 사실에 내심 들떴다.

"그럼 우리도 아파트로 가는 거야?"

"……."

형은 말이 없다가 죽죽 그어대던 붓을 멈추고 다시 말하기 시작했다.

"그냥, 모두 없어지는 거야."

200

"그냥이라고?"

형의 말이 떨어지자 '그냥'이라는 말에 왠지 갑자기 아파트에서 살게 될 것이라는 기대감보다는 우울한 기분이 느껴졌다. 철거 이야기를 할 때마다 엄마와 아버지가 다툼을 하던 소리가 떠올랐다. '그냥'이란 말은 아버지가 저항할 수 없는 힘에 체념하듯 하는 말투였다. "그냥, 떠나면 되지, 그냥 뭘 그리 복잡하게 생각해." 하면서 "그냥 나만 믿고 가면 돼." 하고는 영애 아버지가 말하는 것을 엄마에게 전달하듯이 따라했었다. 그러면 엄마는 '그냥'이란 소리가 자포자기에 가까운 소리처럼 들렸는 지 그때마다 "그냥 그렇게 하면 나도 그냥 확 죽어버리겠어요"라고 하면 서 분통을 터트렸다.

'그냥'이란 말은 혹시라도 누군가 "뭐 해?"라고 물으면 자유나 속박, 그리고 경계를 넘어선 사람처럼 넉넉한 의미를 떠올리면서 대답하지만, 아버지와 엄마가 하는 말은 한참 집과 땅에 얽매여 있던 모든 것을 내려 놓는 말이었다.

형의 말투도 살던 동네가 사라지고 아파트가 들어서는 것이 우리에게 는 좋은 일이 아니라고 생각하면서 '아무런 대책이 없어. 될 대로 되는 거지.'라고 있는 그대로를 무기력하게 받아들이는 것 같았다.

형은 좀 더 작은 붓을 집어 들었다. 파란색을 묻혀 집 앞마당 펌프를 그렸다. 세밀한 붓으로 녹이 든 부분을 세세하게 표현했다. 그리고 루핑 이 엎어진 거무스름한 지붕을 그리고 회색 물감과 흙색을 혼합해 지붕 위에 바람막이 돌들을 얹어놓았다.

순간 빛이 들어오는 면은 노란 색감을 섞어 좀 밝게 칠해야 할 것 같 다는 생각이 들었다. 하지만 형은 오히려 같은 잿빛에 감색과 흙색 물감 을 짙게 섞어 한쪽 면을 더 어둡게 칠해 버렸다. 빛이 들어오는 방향은 달라지지 않았지만, 생각과는 반대로 어두운 그림자를 만들었다. 이번에는 구불텅한 큰길에서 작은 골목으로 이어지는 돌바닥을 그려 넣었다. 아버지가 손수 지은 집들도 어두운 색채로 묘사되고 있었다.

"그런데 왜 동네를 그렇게 어둡게 그려?"

"그냥."

"그냥?"

왠지 기분이 점점 가라앉았다. 그냥 될 대로 되겠지 하는 마음으로 더는 훈수를 두지 않기로 했다. 말도 하고 싶지 않아졌다.

하지만 그런 마음은 길게 가지 않았다. 머물기 좋아하는 다락방 창에 노란 유화 물감을 콕 찍었기 때문이다. 노란 불빛이 별빛처럼 흘러나오는 것 같았다. 그것은 창문을 열면 교회당이 있는 마을이 펼쳐질 것처럼 세밀하게 그려졌다. 그것이 그나마 기분을 상기시켰다. 창문을 열었다. 전축 전원을 켜고 엘피판을 올려놓았다. 지지지직 스피커에서 콩 볶는 소리가 나면서 이내 〈사운드 오브 사일런스〉가 창밖으로 막 흘러 나갔다.

구르르릉…… 하늘을 울리면서 비행기가 머리 위에서 가깝게 날아가고 있었다. 칼바위가 흔들릴 만큼 가깝게 날던 비행기는 노래가 끝날 때 즈음 한 줄기 하얀 양떼구름만 남기고 사라져갔다. 비행기가 움직이는 궤적을 따라가던 시선은 다시 그림으로 돌아갔다. 아무래도 전체적인 분위기가 너무 가라앉고 있다고 다시 생각했다.

"형! 좀 더 밝게 그려봐!"

그렇게 말하면서 손가락을 뻗었다.

"여기는 해가 잘 드는 곳이니까."

연이어 말하면서 너른 마당을 가리켰다.

"여기! 여기 말이야!"

형은 아랑곳하지 않았다. 놀리던 붓끝을 팔레트에 툭툭 치더니 붉은 빛에 잿빛 물감을 묻혀 더 짙은 색감을 만들어 툭툭 찍어댔다.

더는 아무것도 말하고 싶지 않았다. 아무래도 정열적인 아름다움이나, 마치 고흐의 '별이 빛나는 밤'처럼 반짝이는 밝고 풍부한 색채는 아예 거들떠보지도 않기로 작정한 것 같았다. 형은 복잡한 마음을 훌훌 털어내 버리려는 사람처럼 붓을 내려놓고는 양손에 깍지를 꼈다. 그러고는 허리를 펴면서 늘어지게 말하면서 팔을 쭉 뻗었다.

"그냥 다 없어지는 거지."

긴 시간에 걸쳐 산동네 하나가 다 채워지고 있었다. 몇 날 며칠을 아침부터 저녁까지, 봄부터 그해 가을까지 함께 그렇게 형의 그림을 그리는 자리를 뜨지 않았다. 판자촌에 요사스런 소문이 퍼지던 다음 날, 스케치를 끝냈던 그림이 완성되고 있었다. 아버지가 집 한 채를 다 지을 때만큼이나 오래 걸렸다.

그림은 이전에 그리던 그림과는 달랐다. 저항할 수 없는 공허와 우울감이 물씬 배어있었다. 하늘은 금방 천둥이라도 내려칠 것처럼 먹구름을 잔뜩 머금었다. 짙은 회색빛 고요는 아버지가 목사 집을 허물던 날처럼 폭풍전야를 예고하는 침묵이 흐르는 것 같았다.

한 폭의 아름다운 그림이라고 찬양을 할 수가 없을 만큼 우울해 보였다. 하지만 형은 그것이 마음에 들었는지, 온 방 묵은 때를 벗겨내듯 화구들을 정리하고 대청소를 했다. 우리나라에서 가장 영향력 있는 미술대전에 출품하기로 했다. 얼마 후 잘 인쇄된 우편물이 하나 날아들었다.

'발신: 대한민국 ○○○ 미술대전 협회 사무국'

그것을 펼쳐본 작은형은 주체 못할 감정에 휩싸인 표정을 짓고는 편지를 툇마루에 집어 던졌다. 불안한 고요가 집 안을 휘감았다. 형은 아무런 말도 없이 그냥 집을 나갔다. 그날 작은형은 집에 들어오지 않았다.

이튿날 밤이 되어서야 형은 돌아왔다. 그날 밤 그림은 형의 손에 의해서 찢겨져 차갑고 음습한 뒤뜰에 버려졌다. 그렇게 산91번지는 철거가 되기도 전에 형의 손에 의해 찢겨 나갔다. 그날 작은형은 취했고, '바보들, 너희는 암이 자라는 것 같은 침묵을 모르느냐?' 라는 가사가 들어 있는 〈사운드 오브 사일런스〉가 집 앞마당까지 울려 퍼지게 했다. 침묵 속에서 늦은 밤까지 노래는 멈추지 않았다.

형은 더는 순수그림을 그리지 않았다. 형은 목적을 달성하기 위해 조작과 의심을 마음에 두지도 않은 것 같았다. 가난을 탓하지도 않았다. 한 번 불평불만을 들어본 적이 없으니 그것을 알 수 있었다. 형은 자유로운 영혼을 선택한 것 같았다. 이전처럼 순수한 감정이나 애정이 담긴 그림들을 더는 볼 수가 없었다.

돈을 벌기 위해 그림을 수출하는 화실에서 상업그림을 그리기 시작했다. 번 돈은 고스란히 엄마에게 건넸고 저녁이 되면 다시 엽서 같은 그림을 또 그렸다. 크리스마스 때가 가까워지고 형이 그린 카드가 국내에서 가장 큰 문구회사를 통해 동네 문구점에서 시내의 길거리에서 팔려나가기 시작할 때 즈음 형은 군에 지원입대를 했다.

협회 사무국에서 온 편지는 형이 떠나고도 한동안 마루에서 뒹굴었다. 어느 비가 오는 날은 마당으로 떨어져 낙숫물에 질척하게 젖어 볼 수가 없을 정도로 젖었었다. 그것은 다시 마르고 한동안 이 방 저 방 구석을 돌아다니다가 너덜너덜해져 눈이 날리기 시작할 때쯤이 되어서야 눈앞에서 사라졌다. 그냥 그렇게 사라지는 것을 지켜보았다. 그때 편지 문구는 이랬다.

'우수상 얼마, 입선 얼마, 가작 얼마……'

4

형은 군대에 가고 없다. '다 컸어. 더 이상 코흘리개가 아니야.' 라는 생각을 하고 살아야 했다. 어느덧 중학생이 되었다. 작은형이 그림 그리던 방은 내 화실이 되었다. 아무래도 작은형과 모양도 같고 크기도 같은 한 쌍의 염색체를 똑같이 물려받은 것 같았다. 아버지의 손재주는 작은형에게 그대로 이어졌고, 나 역시 작은형 못지않게 상동염색체를 물려받은 것 같았다. 나도 그림에 빠져들기 시작했다.

집 안 가득 크기별로 캔버스를 맞추어 놓고 화방들이 줄지어 있는 삼각지를 내 집 드나들듯 했다. 그곳 화실 사람들은 "너…… 두민이 동생 맞지?" 하면서 작은형을 떠올렸다. 그러면 자랑스럽고 당당하게 "저는 두호예요, 두호!"라고 형의 동생이라는 것을 자랑스럽게 생각하며 대답했다.

융화되지 않은 걸쭉한 물감에 활성제 냄새가 풍기는 방 안의 공기는 상상과 동경 그리고 몽상과 같은 비현실적인 숨결이 더해졌다. 형보다 더 독하게 그림을 그렸다. 집에서 걸쭉한 유화물감 냄새는 마를 날이 없었다. 마네나 모네, 드가, 르누아르, 쇠라, 시냐크 정도의 화가나 된 양 착각 속에 빠져 오만·교만·자만·허영을 뻗어내다가 냉소를 받는 꿈을 꾸기도 했다. 그리고 자유로운 영혼을 가진 화가나 된 것처럼 뻔뻔스럽게 이곳저곳을 다니며 이젤을 펼치고 캔버스를 올려놓았다. 유화물감이 가득 묻은 청바지를 입고 스스로 어찌나 좋았던지……. 옷에 묻어있는 물감의 흔적을 자랑스러워하기도 하면서 나이프에 묻은 물감의 흔적을 너덜너덜한 청바지에 쓱쓱 비벼대기도 했다.

내 몸에 유화 물감 냄새가 배었다. 엄마에게서는 그것과는 또 다른 냄새, 향긋한 향기가 났다. 하지만 아버지 일을 돕겠다고 따라다닐 때엔 땀 냄새도 배어나왔다. 여전히 어린아이 같은 마음을 가지고 있었는지 엄마와 아버지가 함께 일터로 향하는 날이면 저녁에 마중 나가기를 즐겼다. 아버지의 손에 든 봉투 속 선물에 펄쩍펄쩍 뛰었고, 엄마 어깨 언저리에 얼굴을 비비고 냄새를 맡았다. 따뜻한 냄새였다.

날이 습하고 더운 날이었다. 엄마가 다시 아버지와 함께 일터로 나갔다. 그날 저녁도 마중을 나갔다. 화병에 담긴 수국의 그림을 그리고 난 후 엄마를 기다릴 때면 옷자락까지 국화 향이 배어버린 것처럼 기분은 들떠 있었다.

버스에서 내리는 엄마 손을 잡고 얼굴을 묻었다. 이상스럽게도 그날은 익숙한 엄마 냄새가 아니었다. 검게 타다 남은 찌꺼기 같은 고약한 냄새가 폐부 깊숙이 들어왔다. 얼굴은 화산의 분화구에서 막 빠져나온 사람처럼 지치고 검게 그을려 있었다. 아버지도 여느 때와 달리 표정이 커다란 바퀴가 짓밟고 지나간 표정이었다. 얼핏 가늠해 보니 엄마 몸에 배어있는 냄새는 노동 중에서도 최고로 힘겨운 현장에서 달라붙은 냄새였다.

엄마와 아버지가 상상할 수 없을 만큼 고된 노동을 하고 있다는 것을 알았다. 그리고 형이 신문을 돌리고 얼음과자를 팔면서 홀로 빈곤을 체험한 것도 알게 되었다. 상업그림을 그리다가 군에 입대 지원한 것도 이

해되었다. 우리는 쫄딱 망해 있었다.

세잔처럼 돈을 긁어 들이는 아버지를 두지 못했다는 것도 깨달았다. 화가가 된다면 폐인이 될 것 같은 두려움마저 밀려들었다. 그만한 재주도 없었지만 타고난 소질만 믿고 빈곤 속으로 빠져들 용기는 애초에 없었다. 프로방스의 붉은 저녁노을을 바라보며 광기 어린 붓을 놀리던 고흐처럼 살 자신도 없었다.

어디 그것뿐인가. 순수예술, 그것은 때로는 양심이 무너지고 욕망과 권모술수가 판치는, 참담하리만큼 가식적이고 위선적인 세상에서나 소리 없이 증식하는 암세포처럼 기생하는 것이 아닌가? 오히려 목적을 달성하기 위해 조작과 의심을 마음에 두지도 않고 그린 이발소 그림보다 못한 것들이라는 생각도 들었다.

슬픔, 절망, 자괴, 우울이 일시에 몰려와 몸이 축 늘어지면서 미래에 만나게 될 불안과 공포를 피부 깊숙이 들이마셨다. 그렇게 형이 그림을 그리던 방에서 평온한 의식과 불안한 무의식의 경계를 넘나들었다. 홀로 한참을 중얼거렸다.

'아마도 만일 화가가 된다면…… 방에는 술병이나 뒹굴고 절어버린 담배꽁초가 뒹구는 방에서 술에 취해 살게 될 걸.'

'너는 꿈이 많아서 뭐든지 잘할 것'이라고 말하던 형의 말도 떠나지를 않았다.

'그럼 뭘 제일 잘할까?' 생각하다가 그냥 눈을 감아 버렸다. 그리고 비행기를 타고 하늘을 날기 위한 몸부림을 하다가 잠이 들었다. 꿈결에 작은 비행기를 타고 밤하늘에 뜬 별들을 바라보기도 하면서 다시 다채롭게 펼쳐진 지구를 내려다보았다. 그리고 이름 모를 나라를 떠돌다가 면 나라의 사막 하늘 아래 불시착하는 꿈을 꾸면서 깨어났다. 비로소 세상은 생각하고 꿈을 꾸는 대로만 돌아가지 않는다는 것을 알게 되었다.

널브러진 화구에는 먼지가 내려앉았다. 팔레트에는 유채 물감이 말라 비틀어져 유화 물감 냄새는 풍기지 않았다. 새로운 친구들이 생겼다. 검정 자동차를 두 대씩이나 가지고 앞마당에는 작은 수영장까지 갖추고 있으면서도 산동네 아이들 못지않게 뒷골목에서 싸움박질하던 영환이, 구멍가게 뒷방살이를 하던 용원이, 자신이 소유한 사찰에서 투병하는 엄마와 대기업 임원인 아버지 사이를 비집고 들어온 새어머니 사이에서 갈등하다 집을 뛰쳐나와 신림동 판잣집에서 할머니와 단둘이 살던 익수…….

용원이는 새로운 우표가 발간될 때면 우체국으로 내달렸다. 우리는 그때마다 이른 새벽부터 줄을 대신 서주기도 했다. 한 번은 훤하게 벗겨진 이마가 그의 아버지와 너무 똑같아 잠자던 그의 아버지를 걷어찼던 기억도 새롭다. 익수와 함께 엘피판을 사기 위해 음반가게를 들락거렸다. 그들은 모두 독산동에 살았다. 생활무대도 산91번지에서 독산동이 되었다.

여름방학이 시작될 무렵이면 잡지에 청평유원지 광고가 나왔다. 가슴이 뛰고 몸이 움찔거렸다. 그러면 책상에 앉아 계획을 짰다. 텐트, 고추장, 쌀, 파, 감자 등 아침 식단부터 저녁 식단까지 치밀하게 준비했다. 그리고 주동자가 되었다. 그들은 늘 유혹에 넘어왔고 동반자가 되었다. 영환이 엄마는 늘 자식을 못마땅하게 여겼지만, 나와 함께 지내는 것을 흡족해했다. 여행을 떠나기 전날이면 언제나 영환이 집에서 밤을 지새웠다. 배낭을 싸고 뒤주 쌀을 배낭 안에 구겨 넣었다. 게다가 여분의 용돈까지 챙길 수 있었다. 좀 더 설레는 밤이면 기차역에서 밤을 새우고 새벽

208

기차를 타곤 했다. 점점 여행 범위도 넓어졌다. 청평, 춘천, 강릉, 대천해수욕장, 제주도…….

하지만 꿈같은 시간은 짧았다. 긴 시간 동안 병원 신세를 져야만 했기 때문이다. 단순한 맹장염이 복막염으로 이어지고 죽음의 문턱까지 이르게 된 사고였다.

처음 복통과 함께 제일 먼저 떠오른 기억이기도 하다. 그걸 계기로 기억장치가 저절로 풀렸다. 지금도 그때를 생각하면 만신과 굿, 복통을 호소하던 그때가 자연스럽게 들러붙는다. 엄마 등에 흐르던 그 처절했던 땀 냄새와 또 다른 냄새까지.

그때의 기억은 너무도 참담해서 집에 만성적인 빈곤을 몰고 온 사건이 어떤 것이었는지 궁금했다. 이제 와 엄마의 기억을 빌려보았다. 엄마는 그때를 회상하면서 통화 내내 한숨을 내쉬었다.

"네가 춤추고 뛰어놀 때였지. 다들 난리 난다고 집 사는 건 거들떠보지도 않았어."

"……."

엄마의 기억을 빌리면 당시 다세대주택 여덟 채를 지어 놓았는데 북한군이 청와대를 습격했다는 소식이 전해지면서 난리 소문이 퍼졌다. 그 여파로 집을 한 채도 못 팔게 된 것이다. 빚쟁이들이 몰려들면서 도망 다닐 형편이었다. 그래서 두 해가 넘도록 작은형을 학교에 보낼 형편도 안 된 것이다.

그때부터 돼지엄마 집을 드나들기 시작했다. 이자상환 날이 가까워질 때마다 돼지엄마 성화가 목을 조일 정도로 사나웠다. 결국 아버지가 영애 아버지에게까지 사정하게 되면서 그나마 누그러들었다. '동생 덕분에 우리 애가 학교에 들어갔네' 라고 한 것도 그래서였다.

"너희를 떼어놓고 아버지를 따라나설 때마다 얼마나……. 아버지가 그냥 하자는 대로 강남으로나 갔으면 좀 나았을지도 몰랐지."

엄마는 목멘 소리로 끝내 말을 잇지 못했다. 더는 물을 수 없었지만 엄마에게 '그냥' 이라는 소리가 들린 것에 일견 새삼스러웠다. 더듬어 그때를 돌려 보니, 한참 뛰어놀 때였으니 엄마가 말하던 당시 난리가 났다는 소문은 1968년 김신조 사건 탓이 아니었다. 3년 후 8월 23일, 실미도 부대가 서울로 진입하는 과정에서 총격전이 벌어진 사건으로 비롯된 소문이었다. 엄마에게서 풍기는 고약한 냄새는 아스팔트 포장 공사를 할 때 나는 현장의 냄새였다. 아스팔트 포장재 '타맥(Tarmac)' 냄새였다. 어린 시절 우리는 그 냄새를 '타마구' 냄새라 했다.

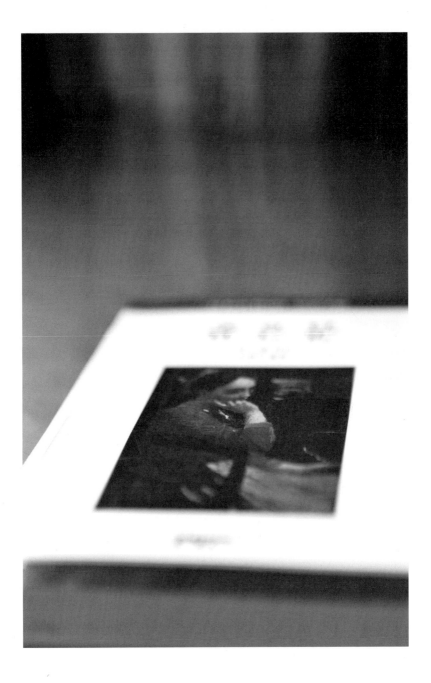

#11

미쳐가는 여자

아! 나는 보았다.

미쳐버릴 만큼 애처롭고 망연한 시선으로

뒤쫓는 영원한 사랑의 실체.

아! 그것이다! 그 누구에게도 묻지 않아도 스스로 눈을 뜨는 것이다. 사랑의 큐피드가 손짓을 해도 알 수 없었고 말할 수도 없었던 어떤 영적인 경험들, 그런 기억들은 성장과 눈뜸을 가져오면서도 너무 신비로워 알 수 없는 세계다. 보이지도 않고 배우는 것도 아니고 마음속에서나 느끼는 것이다. 봄날에 저절로 꽃눈이 트여 활짝 꽃을 피워내는 것처럼, 눈부신 햇살에 저절로 눈을 질끔 감아도 보이는 태양처럼, 사랑!

1

봄은 가지 끝에서부터 꽃향기로 날아들었다. 조팝나무가 꽃을 피우기 시작하면서 초저녁에 내려오는 산바람은 수풀 향기에 향긋한 꽃향기를 묻혀 집 앞마당까지 불러들였다. 화단에 먼저 피어난 꽃들은 태양을 향해 고개를 들었고, 담장에 기댄 라일락도 보라색 꽃망울을 짓기 시작하면서 짙은 향기를 피워낼 준비를 하고 있었다. 찔레꽃도 철쭉도 풍성하게 자라나 뿌리는 축축한 우물가를 향해 생명력 있게 뻗어나갔다.

영애네 가족이 떠나고 긴 시간이 흘렀다. 아버지가 지은 집에서 밥을 먹고 학교에 다니고 산을 오르내렸으니 본격적인 철거가 논의된 것 같지는 않았다. 한동안 재개발 이야기는 나오지 않았다.

나에게는 조금 변화가 왔다. 병원에서 악몽 같은 긴 겨울을 보내고 삶이라는 것은 절망과 희망이라는 두 가지의 평행선을 양쪽에 끼고 그 한가운데를 지나고 있다는 것을 조금은 알게 되었다. 절망의 끝에서 다시 태양의 맛을 제대로 맛보게 된 것이다. 산에 들에 피어난 꽃들처럼 상처난 뱃살은 마술에 걸려 저절로 말라죽고 새살이 돋아났다. 피는 생생하게 돌아 말초신경까지 건드렸다.

조금 더 달라진 것이 있다면 복잡하고 시끄러운 소리가 들리면 귀를 틀어막는 것이었다. 집 앞마당에서 수다쟁이들이 떠드는 소리라도 들리면 산으로 향했으니, 아무래도 그곳을 다시 찾는 버릇은 병원에 있는 동안 날카로운 치료 도구가 실린 인젝카(inject car) 바퀴 구르는 소리가 만든 것 같았다. 그것은 침상에 멈추어 생살을 호벼 파기 일쑤여서 탈탈거

리는 소리가 가까워질수록 소스라치게 놀라고 자지러져 침상 밑으로라
도 숨고 싶을 정도였으니 일종의 외상 후 스트레스 증상 같았다. 그렇지
않으면 사춘기를 맞았든가…….

집에도 조금 변화가 왔다. 비어있던 문간방에는 젊은 부부가 세를 들
었다. 보도블록이 깔린 앞마당에 평상이 놓인 화단 좌측으로 들어가면
만나는, 독립적으로 만들어진 단칸방이었는데 작은 부엌 문턱만 넘으면
방이었다. 방에서 창을 열면 멀리 교회당이 보이는 언덕을 바로 볼 수 있
는 전망이 좋은 방이었다. 오랫동안 그 방을 쓰지 않았는데 아무래도 병
원에 있는 동안에 모두 날려버린 통장 잔고를 그것으로 채운 것 같았다.

동네도 조금씩 변화가 오는 것 같았다. 집집이 펌프가 만들어지고, 루
핑 집은 빨간 기와집으로 하나둘 바뀌었다. 반나마 쓰러져가는 집들도
손질되어갔다. 아랫마을부터 수도시설이 한 집 두 집 들어오기 시작하
면서 돼지엄마가 떠난 공동수도장의 수도꼭지에 먼지가 내려앉아 마른
얼룩이 졌다.

엄마는 동네 아주머니들이 수다를 떠는 시간에는 아버지를 따라나섰
다. 앞집 건너 윗집 만신 집도 예전처럼 이만저만한 굿판이 벌어지지 않
아 앞마당에서는 지루한 한숨만 흘러나왔다. 잇몸을 통째로 뺏다 넣다
하는 앞집 아주머니는 점점 더 체구가 작아지고 허리는 땅을 향해 굽어
더는 장사를 나가지 않았다. 그나마 큰딸이 성인이 되면서 건넛마을 가
내수공업 센터에 취직해 스웨터를 짜내면서 생계를 이었다. 그래서 그
런지 한가해진 그녀는 처마 밑에 손바닥만 한 그늘이라도 만들어지면
쭈글쭈글 말라붙어버린 무르팍까지 치맛자락을 휩싸 잡아 올리고 앞마
당에 주저앉았다. 그러고는 아랫집 기왓장에 웅크리고 눈을 끔뻑거리는
고양이에게 말을 걸다가도 "저리 가라!"고 소리치며 작은 돌을 집어 던

져 한낮의 오후를 즐기는 애꿎은 고양이를 놀라게 했다. 누구라도 곁을 지나기라도 하면 "앉았다가 가지!"라고 늘어지게 말을 하면서 수다 떨 기회를 놓치지 않았다.

그러면 금세 아낙네들이 하나둘 소집되었다. 집 앞마당이 조금 시끄러워지면 한잠 늘어지게 자고 나온 만신 아주머니도 허벅지까지 치마를 걷어 올리면서 "아이고, 마. 날 좋다!" 하면서 슬그머니 주저앉았다. 조금 변한 것이 있다면 문간방에 세 든 아주머니가 무릎을 조아리고 앉아 머리를 끄덕거리는 모습이 가끔씩 보이기 시작한 것이다. 그렇게 단 몇 명 남은 아주머니들이 동네 수다쟁이 그룹의 명맥을 유지했다.

계절이 바뀌고 있었다. 누구는 봄이 간다고 말하기도 하고 어떤 이는 여름이 온다고 말하기도 했다. 또 봄이 가고 여름이 왔다고 섞어 말하기도 했다. 그렇다고 달력 한 장 넘겼으니 "내일은 섭씨 20도가 될 것이야." 그렇게 단정 짓는 사람은 없었다. 조용하고 나른한 오후였다. 집은 텅 비어 있었으니, 엄마는 아버지의 잡일을 돕기 위해 일터로 따라나선 것이 분명했다. 어렴풋이 낮잠이 들려는 순간 귓전을 맴도는 익숙한 소리가 들렸다. 작고 야무진 벌이 바람이 맴도는 소리를 만들었다. 그 소리가 전부였다. 어떤 목적을 가지고 의욕을 앞세워 지칠만한 시간을 보내는 것보다는 하얀 도화지를 펼치고 엎드려 두 다리를 위아래로 흔들면서 그림을 그린다든가 잡스러운 생각을 하며 보내기 좋은 날이었다. 그것도 아니면 몸을 드러눕히고 다시 태어난 기분으로 『대한민국의 비경』, 『한국의 숨은 오지』 등 여행책자를 펼치며 새로운 공상을 만들어내는 것이다.

하지만 그날 날씨는 행복감에 젖어들 만큼 포근해 저절로 눈이 감겼다. 아무런 몽상도 떠올리지 못하고 그만 달고 곤한 잠이 들어버렸다.

"딩동댕, 딩동댕……."

'아! 이 나른한 봄날 오후에 얼마나 감미로운 소리인가!'

한참을 자다가 딩동댕 기타 소리에 깨어나니 형이 군대에 가면서 남기고 간 기타에서 영화, 〈금지된 장난〉의 주제곡 〈로망스〉가 감미롭게 흘러나오고 있었다. 문간방 아저씨가 평상에 앉아 기타를 튕기고 있었다. 소리는 얼마나 감미로운지, 가늘고 기다란 내에 깔린 자갈을 스치고 흘러가는 냇물 소리 같기도 하고 어릴 적 신랑, 신랑 하면서 엄마 뒤에 숨어 고개를 빼고 나를 놀려대던 영애의 목소리처럼 옥구슬 구르는 소리를 내기도 했다.

그는 기타를 튕기다가 긴 울림이 이어지는 순간이면 손을 뻗어 새댁 아주머니의 긴 머리칼을 가볍게 어루만졌다. 마치 유행가 가사처럼 눈빛 하나로도 서로를 알 수 있는 부부 같았다. 그런 광경은 동네 어느 집에서도 찾아볼 수 없었던 처음 보는 것이었다.

나를 놀라게 한 것은 단춧구멍만 한 눈동자였다. 엊그저께까지만 해도 심심하리만큼 길쭉한 얼굴에 단춧구멍처럼 박힌 그것이 어찌 저리 아름답게 보일 수가 있단 말인가. 긴 머리카락이 내려앉은 아저씨의 어깨에 기대어 사랑스럽게 눈을 마주치고 있는 아주머니의 두 눈은 짙은 감상에 젖어있어 미세한 바람만 불어도 눈물이 뚝뚝 흘러내릴 것 같았다. 매혹적인 눈동자였다.

그날 이후 어쩌다 문간방이 열려있기라도 하면 기둥에 걸린 통기타에서 아름다운 곡조 하나가 흘러나올 것 같았다. 기타 음률에 흠뻑 빠져있던 그녀의 작은 눈동자도 떠올랐다. 그들이 평상에 나와 있지 않은 날에도 두꺼운 벽을 타고 넘어와 감미로운 기타 소리가 들려오는 것 같았다.

문간방 기타연주자의 그것들을 따라해 보기로 했다. 밥상만 물리면 기타를 튕겼다. 한동안 그의 물 흐르듯 자연스러운 연주를 흉내 내려 애썼다. 밥때를 건너가면서 기타를 튕겨도 그의 감미롭고 부드러운 소리를 흉내 낼 수도, 따를 수도 없었다. 손가락에 피멍울만 맺히고 굳은살이 배겨도 그 누구의 마음을 빼앗을 만큼 황홀한 소리는 나오지 않았다. 오히려 엉뚱한 사람의 화만 불렀다. 노력이 깊어질수록 아버지의 이맛살만 깊어졌고 표정은 굳어졌다. 둘 사이엔 일 번 기타 줄처럼 날카롭고 팽팽한 긴장감만 흘렀다.

해가 뉘엿뉘엿 기울었다. 산바람이 부드러웠다. 아버지는 권투경기에 빠져있었다. 엄마는 막 시장에서 돌아와 채소 꾸러미를 평상에 펼쳤다. 문간방 새댁은 엄마가 극구 말리는데도 손을 내밀어 다듬기 시작했다.

아무래도 한나절 연습한 기타 솜씨를 뽐내기 좋은 날이란 생각이 들었다. 첫 연주곡은 영화 〈금지된 장난〉의 테마곡 〈로망스〉였다. 붕대가 감긴 배에서는 아직 병원 냄새가 완전히 가시지 않았다. 죽 한 그릇 못 얻어먹은 아이의 몰골로 얼굴은 누리끼리하고 작달막해서 여전히 어린이나 다름이 없었다. 그래도 기분은 상쾌했고 날도 좋았다. 마음에 품은 연인에게 고백이라도 하려는 듯 우수에 찬 눈빛으로 기타 줄을 튕겼다. 그들이 눈이라도 지그시 감고 흠뻑 빠져들기를 바라는 마음이었다.

마주 앉은 두 여인은 거들떠보지도 않았다. 감미롭고 부드럽게 연주하려 손가락 끝까지 온 신경을 보낼 때마다 손가락은 마음대로 음계를 잡지 못했고 볼품없이 입만 실룩거려지는 것이 느껴졌다.

그때 드르륵 방문 열리는 소리가 들렸다. 가슴이 덜컹 내려앉아 후다닥 기타를 내려놓았다. 쪽파 뭉치를 들었다 났다 능청스런 짓을 했다.

아버지는 권투시합을 보다 말고 툇마루 끝에 앉아 불만스럽게 성냥개비를 그어댔다. 하나가 맥없이 툭 부러져나가자 다시 하나를 끄집어내어 담배를 피웠다. 해외원정까지 간 도전자가 3회전도 버티지 못한 것 같았다. 태우던 담배가 다 타들어가자 큰기침을 하며 한마디 던졌다.

"저놈의 기타 바숴버리든지 해야지."

"그래도 제법 잘 치는데요, 뭘. 두호는 우리 신랑이 좋아하는 곡들만 연습하는구나?"

그녀가 배시시 웃으며 거들자 아버지는 비 맞은 중 염불하듯 중얼거렸다. 편이 한 명 생긴 것 같아서 없던 기운이 펄펄 솟아났다. 통쾌한 승리감 같은 것이 들었다. 아무튼 누군가 이해하고 알아준다는 건 기분 좋은 일이다. 엄마도 "듣기만 좋구만……" 하고 한마디 놓치지 않았다. 그건 그렇고 혼신을 다한 기타연주를 연습이라니…….

2

연인들의 해변으로 가요.

사랑한다는 말은 안 해도- 불타는 그 입술 처음으로 느꼈네…….

여름이 가까워져 오고 있었다. 라디오에선 한여름 밤 바닷가에서 듣기 좋은 낭만적 노래들이 불타올랐다. 거리 음반가게에서도 어서 배낭 메고 떠날 준비를 하라고 부추겼다. 대학가요제 입상 곡들을 기타로 연주하는 데 흠뻑 빠져 갈고 닦은 기타를 퉁기며 배낭을 만지작거렸다. 다시 살아난 자의 기쁨으로 열기를 맞을 채비를 했다. 문간방 그 남자도 취흥에 겨웠는지 여름밤에 어울리는 노래 한 곡조를 구성지게 연주했다.

"다정한 연인이 손에 손을 잡고 걸어가는 길. 저기 저 멀리서 우리의 낙원이 손짓하며 우리를 부르네."

기타 소리가 울리자 새댁은 부엌에서 달그락거리는 소리를 내다가 문설주를 잡고 기대어 작은 눈을 지그시 감았다. 노래가 끝나면 휘청거리는 아저씨의 손을 이끌고 들어갔다.

그녀도 산91번지에 부는 여름날의 맑고 시원한 산바람의 유혹을 떨치지 못한 것 같았다. 그녀는 동네 수다쟁이들의 입방아에 오르내릴까 노심초사하며 앉는 자세는 물론 옷매무새부터 걸음걸이까지 신경을 써야 할 판이었다. 하지만 점점 뜨거워지는 태양, 밤이면 내려오는 시원한 산바람은 내재한 억압과 구역질이 나는 눈치를 다 날려버리고도 남았을 것이다.

그녀도 더는 의붓어미 눈치 보듯 하지 않았다. 옷매무새가 달라지고 외출이 잦아졌다. 케케묵은 카디건은 민소매 셔츠로 바뀌었다. 한여름 바닷가를 거닐 때나 어울릴 것 같은 치맛자락은 허리선부터 엉덩이까지 흘러내린 섬세한 재봉선이 보일 듯 말 듯했다. 한 줄기 바람만 불어도 너풀거려 야드르르한 알몸을 드러내는 마술을 부렸다.

동네 아낙들은 기회를 놓치지 않았다. 그녀를 입방아에 올리기 시작했다. 일일이 언급하기 구차스러울 정도로 미주알고주알 많은 소문이 돌았다. 구변 좋은 행상 아주머니가 그 중심이었다. 얼굴에 주름이 패고 시간이 흘러도 크게 변하지 않았다. 독사가 독을 내뿜어 눈을 멀게 하듯, 사람들은 익숙한 거짓말에 자기도 모르게 빠져들었다. 소문은 뱀처럼 혓바닥을 날름거리며 슬금슬금 대문을 넘었다. 대청마루 밑에서부터 천장까지 기어올랐다. 번들거리고 미끄러웠다. 온 동네에 역겨운 냄새를 흘리면서 돌아다녔다.

"내 눈은 못 속인다니까. 신림동으로 장사 나갔을 때 거기 작부촌에서 본 여자야. 틀림없어."

"어쩐지 눈웃음 살살 치는 게 예사롭지 않더라."

"쓸데없는 소리 집어치아라. 딱 봐도 그런 아가 아니다. 어찌됐든 참하게 잘 살면 됐지, 안 그라나?"

그때였다. 와장창! 사기그릇 깨지는 소리가 요란했다. 그제야 혼자 집에 있는 게 아니라는 걸 알았다. 부리나케 마루로 나와 보니 쓰레받기가 밖으로 내던져졌다. 기어이 올 것이 왔다. 동네를 떠돌던 쑥덕거림이 새댁 귀에도 흘러들었으리라. 밖에서 수군거리던 아낙들도 일제히 입을 다물었다.

"나가 뒈져, 이 나쁜 새끼야! 네가 사람이야? 나가 죽으라고. 나가!"

사나운 여자의 악다구니였다. 밖에서 노닥거리던 수다쟁이 그룹을 향해 터진 분노가 아니었다. 쨍그랑, 쨍그랑! 먹다 만 밥그릇이 또다시 마당으로 내동댕이쳐졌다. 밥알이 사방으로 튀었다. 부엌살림살이라고 해 봐야 허름한 찬장 하나와 시렁에 놓인 주발, 대접, 쟁반, 옻칠 된 소반이 전부였다. 방도 이렇다 할 장롱 하나 넣을 수 없는 크기였다. 잡다한 화장품 샘플들이 놓인 경대 말고는 가전제품 하나 없는 신산한 터수였으니, 세간이 다 깨져 나온 것이나 다름없었다. 이만저만한 일이 아님이 분명했다.

욕지거리는 계속되었다. 마당에 흩어진 밥알만큼 쏟아져 나왔다. 쉬어빠진 열무김치가 담긴 접시가 깨지면서 김칫국물이 사방에 튀었다. 심지어 잡지까지 두어 권 내던져졌는데, 백인 남녀가 전라로 음부를 내놓고 있는 사진이 표지를 장식하고 있었다. 기둥에 매달린 기타까지 박살내겠다 싶었다. 하지만 기타만큼은 끝내 무사했다.

쾅! 문짝이 부서질 듯 닫혔다. 늘어진 셔츠와 파자마 차림의 그가 문턱에 발이 걸려 고꾸라지듯 뛰쳐나왔다. 연이어 그녀가 실성한 여자처럼 소리치며 뒤쫓아 나왔다. 발을 동동 구르고 입술을 파들파들 떨었다. 원숭이처럼 가슴을 치다가 또다시 핏대를 한껏 세웠다.

"이 나쁜 놈아! 매독이 뭐야 매독이! 너 때문에 나까지 이게 뭐냐고!"

평소 그렇게 다정하던 모습은 온데간데없었다. 둘 다 실성한 사람처럼 볼썽사나웠다. 평상에 앉아 산들거리는 바람을 맞으며 마주앉아 기타를 연주하던 그는 온데간데없었다. 그는 손가락이 길고 마디가 깔끔했다. 그 손으로 연주하면 전축 스피커를 통해 듣는 것보다 더 생생했다. 외모도 매부리 콧잔등과 가시덤불 같은 고수머리만 아니면 웬만한 영화배우 저리가라였다. 훤칠한 키에 떡 벌어진 어깨, 날렵한 턱선을 가진 미남이었다. 게다가 낭만적인 기타연주자였다.

그가 노래하면 새가 날아 들어와 노래하는 듯했다. 가시덤불은 장미꽃이 되었고 담벼락 거미줄은 꽃가루로 변했다. 밤에는 별 그림자와 달 그림자까지 마당에 서성거렸다. 그 모습은 어디 갔는지 늘어진 러닝셔츠에 튀겨진 김칫국물, 우물거리는 입술에 붙은 밥풀, 붉으락푸르락 핏대 선 얼굴은 한 대 얻어맞은 것처럼 한쪽 뺨이 실룩거렸다. 불안한 시선은 죄수처럼 안쓰러웠다.

늘씬한 그녀 또한 쌈닭처럼 꽥꽥거린 적이 없었다. 속옷 재봉선은 물론이고 긴치마를 입고 다녀도 보일 듯 말 듯 은근한 자태가 결코 부박한 여인네로 보이지 않았었다. 어쩌다 행상 아주머니나 근본 없는 여자처럼 떠돌던 강 씨 할머니 딸내미가 포달이 나서 입방아에 올려도 누구도 함부로 동의하지 않고 오히려 그 입을 틀어막았었다.

그뿐인가. 수다쟁이들 틈바구니에 쪼그리고 앉아 고개만 끄덕이다가 기타 튕기는 소리만 들려도 자리를 털고 일어나던 여자였다. 그의 곁에 앉아 화단 꽃들이나 툭툭 건드리던 순정한 여자였다. 그런데 사람이 변해도 어찌 그리 변할까. 정말 행상 아주머니 말대로 유곽에서 흘러온 건가? 이제 갓 스무고개를 넘었을 법한 나이였기에 엄마는 새댁이라 불렀다.

'저기요' 말고 그냥 '누나'라고 부를까 생각하던 차에 이 무슨 배신이란 말인가. 그 작은 눈동자, 그 불멸의 눈매는 지루하고 심심한 얼굴마저 아름답게 만들지 않았던가.

그녀는 마치 이륙 직전의 비행기 엔진처럼 물러서지 않았다.

"일도 사랑도 믿음 없이는 아무것도 이룰 수 없어. 그건 눈 속에 다 들어있어. 일부러 만들거나 모른 척 눈 감으려 해도 당신 마음의 눈 속에서 요동치고 달아날 준비를 하지. 매일 달아나지 못한다면 당신이 바라는 대로 이 여자 저 여자 끌어당기고 싶어 하는 거겠지. 그건 당신이 살아온 경험으로부터 만들어지는 거야. 불신도 그래. 곧 생채기만 만들 뿐, 아무것도 남기지 않아. 불행하지도 행복하지도 않아. 이 정도는 사소한 일이야. 당신은 껄껄 웃고 넘어가면 그만이지. 거짓 사랑이 더럽게 증명이 된 거야. 피노키오 같은 놈!"

쏟아지는 새댁 아주머니의 말들을 조합해 본 결과 이 긴 머리의 기타 연주자가 밖에서 해서는 안 될 나쁜 짓을 한 것이다. 덜된 어른들만의 세계에서 벌어날 일이었다. 분명 다가오는 여름의 열기 속에 질질 흘리고 다니는 욕정 때문에 항상 어지러움에 시달리다가 순정한 본성을 잃고 참았던 분노를 터트린 것이다.

동정 어린 생각이 들면서 그녀가 가련한 여인으로 느껴지기 시작했다. 연주하던 기타 소리는 별이 노래하는 소리가 아니었다. 그리고 기타를 연주할 때마다 들리던 "그대는 나의 태양. 은하수. 나의 별." 어쩌고 노래했던 그 모든 것들은 다 거짓이고 엉터리였다. 그녀는 실성한 여인처럼 주저앉더니 하염없이 눈물을 쏟아냈다.

그때 삐거덕 소리를 내며 대문 닫히는 소리가 들렸다. 누군가 그 광경을 고스란히 훔쳐보고 있었던 것이다.

3

그날의 기억장치는 대문이 슬그머니 닫히는 소리가 들리면서 끊겼다. 비극적인 광경을 생생하게 떠올리려 좀 더 머릿속을 샅샅이 뒤적거려 보았지만 더는 찾아내지 못했다. 다만 '침묵의 소리'에 대한 기억은 아직 남아있다. 한바탕 소란이 벌어진 그날 이후, 그들은 집을 자주 비웠다.

한 번은 버스 종점 늘어선 포장마차에서 또래의 아저씨들과 질탕스럽게 술을 마시고 있는 그를 보았다. 허벅지 살이 다 드러난 낯선 여인의 무릎에 팔을 뻗어 피아노 건반을 치듯 손가락을 놀리고 있었다. 그날 밤도 그가 들어오는 것을 보지 못했다. 그가 집에 들어오는 날이면 여느 때와 같이 평상에 앉아 기타를 퉁기고 있는 내게 다가와 술 냄새를 풍겼다. 그는 "기타 좀 줘 볼래?"라고 말하면서 손을 내밀었다. 기타를 건네고 방으로 들어가 버렸다.

그녀도 집을 자주 비우기 시작했다. 쑥덕거리던 아주머니들도 어쩌다 고개를 떨구고 지나는 새댁 아주머니와 마주치기라도 하면 일제히 입을 닫았다. 그러면 순간 침묵이 교회당이 하늘에 닿아 있는 곳까지 꿰뚫고 지나가는 것 같았다. 하지만 그것도 어쩌다 한 번 있을까 말까 한 일이었다. 그녀를 온전히 볼 수 있는 시간은 일주일에 한두 번씩 영문 모를 외출을 할 때뿐이었다. 그것도 버스 종점 인근에서 서성이는 것을 우연히 본 것이다. 모든 것이 이전과 달랐다. 먼 산을 바라보듯 눈동자는 지루하게 풀렸고 무표정한 얼굴이었다.

상관없이 기타 튕기는 데에만 열중했다. 하지만 기타 소리가 아무리 감미로워도 아버지에게는 죽다 살아난 놈답지 않게 가까스로 주어진 생명을 허비하고 있는 것처럼 보인 모양이다. 기타 치는 모습만 보아도 큰 기침을 했다. 사실 계이름도 제대로 읽지 못하고 손가락이 짧아 코드 잡기도 어려웠다. 그런 실력이 탐탁잖았다. 아무래도 그를 따라잡을 수 없을 것 같았다. 작은형의 체취가 남아있고 아끼던 물건인데 만약 아버지가 화를 못 참고 기타를 내려치기라도 한다면 상상만으로도 끔찍한 일이다.

기타를 숨기기로 했다. 뒷간 창고가 최적이었다. 그런데 담벼락을 돌아가는 순간, 연탄재 쌓인 곳에 그녀가 절망의 끝에 다다른 사람처럼 서 있었다. 순간 정신이 혼미해지면서 흠칫 걸음을 멈췄다. 어깨부터 둔부 아래까지 차양 빛이 흘러내려 실루엣처럼 보였다. 두 다리를 맨살처럼 다 드러냈고 발끝에는 부서진 베니어합판 조각들이 널브러져 있었다.

무슨 일이 있었는지 한눈에 알 수 있었다. 그녀는 그걸 발로 툭툭 차면서 부숴버렸다. 아마도 마음속에 간직된 지난날의 흔적들까지 다 밟아 없애려는 듯 보였다. 그녀가 합판을 밟을 때마다 낙엽 부서지는 소리가 허망하게 흘러나왔다

"두호구나!"

"……."

불현듯 그녀가 고개를 돌렸다. 누군가 주춤거리고 있다는 걸 진즉에 알았던 모양이다. 괴로운 그림자가 여린 마음을 졸이고 있다는 걸 표정

226

에서 읽어낼 수 있었다. 목소리는 금세 울음을 터트릴 것처럼 떨렸다. 엉겁결에 당연한 것을 물어보았다.

"무슨 일 있으세요?"

"……."

그녀는 기타만 뚫어지게 응시했다. 아버지 앞에서 나를 두둔하던 그 따뜻하고 부드러운 눈빛과 남편을 자랑스럽게 여기던 눈동자는 이제 환멸과 증오로 번득였다. 기타를 허리 뒤로 얼른 감추면서 어리석은 질문만 되풀이했다.

"무슨 일…… 있으세요?"

"아니야. 선반에 묶어놓았던 기타를 실수로 떨어트렸어."

그녀는 고개를 숙였다. 부서진 기타를 힘을 주어 지르밟았다. 생애 가장 아름다웠던 시절의 믿음이 바지직 부서져 나가는 소리 같았다. 자신의 감정을 둘러싸고 있었던 현혹된 사랑을 무장해제하려는 듯 보였다. 끊어진 기타 줄이 햇살 위에 놓인 면도날처럼 날카롭게 빛났다. 그 '침묵의 소리'를 비껴갈 수 없었다. 창고에 기타 감추는 걸 포기해야 했다.

학교에서부터 구불텅하고 가파른 길을 한 번도 쉬지 않고 달음질쳐 올라온 것처럼 평상에 드러누웠다. 앵앵거리는 꿀벌이 날아들어 침을 실룩거리며 머리맡에서 맴돌았다. 꿀벌의 성가신 소리는 멈추지 않았다. 손을 뻗어 거슬리던 소리를 완전히 장악하자 지독한 침묵이 흘렀다. 손끝이 송충이에 쏘인 듯 쓰리고 살 속이 칼에 베인 듯이 습벅였다.

발가야드르르한 빛을 내면서 금잔화가 어른거렸다. 손을 뻗어 꺾어버렸다. 순간 찢어진 차양을 뚫고 한 줄기 직선으로 내리꽂은 광선이 묵시하듯 날카롭게 눈을 찔렀다. 그 눈빛…… 눈물이 흥건히 고인 그 눈동자가 서늘하게 가슴을 찌르는 것 같았다. 정신이 아득하고 어지러웠다. 순간 소름 끼치는 외마디 비명이 그늘진 벽을 스치고 소름 끼치게 들려왔다.

그녀는 늦은 밤이 되어서야 손목에 붕대를 감고 돌아왔다. 그날 이후, 그녀는 엄마가 채소 다듬을 때도, 아주머니들이 수다 떨 때도 보이지 않았다. 멍한 시선으로 골똘히 생각에 빠져있거나 뭔가 복잡한 생각을 몰아내려 애쓰는 모습만 간혹 보였다. 하지만 뜻대로 되지 않는 것 같았다. 한 번은 평상에 앉아 중얼거리며 꽃줄기를 싹둑싹둑 잘라 평상에 흩뿌려놓고는 코를 큼큼거리더니 킥킥 웃는 소리를 내다가 방으로 들어가 방문을 쾅 닫아버렸다. 그것은 잠시 잠깐의 일이 아니라 그녀의 일상이 되어가고 있었다.

슬그머니 나와 그 흔적을 감쪽같이 치워버렸다. 우물터 숫돌 위에 놓여있던 부러진 칼날도, 그녀의 남편이 먹다 버린 소주병도, 주변에 날카로운 것들은 다 숨겼다. 이튿날도 그나마 몇 그루에 남은 꽃을 몽땅 잘라 꽃잎을 평상에 흩뿌려놓았다. 잘려나간 꽃에서 짙은 약초 달이는 냄새가 피어올라 집 안마당을 채웠다. 그것도 감쪽같이 치웠다.

"누가 이렇게 화단을 요절내는 거야?"

일터에서 돌아온 아버지가 버럭 화를 냈다. 문간방에서 삐거덕 문이 열렸다 닫히는 소리가 났다. 그쪽을 힐끗 보던 아버지는 이내 멋쩍은 표정으로 양말을 툴툴 벗어 던졌다. 그 후부터 한동안 문간방은 굳게 닫혔다. 끝없는 슬픔과 절망의 그림자만이 낮밤으로 들락거렸다.

스무날 즈음이 더 지났다. 길쭉한 얼굴에 심심해 보이는 단춧구멍만한 순한 눈동자도 기억에서 사라질 판이었다. 그녀를 본 것은 버스 종점이었다. 민낯이었다는 것 외에 특별히 변한 건 없었다. 속옷과 몸매가 다 드러난 원피스에 카디건을 걸친 모습이 다른 이들보다 눈에 띄었다.

나를 알아보지 못 했는지, 못 봤는지 시든 갈대처럼 멍하니 언덕으로 향했다. 한 발 한 발 옮길 때마다 남정네들 시선이 달아올랐다. 종점 다방 근처 패거리들도 음흉한 표정을 감추지 못했다. 꺼칫꺼칫한 수염이 목까지 정성드뭇한 남자도 가던 길을 돌려 뒷모습을 훑어보았다. 그녀는 목적지도 없이 떠도는 사람처럼 힘없이 느적거렸다. 그녀를 앞질렀다. 집에서 볼 수 있으려나 싶었다. 그러나 늦은 밤까지 문간방은 열리지 않았다.

"어르신!"

며칠 후 그가 방문을 두드렸다. 아버지와 엄마 앞에 조아리고 앉아 고개를 떨궜다. 엄마는 눈을 끔뻑여 나가 있으라는 눈치를 보냈다. 대화 내용보다 연습한 기타 솜씨를 발휘하고 싶은 마음이 앞섰다. 평상에 앉아 애니멀스(Animals)의 〈더 하우스 오브 더 라이징 선(The House of the Rising Sun)〉을 소리 높여 튕겨댔다. 그가 문을 나섰다. 무슨 말을 했는지 모르겠지만 구두를 신고 있는 그를 향해 엄마는 "쯧쯧, 새댁이 얼마나 마음고생 심했으면" 하고 입속말을 했다.

"걱정하지 말고 준비나 잘해요. 사람이 살다보면 이 꼴 저 꼴 다 겪지요."

아버지도 애석하다는 듯 위로를 건넸다. 그제야 기타 솜씨를 선보일 상황이 아닌 걸 알았다. 애써 침통한 표정을 지어보였다.

"두호! 기타 많이 늘었네? 언덕 위 하얀 집이라……. 사연을 알고 마음을 실어 연주하면 기타 음이 더 잘 들릴 거야."

목뒤를 쓰다듬었다. 그것이 그와의 마지막 대화였다. 문간방은 자물쇠가 걸렸다. 아버지는 온갖 소독약을 사들였다. 마스크를 쓰더니 구석구석에 뿌리고 누렇게 얼룩진 창호지도 새로 발랐다. 그리고 한동안은

출입을 못 하게 했다. 그 문간방을 보면 그녀가 내던진 음란잡지가 기억에서 떠나지 않았다.

그들이 쓰던 방은 이제 내 공부방이 되었다. 달아나듯 떠난 이들에 대한 뒷이야기는 무성했다. 동네 아주머니들은 모처럼만에 제대로 된 요깃거리가 생긴 것처럼 대놓고 떠들어댔다. 떠나간 자들에 대한 대수롭지 않은 구구한 소문들까지 그들의 법정에 세워졌다. 검사가 되고 판사가 되어 재판했다. 판사는 무당이었다. 그러나 판결은 그다지 신신하지 않았다. 때로는 풍문이 사실로 증명되기도 하면서 슬금슬금 퍼져나갔다.

"정신이 나가버렸대, 글쎄."

"허구한 날 사진만 찍으러 다닌다던데?"

"버스 안에서 뭔 짓을 했는지 옷도 제대로 안 입고 새벽에 나오는 걸 봤는데⋯⋯."

"그 새벽에 호암산 쪽으로 기어가더래. 이놈 저놈 다 달려드나 봐."

"남자가 바람 좀 피웠기로서니⋯⋯ 쯧쯧."

그들이 떠나고 그녀에 대해 구구한 억측과 풍설이 나돌더니 얼마 안 있어 이혼했다는 소식이 들려왔다. 그때 처음 이혼이란 단어를 접했다. 시간은 아무리 흥미로운 일이라도 스스로 영혼을 깨울 만큼 직접 체득한 경험이 아니라면 망각을 불렀다. 시간이 흐르면서 사람들의 머릿속에서 그들 부부의 관심사가 사라지고 항간에 떠도는 소문도 사라져갔다.

이후에도 종종 금지된 사랑의 주제곡 〈로망스〉와 〈하우스 오브 더 라이징 선〉을 쳐댔다. 그때마다 그가 한 말을 기억해냈지만, 금세 대학가요제 입상 곡들과 그룹사운드 산울림의 곡들을 흉내 내는 데 빠져들었다. 그렇게 문간방 부부는 기억 속에서 자취를 감추었다.

4

뜨거운 여름은 갔다. 어느새 가을이 되었다. 서늘한 공기가 불었다.

황금 잎들이 하나둘 떨어져 내리고 외로운 거리에는 바스락거리는 소리만이 들렸다.

계절은 메마른 목소리를 내기 시작했다. 죽은 이에게 말을 걸듯 쓸쓸한 바람이 다시 슬픔의 귀로로 향한 창백한 통로를 벗어나고 있었다. 갈참나무 도토리를 만지작거리며 마을을 내려다보며 한나절을 보내기 좋은 날이었다. 풀잎 냄새 익어가는 언덕을 넘어 칼바위 아래 유년의 아지트, 나만의 보금자리에 앉았다.

푸석한 바위 아래 펼쳐진 동네를 내려다보려던 순간이었다. 발아래 도랑이 은밀하게 파인 웅덩이에 있는 너른 바위에 누군가 움직이고 있었다. 해가 쨍쨍한 날에도 골안개가 피어오르는 음습한 골짜기여서 사람이 머물 만한 곳이 아니었다. 어릴 때는 알 수 없었지만 그곳은 칼바위에서 떨어져 죽은 이들의 영혼이 태어나는 고향이나 다름이 없었다. 말하자면 망자의 가족과 영혼을 달래기 위한 무당 말고는 사람이 오르내리는 곳이 아니었다.

웬 여인이 바위에 누워 낙엽을 한 움큼 쥐고 사체처럼 누워 있었다. 미동도 없었다. 그 곁엔 남자가 쪼그리고 앉아 그녀를 업고 드러눕히기를 반복했다. 사진을 찍고 있었다.

호기심은 극단으로 치달았다. 그 여인은 분명히 죽어있다는 불길한 생각이 들었다. 남자는 죽어가는 과정을 찍는 변태 사진작가라는 생각이 들었다. 어떻게 신고할지, 그 누구에게 어떻게 이 상황을 설명할지 가슴이 두근거렸다. 흔들리는 버스에 올라타 멀미하는 것처럼 매스꺼웠다. 헛구역질이 치밀었다. 도망쳐 토악질이라도 하고 싶었지만, 부스럭 소리도 들킬 거리여서 꼼짝할 수조차 없었다. 갑자기 나무들이 가시를 돋아내고 앉아있는 곳이 화산암으로 변할 것처럼 두려움에 휩싸였다.

그때 여자가 꿈틀거리며 몸을 돌렸다. 살아있었다. 안도감보다는 남자의 다음 행위에 대한 호기심이 먼저였다. 조마조마해서 간이 녹을 지경이었다. 두근거리는 심장을 가라앉히고 눈알을 최대한 빼냈다. 시야를 가리던 참나무 이파리 하나를 잘라냈다. 남자의 기이한 행위는 계속되었다. 이리저리 몸을 돌려 사진을 찍더니 여자의 치맛자락을 배꼽까지 걷어 올렸다. 속살이 하얗게 드러났다.

미풍이 불었다. 갈참나무 이파리들이 흔들려 시야를 가렸다. 목이 타들어가면서 침이 바싹 말랐다. 살갗과 머리카락도 곤두섰다. 도토리 나뭇잎을 젖히는 순간 멀리서 구르르릉 비행기 엔진 소리가 흐릿하게 들려왔다. 고개를 바짝 숙였다. 비행기는 금방 머리위로 지나고 있었다. 짧지만 한없이 길게 느껴지는 엔진 소리가 윙윙거리며 떠나지를 않았다.

다시 정적이 흘렀다. 몸을 일으켜 갈참 나뭇잎을 젖혔다.

남자는 몇 번 더 셔터를 누르더니 속옷마저 벗겨냈다. 시커먼 음부가 드러났다. 셔터가 연달아 빠르게 눌러졌다. 그러고는 여자를 물끄러미 바라보며 담배를 피우더니 팬티를 주머니에 구겨 넣었다. 여자는 몸이 마음대로 움직여지지 않는지 흐느적거리며 생애 가장 괴로운 순간을 마주한 사람처럼 괴로운 표정을 지었다.

놀란 눈을 비벼댔다. 문간방 그녀였다. 남자는 그녀의 한쪽 팔을 어깨에 걸쳤다. 그녀는 그렇게 질질 끌려 산에서 내려갔다. 멀찌감치 뒤를 따랐다. 그들은 한적한 외길을 따라 내려갔다. 버스 종점 가까이 이를 때까지도 그들은 둘 다 넋이 나간 것처럼 보였다. 남자가 문을 열자 진열장에 걸려있는 수많은 사진들이 얼핏 보였다. 남자는 그녀를 질질 끌고 들어가더니 문을 굳게 잠갔다. 간판이 꺼지고 내부조명도 꺼졌다.

한동안 떠돌던 소문 중에 그녀가 사진을 찍으러 다닌다는 말이 떠올랐다. 그날의 광경에 대해 누군가에게 풀어놓고 싶었지만 외국 배우들이 키스하는 장면만 나와도 어쩔 줄 몰라 차마 입 밖으로 뱉을 수 없었다. 그날 이후, 아주머니들이 떠드는 소리가 들려도 한동안 산에 오르지 않았다.

그녀를 마지막으로 다시 본 건 그해 늦가을이었다. 정류장 인근을 지날 때였다. 별안간 눈에 띄어 '아주머니!' 라고 소리치려고 했는데 목구멍에서 멈췄다. 숨이 멎을 것 같았다. 머리카락은 헝클어져 있었고 피죽 한 그릇 못 얻어먹은 몰골이었다. 눈빛도 퀭해 보였다. 행색은 노숙자나 다름없었다. 가엽고 초라하다는 연민조차 들지 않았다. 멍하니 시선을 고정한 채 버스 종점 쪽으로 걸어가고 있었다.

막연한 호기심에 뒤를 쫓았다. 종점에 이르자 한 무리의 패거리들이 손가락질하며 이죽거렸다. 배꼽을 잡고 깔깔대다가 하이파이브를 했다. 서로 자랑하는 것 같았다. 짙은 선글라스에 '옥성운수' 라는 감색 제복을 입은 사내도 꽁초를 튕겨 내던지더니 버스가 늘어선 곳으로 향했다.

신발을 질질 끌고 가는 그녀 뒤를 바짝 따라붙자 고약한 냄새가 괴롭혔다. 그녀는 종점을 지나 사진관 앞에 걸음을 주춤 멈췄다. 고깔모자를 쓴 갓난아이, 색동저고리 입은 아이, 가족사진들이 늘어선 진열창을 쓰다듬는 시늉을 했다. 그러고는 창이 밀려날 정도로 얼굴을 들이밀었다. 뭔가 만족스럽지 않았는지 손을 허공에 내젓더니 이내 걸음을 옮겼다. 사진관은 안쪽까지 훤히 들여다보였다. 카메라를 받치고 있는 삼각대

곁에 통기타 하나가 있었다.

지난봄 골짜기 사건이 떠올랐다. '변태 새끼! 개 같은 새끼!' 라고 중얼거리면서 혐오스러운 표정으로 사진관 문 앞에 침을 뱉었다. 나는 순간 놀라지 않을 수 없었다. 이곳을 떠난 지 오래된 돼지엄마가 돼지 형을 질질 끌고 내려오고 있었다. 우물터에서 보던 모습과는 판이한 모습이었다. 금테 안경에 허리춤에는 번뜩이는 붉은색 손가방을 들고 옷은 희번드르르하게 치장을 한 것이 걸음을 걸을 때마다 온몸에서 쇠스랑 소리가 났다. 몇몇 아이들이 그녀의 뒤를 따랐다. 골목 한쪽으로 얼른 몸을 숨겼다. 그녀는 돼지의 뒤통수를 후려갈기며 염불하듯 중얼거렸다.

"어떤 염병할 년하고 여기까지 와서 몹쓸 짓을 하고 와서는, 이 돼지 같은 놈!"

"그런 거 아니라니까."

말대답한 그는 뒷목에 손을 올리고 고개를 숙였다. 문간방 그녀가 그들을 스쳐 지나갔다. 칼바위로 향하는 산길과 고욤나무가 있는 호암산으로 향하는 갈림길에서 앞서가던 작달막한 사내가 그녀를 힐끔 돌아보았다. 툭 튀어나온 광대뼈까지 윗입술을 추켜올리고 그녀를 향해 인상을 썼다. 그녀는 걷던 걸음을 멈췄다. 갈망하는 눈빛, 안타까운 표정, 가을 햇살에 바짝 마른 입술은 '당신이 없으면 살 수가 없어요' 라고 절룩거리는 고백을 하는 것처럼 보였다. 그는 한쪽 발을 들어 뒤따르는 개 쫓듯 땅을 탁 내리치고는 몸을 돌려 걸음을 재촉했다. 그녀에게서 점점 멀어지는 곱슬머리 사내는 멀리 허공을 가르는 칼바위로 향하는 작은 길로 접어들었다. 그녀의 망연한 시선은 미쳐버릴 만큼 애처롭게 그의 등을 쫓았다.

아! 나는 보았다.

234

미쳐버릴 만큼 애처롭고 망연한 시선으로

뒤쫓는 영원한 사랑의 실체.

사내의 등 뒤에 매달린 기타가 절룩거리면서 멀어져 갔다. 그녀의 모습도 시야에서 사라지고 있었다. 쫓던 걸음을 멈추었다. 발길을 돌렸다. 집 가까이 이르자 기와지붕 위로 연기가 모락모락 피어오르고 있었다. 날씨가 쌀쌀해지면서 수다쟁이들도 이 집 저 집 메뚜기처럼 옮겨 다니며 아랫목을 채웠다. 그런데 그날은 웬일인지 집 앞마당에 모여 있었다. 그들의 시선이 일제히 나에게 꽂혔다.

"두호. 이제 오는구나?"

"죽다 살아나니 좋지?"

"이제 부지런히 먹으라, 마. 아직도 꼴이 말이 아니다."

"……"

목덜미에 오른손을 얹어 비비면서 집 안마당으로 들어섰다. 엄마는 부뚜막에서 코를 쥐어 잡고 연탄구멍을 맞추느라 애쓰고 있었다.

"두호 왔구나! 앞집 아줌마가 너 봤다는데 뭐하다가 이제 와? 씻고 밥 먹자!"

엄마의 목소리가 들렸다. 길을 잃고 헤매다가 가까스로 집을 찾아낸 아이처럼 쓰러지듯 평상에 몸을 눕혔다. 등이 차가웠다. 깊은 가을로 접어들고 있다는 것이 느껴졌다. 금잔화도 들국화도 어느새 시들해져 마른 가을 풀 냄새를 짙게 풍겼다. 앞마당에서 잡다한 소리도 반쯤 열린 문을 열고 뻔뻔스럽게 기어들어 왔다. 수다스런 소리는 고정된 형체도 없이 젤리 형태로 흐물흐물 아메바처럼 하릴없이 부유하다가 부드러운 손을 내밀더니 어느새 위족을 뻗어냈다.

"이 집은 벌써 불 넣나 보네?"

"올겨울은 또 얼마나 추울지……. 어휴!"

"그러게 말이야! 문간방 새댁은 연탄가스 마시고 죽었다던데."

"그래? 누가 그러드나? 참말이가?"

"아니야! 칼바위에서 떨어져 죽었다는 여자가 비구니가 아니랴."

"쯧쯧, 어린 것이 미쳐 돌아다니더니 결국."

구르르릉 구르르릉 구름을 뚫고 지나는 비행기 엔진소리가 들리면서 수다쟁이들이 침묵을 더럽히는 소음도 사라졌다. 눈부신 햇살에 저절로 눈이 감겼다. 햇살이 기타를 연주한다. 절룩거리는 고백, 먼 기억 저편의 파편들이 기타 줄을 튕긴다. 까만 콩처럼 반질거리는 작은 눈, 천진스런 그녀의 웃음이 깨알같이 부서진다. Bbm, Ebm, F7 코드를 누른다. 날카로운 감성의 칼날이 심장의 한쪽을 베어낸다. 마침내 기타를 내려놓았다. 여전히 울고 있다. 씁쓸히 넘어가는 마른침이 목에 걸려 따끔거린다.

'세상에서 가장 어려운 일은 사랑하는 이에게 작별을 고하는 거예요.'

#12

근딱지와 밤꼬딱,
그리고 위엄과 근숙떠리

오전반 아이들이 사라진 교실에 구겨진 책가방들이

하나둘 책상 위로 던져지면서 오후반 아이들이 교실을 채우기 시작한다.

교실은 감성과 감각은 없고 본능만이 서성거린다. 삼삼오오 모여서 밤새 누구누구하고

싸움이 붙어서 정학을 받을 거라는 둥, 내일은 어느 학교 녀석들을 손봐준다는 둥

시시껄렁한 얘기들로 소란스럽다.

선하고 악하다는 기준은 모호하다. 부모에게 효도하는 착한 아들이 그 처에게는 끔찍한 악몽일 수도 있다. 세상의 모든 존재와 사건과 관계는 서로 첩첩이 그물처럼 얽혀있다. 하나의 잣대를 가지고 일도양단으로 잘라내는 게 불가능하다. 그래서 많은 이들이 오늘도 선과 악의 탈을 쓰고 살아간다. 그러다가도 어느 날엔 비인간적이거나 지극히 인간적인 무대에 서 있게 된다. 그것들은 어느 날 갑자기 소나기처럼 피할 수 없이 다가온다. 어떤 건 서정노래를 만들어 내기도 했고, 어떤 건 너무도 참담해서 뽑아낼 수도 없는 대못으로 박혀 영영 지워지지 않는 악몽이 되기도 했다.

아! 고등학교 시절, 추억으로도 말할 수 없는 것투성이지만 가슴에 박힌 두 가지 이야기가 존재하고 있다. 말하고 싶어도 쉽게 이야기할 수 없는 것. 어떤 기억은 지우개로 지울 수만 있다면 지워버리고 싶고 잘라낼 수만 있다면 절망과 고달픔 그리고 고독으로 뒤엉킨 주름진 뇌 속의 한쪽 공간을 도려내 버리고 싶은 원시적 충동을 불러일으키는 것이다.

생각하면 매스껍다. 아직도 이 땅에서 진행 중이라는 것에 토가 나온다. 아무래도 속에 벌레가 기어 다니는 것처럼 역겹고 더부룩해 불만스러워 토해내야 기억에서 사라질 것 같다. 질겅거리며 씹던 껌을 뱉어버리듯 더 뻔뻔스럽게 뽑아낸다. 그렇게 위로하는 것. 그 과정에서 어떤 계기로든 굳어버린 영혼과 낡은 의식을 감싸고 있는 굳은살들이 터지는 것.

240

1

1981년 9월 30일 한밤 11시, 온 가족이 TV 앞에 바짝 당겨 앉았다. 국제올림픽위원회 위원장이 종이 한 장을 코앞에 대고 화면에 나타났다. 반듯한 양복 차림에 흰 머리카락이 조금 남아있는 그는 어떤 결과가 나올지를 전혀 모르는 사람처럼 멈칫멈칫 긴장한 시늉을 했다. 세상이 숨을 죽이고 그의 입을 지켜보았다. 모두 침을 꼴깍 삼켰다. 멈칫멈칫 그의 동작이 긴장감을 불러일으켰다. 마침내 익숙하지 않은 발음이 터져 나왔다. "쎄울!"

이후, 세상은 순식간에 사마란치! 쎄울! 사마란치를 중심으로 "88올림픽! 88올림픽!"을 소리치면서 야단스럽게 돌아가기 시작했다. 올림픽 유치와 함께 눈치 빠른 이들이 재빠르게 산91번지를 오르내리기 시작했다. 대부분 중년의 아주머니들인데 그들을 복부인이라고 불렀다.

집값이 치솟고 새로 짓게 되는 아파트에 입주 자격이 주어지는 딱지라는 것이 화제가 되면서 동네는 전례 없이 시끄러워졌다. 집을 헐값에 사들이고 주소를 이전해 놓으려 복부인들은 혈안이 되었다. 그들은 이전할 주소지가 없으면 단칸방까지 쪼개서 주소를 만들고 수단과 방법을 가리지 않았다. 원주민들은 몇 푼의 웃돈을 받고 집을 내놓았다. 그냥 그곳을 떠나는 사람들이 생겨났다.

그때 야간 상업고등학교에 들어갔다. 우리는 야간 학교에 다닌다고 해서 스스로 야돌이라고 불렀다. 주경야독이나 불우한 집안을 생각해서 야간 고등학교를 들어간 학생은 손을 꼽을 만큼도 되지 않았다. 동네에서도 같은 야간 학교를 들어간 아이들이 꽤 있었지만 마찬가지였다. 생각과 노는 방법이 너무도 달라 말이 친구나 동창이지 마음을 주고받는 친구는 없었다. 그들과 함께하는 시간은 고작 같은 버스를 타고 학교로 향할 때뿐이었다.

그래서 그런지 특별한 추억이 없다. 군이 떠올린다면 몇 가지 잡다한 것들과 망각의 강물에 흘려보내고 싶은 하나의 기억과 또 하나의 특별한 추억이다.

야간 상업고등학교에서는 배우고 싶은 것도 좋아하는 과목도 없었다. 대부분 선생님은 형식적이었고 시간 때우기 식이었다. 그렇지 않으면 어젯밤 자신의 집안일로 아이들 머리를 두드려 패버리고 화를 푼다든가…… . 조금 다행인 것은 선생님 중에 한두 분은 코미디언이나 된 양 웃기는 시간을 만들어 한 시간을 다 메우고 나간다는 것이다.

학교는 이성이 원하는 것도 감성을 특별히 깨트려 마음을 동요시키는 것도 없었다. 추구하는 낭만적이고 평화로운 분위기라고는 그 어떤 곳에서도 찾아볼 수 없었다. 어둠에 내린 형광등 불빛 아래서 질질 끌려 다니는 수업시간도 불안한 요소가 되었다. 엷은 햇살이 비치는 늦은 오후의 창밖을 바라보다가도 어느 순간 숨 막히는 시선으로 불끈 쥔 주먹을 누군가에게 들이대야만 했다.

그럴 때면 산91번지에서 집단 놀이를 하면서 눈에 조용히 관찰된 것들과 직접 보고 느끼며 생생하게 체득된 폭력적인 언어와 잠재된 폭력성이 드러나기도 했다. 최소한 싸움을 하지 않았어도 싸움꾼들의 말과 태도를 지켜보았고, 상대를 제압하는 방법쯤은 알고 있었다. 특별한 경우가 아니면 있는 듯 없는 듯 내성적인 모습이다가도 한 번은 폭발하는 화산과 같았다.

다행스러운 것은 복잡한 버스 문짝에 매달려 차장 손에 떠밀리지 않아도 된다는 점이다. 한낮까지는 텅 빈 집에서 전축에 붙어있는 녹음기를 틀어 놓고 테이프를 다시 돌려 감아 녹음된 목소리를 들어보고, 울림이 있는 목소리로 다시 녹음하는 재미를 즐길 수 있는 것이다. 그것도 무료하면 유년에 그랬던 것처럼 칼바위 아래 유년의 아지트, 그곳에서 멍하니 앉아 박인희의 〈끝이 없는 길〉에 나오는 노랫말 같은 길을 걷는 꿈을 꿨다.

'아…… 이 길은 끝이 없는 길, 계절이 다 가도록 걸어가는 길……'

그렇게 한나절을 보내고 나면 라디오에서 〈임마누엘〉 주제곡이 오프닝으로 흘러나왔다. "2시의 데이트 김기덕입니다"라고 오프닝 목소리가 들리면 벌렁 드러누워 남은 시간을 마저 채웠다. 방해하는 사람도 없었다. 그렇게 등교하기 직전까지 음악을 듣다가 아쉬움을 남기고 집을 나섰다.

그렇게 한 해가 마무리돼가는 겨울 오후, 집을 나섰다. 덜컹거리는 버스는 텅 비었다. 버스 안내양은 언제나 문가 파이프 기둥에 기대어 꾸벅꾸벅 졸았다. 오후 2시가 넘은 버스 안의 일상적 풍경이다. 버스는 서울역을 한 정거장 남기고 떨구었다. 오전반 아이들이 사라진 교실에 구겨진 책가방들이 하나둘 책상 위로 던져지면서 오후반 아이들이 교실을 채우기 시작한다.

교실은 감성과 감각은 없고 본능만이 서성거린다. 삼삼오오 모여서 밤새 누구누구하고 싸움이 붙어서 정학을 받을 거라는 둥, 내일은 어느 학교 녀석들을 손봐준다는 둥 시시껄렁한 얘기들로 소란스럽다.

개중에는 홀로 앉아 코를 후비면서 책상에 낙서하는 아이, 책상에 발을 올려놓고 발가락을 만지작거리며 자신만의 충실한 시간을 갖는 녀석도 있었다. 그 두 아이는 남다르게 눈에 띄었다. 하는 짓들이 고등학생이라고는 상상할 수 없을 만큼 구접스러워 보인 탓이다.

하나는 틈만 나면 양말을 벗어 던지고 발가락을 후벼대면서 긁적거렸다. 교실 문을 나설 때마다 그 꼴을 보게 되면 점심시간까지 그 녀석이 머릿속에서 사라지지 않아 곤욕이었다. 그래도 그 녀석 자리가 맞은편 복도 쪽 창가에 있는 것은 다행스러운 일이었다. 아이들은 그의 곁을 지날 때마다 "야! 무좀!"이라고 부르면서 "제발 발가락 좀 그만 후벼 파라, 새끼야!" 하고는 머리통을 후려갈겼다. 아이들에게 그 녀석 별명은 '무좀균' 이었다. 하지만 나는 그 녀석을 '발꼬락' 이라고 불렀다.

또 다른 한 녀석은 '코딱지' 로 불린 녀석인데 그는 조금도 무료한 시간을 참지 못했다. 수업 중에 수시로 코를 후비고, 그렇지 않으면 볼펜으로 책상에 금을 그으면서 시간을 보냈다. 제일 끔찍한 것은 볼펜과 파낸 코딱지를 이용해 새로운 놀이를 찾아낸 것이다. 책상 위에 그것을 돌돌 말아 굴리고 칼로 긁어 홈을 파낸 곳으로 굴려 담는 것을 놀이로 삼은 것이다. 그러다가도 누런 이를 드러내며 나를 바라보곤 했다.

유령처럼 창밖만 바라보는 나에게 아무런 반응을 이끌어내지 못하면 책상 속을 뒤적거리다가 주변을 두리번거리기를 반복했다. 그리고 다시 책상에 금을 그었다. 그가 수업에 열중하는 시간은 갖은 유머로 한 시간 내내 떠들어대던 상업 부기 시간이었다. 그는 대가리를 얻어맞으면서도 선생님의 농담을 맞받아치면서 수업이 끝날 때까지 그렇게 시간을 보냈다.

이런저런 아이들이 교실에 다 들어차고 막 조회가 시작될 즈음 영훈이가 살던 구멍가게로 이사 온 머리털이 양털처럼 말려 있는 곱슬머리 아이가 책상 위로 가방을 툭 던졌다. 막 동네로 이사를 와 같은 학교 같은 반으로 전학 온 곱슬머리다. '고수머리' 였다.

2

탁탁! 출석부로 교탁을 내려치는 소리가 들렸다. 정진욱, 김명하, 손영진……. 국어 선생님의 존함은 기억 속에서 지워졌지만, 두 마리 굵은 지렁이가 지나간 것 같은 이맛살의 주름은 선명하다. 고수머리가 관자놀이와 눈썹까지 붙어 있어서 좁은 이마가 더 좁게 보였다. 언제나 주어진 수업을 충실하게 끝냈고, 아이들의 불량한 태도에도 온화한 표정은 변함이 없었다.

야간 고등학교 교사로는 어울리지 않아 보였다. 호명이 끝날 때면 나와 눈을 마주치며 살짝 미소를 지었다. 그러면 둘 사이에 보이지 않는 교감이 있다고 생각했다. 그 미소는 내게 특별했고 기분이 좋았다. 국어 시간은 늘 그렇게 시작되었다.

그가 칠판에 수업내용을 적기 시작하자마자 부스럭부스럭 책장 넘기는 소리, 여기저기서 삐거덕거리는 소리, 누군가 조심스럽게 의자를 뒤로 빼는 소리가 연이어 들렸다. 키 크고 이목구비가 훤해 인기가 많았던 영수와 그 일당들이 뒷문으로 빠져나가는 소리였다. 영수와 눈이 마주쳤다. 손가락으로 창문 밖을 가리키며 수신호를 보내왔다. 적진을 은밀히 침투하는 특공대원의 수신호와 같았다. 눈짓과 손짓만이 허용되었다. '오케이! 숙대 골목, 언덕 위 하얀 집으로 가겠음.' 하고 고개를 끄덕였다. 수신호는 잘 전달되었지만 판서하던 선생님이 그걸 목격했다는 것을 알았다. 하지만 이내 고개를 돌려서 쓰던 글씨를 마저 써 내려갔다.

딱딱! 야구 배팅 소리가 들렸다. 오전 수업을 끝낸 야구선수들이 손에 입김을 불면서 뛰는 모습들이 눈에 들어왔다. 교실 밖 풍경은 모든 것이 언제나 흥미로웠고 마음에 들었다. 창가에 앉아 모든 국민이 열광하는 스타 박노준, 김건우가 뛰어다니는 모습을 매일 코앞에서 바라보는 것도 큰 행운이었다.

야구공 치는 소리가 들리지 않는 날은 비가 내리거나 눈이 내리는 날이기에 창밖은 더욱 감미로웠다. 별것 아닌 일에도 그냥 감상에 빠지기를 좋아해서 해가 떨어지는 그 시간부터 야릇한 기분에 빠졌다. 은행나무 잎이 빗방울을 잔뜩 매달고 있는 모습들이 보이거나 눈이라도 날리면 교실 안 풍경에는 아랑곳하지 않고 창밖을 바라보면서 행복감에 빠져들었다.

해가 사라지고 어둠이 내리기 시작하면 형광등 아래 교실 안 풍경이 선명하게 보였다. 유리창에 비치는 그것을 바라보는 것도 흥미로웠다. 그것도 무료하면 초점을 달리해 창에 비치는 유령 같은 나의 모습을 바라보았다. 아마도 아이들은 나를 '유령'으로 부르지 않았을까? 스스로가 유령이라고 생각했다.

창밖만 바라보면서 유령처럼 소리 없이 빠져나갈 틈을 노리고 있었다. 코딱지에게도 국어 시간은 참을 수 없을 만큼 무료했던 것 같다. 그렇다고 나 같은 영수 일당들처럼 달아날 용기도 없는 아이였다. 그는 만질만질해진 책상에 금을 긋더니 어깨를 쿡쿡 찔렀다. 순간 주먹을 그의 얼굴 앞에 들이밀었다. '한 번만 더 그러면 코딱지 너, 죽어!' 였다.

아뿔싸! 선생님이 불끈 쥔 주먹을 목격하고 말았다. 그날은 일진이 좋지 않았다. 자리를 뜨지 않았다. '오케이! 숙대 골목, 언덕 위 하얀 집으로 가겠음.' 하고 약속한 수신호는 깨지고 말았다. 선생님이 폭력적인 주먹을 바라본 이후 교탁을 두 번 두드리는 모습은 그대로였지만, 더는 환한 미소가 담긴 눈길을 주지 않았다. 왠지 억울했다. 관계를 만회해야겠다는 생각이 들었다. 시험을 잘 보는 수밖에 없었다. 그 전에 먼저 코딱지 녀석을 손봐줘야겠다는 결심이 섰다. 하지만 먼저 시험이 닥쳐왔다.

　며칠 후 성적이 발표되는 날이 되었다. 그날의 기분은 좋았다가 말았다. 기분이 좋았던 것은 처음 국어성적이 만점 수준을 유지했기 때문이다. 선생님은 나를 일으켜 세우고 아이들에게 박수를 유도했다. 머쓱하게 선 나를 바라보는 그는 이맛살 주름이 펴질 만큼 환하게 웃고 있었다. 나도 웃었다.

　기분이 나빴던 것은 지휘봉으로 아이들 머리를 내려치는 쪽바리라는 별명을 가진 수학 선생 때문이었다. 그는 생김새나 옷을 입고 다니는 품새가 영화 〈장군의 아들〉에서 '김도깡! 김도깡!' 하고 김두환을 뒤쫓던 일본 순사와 너무도 흡사했다. 아이들을 얼마나 두들겨 팼는지 요즘 같았으면 스승의 날, 카네이션을 교도소에서 받게 됐을 것이다. 중학교를 졸업한 후 공부에 관심이 없어졌을뿐더러, 공부할 만한 흥미로운 과목도 없었기에 수학은 물론이고 국어를 제외한 전 과목의 성적은 엉망진창이었다. 소정의 목적은 달성했으므로, 그만 아니었으면 불만족스럽거나 기분이 몹시 나쁘지만은 않았을 것이다. 딱딱! 지휘봉으로 아이들 머리 내려치는 소리가 점점 좁혀져 왔다. 딱! 딱!

　일주일에 한 번 있는 영어 시간이었다. 창밖은 해가 지고 어둠이 드리워지고 있었다. 코딱지는 또 자신만의 임무에만 충실하게 빠져있지 않았다. 자신이 만들어낸 미니 골프 놀이를 멈추고 두리번거리더니 책상 속 이것저것을 뒤적였다.

　가느다란 실선이 그어지는 것이 느껴졌다. 잘 다려 입은 푸른 교복에 볼펜 자국이 선명했다. 아무래도 코딱지는 나의 일그러지는 표정을 즐기려고 고등학교에 들어온 녀석처럼 느껴졌다. 벼르던 차에 결정적인 빌미를 제공한 것이다. 결국 때가 온 것이다. 수업이 끝나기만 바랐다. 종이 울리자 화장실에서 손을 씻고 두 눈을 부릅뜬 거울 속의 나를 보았다.

'참을까 말까?'

살아있었다. 존재를 드러낼 필요가 있는 것 같았다. 더군다나 막 이사 온 녀석마저 같은 학교 같은 반이 되었으니.

교실 문을 열자 음산하고 칙칙한 기운이 휘돌았다. 코딱지는 여전히 이것저것을 책상 위에 게저분하게 늘어놓고 자신의 임무에 푹 빠져있었다. 그 앞에 화를 숨기고 너저분해진 내면의 질서를 잡으려는 또 다른 내가 서 있었다.

신발 끈을 다시 묶고 옷깃을 정리하면서 마음의 결정을 내렸다. 몸을 날려 코딱지 책상 위로 껑충 뛰어올랐다. 골문을 향해 공을 차듯 오른발을 내뻗었다. 코딱지가 뒤로 자빠지면서 책상이 부서졌다. 다른 녀석들까지 줄줄이 뒤로 자빠졌다. 순간 아차! 싶었다. 반 박자 놓친 것이다. 녀석의 턱이 돌아가는 모습을 상상했는데 보기 좋게 빗나갔다. 팔뚝이 박음질한 재봉선을 뜯어내고 튀어나올 것처럼 뼈대가 굵고 당알져서 단한 방으로 제압하지 못하면 절대 기가 꺾일 녀석이 아니었다.

'제기랄! 오합지졸 싸움판이 되겠군.'

예상대로 발차기 실패는 싸움판을 도토리 키 재기로 만들었다. 난장판이 되었다. 싸움은 쉽게 끝나지도 않았다. 고전을 면치 못했고 시간은 질질 흘러갔다. 결국 만신창이가 되어서야 끝났다. 아쉬운 생각이 들었다. 그리고 영훈이네 집으로 이사 온 전학생, 곱슬머리도 신경 쓰였다. 우스운 싸움판만 구경시킨 꼴이 되었다. 오합지졸 싸움판을 다 지켜보고 있었다고 생각하니 얼굴이 달아올랐다.

한판의 싸움이 끝나고 선생님은 우리를 갈라놓았다. 코딱지 때문에 이맛살을 모으고 주먹을 불끈 쥘 일은 사라졌다. 평온이 찾아들었다. 다시 창밖을 바라볼 여유도 생겼다. 창밖에 한낮의 풍경이 사라질 즈음, 두세 시간의 수업이 끝났다. 그러면 형광등은 어김없이 켜졌고 창밖의 풍경은 교실 안 풍경이 되었다. 깊은 어둠이 찾아오길 기다리는 유령이 되어 창에 비친 또 다른 나를 바라보면서 시간을 보냈다. 그것도 무료하면 새롭게 짝이 된 코딱지와 발꼬락이 맞은편 복도 쪽에서 티격태격하는 모습을 즐겼다.

그런데 어둠이 짙어갈수록 새로운 얼굴이 선명하게 보이기 시작했다. 형광등 불빛 아래서 그는 창밖에 누군가를 응시하고 있었다. 그와 눈이 마주쳤다.

3

투쟁하는 삶은 피곤하다. 투쟁하지 않은 삶은 더 피곤한 일이다. 그렇다고 증오와 폭력으로 이루어낸 승리는 아무런 소득도 얻지 못했다. 코딱지와의 사건 이후, 선생님에게서 가까스로 찾아낸 특별한 미소는 더는 볼 수 없었다. 더 고독한 유령이 되었다.

하늘과 바람과 별과 눈과 비……. 살들과 그것을 바라보는 눈 속에 겨울이 담기고 있었다. 인생에 일어난 어떤 일보다도 겨울이 싫었다. 겨울에 태어난 것을 부정하지는 않는데 움츠러드는 겨울을 좋아하지 않아 뒤집어쓰지 않아도 똘똘 싸매지 않아도 되는, 야드르르한 알몸 드러내 보이는 숨김이 없는 여름이 좋았다. 겨울이 다가오면 뜨거운 여름 나라로 도망가고 싶은 심정이었다. 그나마 차가워지는 겨울의 얼어버린 마음을 녹이는 것은 눈이었다.

　낮에 수업을 마친 중학교 때 친구들은 종종 내 수업이 끝나기를 기다
렸다. 그들과 조금이라도 시간을 함께 보내기 위해서는 빨리 뛰쳐나가
야 했다. 번잡한 도심의 밤하늘에 눈이 내렸다. 서울역에서 한 정거장
떨어진 남영동 버스정류장, 그날은 기다리던 중학교 때 친구들이 없었
다. 집으로 가는 버스에 올라타자 시그널 뮤직, 프랑크 푸르셀의 〈메르
씨 쉐히(고마워요, 내 사랑)〉와 함께 디스크자키의 감미로운 목소리가 흘러
나왔다.

　"수요일 밤 이종환의 밤의 디스크 쇼에 여러분을 초대합니다."

　이렇게 말하는 낮고 울림이 있는 목소리, 감미로운 음악은 버스 안 이
름 모를 이들 사이를 맴돌았다. 소리는 창밖에 날리는 눈을 바라보는 나
와 창에 비친 또 다른 나의 감성을 동시에 자극했다. 눈발은 나를 향해
달려오다가 창에 부딪혀 소리 없이 떨어졌다.

　조지 베이커 셀렉션의 〈아이 헤브 빈 어웨이 투롱〉, 스콜피언스의 〈
올웨이즈 썸웨어〉 등, 감미로운 곡들을 선곡해 소개했다. 그날은 멜라니
사프카의 〈더 새드스트 씽〉이 울려 퍼지는 음향의 뒤편에서 〈목마와 숙
녀〉가 흘러나왔다. 구성진 목소리로 읊었다. 가슴이 답답하기도 하고 무
엇엔가 짓눌린 느낌도 들고. 상실과 비애 같은 묘한 자극을 불러일으키
는 우울함 그리고 마음조차도 이르지 못할 곳으로 날리는 눈송이처럼
한없이 낙하하는…….

　첫눈이 내리는 날에 그의 울림이 있는 목소리 또한 얼마나 매력적인
가! 오늘 밤도 늦게까지 잠들지 않고 고요한 밤으로 파고들어 그를 흉내
내고 음악을 들을 것이다. 그렇지 않으면 창을 열고 날리는 눈을 바라보

거나 깊은 밤의 침묵 속에서 기타 줄을 튕긴다든가 무언가 묘한 감정을 느끼며 하루의 죽어가는 시간을 평소와 조금 더 달리 보낼 것이다.

눈발이 세지면서 설렘은 더해갔다. 눈이 부딪치는 창에 입김을 불었다. 뿌옇게 만들어진 창에 손가락으로 글자 하나를 쓰고는 막연한 그 어떤 말할 수 없는 감정이 피어올랐다. 그것은 사랑이라는 두 글자는 아니었지만 세계 만인이 알아볼 수 있는 사랑.

행여나 누가 볼까 주변을 두리번거렸다. 그때, 입은 교복이 나와 같고 얼굴이 낯익은 같은 반 곱슬머리 아이가 함께 타고 있다는 것을 알았다. 고등학교 때의 교복은 다른 학교와 다르게 성인 양복을 연상시켰다. 금색 단추가 달린 감색 재킷은 옷깃이 배꼽 부분까지 깊게 패였고, 하얀 와이셔츠에 목에는 먹색 넥타이를 매게 되어 있었다.

우리 대부분은 양복 같은 교복에 걸맞게 외모에 관심이 많았다. 대부분 하얀 와이셔츠의 목 부분을 가장 신경 썼고 다림질해 바짓단에 주름을 냈다. 쉬는 시간이면 코딱지와 무좀균으로 불렸던 발꼬락 녀석을 제외하고는 거울을 들여다보고 빗질을 하는 아이도 적지 않았다. 많은 아이들이 파마머리를 하기도 했다. 심지어는 가방에 거울을 들고 다니는 아이부터 뒷주머니에는 큰 도끼 같은 빗을 꽂고 다니던 아이들도 있었다.

고수머리, 그는 외모에는 그다지 신경을 쓰지 않는 것 같았다. 하얀 와이셔츠의 목 부분까지는 볼 수 없었으나 사라진 바지 주름은 무릎이 나와 반질반질하게 헐어서 은빛으로 빛나 금세 전학 온 아이답지 않아 보였다. 덕지덕지 말라붙은 여드름이 다닥다닥 붙어 있는 넓죽한 턱과 곰보로 얽은 광대뼈, 그리고 눈가의 빼곡한 주근깨는 그의 얼굴을 전체적으로 거무스름하게 보이게 했다. 게다가 손톱자국이 선명하게 있는 눈꺼풀까지 짧고 굵은 머리카락이 돌돌 말려 내려와 강한 인상을 풍겼다.

그런 그가 비가 오면 지붕에 빗방울이 따다닥 콩 볶는 소리를 내는 구멍가게 영훈이가 살던 집으로 이사를 와 같은 학교로 전학을 온 것이다. 일전에도 학교가 끝나고 집으로 돌아갈 때도 같은 버스를 탔던 기억이 있지만, 그에게 조금도 관심을 두지 않았기 때문에 그의 이름을 기억할 수가 없었다. 전라도 광주에서 막 전학을 왔다는 것뿐.

버스는 50여 분을 내달렸다. 내려야 할 목적지를 한 정거장 남겨놓고 내려버렸다. 이파리 하나 없는 은행나무 아래까지 눈이 하얗게 덮고 있었다. 버스는 두어 명의 승객을 떨구고 거대한 숲덩이처럼 검게 변한 능선이 펼쳐진 곳으로 눈발을 날리며 사라졌다.

서너 발짝이나 옮겼을까? 걷던 걸음을 멈추고 뒤를 돌아보았다. 막막한 당혹감이 피부를 날카롭게 찌르고 흐르던 피가 멈칫하는 것을 느꼈다. 종점에서 내려야 할 고수머리 아이가 뒤를 따라 내렸다는 것을 알았다. 교실에서 처음 그를 보았을 때처럼 당혹감이 밀려왔다. 그 순간의 당혹감은 어릴 때부터 라면땅을 사 먹고 고구마 과자를 사 먹으러 드나들던 집에서, 처음 무표정한 그를 마주쳤을 때의 싸늘한 느낌과 같았다.

일전에 같은 버스를 탔을 때도 그랬다. 그때도 그를 부러 아는 척을 한다든가 반갑다는 식의 표정을 짓지 않았다. 그를 어떻게 대해야 할지를 몰랐다. 사실 이번에는 노골적으로 그를 피해 한 정거장 미리 내렸기 때문이다. 처음 그를 대면하게 되면서 무슨 말을 했는지는 기억해 내지 못하지만, 어찌 같은 교복을 입고 같은 학교에 다니는 같은 반 급우와 같은 동네로 향하는 길을 무표정하고 드러나지도 않은 유형(類型)만을 느끼는 심상만으로 매번 거리를 둘 수 있겠나. 급작스럽게 맞닥뜨린 범죄자라도 피하려는 듯한 모습에 스스로 당황스러웠다.

그가 사는 집을 지나 서너 칸 더 위로 올라야 집이 나오는 외길 아닌가? 말문도 트지 않은 그였지만 표정을 숨기고 최대한 자연스럽게 보이려 노력을 했다. 저절로 어깨를 나란히 하고 함께 걸었다.

거리는 하얗게 변하고 있었다. 눈발이 날려 움푹 고개를 파묻고 곁에 누가 있는지도 아랑곳하지 않고 유령처럼 걸었다. 얼마를 걸었을까? 좌우로 이층집들이 펼쳐졌다. 따뜻한 노란 불빛 속에서 어린 여자아이가 창밖을 내다보는 모습이 보였고 이층집 들창에서는 내부 불빛이 앞마당까지 따뜻하게 새어 나왔다.

눈이 날리는 이런 날, 기분을 만끽하지도 못한 채 그와 함께 걷고 있다는 것이 불편했다. 가방에 내려앉은 눈을 툭툭 털어내면서 그를 훔쳐보았다. 그는 자신을 바라보는지도 모르고 있었다.

마음속에는 야릇한 기분이 일기 시작했다. 기분 좋게 숲길을 걷다가 이파리가 무성한 나뭇가지에 매달린 뱀이라도 보게 된다면 그 숲을 빠져나오는 내내 두려움을 가지지 않다가 그 숲길을 벗어나면 두려움은 허탈함과 허전함으로 바뀌는 심리의 변화 이야기를 책에서 본 적이 있다. 처음 생각과는 달리 마음 한구석에서 이 고수머리가 어떤 흥미로운 일을 만들어 내지는 않을까 하고 막연한 호기심이 모락모락 피어오르기 시작했다. 몰래 그의 시선을 살폈다. 그의 눈알이 좌우로 불안하게 돌아다니고 있었다.

그는 기대를 저버리지 않았다.

그는 현관문이 열린 집을 향해 몸을 후다닥 움직였다. 올 것이 온 것이다. 그는 집 안 문턱을 순식간에 넘었다. 고개를 숙이고 뭔가 하얀 덩어리를 집더니 재빨리 몸을 돌려 뛰쳐나왔다. 그의 두 손에는 하얀 운동화 한 짝이 들려 있었다. 순간 심장이 멈출 것만 같았다. 마음은 처음 그를 만난 당혹감에서 불안으로 그리고 밋밋한 호기심으로 바뀌었다가 그의 몸짓 한 번에 쫓기는 범죄자의 마음으로 순식간에 돌아섰다.

눈 오는 날 아무 말도 없이 걷는 권태로움을 달래기 위한 행위였는지, '나 이런 놈이니까 잘 봐둬!' 하면서 기괴한 모습으로 자신을 소개한 것인지, 아니면 나 같은 아이는 동네 조무래기 정도로 무시해 버린 것인지, 습관적인 절도였는지……. 제일 화가 나는 것은 그가 뭔가 흥미로운 일을 꾸며내지나 않을까 품었던 불손한 기대감이었다.

그는 힐끔 나를 쳐다보았다. 차가운 칼날이 스치고 지나는 것 같았다. 온몸은 숨조차 쉴 수 없이 얼어버렸다. 그에게 아무런 말도 할 수 없었지만 그를 바라보는 적의적인 표정은 순간의 혼란스러운 상황을 그에게 여실히 말해주고 있었으리라.

눈발이 검게 변한 하늘에 가늘게 흩날렸다. 여전히 우리는 나란히 걸었다. 집으로 향하는 길은 멀었다. 종점에 이르러야 하고 언덕길을 올라야 하고 다시 공동수도장을 지나서 가파르고 구불텅한 눈길을 기어올라야 한다. 이 무시무시한 불지옥에 떨어진 것 같은 순간을 빨리 벗어나고 싶은 마음이었다. 갑자기 다가온 이 기가 막힌 순간을 어찌 넘겨야만 하는지, 그와 함께 걷는 이 길이 끝이 없을 것 같았다.

지금쯤이면 라디오를 틀어놓고 못다 들은 '별이 빛나는 밤'을 듣고 있을 시간이었다. 그리고 '한밤의 데이트'를 들으며 스케치북에 그림을 그리고 있다든가 창밖을 내다보며 겨울밤을 만끽하고 있을 시간이었다. 그렇지 않으면 평소 집에 애착을 많이 가졌던 형이 종이를 접어 만들어 준 주택청약 통장에다가 아버지나 엄마가 얼마를 끼워 놓았을까를 궁금해하며 책상 위에 놓인 통장을 펼치고 주머니에 남은 푼돈과 함께 은행장인 형에게 넘겨주며 수다를 떨 시간이었다.

걸음은 더뎠다. 검은 아스팔트가 깔린 큰길에는 그 누구도 보이지 않았다. 찬바람이 불어 가로수에 내려앉았던 눈을 털어냈고 얼키설키 엮인 전선에서도 눈이 흩날려 떨어졌다. 한밤의 대기는 시퍼렇게 변해 싸늘하게 식어 창백해졌다.

고수머리는 수상쩍게 팔짱을 꼈다. 가슴을 움켜쥐었다. 그리고 태연히 걸었다. 늘어선 집에서 따뜻하게 빛나던 노란 불빛들은 독을 품은 눈빛으로 일제히 노려보는 것 같았다. 그가 빨리 곁에서 사라져 주기만을 간절히 바라는 순간이었다. 멀리 어두운 곳에서부터 검은 두 그림자가 눈발 속에서 유령처럼 한 발 한 발 걸어왔다.

4

"다 불어! 그동안 얼마나 훔쳤는지!"

대뜸 허리춤에 차고 있던 검은색 곤봉을 빼 들었다. 앉았던 철제의자를 뒤로 물렸다. 그는 곤봉을 내려치는 시늉을 하더니 다그치기 시작했다. 칭찬을 받을 만한 실적을 하나 올렸다는 듯이 흡족한 기분이 들었는지 소리를 지르다가 말고 타자기를 치고 있는 동료에게 씩 자신만만한 미소를 보냈다.

타자기를 두드리던 경찰관, 그도 동료의 기분에 동조해야만 할 것 같은 표정을 지었다. 콧잔등에 노란 피지가 낀 매부리코를 실룩거리면서 책상 위에 놓인 검은 곤봉으로 책상을 탁탁 내리쳤다. 그럴 때마다 그의 곤봉 손잡이 끈에 매달린 작은 은빛 십자가가 흔들렸다. 그도 소리쳤다.

"똑바로 써! 개새끼들아!"

입술을 실룩거렸다. 비열한 사람에서나 느끼는 불안한 감정이 느껴졌다. 건너편 '그건 너, 바로 너'라고 적힌 여관의 네온 간판에서 붉고 푸른빛이 번갈아 새어 들어왔다. 개기름이 흐르는 그의 콧잔등과 그의 광대뼈에 붉고 푸른 그림자를 번갈아 만들었다. 글자의 붉은빛은 '그건 너'였고 푸른빛은 '바로 너'였다.

"언제 어디서 무엇을 얼마나 훔치면서 다녔는지 상세하게 적어. 솔직한 게 죄를 더는 방법이야! 개새끼들아!"

그는 한마디를 더 하더니 타자기를 두드려 문서 만드는 것을 멈추고 다가왔다.

"산동네 놈들은 도대체가 글러 먹었어! 쓰레기 같은 새끼들!"

그는 진술서를 쓰는 내내 빈 의자를 두드리며 소리를 질렀다. 무서웠다. 그들에게 나는 도둑질을 도와준 공범이 된 것이다. 그들은 자신들의 면면을 관찰할 틈도 주지 않고 벽으로 몰아세웠다. 착한 아이라는 것을 증명이라도 하고 싶은 표정을 짓고 안타깝다는 얼굴로 그들을 바라보면서 자신을 위로했다.

'아무런 죄가 될 게 없어. 고수머리 곰보 녀석도 아무런 상관이 없고, 우연히 만나 함께 걸었을 뿐이야. 그리고 고수머리 곰보 녀석도 있었던 사실 그대로 떳떳하게 대변해 줄 거야.'

고수머리에게 기대했던 불손했던 마음을 지워버리려 애쓰면서 떳떳하게 써 내려갔다. 두 장의 진술서가 건네졌다. 그는 한 장을 순식간에 읽고, 다음 장을 읽으면서 힐끗 쳐다보았다. 문 밖에서 흘러들어온 붉은 네온 빛이 파란빛으로 변하면서 솟은 코와 광대뼈에 그림자를 만들었다. 그는 싸늘한 유령이 서 있는 것처럼 보였다.

순간 떳떳한 생각과는 상황이 달리 돌아가고 있는 것이 아닌가 걱정이 됐다. 다시 시선을 고수머리 곰보 녀석에게로 돌렸다. 최대한 입술을 부르르 떨었다. 어쩌면 추위 때문에 떨고 있었을 수도 있지만, 눈도 부릅떴다. 그렇게 해서라도 원망의 눈짓을 보내고 싶었지만 그 녀석은 그저 할 일을 다 하고 결과를 기다리는 사람처럼 허리를 굽히고 얼굴은 외투에 파묻고 있었다. 목덜미에 여드름 짜낸 흔적만이 선명하게 눈에 들어왔다.

그 녀석 한마디면 이 순간의 악몽에서 깨어날 것 같았지만, 혹시 그가 가슴에 신발을 품은 이후, 그에게 거리감을 두려 했고 때론 적의까지 내비쳤다는 것이 오히려 더 큰 문제를 일으키지 않았나 하는 불길한 생각만이 밀려들었다.

연탄가스 냄새가 코끝을 파고들면서 얼굴에 온기가 전해졌다. 타자기를 치던 경찰이 식어가는 난로의 연탄을 갈았다. 그 순간 맞은편 여관을 알리는 네온 불빛은 다시 붉은빛을 들여보냈다. 몸뚱이란 놈은 참으로 속성이 간사스럽고 나약하다는 생각이 들었다. 이런 처절한 상황에서도 잠시 온기 좀 쬐었다고 몸이 녹아내리는 기분이 들었기 때문이다. 어쨌든 떨리던 입술도 잠시 멎는 것을 느꼈다. 그때 처음 나를 맞았던 경찰이 다시 나섰다.

"이 새끼가! 누구를 똑바로 쳐다봐! 열중쉬어! 차렷! 열중쉬어! 차렷! 열중쉬어! 똑바로 못해! 무릎 꿇어! 어디서 거짓말질이야! 개새끼가……!"

그는 다짜고짜 두 가지 동작을 반복시켰다. 지난주 교련 선생이 술 냄새를 풍기며 지휘봉을 휘두르며 제식훈련을 시킬 때처럼 시키는 대로 움직였다. 타자기를 두드리던 경관이 다시 나섰다.

"난 못 속여. 암만 속이려고 해도 소용없어. 도대체 이 새끼들, 어디서 놀던 새끼들이야! 단단히 버릇을 고쳐줘야겠어. 무릎 꿇어, 새끼들아!"

그는 다시 머리를 내려칠 듯 곤봉을 휘두르는 시늉을 하면서 입술을 삐죽 내밀고 이죽대더니 꿇어앉은 허벅지와 장딴지 사이로 그것을 밀어 넣었다. 꿇어앉을수록 장딴지의 뼈에 고통이 전해졌다. 한쪽 허벅지 사이로 튀어나온 곤봉의 손잡이 끈에 매달린 작은 은빛 십자가가 달랑거렸다.

"똑바로 앉아, 새끼야!"

외마디와 함께 그는 껑충 몸을 날려 곤봉이 끼워져 있는 장딴지 위로 뛰어올랐다. 아악! 참을 수 없는 고통에 비명을 질렀다. 허벅지와 알통 근육이 쇠몽둥이에 통타당한 것처럼 참을 수 없는 고통이 두개골까지 올라왔다. 그는 짓밟고 올라타기를 반복했다. 억지로 껴 맞춰놓은 검고 단단한 뭉치가 짓눌렀고 장딴지 근육 안에서는 아직 여물지도 않은 뼈가 우지끈거리며 묵직한 신음을 했다.

"또 어디서 뭘 훔쳤어! 빨리 말 안 해! 아무튼 산동네에서 내려온 새끼들은……!"

악몽이었다. 처음 가난한 동네에서 살고 있다는 생각을 했고, 가난한 사람들은 쓰레기 취급을 받게 된다는 생각도 지울 수 없었다. 그들은 노루 때린 막대기 세 번이나 국 끓여 먹듯, 실적을 올릴 만한 여죄를 찾아 없는 죄라도 만들어낼 판이었다. 우리가 다른 종족 취급을 받고 있다는 생각에 슬펐다. 이 기가 막힌 하룻밤의 참담한 순간이 그나마 이제 막 시작되려는 감미롭고 달콤한 청춘의 삶을 다 빼앗아가는 기분이 들었다.

만일 고수머리 녀석의 제대로 된 진술이 아니라면 같은 교복, 같은 학교, 그것도 위 아랫집에 사는 아이와 그것도 늦은 밤에 집과는 동떨어진 곳에서 우연히 만나 그냥 걷고 있었다는 것, 그리고 그를 잘 알지도 못하고 대화도 없는 사이였다는 것을 그 누가 믿을 수 있을까. 그들에게 소설에서나 나올 법한 질이 나쁜 주인공이 되었고 진술서는 마치 한 편의 기가 막힌 소설 같았으리라. 이것은 잘 짜인 드라마나 다름이 없었다.

고수머리 녀석에게 눈짓을 보냈다. 믿을 것은 백기를 들고 솔직하게 나와는 상관이 없는 짓이었다고 자백을 하는 것뿐, 다른 도리가 없었다. 눈이 마주친 그는 아무런 반응을 보이지 않았다. 그는 고개를 숙였다. 그의 등으로 여관에서 흘러들어온 글자 하나가 긴 꼬리를 만들며 붉고 푸른빛으로 번갈아 흘렀다. '너', '너'

"야! 개새끼야! 똑바로 말 안 해!"

이렇게 우악스럽게 욕을 내뱉은 사람은 나였다. 벌떡 일어나 억누르던 분노를 터트렸다. 다리를 짓누르던 경찰이 뒤로 자빠져 겁에 질려 코를 벌름거렸다. 한차례 고문을 당하고 두들겨 맞던 고수머리 곰보 녀석도 고개를 들었다. 쌍욕을 퍼부으며 겁을 주던 광분한 사냥개 같은 파출소 근무자도 눈이 휘둥그레졌다. 외마디 외침은 회백색 차가운 벽을 때리고 울려 귓전으로 다시 돌아와 다그쳤다.

'야! 개새끼야! 똑바로 말 안 해……!'

그래도 그들이 원하는 것을 토해낼 것이 나에게는 없었다. 절규와 같은 외침은 허벅지를 짓누르는 놈에게 한 욕이나 다름이 없었지만, 마음속에는 나약한 마음이 나를 붙들고 있어 그들을 보면서 욕을 내지를 자신은 없었다. 시선은 고수머리 곰보를 향했다.

아마도 그는 억울한 눈물 속에서 분노를 보았을 것이다. 그리고 혼란스러운 파출소 안의 모든 것들을 다 부숴버리고도 남을 심사로 보였을 것이다. 그가 신발을 가슴에 품으며 나 이런 놈이야! 하고 첫인사를 한 것에 대한 나의 첫 소개를 했다. 마침내 그와 눈이 마주쳤다.

"야! 개새끼야! 똑바로 말 안 해!"

목소리가 쩌렁쩌렁한 메아리로 다시 울렸다. 고수머리는 아무 소리도 듣지 못한 것처럼 고개를 숙였다. 생각했다. 한 번 더 그를 향해 소리쳤다. 화풀이를 할 만큼 충분히 소리를 질렀다고 생각을 했지만, 그와 눈이 마주치는 순간 머쓱해져버린 마음이 그렇게 시킨 것이다. 그래도 어디서 이런 내 모습을 찾아낼 수 있었단 말인가……? 그것은 천둥이 치고 분노의 번개가 번쩍이던 날, 부당한 목회자의 집을 부숴버리던 아버지의 쩌렁쩌렁한 분노의 굵은 목소리였다. 그리고 모든 것을 잊어버리고 손을 잡으면 유순한 양처럼 변하는 아버지와 같았다.

나의 절규는 콘크리트 벽을 꿰뚫고 울퉁불퉁한 산길을 올라 멀리 교회당을 볼 수 있는 빨간 기와집까지 흔들어 고단한 잠을 이루는 아버지를 깨우고도 남았을 것이다. 차가운 바람과 함께 중년의 사내가 불쑥 유리문을 걷어차고 들어왔다. 짐작하건대 숙소에서 자고 있던 파출소 소장이 놀라 달려온 것이다.

일전에 너른 마당 바로 아랫집에 세 들어 살던 신혼부부가 연탄가스를 맡고 모두 숨졌을 때, 시신을 들것에 들어내는 사람들과 경관들 앞에서 그가 대장처럼 서 있는 것을 본 적이 있었다. 앞이마가 빛나게 벗겨진 머리를 보고는 단번에 알아볼 수 있었다. 그는 두 경찰에게 이것저것을 묻는 듯하더니 두 장의 진술서를 들여다보았다. 그들을 세우고 정강이뼈를 툭툭 치면서 혼을 내는 시늉을 했다. 뭔가 귀찮은 존재를 쳐다보듯 힐끔 쳐다보면서 한마디를 던졌다.

"일어나!"

몸을 일으켰다. 순간 다리를 짓누르던 곤봉이 바닥으로 떨어지면서 뼈마디 부러지는 소리를 냈다. 무릎관절에서도 뼛조각 잘리는 소리가

260

들렸다. 허벅지는 찢어지고 다리 기능이 멈춘 것 같아 일어날 수가 없었다.

"너 91번지, 반장님 아들이지? 빨리 집에 가! 아버지 걱정시키지 말고."

그렇게 말하는 동안 그가 몰고 들어온 찬바람은 흩어져 가시지를 않았다. 몸이 부들부들 떨렸다.

그는 아버지를 잘 아는 사람처럼 말하면서 들고 있던 두 장의 진술서를 책상 위로 던져놓고는 난로 곁으로 바짝 다가갔다. 아무런 대답도 하지 않았다. 다리는 저절로 절룩거렸다. 어깨와 입술도 조금 떨렸지만, 그에게 나약하게 보이고 싶지 않았다. 고개를 숙였다. 탁자 위에 놓인 진술서가 눈에 들어왔다. 고수머리, 그가 어떻게 썼는지 보고 싶었다. 그는 고개를 들어 나를 바라보고 있었다. 그를 바라보면서 당당하게 진술서를 들었다. 내용은 아주 간단했다.

나이키 신발을 훔쳐서 잘못했습니다.
저도 모르게 갑자기 혼자 저지른 일입니다.
오던 길에 우연히 만났습니다.
다시는 그러지 않겠습니다.
잘못했습니다.

악몽에서 막 깨어난 것처럼 뼈를 짓누르던 통증도 분노도 억울함도 걱정도 말끔히 가시는 기분이 들었다. 적의도 사라졌다. 하지만 스스로 유치한 당혹감이 산더미처럼 밀려왔다. 문을 나서고 고수머리를 똑바로 볼 수 있었다. 고개를 들고 있었다. 붉고 푸른 네온 빛이 번갈아가면서 얼굴에 그림자를 만들고 있었다. 그날 밤 고수머리는 그곳에 홀로 남겨졌다.

5

하얗게 쌓인 눈 위로 달빛이 파랗게 내리고 있었다.

대기는 낯설고 차가웠다. 잠이 든 세상은 불안했다. 가느다란 눈발이 쓸쓸하게 희미한 가로등 아래로 날렸다. 암울하고 허무한 부정으로부터 엄습해오는 분노와 슬픔이 머리를 쪼개버릴 것처럼 번쩍거리다가 사라지기를 반복했다.

다리를 질질 끌고 미끄러운 비탈길을 올랐다. 반듯하게 걸으려고 애를 썼으나 절룩거렸다. 길은 미끄러워 한 발을 디디면 다른 한 발이 미끄러져 내렸다. 후들거리는 다리는 바람조차 이기지 못하고 맥없이 다시 쓸려 내려갔다. 눈이 오나 비가 오나 술에 취한 주정뱅이 추 씨 아저씨처럼 점점 병들어 가는 것처럼 느껴졌다.

눈발은 계속해서 흩날렸다. 가방을 질질 끌고 공동수도장까지 오르자 가로등 아래 서 있는 한 사람의 익숙한 형체가 보였다. 파랗게 식은 얼굴로 잔인한 사지에서 살아 돌아온 아들에게 던지는 표정을 짓고 있었다.

아! 가여운 어머니!

더는 '엄마'라는 단어를 떠올리지 못할 것 같았다. 죽을 만큼 피곤했다. 무절제함의 희생자로 뿌리부터 흔들리고 있는 뒤틀린 집단 권력의 세계에서 빠져나와 인간에 대해 깊은 공포를 느꼈다. 억울함에서 풀려난 자유와 안도감과 승리감 따위는 없었다. 복받쳐 오르는 서러움에 마음까지 쪼그라들었다. 긴장하고 퉁퉁 부은 허벅지 살들도 신음하다가 끝내 분을 참지 못했는지 파르르 떨렸다.

버림받은 땅에서 버림받은 존재로 밀려오는 슬픔과 싸움을 하며 눈을 감지 못했다. 자꾸만 '먼저 생각하는 사람' 이 되어 미래에 다가올 삶에 대한 희망과 꿈보다는 삶의 마지막 밤을 향해 걷고 있는 것처럼 절망감이 머리를 가득 채웠다. 캅카스의 푸석한 바위에 쇠사슬로 묶여 밤의 독수리에게 쪼여 먹히던 프로메테우스의 고통이 이런 것이었을까? 순수 이성과 감성을 빼앗긴 눈에서는 눈물이 흘러내리고 찢어지고 갈라져 해진 가슴은 회복될 것 같지 않았다. 자학에 가까운 불안한 감정이 치밀어 올랐다.

술래잡기, 다방구, 딱지치기······.

형의 등에 업혀 한달음에 산에서 내려오던 기억, 홀로 고욤나무 아래서 봄을 맞고, 한여름 밤 평상에 누워 북두칠성의 수를 세던 기억, 집 앞에 서서 교회당 너머로 먼 은빛 하늘을 바라보던 기억과 창을 열고 가로등 아래로 떨어지는 눈을 바라보던 기억들이 빛바랜 영화 필름 돌아가듯 혼란스럽게 머릿속을 가득 채웠다. 그것들은 빈곤의 땅에서 스스로 고독과 싸우는 처절한 몸짓이었는지도 모른다는 생각이 들었다. 괴로운 우울감이 유년에 남긴 기억의 필름들을 산산조각냈다.

모든 아름다웠던 순간마저도 열등감을 불러일으키는 요소로 바뀌었다. 유년에 꽃을 피운 곳, 불안과 공포에서 벗어난 도피처였던 산91번지는 더는 꿈동산도 영혼의 안식처도 아니었다. 그렇다면 유년에 가파른 벼랑에 새 둥지를 틀고 복잡한 인간세계를 바라보던 그곳은 프로메테우스가 쇠사슬에 묶여 독수리들에게 물어뜯기는 캅카스의 산정이었던가.

아! 그렇다면 살면서 얼마나 많은 굶주린 밤의 독수리들을 만나게 될까.

학교로 돌아갔을 때 고수머리 아이는 보이지 않았다. 동네에서도 그의 모습은 보이지가 않았다. 그날 이후, 그의 집은 밤이 되어도 불이 켜지지 않았다. 한 계절이 갔다. 오월 어느 날, 광주에서 폭동이 났다는 기사가 흘러나왔다. 계엄이 선포되었다는 소식이 들렸다. 사람들이 모일 만한 곳에는 무장군인들이 배치되었다. 버스 종점 인근의 다방에서, 은행나무 사거리에 있는 극장에서도 일단의 청년들이 군인들에 의해 줄줄이 끌려 나왔다. 파출소 앞마당에는 긴 머리에 청바지 같은 자유분방한 옷을 입고 예술적 감각을 뽐내던 청년들과 주먹 패거리로 보이는 사람들이 무릎을 꿇고 불안한 눈빛으로 앉아있었다.

고수머리, 그의 집에 불이 켜져 있었다. 쪽창과 그 주변을 덧댄 널빤지 사이로 빛이 새어나왔다. 몇 개월 동안 학교에서도 보이지 않았던 그의 모습이 쪽창 너머로 언뜻 보였다. 나를 기다리고 있을지도 모른다는 생각이 들었다. 왜 그런 생각이 들었는지는 모르지만 그간의 소식이 궁금했던 건 확실했다.

처음으로 그 집 문을 두드렸다. 팔다리에 하얀 두 줄이 그어진 파란 운동복 차림으로 나왔다. 서로 당황하는 기색은 없었다. 그는 이전과는 다르게 보였다. 수심에 잠긴 듯도 했고 깊은 사색에 잠겨 뭔가 결연한 생각이라도 하는 것처럼 보이기도 했다. 생각의 깊이를 잴 수는 없었지만 그가 말문을 열고서야 그의 생각을 대충 읽을 수 있게 되었다. 그는 표정만큼이나 의미심장한 말을 했다. 어린 시절부터 집에서 듣던 익숙한 노래, 더 애니멀스의 〈해 뜨는 집〉이 흘러나왔다. 쪽창으로 흘러나온 불빛이 그의 얼굴 한쪽에 그림자를 만들었다.

"두호야! 미안했다. 난 광주로 내려간다. 싸워야 할 것 같아. 그곳에 엄마하고 형이 살고 있는데……."

지난 사건에 대한 이야기는 그의 일방적인 사과로 짧게 끝났다. 광주로 싸우러 간다는 그의 결연한 말투와 비장함에 신발 사건에 대한 이야기는 까맣게 잊어버리고 말았다.

말없이 고개를 끄덕였다. 그와의 처음 그리고 마지막 대화였다. 말인즉슨 형을 구하러 간다는 것이었다. 폭도들이 저지른 만행 정도로 뉴스에서 들어 알고 있었지만, 직접 피부에 닿지 않는 사건이었다. 관심도 두지 않았었다. 그에게 광주사태에 대해 짧게 이야기를 듣는 동안 나 자신이 먼 세상에 서 있는 어린아이 같다는 생각이 들었다. 그가 폭도들 틈바구니로 들어간다는 사실에 일견 놀라면서도 그에게 깊은 동정심이 일었다.

"잘 가라!"

조금 더 올라 집 앞에 섰다. 산바람에 라일락 향기가 날아와 코끝에 닿았다. 문고리를 잡고 유령처럼 서서 내려다보았다. 그는 교회당이 있는 쪽을 바라보며 담배 연기를 허공을 향해 띄우더니 고개를 돌렸다. 놀라지 않을 수 없었다. 그 모습은 영훈이가 그 집을 떠날 때와 다르지 않았다. 욕망이나 삶의 기쁨 따위는 조금도 보이지 않았다. 죽음과도 같은 절망감이 그를 에워싸고 있는 것 같았다.

그는 담배 연기를 길게 내뿜고 캄캄한 어둠 속으로 들어갔다. 그날 이후, 그도 동네에서도 학교에서도 보이지 않았다. 소식을 들을 수도 없었다.

그로부터 얼마 후, 한 손에는 서류뭉치를 들고 핸드백을 팔목에 낀 아주머니들이 아버지를 찾기 시작했다. 돼지 아버지가 그랬던 것과는 다르지만 그들도 이곳을 떠나라고 설득하고 있었다. 하지만 엄마가 "그냥 떠나면 나도 그냥 확 죽어버릴 거예요"라고 으름장을 놓는 바람에 아버지는 꿈쩍도 하지 않았다. 그리고 형편 돌아가는 것을 보아 아버지는 더는 급하게 떠날 마음 같지도 않았다. 그들이 다시 눈길을 돌린 집은 고수머리가 살던 빈집이었다. 그리고 얼마 후 그의 집도 흔적도 없이 사라졌다.

#13

ゲバし(救援)

자리에서 일어났다. 그녀는 다짐을 하려는 약속의 표식을 보여주려는 듯,

손을 볼록한 가슴 위에 올려놓았다. 잔잔하게 미소가 깃든 얼굴은 빛이 났다.

하얀 목덜미에 매달린 작은 은빛 십자가도 '내 친구니까 약속 지켜서 꼭 올 것! 이라고

다짐이라도 받으려는 것처럼 반짝였다. 고개를 끄덕였다.

공부를 계속하기 위해 베이징으로 떠나는 아들을 배웅하며 아버지는 플랫폼 건너편으로 힘들게 넘어가 귤을 사 온다. 이윽고 기차가 출발한다. 초라한 장삼 자락에 낡은 마고자를 걸치고 인파 속으로 쓸쓸히 사라지는 아버지의 그림자가 애잔하다. 중국 작가 주쯔칭의 『아버지의 뒷모습』 내용이다. 고단한 삶을 헤쳐 나가는 부자의 아픈 정감이 절절히 스며있다. 아버지의 뒷모습도 그러했다.

1

산기슭에도 집 앞마당에서도 자주색 수수꽃다리가 수를 놓기 시작했다.

일터로 나간 아버지가 연탄가게 황 씨 아저씨 등에 업혀 들어왔다. 삼층 상가 건물 담벼락에 매달려 시멘트를 바르던 아버지가 바닥으로 떨어졌다. 허리를 다쳐 꼼짝 못했다. 언제쯤 아버지의 등에 맺힌 저 피멍이 사라질까? 아무것도 가진 것 없이 이제 우리는 어떻게 살아갈까? 도대체 어떻게 될까? 엄마는 불안한 기운을 느꼈는지 무당집 문을 두드렸다. 그러고는 몰래 천장 서까래에 요사스런 부적을 붙였다.

고수머리, 그 아이와 연루된 일로 한바탕 홍역을 치르고 난 이후, 산 91번지에 살고 있다는 것을 아는 친구는 손가락으로 꼽을 만큼 적어졌다. 아버지가 노동일로 우리 집 살림을 꾸리고 있다는 사실도 누구에게 말하지 않았다. 그리고 부쩍 홀로 다니려 애를 썼다. 야간 학교 학생들이 버스 종점에 모이는 시간을 피했다.

여느 날과 다르게 일찍부터 집을 나서 버스 종점을 지나쳐 걸었다. 버스 종점에서부터 큰길이 나오는 곳까지는 그나마 조금 형편이 나은 사람들이 살았다. 집집이 현대식 철문이 굳게 닫혀 초인종을 눌러야만 안의 사람을 불러낼 수 있었다. 유난히 부잣집으로 보이는 집을 지나면서 친구 동수의 손에 이끌려 뮤직박스를 갖추고 있는 레스토랑으로 갔던 기억이 기분 좋게 떠올랐다.

동수는 집에서 조금 떨어져 아랫마을에 사는 친구였다. 그가 처음 눈에 들어온 것은 초등학교 4학년 점심시간이었다. 많은 학생이 육백 원의 육성회비를 제때 내지 못하고 매를 맞은 것도 모자라 치욕적으로 칠판 앞에서 손을 들고 서 있었다. 그때 그는 마개를 눌러 딴 병 우유를 들고 빵을 먹고 있었다. 그것은 급식으로 받은 것이었다. 급식으로 빵과 유유를 받는 아이들은 몇 안 되었다. 보육원 출신의 아이들에게는 무상으로 제공되었지만, 그들은 그것도 부족한지 종종 용감무쌍하게 빼앗아 먹고는 곤욕을 치르기도 했다. 충분한 영양 공급을 받지 못해 얼굴에 마른버짐이 피고 주근깨가 드러난 아이들과는 달리 그의 얼굴은 우윳빛으로 가난과는 조금 멀어 보였다.

동수를 다시 만나 가깝게 지내게 된 것은 고등학교 1학년이 끝날 즈음이었다. 그는 주간 인문계 고등학교에 다니고 있었다. 양 이 사이로 침을 찍찍 내뱉고 신발을 꺾어 신는 동네 다른 아이들과는 달랐다. 회사원인 아버지와 가사만 돌보는 어머니 밑에서 자라서인지, 자신이 반듯하게 자라났다는 것을 자랑스럽게 보이려는 아이처럼 바른 태도와 반듯한 자세를 하고 다녔다. 만성적인 빈곤에 찌들어 사는 동네 어른들은 겉모습만으로도 그가 대견스러운지 당연히 공부마저 월등히 잘하는 아이라고 소문을 내곤 했다.

그가 잘 다려진 청바지를 입고 체크무늬 셔츠를 걸치고 집을 찾았다. 그때 처음 그가 관심을 보인 것은 집 안 가득 걸린 유화 그림들과 각종 조각품이었다. 그중에서도 특별하게 눈길을 보낸 것은 수채화에 시를 흉내 내 끼적여 놓은 글들이었다. 막 학교에서 시화전을 끝내고 걸어놓은 것들이 그의 눈을 사로잡은 것이다. 거의 모든 그림에 순위가 적힌 작은 딱지가 붙어 있었다. '우수상', '가작', '대상' 그는 그것을 보면서 우와! 우와! 감탄사를 연발했다. 그리고 의아하다는 듯이 바라보면서 물었다.

270

"이거 네가 그린 거야? 이거 네가 쓴 거야?"

나도 주말이면 그의 집을 찾았다. 그때마다 여자친구에게 보낼 편지를 써달라고 간곡히 부탁했다. 아무래도 나의 감성적인 취향이 그의 여성 취향적인 감성을 사로잡은 것 같았다. 써준 편지가 효과를 보지 못할 때는 또 다른 여자에게 보낼 편지를 써 달라고 연거푸 부탁했다. 사실 그때까지도 이성에게 특별한 감정을 느끼지 못했다. 그 때문에 편지라 봐야 심심할 때마다 이것저것 편지지에 삽화를 그려 넣고 즐겨 듣는 이종환의 '밤의 디스크 쇼'에서 한 번쯤 들어봤을 만한 시 구절 정도를 흉내 낸 정도였다. 아무런 연애감정 없이도 그를 위해 감성적인 마음을 담아 기분 좋게 써주었다. 그래도 그는 기뻐했다.

생각해보니 학교에서도 창밖을 바라보며 유령처럼 시간을 보냈다. 집에서 학교로 직접 달려가기보다는 홀로 경희궁 돌담길을 걸었다. 그리고 그곳에 떨어진 낙엽에도 마음이 홀려 그것을 시화로 그려내기도 했다. 그러니 편지를 써 주는 것은 큰 즐거움이었다. 게다가 그가 독서를 즐긴다든가 사색하기를 좋아하는 취향이 아닌 것 같아 부담도 없었다.

수재로 소문난 그를 위해 편지를 써준다는 것도 기분 좋았다. 몇 줄의 글로 상대의 마음을 어떻게 움직이는지 필력을 자랑하고 싶은 우월감도 있었다. 하지만 마무리만큼은 대필 영역이 아니었다. 언제 어디서 만나고 싶다는 약속장소를 정하는 건 당사자 몫이었기 때문이다. 그는 대필 편지를 받아들고 우와! 우와! 감탄사를 연발하며 흡족해했다. 그러고는 유치하기 짝이 없는 분홍봉투에 그것을 담았다. 다른 봉투를 권하고 싶은 마음이 굴뚝같았지만 상관하지는 않았다. 매번 수신인이 달랐고 수식어도 새로웠다.

어느 날은 이랬다.

'그리운 영희에게.'

또 어떤 날은 이랬다.

'내 사랑 미선.'

편지가 잘 전달이 되고 나면 자신의 여자친구를 만나는 곳으로 종종 이끌고 갔다. 그때마다 여자친구들이 달랐다. 그리고 집으로 돌아올 때면 눈을 동그랗게 뜨고 물었다. 그리고 답을 해주기도 전해 스스로 답했다.

"두호야! 누가 제일 예쁘냐? 미선이는 귀엽기는 한데 키가 너무 작고, 영희는 통통해서 좋은데 키가 너무 크고, 그렇지? 두호야! 다음 주에 만나는 애 어떤지 좀 봐줘!"

그의 간절한 요청 때문에 가장 많은 대필 편지가 전해진 아이, 편지 속 미선이를 함께 만났다. 이름은 기억이 안 나지만 그녀의 다른 여자친구도 있었다. 얼마나 뻔뻔스러운지 놀라지 않을 수 없었다. 그는 이전에 다른 여자친구에게 받은 곰 인형을 대필 편지와 함께 조금의 거리낌도 없이 미선이에게 건넸기 때문이다. 그날도 돌아오는 길에 그는 자문자답을 했다.

"두호야! 미선이 어떠냐? 귀엽기는 한데…….

미선이 친구는 어떠냐? 그 아이는 예쁘기는 한데 좀 쌀쌀맞을 것 같아. 그렇지?

그런데 너한테 관심 있는 표정이던데."

2

걷는 내내 흥미로운 기억들이 실타래처럼 펼쳐졌다. 흘러나오는 웃음을 참지 못했다.

오래전 큰물이 휩쓴 자리에 복개된 도로를 다 빠져나왔다. 남영동 가는 버스를 탈까 머뭇거렸다. 투수 이바오로가 공을 던지고, 4번 타자 박노준이 방망이를 휘두르고, 포수 김건우가 도루를 잡아내는 훈련모습을 구경하고 싶었기 때문이다. 하지만 발길은 이미 육교를 건너 동수와 함께 갔던 그 레스토랑으로 향하고 있었다. 음악이나 들으며 시간 때우는 게 좋겠다는 생각에서였다.

레스토랑 입구 천장에 매달린 스피커에선 아바(Abba)의 〈댄싱 퀸(Dancing Queen)〉이 경쾌하게 흘러 나왔다. 레스토랑 문을 열자 담배 연기로 자욱했다. 유리벽 안에선 디스크자키가 엘피판을 분주히 뒤지고 있었다.

가방을 의자 한쪽에 툭 던지고 담배부터 빼물었다. 두 테이블 건너에서 누군가 고개를 갸우뚱 기울이고 쳐다보는 게 느껴졌다. '널 잘 알고 있으니 우리 인사나 하는 게 어때?' 하고 반색하는 표정이었다. 미선이 친구였다. 또렷이 기억은 안 나지만 학교를 막 그만두고 이민 준비를 하고 있다고 자신을 소개했었다.

처음 그의 손에 이끌려 왔을 때 미선이는 몇 곡의 아바 노래들을 신청했고, 그녀는 오로지 신청곡만 기다리며 뮤직박스 쪽을 뚫어져라 응시하던 아이였다. 당시 단발머리였던 그녀는 어느새 긴 생머리로 변했고 얼굴도 야위어 보였다. 이름은 모르겠지만 그녀가 신청했던 곡은 잊히지 않고 있었다. 티시 이노호사(Tish Hinojosa)의 〈돈데보이(Donde Voy)〉.

"나 알죠? 누구 만나러 왔어요?"

그녀가 말문을 열었다.

이곳에서 처음 그에게 그녀의 이름을 소개받았을 때는 이상하리만큼 그들에 대해서도 궁금하지도 않았고 관심도 없어 그 아이의 얼굴들조차 온전히 바라보지 않고 딴청만 부렸었다. 하물며 이름도 기억을 못 하고 있었으니.

"두…… 호……, 맞죠?"

그녀는 눈을 동그랗게 올려 떴다. 내 이름 '두호'를 똑똑히 기억하고 있었다. 처음 보았을 때의 무관심하고 냉랭한 모습과는 다르게 보였다. 새끼 판다처럼 새까만 눈가에서 시작된 잔잔한 미소가 살구씨처럼 작고 앙증맞은 턱까지 깃들었고, 길게 늘어트린 머리카락과 가냘픈 얼굴은 잠시 잠깐이라도 자신에게 홀로 있는 시간만 주어진다면 금세 조용한 음악에 빠져들어 순수한 감정의 시를 끼적이거나 그렇지 않으면 깊은 사색의 시간을 아낌없이 보낼 순정한 아이처럼 보였다.

난감하면서도 어찌할 바를 몰랐다. 학교에 가기 전에 시간을 보내기 위해 들렀다고 말할 수도 없고, 학교에서 끝나고 누구를 만나기로 했다기에는 너무 이른 시간이었다. 아무리 교복 자율화가 되고 머리카락이 목덜미까지 덮었어도 분명히 고등학생이라는 것을 알고 있었다. 학생이 한참 수업에 열중할 시간에 이런 곳이나 드나드는 모습에 뭐라 할 말이 없었다. 게다가 담배까지 물고 있었으니……. 입에서 막 빠져나온 담배 연기가 유난히 탁자 위에 머물러 올라가지 않았다. 허공에 손을 몇 번 흔들자 담배 연기는 한심스럽게 허공으로 올랐다.

"……."

뒷목을 쓰다듬다가 고개를 끄덕였다. 그녀는 말상대가 필요했던 사람처럼 앞자리에 있던 가방을 들어내면서 손짓을 했다. 미선이와 동수는 이렇게 서먹한 자리에서 아주 좋은 먹거리였다. 그래도 그들 이야기는 인사치레 정도로 끝났다. 그녀는 이내 자신의 이야기를 하기 시작했다. 그녀의 이야기에 빠져들었다. 이민하기 위해 학교를 그만둔 이후, 절차가 늦어져 너무 많은 시간을 무료하게 보냈다는 이야기부터, 잘 알아듣지는 못했지만 앙드레 지드의 『좁은 문』 이야기를 하면서 종교적인 이야기까지.

처음 고생스럽게 이야기를 풀어나가며 조심스럽던 말투는 점점 편해지고 매력적으로 변해 금세 빠져들었다. 자신의 이야기에 수긍하는 표정으로 매번 끄덕이는 모습에 사이가 좀 더 가깝게 느껴졌는지 중요하다고 생각되는 부분에서는 야무진 손끝으로 쪽파를 다듬어 내듯 '……을 할 것, ……은 꼭 해야 하는 것'으로 말끝을 야무지게 잘라냈다. 사람을 좀 더 친숙한 느낌이 들게 하는 특이한 화술을 가지고 있다는 생각이 들었다.

어느새 우리는 친구처럼 이야기를 하고 있었다. 그녀는 한참을 이야기하던 중에 뭔가 원하는 것을 찾아낼지도 모른다고 말하면서 자신이 다니고 있는 성당 청년회에서 성지로 기도회를 가는데 함께 가자고 말했다. 주문한 음식이 차려졌다. 하던 말은 저절로 끊겼다. 돈가스가 먹음직스럽게 차려졌다. 그녀는 내려놓았던 포크를 집어 들고 진작 남겨진 생선튀김을 이리저리 굴렸다.

상대가 속에 있는 이야기를 할 때는 내 것도 털어놔 줘야 하는 것 아닌가?

조금 고상한 척이라도 해야 할 것 같았다. 가능한 모든 상황이 자연스럽고 태연한 척 질긴 돈가스마저 자연스럽게 한 조각을 씹어 삼키고 맞장구를 쳤다. 그녀가 한참을 이야기하던 좁은 문으로 들어가는 것에 대한 대답이기도 했지만, 성지를 함께 가자는 데 대한 확신이 없는 신앙심을 말하고 싶었다.

"어렸을 때, 교회에도 가봤는데…… 사람들을 따라서 수련회도……. 그들을 따라 기도를 했어. 처음에는 모두 조용히 기도하는 것처럼 보였는데, 갑자기 숲 속의 나뭇잎들이 떨릴 만큼 외치면서 두 손을 하늘로 뻗치고 몸을 흔들며 눈물까지 흘리는데…… 알아듣지도 못하고 눈치만 봤어. 어쩔 줄 몰랐지. 눈을 꼭 감고 두 손 모으고 따라해 보았지만, 살갗에 떨어지는 찬 이슬과 몸을 적시는 축축한 습기만 느껴졌어. 그리고 모기가 윙윙거리는 소리만 들릴 뿐이었어. 몸뚱어리는 이 세상에 맡겨진 채 내 안에 그밖에 아무것도 나타나지 않았지. 아무런 느낌도 없었던 거야."

"……."

"아무래도 나 같은 놈은 하느님도 외면을 한다고 생각했어. 종교와는 어울리는 사람이 아니라는 생각을 했지. 그렇지 않으면 마음속에 사악한 마음이 있다든지."

그녀는 진지한 모습으로 나를 바라보았다. 하던 말을 잠시 멈추자 침묵이 흘렀고 어색해진 침묵에 다시 말을 이어갔다.

"난 술도 마시고 담배도 피운단 말이야! 지난해에도 친구들 따라서 교회 옥상에서 기타를 치고 놀다가 목사님한테 사탄이라는 소리까지 들었어. 그런데 그 목사님이 예배 중에 헌금함을 들었다 놨다 하면서 주여! 주여! 하고 안타까운 표정으로 기도하는 모습은 역겹고 토가 나올 뻔했어. 그럴 때는 그들이 하나님을 만났다는 것조차 의심이 들었지. 그들처럼 하나님을 만나보고자 얼마나 노력을 해 보았는지 몰라. 하지만 영혼의 눈을 뜨고 마음의 문을 열어 그 좁은 길로 들어간다는 것이 얼마나 어려운 일인가를 느꼈을 뿐이었어."

"⋯⋯."

"너 그런 거 아니?"

그렇게 다시 말을 한 것은 또 나였다. 굵게 썰어진 고깃덩이를 조금 더 잘게 잘라내면서 다시 작정을 한 사람처럼 힘주어 말하기 시작했다.

"그렇게 많은 물 위에 나만 둥둥 떠다니는 기름방울 같은 느낌. 그럴 땐 마음이 엉망진창이 되고 어지럽게 돌아가지. 죄를 짓지 않고도 스스로 죄인이 된 느낌 같은 것 말이야. 그런데 며칠씩 그런 곳을 함께 가자고? 그것도 너를 이제 두 번 보았는데, 그것도 우연히."

"⋯⋯."

마지막으로 어린 시절 비바람이 치던 날, 머릿기름을 반질반질 바른 목사가 아버지에게 거짓말을 하고도 뻔뻔스럽게 기도만 하면 모든 것을 용서받을 것처럼 행동한 이야기도 빼놓지 않았다.

아무래도 더 이야기하다가는 말 많은 수다쟁이 사내로 보일까 걱정이 되었다. 어린 소년 같다는 소리가 나올까 봐 신경도 쓰였다. 실제로 그렇게 비치는 것이 너무 싫었다. 그래서 중학교 때부터 힘쓰는 일이라면 대놓고 나서기도 했다. 수련회를 따라갔을 때도 엄살을 부리는 친구들과 달리 커다란 스피커며 야영 장비를 번쩍 들어 올려 개울을 건너고, 짐을 혼자서 다 부릴 사람처럼 땀을 뻘뻘 흘리고, 비라도 내리면 물이 고이지 않도록 이 텐트 저 텐트에 골을 파주기도 했었다.

하지만 지금 그녀에게 가슴 안에 우울을 풀어놓으면서 아직도 홀로 서지 못하고 있다는 생각에 머물렀다. 방황의 날들인지, 누군가에게라도 업히고 싶었는지, 그렇지 않고서야 이렇게 쉽게 많은 이야기를 할 수가 없다는 생각이 들었다. 그녀가 이런 자학과 같은 생각을 알아채지 못하기를 바라고, 여린 모습을 숨기려 애를 쓰면서도 내심 그녀가 말하는 세계로 들어가 보고 싶다는 본심은 들키기를 바랐다.

그녀는 마치 정신질환이라도 앓고 있는 환자의 이야기를 듣는 정신과 의사처럼 말을 하는 동안 미동도 하지 않고 오도카니 바라보았다. 이내 마음의 병을 다 알아차렸다는 듯 큰 숨을 한 번 쉬더니 다시 또 큰 숨을 내쉬었다. 그리고 마침내 처방을 내렸다.

"가자! 쑥스럽지 않게 다 알아서 해 줄게. 거기는 술 담배를 해도 뭐라 할 사람 없음. 걱정 안 해도 될 것!"

그러고는 화제와는 다른 다소 엉뚱한 말을 했다.

"네 눈은 참 착하고 슬퍼 보이는구나. 네 아버지 이야기는 너무 가슴이 아파."

"……"

눈이 마주쳤다. 무안해 고개를 숙이고 들고 있던 포크로 몇 알 남은 삶은 옥수수 알을 굴려 딸그락거리는 소리를 냈다. 다시 고개를 들자 그녀가 시선을 고정하더니 명령을 내리듯 야무지게 잘라 말했다.

"함께 갈 것! 삶이란 어둡고 밝은 세계를 왔다 갔다 떠도는 것."

이 아이는 책도 많이 읽고 따뜻한 마음과 배려심도 있다는 생각이 들었다. 음습하고 어두침침한 학교에서도, 산91번지 골목길 평상에 앉아 수다를 떠는 어른들에게서도 절대로 들어보지 못한 말들을 하고 있었다. 게다가 담배를 피워도 뭐라 않는다니 솔깃했다. 그녀의 한마디 한마디에 빠져드는 시간은 너무도 빨리 지나가는 것 같았다.

중학생 때까지만 해도 일요일 아침이면 동네 아이들과 그녀가 다니는

278

성당 근처에 있는 학교로 야구를 하러 다녔었다. 그곳을 지날 때마다 시원하게 그늘진 성당 안에서 성스러운 교회 음악이라도 들리면 얼마나 경건하고 신비롭던지 가던 길을 멈추고 일견 부러운 마음으로 안을 들여다보았다. 태양에 조금도 그을리지 않은 맑고 해맑은 아이들, 검은 사제복을 입은 신부님, 성모 앞에 흰 레이스 장갑 낀 손을 모으고 하얀 미사포를 쓰고 숭고한 모습으로 묵도하는 여인들. 그들은 다른 세계의 사람들처럼 경이롭게 보였다.

그곳을 드나드는 사람들은 이기지도 못하는 빨간 대형 대야를 머리에 이고 행상을 하지도 않을 것 같았고, 술에 취해 길바닥에서 잠을 자는 사람도, 수다스러운 사람도 없을 것 같았다. 학식과 교양을 갖춘 사람들만이 조용히 머무는 곳처럼 보였다.

그곳은 분명 나와는 다른 세계란 생각을 했다. 그렇게 바라만 보면서 지나쳤다. 그리고 한두 살 많은 또래 아이들과 태양이 머리를 때리는 운동장에서 종일 땀을 삐질삐질 흘렸다. 땟국물이 흐르는 얼굴로 다시 산그루터기에 있는 빈곤의 땅, 산91번지로 향했다. 하지만 이제 산91번지와는 대조적인 교회당으로 들어가 성수에 손을 담그고, 하얀 면사포를 쓴 그녀 곁에 자연스럽게 서서 십자의 성호를 긋고 기도를……

어떤 새로운 운명이 펼쳐질 것 같다는 생각이 들었다. 내색은 안 했지만 벌써 원하던 다른 세계에 빠진 것처럼 가슴속에 충만한 희열이 깃들었다. 더군다나 천주교 사제의 도움으로 생명의 불씨를 다시 피워내지 않았는가. 이 아이를 만난 것은 운명일지도 모른다는 생각이 들었다. 이제 앞에 어떤 운명이 새롭게 펼쳐질 건지……. 그녀의 처방전과 같은 말이 떠올랐다.

"삶이란 어둡고 밝은 세계를 왔다 갔다 떠도는 것."

그렇다면 이제는 그녀와 함께 밝은 영혼의 세계로 들어갈 때란 말인가?

알 수 없는 행복감에 빠져서 화제를 돌렸다. 유년에 학교를 빼먹고 고욤나무 아래에서 시간을 보낸 이야기를 했다. 그리고 칼바위에 얽힌 이야기와 그곳에 머물면서 비행기를 바라보면서 복잡한 동네를 바라보던 이야기도 해줬다. 그녀는 점점 허리를 숙였다. 유년의 이야기에 이해할 수 없다는 표정과 흥미롭다는 표정이 호기심 어린 눈동자에 다 들어있었다. 그녀는 언젠가 고욤나무와 칼바위 아래 머물던 보금자리가 있는 곳으로 꼭 데려가 달라는 부탁을 했다.

"거기 꼭 가보고 싶다. 친구니까 꼭 데려가야 하는 것!"

시간은 좀 더 빨리 흘러 세 시간이 흘렀다. 칼바위 아래 보금자리에 대해서 좀 더 이야기를 하고 싶었지만, 오랜 세월 갈고 다듬어진 학교란 절대 권력과 같은 강한 힘이 있어 더는 앉아있을 수가 없었다. 접시를 한 쪽으로 옮겨놓는 것으로 가 봐야 한다는 아쉬운 표현을 대신했다. 또 다른 접시를 포개 올리려는 순간 옆에 놓였던 그녀의 책이 떨어졌다. 창백한 여인의 상반신이 그려진, 파스텔 그림이 표지로 장식된『좁은 문』이었다.

"너희 학교도 재미있겠다. 나도 네 중학교 친구들처럼 네가 학교 끝나는 시간에 기다려 보면 좋겠는데……. 잘 갈 것! 참, 이것은 날 만난 기념, 받아둘 것!"

그녀는 떨어뜨린 책을 주워들어 건넸다. 학교에 대해서 할 말이 마땅히 떠오르지 않았다. 그저 학교 근처에 떡볶이가 맛있는 집이 있다고 말하고 싶었지만, 그것마저도 유치하기 짝이 없을 것 같다는 생각을 하고 참았다.

280

달리 마음의 결정을 할 기회도 갖지 못하고 아무런 대답도 하지 못했다. 무조건 사랑할 수밖에 없는 엄마를 찾아 나선 길 잃은 아이처럼 만들었기 때문이다. 마음 깊숙한 곳에서부터 환희와 기쁨만이 신비롭게 피어올랐다.

자리에서 일어났다. 그녀는 다짐을 하라는 약속의 표식을 보여주려는 듯, 손을 볼록한 가슴 위에 올려놓았다. 잔잔하게 미소가 깃든 얼굴은 빛이 났다. 하얀 목덜미에 매달린 작은 은빛 십자가도 '내 친구니까 약속 지켜서 꼭 올 것!' 이라고 다짐이라도 받으려는 것처럼 반짝였다. 고개를 끄덕였다.

친구다운 친구를 만난 기분에 들떴다. 환희, 기쁨, 즐거움, 설렘, 행복의 조건들을 만들어내는 수식어를 다 불러내도 부족한 기분이었다. 레스토랑을 나오자 뭔가 새로운 세상이 열린 것처럼 태양이 눈부시게 들어왔다.

학교로 향하는 버스에 황급히 오르자 동네에서 막 출발한 한 무리의 야간 학교 아이들이 버스 맨 뒷좌석에 앉아있었다. 꺾어 신은 신발을 바닥에 툭툭 치면서 창밖을 보는 아이, 껌을 질겅질겅 씹으며 흥얼거리는 아이, 도끼 같은 빗으로 머리를 쉴 새도 없이 빗는 녀석도 있었다.

차창을 활짝 열었다. 머리칼이 날렸다. 라디오에서 흘러나오는 아바(abba)의 〈아이 헤브 어 드림(I Have A Dream)〉이 차창 밖으로 흥겹게 날렸다. 손에 쥐어진 책을 펼쳤다. 펼쳐진 책장 사이로 비밀스러운 그녀만의 향기가 피어나는 것 같았다. 한눈에 들어오는 한 구절의 문구를 삼켜버렸다.

"형제여, 피곤하면 내게 기대렴."

간절히 기도하는 사람처럼 들릴 듯 말 듯한 소리로 또 한 줄의 문구를 읽어 내려갔다.

"'너를 내 곁에서 느끼는 것만으로도 충분해' 라고 대답하는 두 순례자처럼 인생길을 따라 걷게 하여주시옵소서!"

3

아버지가 드러누운 지 일주일이 지났다.

이른 아침부터 엄마는 연장 구럭을 챙기는 아버지를 극구 말리고 있었다.

"늙은이도 아니고 죽을병이 걸린 것도 아닌데……"라고 말하면서 아버지는 연장 구럭을 둘러메고 뒤도 돌아보지 않았다.

그녀와 성지에 가기로 한 날이다. 이 옷 저 옷을 번갈아 입어보았다. 머리를 만지고 거울을 한참 들여다보았다. 반질반질해진 흙길을 내려와 이 층 양옥집들이 즐비하게 늘어선 곳을 지났다. 산사태가 휩쓸고 지나간 하천 위로 새롭게 지어진 건물에 겉껍데기를 씌울 준비를 하고 있었다. 모래, 시멘트 포대들, 쇠파이프들이 널브러진 곳에서 망치질 소리, 톱질 소리가 요란스럽게 들렸다. 순간 무뚝뚝한 광경이 들어왔다.

연탄가게 황 씨 아저씨가 바위처럼 상체를 굽히고 흐르는 햇빛에 잠겨 등지게에 벽돌을 쌓고 있었다. 누런색 노동복 상의에 바지는 온통 시멘트가 뒤범벅되어 있었다. 등짐을 짊어지고 돌아서자 그 넓은 등이 보이지 않았다. 켜켜이 쌓인 벽돌들이 다리가 달려 층계를 오르는 것처럼 보였다. 무거운 몸을 질질 끌고 한 발 한 발 옮길 때마다 바지직 바지직! 널빤지 눌리는 소리가 들렸다.

"조심해! 황 씨!"

굵고 쩌렁쩌렁한 목소리가 울렸다. 흙손을 들고 있는 아버지가 상가 건물에 매달려 그를 내려다보면서 소리를 치고 있었다. 재빠르게 몸을 돌려 고개를 푹 숙이고 부지런히 발길을 옮겼다.

"조심해! 덩치는 산만 해서……. 잘못되면 나는 당신 업을 기운도 없어."

아버지 목소리가 뒤를 따라왔다. 걸음을 재촉했다. "잘못하면 새끼들 밥 굶겨 죽여!"라는 소리가 고함처럼 다시 뒤통수를 쳤다.

그들처럼 십자가 앞에서 울음을 터트릴 수 있을까? 그들처럼 깊은 곳에서 우러나는 기도를 할 수 있을까? 고립된 섬과 같은 산동네, 아버지의 뼈와 근육만으로 생계를 이어나가는 집, 그리고 그 무엇도 느낄 수 없는 수감생활과 같은 학교와 숭고하리만큼 종교적인 성당을 오가며 양립된 세계에서 어떤 나를 만나게 될까.

한 걸음씩 뗄 때마다 숨이 멈추고 온몸의 신경조직마저 복잡한 생각에 빠졌다. 성당으로 향하는 내내 나를 조롱하는 무자비한 내면의 목소리가 함께했다. 한순간에 그녀가 나를 낯설게 대하면 어떻게 할까 신경도 쓰였다. 그러면서도 만일 내 생각대로 그렇게 대한다면 획 하고 돌아와 버리면 되지 하고 이런저런 소심한 생각에 사로잡히다가도, 아버지의 모습이 떠오르면 쓰라린 마음이 들고 견디기가 힘들었다. 그녀에게 점점 가까워질수록 그녀가 이해해주었던 혼란스럽고 불안한 의식의 한 덩어리라도 그녀의 마음 한구석에 스며들었으면 좋겠다는 생각이 간절했다.

그녀는 이미 성당으로 향하는 언덕 아래까지 내려와 있었다. 소매를 반쯤 걷어 올린 손을 흔들었다. 하얀 티셔츠에 주름진 상앗빛 치마가 화창한 날씨와 잘 어울렸다. 성당 앞으로 가자 일단의 청년 무리가 커다란 버스 앞에 서성였다.

"너만 처음 오는 게 아니니까 너무 신경 쓰지 마!"

그녀는 이 사람 저 사람에게 아주 오랜 친구처럼 소개했다. 버스의 중간쯤 되는 곳에 자리를 마련해 놓고 옆에 앉았다. 그녀는 과자 부스러기를 펼치면서 쉬지 않고 궁금증을 풀어 놓기도 하고 대답을 구했지만, 그저 빨리 성지로 달려가 그들이 어떻게 기도를 하고 어떻게 시간을 보내는지가 궁금했다. 그리고 그들과 빨리 자연스럽게 동화되기를 바랐다. 이런저런 생각을 하는 동안에도 시멘트를 바르는 아버지의 모습이 어른거렸다.

버스는 쉬지 않고 달렸다. 경기도 안성에서 북쪽으로 사십 리쯤 달리자 입구가 보였다. 은하수라는 뜻을 가진 미리내 성지에 들어서자 신선한 녹색 수풀이 펼쳐졌다. 그것이 복잡한 마음을 조금 달래주면서 편안함이 가슴에 와 닿았다. 한 무리의 청년 중 한 사람이 이곳저곳을 데리고 다녔다. 그리고 천주교 신자들이 신유박해(1801년)를 피해 이곳으로 숨어들어와 촌락을 형성하게 되었고, 밤에 그들 집에서 흘러나오는 불빛이 마치 은하수처럼 보였다고 하여 미리내라고 이름 지어졌다는 설명도 덧붙여 주었다.

비록 신자는 아니었지만 성지의 이곳저곳을 둘러보면서 가슴이 깨끗해짐은 느낄 수 있었다. 숙소마다 문을 열고 있는 이들을 향해 앞으로 학생회에서 활동하게 될 것이라고 소개했다. 그날 밤은 일단의 신자들이 커다란 목재로 만들어진 십자가를 메고 예수의 고난을 재현하는 프로그램이 있었다. 그녀는 나를 십자가 메는 무리에 밀어 넣었다.

그들처럼 십자가를 메고 골고다 언덕은 아니지만 닿을 수 없는 곳까지 올라 그곳에서 하느님을 만날 수만 있다면 얼마나 좋은 기회인가. 어쩌면 하느님을 만나게라도 된다면 내 안에 또 다른 나를 역시 만날 수 있지 않겠는가. 언제인가는 깊은 종교의 세계에 빠져보리라 마음을 먹었던 터라 조금의 부끄러움도 없이 선두에서 몇몇 청년들과 함께 나무 십자가를 둘러멨다. 나무 십자가는 너무 무거워 질질 끌렸다. 일단의 무리가 뒤를 따랐다.

'성자의 수난과 십자가로 부활의 영광에 이르는 은총을 저에게 내려주소서.'

침묵으로 노래하는 기도는 간절했다. 몸은 오래전 비에 흠뻑 젖은 아버지가 큰 나무기둥을 질질 끌 때처럼 땀을 비 오듯 쏟아냈다. 하지만 하느님을 만나보리라는 간절한 다짐과는 달리 머릿속의 의식은 그 어떤 곳으로도 빠져들지 못했다.

누군가 '처음 온 아이가 숫기도 좋네' 하고 중얼거리는 것만 같았다. 순간 멋쩍은 생각이 들었다. 빨리 목적지까지 이르기만을 바라는 마음과, 낯선 사람들 속에서 혼자 걷는 연습을 하는 모습에 갑자기 수줍은 마음마저 들었다. 여전히 이방인 같았다. 커다란 나무 십자가는 목적지까지 옮겨졌고, 숙소로 돌아왔다. 배정된 숙소에는 신부와 청년회 간부 몇 명이 함께 묵고 있었다. '경월소주'라고 커다란 됫병 소주가 새우깡부터 주전부리 과자들 한가운데 놓였다. 신부인지는 기억할 수 없지만 사제 같은 사람이 담배를 골초처럼 피워댔다.

"담배 피우나?"

그는 편하게 대하려 애쓰는 모습이었다. 마음이 편해졌다. 이내 술잔이 돌고 재떨이에는 꽁초가 수북했다. 그녀는 여자 숙소로 돌아갔다. 나른한 행복감이 취기와 함께 밀려들었다. 이른 새벽에 눈을 떠 어제 있었던 일을 떠올리다가 무한한 행복감에 빠져 다시 잠이 들었다. 그때 느낀 행복감이란 그들도 하나 다르지 않다는 것과 침상 머리맡에 그녀가 가져다 놓은 메모지와 흰 우유 컵이었다. 메모지엔 이렇게 쓰여 있었다.

'힘들었지? 앞으로 성당 열심히 나올 것! 기도할 땐 나도 말똥말똥해. 그냥 하는 거야. 너랑 똑같아. 씻자마자 나한테 올 것! 주연.'

그녀 이름은 '주연'이었다.

아침이 되자 몸이 좀 상쾌해졌다. 숲 속의 공기는 쾌적했다. 머리도 몸뚱이도 온몸의 노폐물이 터져 빠져나간 것처럼 선뜻선뜻해서 좋았다. 정말 좋은 아침이 나를 반기고 있다고 생각했다. 그녀는 식당으로 안내했다. 아직 늦은 아침을 먹는 이들이 식판을 펼치고 감사의 기도를 드리기 위한 자양분을 삼키고 있었다.

그녀는 오도카니 살구씨 같은 턱을 괴고 판다처럼 새까만 눈동자를 뜨고 앞을 지켰다. 국에 말아 눈 깜짝할 사이에 음식을 삼켜버렸다. 한 그릇의 물을 벌컥벌컥 마시자 그녀는 "맙소사! 두호 너, 밤새 술을 얼마나 먹은 거야!"라고 말하면서 어깨를 들썩였다. 그리고 익숙한 말투로 다시 말했다.

"담배는 끊을 것. 술은 조금만 마시는 게 좋을 것!"

목소리가 너무 낭랑해서 유난히 섬세하게 보이는 어깨에서 흘러나오는 것 같았다. 그녀의 아름다운 어깨 너머로 피 흘리는 그리스도를 가엽게 내려다보는 피에타상이 보였다. 아래는 붓글씨로 써 놓은 두 줄의 문구가 눈에 들어왔다. 순간 여러 가지 복잡한 상황들이 눈앞을 가로막더니 산더미 같은 우울함이 엄습했다. 그녀의 표정도 '네 표정은 갑자기 먹구름이 지나가는 달 같아. 왜 그래?' 라는 식으로 의문부호를 찍고 있었다. 첫 줄의 문장을 읽다가 두 번째 줄의 문구는 꾸—욱 삼켰다.

"너는 인류를 구원하기 위해서 너 자신을 희생하였구나. 나는 기뻐해야 할 이 구원의 행위가 너무나 고통스럽고 괴롭구나."

4

집으로 돌아왔을 때는 늦은 밤이었다. 대청마루 문을 열자 소염제 냄새가 코를 찔렀다. 엄마는 아버지의 셔츠를 감아올리고 파스를 덕지덕지 붙이고 있었다. 뒷목부터 허리까지 화석이 된 공룡 뼈처럼 골이 진 등골 언저리에 죽은피가 까맣게 물들었다. 붕대를 푼 어깨는 살점이 반 근은 떨어져 나간 것처럼 찢겨 있었다.

집안 사정과는 무관하게 일상은 변하고 있었다. 우리는 급속도로 가깝게 지냈다. 떡볶이를 사 먹고, 빵집을 가고, 커피를 마시고, 영화를 보았다. 기차를 타기도 했다. 강가에 앉아 그녀의 무릎 앞에 작은 돌을 던지면 그녀는 눈을 동그랗게 뜨고 '네가 먼저 뭔 말이라도 해 봐! 이 숙맥아!' 라는 식으로 작은 돌을 내 앞에 던졌다.

집까지 바래다주면 장난기를 발동하기도 했다. 갑자기 자신의 집 초인종을 누르고 손을 잡아끌어 담벼락에 숨었다. 그리고 집 앞을 두리번거리는 엄마나 여동생을 지켜보면서 키득거리면서 말했다.

"우리 엄마 좀 골탕 먹이는 거야. 가끔 초인종을 누르고 달아나는 아이들 기분도 낼 겸, 호호호! 너도 해 봐!"

시간을 함께 좀 보냈는데도 그녀는 산동네 집들이 어떻게 생겼는지도 모르는 것 같았다. 아무튼 그렇게 친해진 우리는 아주 오랜 친구처럼 편한 사이가 되었다.

밤이면 잠을 이루지 못하고 시인을 흉내 내고, 편지를 썼다. 어떤 두려움도 없이 다른 세계에서 새로운 형제들을 만나고 새로운 친구를 사귀는 것이 숨이 막히는 것 같다가도 짧은 순간은 이 행복감이 그녀에게도 전해지기를 바라고 있었다.

그 무엇도 생각할 수도 없었던 머릿속은 수많은 보석들이 꽃가루처럼 흩어졌다. 마음은 착하고 순진한 아이로 이 세상에서 가장 아름다운 순간을 보내고 있다는 행복감에 젖었다.

그런데 이 세상에서는 볼 수 없을 것 같은 꽃을 피워 내는 기분 가운데 뜻밖에도 떠오른 것은 "너 성적은 어떠니?" 그렇게 물은 그녀의 말 한마디였다. "영어만 그저 그렇고 모든 과목은 말할 수 없이 엉망진창이야." 그렇게 말하고 돌아선 기억이 떠나지 않았다. 뭔가 이름 모를 씨앗이 마음 한켠에서 움터 싱싱하게 피어올라 굳은살을 터트리는 기분이었다. 아무 책이라도 들춰봐야 할 것 같았다. 책꽂이를 다 들여다보았다. 그리고 이것저것 교과서도 펼쳐보았다. 아무래도 교과서는 적응이 되지 않았다.

그녀가 전해준 책을 다시 펼쳐 들었다. 두 순례자 이야기가 있는 문구 앞에 시선이 멈췄다. 그것을 보는 순간 갑자기 그녀가 한마디 말도 없이 돌연 사라져 버릴 것만 같은 불안한 마음이 들었다.

'아니옵니다! 주께서 우리에게 가르치시는 길은, 주여! 좁은 길이옵

니다. 좁아서 둘이서 나란히 걸을 수도 없는 길이옵니다.'

미리내 성지를 다녀온 이후 다섯 번째 주일이 되었다. 그날은 기다리던 친구가 보이지 않았다. 많은 신자가 모였고 미사가 진행되었다. 도중에 한 가족이 재단 앞에 섰다. 그 가족 무리에 친구, 주연이도 서 있었다. 사제는 그들 가족 모두를 불러 인사를 시켰고 그들을 위한 기도를 했다.

"성도님 가족 모두 브라질로 이민을 가게 되었습니다. 우리 주님께서 이들이 가는 길에 축복을 내려주시기를 바랍니다."

이별은 아무런 마음의 준비도 없이 급작스럽게 다가왔다. 미사가 끝나고 그녀는 한 보따리의 책을 들고 왔다. 처음 보는 것들이었다. 『수학의 정석』, 『맨투맨 기본영어』, 그리고 빨간 펜과 검은 펜으로 빼곡히 주석을 달은 국어책, 영어책, 그리고 몇 가지의 노트들……. 그리고 노란 방울 종 모양의 리본이 달린 한 통의 편지.

"너 가방 안에 아무것도 안 들고 다니는 것 같더라. 성당은 안 다녀도 대학은 가야지! 두고두고 나 생각하라고 주는 것!"

그렇게 마지막 말을 남겼다. 고개를 숙이고 돌아선 작은 어깨가 들썩였다. 그녀의 마지막 뒷모습이었다.

우리의 만남은 짧았다. 편지 속에는 『어린왕자』를 인용한 짧은 글과 티시 이노호사의 〈돈데보이〉 가사가 적힌 편지지가 함께 별도로 동봉되어 접혀있었다. 칼바위 아래 나만의 안식처로 데리고 가겠다던 약속도 이루지 못했다. 성당은 내게서 다시 다른 세계가 되었다. 성당에 앉아있을 시간이 되어도 그녀를 처음 만난 육교 아래 음악실이 있는 레스토랑으로 향했다. 집에서도, 학교에서도, 레스토랑에서도 그녀가 전해준 영어책이 손에서 떨어져 있지 않았지단 그럴수록 극도의 외로움이 밀려왔다.

슬픔을 극복하기 위해서는 더 깊은 슬픔 속으로 파고드는 것, 메모지에 몇 곡의 노래들을 적어 디제이에게 넘겼다. 캐롤 키드의 〈웬 아이 드림〉, 록웰의 〈나이프〉, 에어 서플라이의 〈로스트 인 러브〉, 티시 이노호사의 〈돈데보이〉를 마지막으로 처연한 음률에 빠져들었다. 신청한 곡들이 다 흘러나왔다. 블랙 사바스의 곡은 엘피판이 준비가 안 되었는지 들리지 않았다.

마지막 독한 이별 노래를 듣는 것을 계기로 마음을 추스르기로 한 것은 실패로 돌아갔다. 꼬깃꼬깃한 편지를 가방 한쪽에 밀어 넣고 자리를 털고 일어났다. 두 눈동자에 그렁그렁하게 참을 수 없이 눈물이 고이고, 몸에서는 붉은 피를 뚝뚝 흘리며 살점이 한 점 한 점 떨어져 나가는 것처럼 고통스러웠다. 힘없이 층계를 오르는데 익숙한 노래, 〈쉬즈 곤〉이 뒤를 따라 올라왔다.

5

그녀가 떠나는 것을 바라본 것은 칼바위 아래 보금자리에서였다. 바람을 가르는 익숙한 엔진 소리와 함께 양떼구름을 남기고 떠났다. "내려다볼지도 모르지." 그렇게 중얼거리며 손을 흔들었다. 1983년 5월이었다.

며칠 후 나른한 오월의 공기를 뚫고 사이렌이 울리더니 중국민항 여객기 한 대가 대한민국에 불시착했다는 소식이 뉴스를 통해 보도되었다. 얼마 지나지 않아 승객과 승무원들을 최고급 워커힐 호텔에 투숙시키고 관광을 시켜주는 모습마저 야단스럽게 떠들어댔다. 한국전쟁 이후 '떼놈들'이라고 불러가며 더럽고 지저분한 상상은 모두 그들에게 붙일 정도였고 미수교 상태였는데, 이후 첫 번째 공식외교접촉이 성사되었고 어지간한 사건 사고는 뉴스거리도 되지 못했다.

하지만 나에게는 그보다 더 큰 뉴스가 또 있었다. 일터에서 돌아오던 엄마가 버스에서 떨어진 것이다. 버스 종점에서 부러 육교 있는 곳까지 향할 필요가 없었다. 그곳에 있는 작은 의원에 엄마의 잠자리가 생겼기 때문이다. 여기저기 뼈가 부러지고 성한 곳이 없는 엄마는 아침·점심·저녁 꼼짝 못하고 아버지의 손발을 빌리고 있었다. 아이러니하게도 학교에 가기 전 매일 그곳으로 향하게 되었다.

살면서 이토록 관심과 사랑을 받아본 적이 있었는가……? 그녀는 떠났지만 머릿속에서는 여전히 떠나지 않고 있었다. 매력이 있거나 잘생기지도 않았기 때문에 누군가에게 관심과 사랑의 느낌을 받는다는 것은 상상도 해 보지 않았다. 열렬한 관심을 받아본 적이 없었다. 그리고 친구들 사이에서 확고한 믿음 따위의 어떤 것도 주지도 받지도 못하고 살아왔고 특별히 누구에게 눈물겨운 은혜에 보답할 만한 일도 없었다.

이런저런 모든 생각이 가슴을 짓누르면서 우울감이 밀려들었다. 눈물이 앞을 가려 떨리는 걸음 멈추고 비석처럼 서서 두 눈동자는 하늘에 머물러 숨겨지기를 바랐고, 흔들리는 구름이 사라지면 아무 일 없는 듯 걸었다. 꿈속에서도 잠 못 이루며 뒤척이기를 반복했다. 끝없는 땅 밑으로 꺼져 내려가는 나를 발견하기도 했다.

각별한 친구가 떠나는 뒷모습을 바라본다는 것은 죽음을 맞는 것이나 다름이 없다는 것을 가슴으로 느끼고 있었다. 처음 경험하는 극도의 슬픈 이별을 극복할 수 있는 영적으로 준비된 하나님도 내 안에는 없었다.

보다 못한 아버지는 나를 데리고 나갔다. 그런데 병원을 나와 열 발 앞서 나가자 그제야 아버지도 문턱을 넘었다. 가던 걸음 멈추고 뒤돌아서자 아버지는 멈칫 서서 담뱃불을 붙였다. 나는 다시 걸었다. 아버지도 다시 걸었다. 몸을 돌려 걸음을 늦추면 아버지는 멈칫 서서 하늘을 바라보았다. 중학교 때 병원 신세를 지고 난 후 퇴원 절차를 마친 아버지의 등을 따라 걷던 내 모습이었다. 남들에게 나란히 걷는 모습을 보이고 싶지 않았는지 우리의 간격은 좀처럼 좁혀지지 않았다.

우리가 함께 나란히 서게 된 곳은 어린 시절 가전제품이 즐비하게 늘어선 육교 아래 자장면집이었다. 기름 섞인 음식을 좋아하지 않는 아버지는 아무것도 입에 대지 않았다. 깊게 팬 이맛살마저도 근육처럼 보였던 얼굴은 쭈글쭈글하게 주름졌고, 움푹 파고들어 간 볼은 가난한 시골 농부의 얼굴 같았다. 자장면을 먹고 있는 내내 우리는 아무 말도 하지 않았다.

"저 녀석, 여자친구가 생겼나 봐!"

뜻밖의 소리로 아버지가 처음 말문을 연 것은 엄마가 누운 병실에서였다. 아버지는 숨겨진 모든 비밀을 알고 있는 신처럼 말했다. 가슴속 우울도 알아챈 것 같았다. 비밀을 지킨다는 것은 신의 영역이었다. 비밀을 지킬 수 없었다. 어린아이처럼 이런저런 이야기를 은밀하고도 서럽게 풀어놓자 아버지는 "두호 다 자랐네! 엄마에게 대하는 것처럼 여자에게는 정성을 다해야 해."라고 말하면서 등을 툭 치고는 한마디를 던지고 문을 나섰다.

"좋은 친구가 또 생기겠지. 엄마랑 좀 있어."

슬픔을 알아주는 이가 있다는 사실에 나도 모르게 울음을 터트렸다. 어떤 연유인지 모르게 숨통이 트였다. 구원을 받은 느낌이었다. 이별의 고뇌로 만들어진 성장통은 오히려 찬란한 눈을 뜨고 눈부신 햇살에 기댈 수 있는 행복감을 피워냈다. 그렇게 다시 일상으로 돌아갈 수 있었다.

학교는 여전히 같은 모습, 같은 모양으로 붕어빵 찍어내듯 하나의 묶음으로 묶어 옷매무새 하나하나 살폈다. 두들겨 패면서까지 주체적인 칼날을 무디게 하고 관습에 적응시키려 애쓰고 있었다. 인권이나 학생의 행복 추구권 따위는 없었다.

낡은 학교수업 빼먹기를 밥 먹듯 하기 시작했다. 유령처럼 앉아 있다가 죄를 짓지 않은 자가 유치장을 탈출하듯 학교 담을 타고 넘었다. 급작스럽게 매달린 입시는 녹록치 않았다. 주요과목인 영어도 만만치 않았다. 다행히 중국 민항기가 넘어온 것은 나에게 수혜를 안겨주었다. 뉴스에서 야단스럽게 떠들어 대는 것을 눈치 챘는지 학교에도 잽싸게 중국어 수업이 새로이 편성되었기 때문이다. 중국어가 인기 과목이 되면서 영어 대신 선택한 그것으로 그럭저럭 어렵지 않게 평범한 대학생이 되도록 허락을 받았다.

이쯤 해서 잡다한 고등학교 시절 이야기를 멈추려 한다. 어찌 보면 인생의 황금기 같은 시간에 매력적이지 않은 시간을 보낸 듯하지만, 지나간 시간은 버릴 수가 없었다. 그 정도가 고등학교 시절의 편집된 기억이다. 나도 이 학교 저 학교에 불려 다니며 시화전을 보고, 악기를 들고 학교 뒷골목 숙대 근처를 어슬렁거리고, 다른 학교 아이들과 한판 붙기 위해 완력기를 가방에 넣고 다니고, 닭장(나이트클럽)에 들락거렸다.

칼에 찔려 쫓기는 친구를 교생 선생님이 머무는 숙소로 피신시키고 그녀와 묘한 감정에 빠져들었던 삼류소설 같은 로맨스……. 이런 일들은 학창시절 흔히 추억되는 일들이지만 모든 행위가 엄마에게는 근심거리였다. 그래도 수학여행을 갔고 졸업앨범을 찍고 졸업을 했다. 마지막 그날은 잊을 수 없다.

　"지지리 복도 없지, 하필 어미가 이렇게 누워 있는데……."

　엄마는 눈물을 삼켰다. 엄마는 여전히 회복 중이어서 안전하게 거동을 하지 못했다. 잔정도 많고 상관도 없는 세상의 모든 슬픔마저도 자기 책임으로 돌리고 눈물을 흘리는 엄마에게는 슬픈 날이었을 것이다. 무릇 자식이라면 간이라도 내놓을 만큼 극성스러운 엄마의 마음이 얼마나 속이 상하는지는 알겠지만, 나 같은 모범적이지 못한 학생의 졸업식에 따라붙는다는 것은 곤란한 일이다. 아버지는 차가운 대청마루에 앉아 담배를 태우며 집을 나서는 것을 바라보고 있었다.

　마침내 유령처럼 머물던 학교를 떠나게 되었다. 졸업식은 누구의 시선 하나 받지 못했다. 다행스러울 만큼 자랑스러운 것도 하나 없었다. 졸업식이 끝나자 불만과 불안으로 주먹을 불끈 쥘 일이 완전히 사라지는 기분이 들었다.

　졸업식이 끝나고 교문을 나서는 순간, 정문 앞에서 누군가를 찾아 기웃거리는 시선과 마주쳤다. 매끈하게 닦은 구두를 신고 주름을 잡은 바지를 입고 누런 점퍼를 입고 있었다. 어린 시절 가전제품을 사러 다닐 때 보던 모습이었다. 그래도 흰 와이셔츠를 입은 신사들이 즐비한 복잡한 도심에서는 초라하기 짝이 없었다.

　"손 타지 않게 들고 다녀!"

　아버지는 들고 있던 꾸러미를 건넸다.

　"노래를 가득 녹음해 달라고 했으니 들어봐!"

　어디서 구했는지 처음 보는 일본산 소형 녹음기였다. 손바닥보다 조금 큰 녹음기에는 성냥갑보다 작은 테이프가 들어 있었다. 이어폰을 꽂고 코를 박고 이것저것을 눌러 보았다.

"기자들이 쓰는 거라는데…… 눈이 침침해서 볼 수가 있어야지."

말하는 아버지의 가라앉은 목소리가 들렸지만, 이어폰을 낀 순간부터는 들리지 않았다.

정말로 좋아하는 팝송이 흘러나왔다. 소리는 놀라우리만큼 고급스러웠다. 현란하게 양쪽 귀를 타고 이리저리 옮겨 다녔다. 몇 번을 앞으로 돌리고 뒤로 돌리기를 반복해 보았다. 그렇게 돌려본 것은 이상스럽게도 앞면에서도 들었던 곡이 뒤에서도 반복되고 있었기 때문이다.

한동안 인기 팝송으로 듣던 곡이어서 익숙했다. 부유한 레스토랑을 운영하는 아버지를 둔 폴 앙카(Paul Anka)의 〈파파(PaPa)〉란 곡이었다. '그로윙 업 위드 힘 워즈 히즈 타임. 저스트 플루 언 바이(아버지와 함께 자란 건 그저 편안하게 흘러간 시간이었어요. 세월은 빠르게 흘러 아버지도 나도 나이가 들기 시작했지요).'

"20년은 끄떡없이 일할 수 있으니까 기죽지 말고 살아!"

무뚝뚝한 목소리가 흐릿하게 들렸다. 순식간에 기쁨과 슬픔이 산더미처럼 함께 밀려들었다. "비싼 돈 주고 이런 건 왜 샀어요?"

이어폰을 뽑으면서 말했지만, 아버지는 벌써 시선 밖으로 걸어 나가고 없었다. 멀리 인파 속으로 쓸쓸히 사라지는 키 작은 아버지 뒷모습을 따라 긴 그림자가 뒤따르고 있었다.

아버지의 뒷모습을 따르던 시선은 갑자기 먹구름이 지나가는 것처럼 아른거렸다. 성지에서 보았던 피에타상이 떠오르면서 꾸욱 삼켰던 문장이 또렷하게 떠올랐다.

"나는 기뻐해야 할 이 구원의 행위가 너무나 고통스럽고 괴롭구나."

#14

독재자, 아버지의 죽음

아버지는 자신이 지향하는 방향에 따라 죽음의 시간도 스스로 결정을 지었다.

마지막까지도 자신이 독재자임을 강하게 드러냈다.

병세가 길어지고 명줄이 길어진다는 생각을 했는지 어느 순간 입을 다물었다.

그렇게 아버지는 죽음에 순응하지도 않았다.

다가오는 죽음의 어두운 그림자마저 먼저 삼켜버렸다.

사랑도 명예도 이름도 남김없이 한평생 나가자던 뜨거운 맹세. 동지는 간 데 없고 깃발만 나부껴 새날이 올 때까지 흔들리지 말자.

막 대학에 입학을 했을 때 민주화 열기는 대단했다. 그냥 그렇게 믿고 살던 사람들도 일어나 돌을 던지는 것 같았다. 마침내 1987년 6월 29일, 직선제가 개헌됐다. 전두환의 군부 독재가 끝났다. 그래도 민주화 열기는 여전히 뜨거웠다.

1

　나는 정권에 대항하며 민주화를 갈망하거나 행동으로 모험을 감행할
만큼 정치적이지도 않았을 뿐더러 그 열기를 맛보기도 전에 일찌감치
군대에 갔다. 삼 년간의 군 복무는 지극히 평범했지만, 지극히 평범하지
않을 수도 있었다. 평범했다는 것은 남들과 다르지 않게 군 복무를 한 것
이고, 평범하지 않을 수도 있었다는 것은 일생일대의 격변기를 직접 겪
을 수도 있는 일촉즉발의 상황을 경험했기 때문이다.

　휴가를 마치고 복귀했을 때 훈련은 변해 있었다. 매일 곡사포를 매달
고 달리는 트럭에 올라타 임진강 일대를 돌아다니며 화포를 쏘던 중대
는 연병장에서 오와 열을 맞추고 쿵쿵! 군홧발을 구르고 짐승 같은 동물
이 가슴 치는 소리를 내고 있었다.
　실탄을 받고 허리에는 진압봉을 매달았다. 밤낮을 가리지 않고 실전
과 같은 훈련에 들어갔다. 오와 열을 맞추고 연병장이 흔들릴 만큼 전투
화 신은 발을 구르면서 진압 훈련을 했다. 졸지에 적은 북한군에서 부정
에 항거하는 대한민국 시민으로 바뀌었다. 침투 장소는 조선대 운동장
이었다. 훈련을 마치면 나는 조선대학교를 비롯해 각 대학 운동장을 그
려내고 그곳에 다시 병력 배치도를 그려야만 했다. 입대 시 신상명세에
특기를 '그림 그리기'라고 써놓은 것이 화근이었다. 우리는 그때부터 대
학교 운동장을 연병장이라 불렀다. 그 배치도는 일급비밀이었고 13대
대통령 개표일 직전까지 번복 수정되면서 다시 그리기를 반복했다.
　투표일이 되자 완전군장을 하고 다시 사전 교육을 받았다. 중대장 참

관하에 선거인 명부에 서명하고 도장을 찍었다. 등 뒤에서 어깨를 치며 목에 힘을 주고 말했다. 폭압적이거나 명령조는 아니었다. 우호적이면서도 뿌리칠 수 없는 간절함이 있었다.

"두호야! 포대장인 내 인생이 달린 문제야."

투표는 그렇게 끝났다. 훈련을 끝내고 부대 배치도를 그리는 동안에도 그는 내게로 종종 다가왔다. 중대장은 군사학교 출신이어서 그런지 자신의 출신을 자랑스러워했다. 우리 부대가 충정 부대로 지정된 것도 영광스러워했다. 그리고 어깨를 툭 치면서 "두호! 할만하지?"라고 말하면서 상기된 어조로 "광주 가본 적이 있나?"라고 작전과는 별 의미 없는 말을 하기도 했다. 그러고는 입을 꾹 다물고 결연한 표정을 지었다. 분명 감정이 고조되고 있다고 생각했다. 이번 출정을 자신이 직업 군인으로서 출세를 할 수 있는 좋은 기회로 삼는 것 같았다.

마침내 내무반 침상의 반이 비워졌다. 개표를 앞두고 선발대는 완전 무장을 하고 출발한 것이다. 전투화를 신은 채 무장 상태에서 잠자리에서 편지를 썼다. 쓰는 내내 슬퍼했고, 흐르는 눈물을 삼키느라 애를 먹었다. 중대장은 침상에 누운 병사들에게 다소 격앙된 어조로 이렇게 말했다.

"진압 작전에 여념이 없도록! 잠이 들어서도 부모님을 생각할 수 있는 좋은 밤이 되기를 바란다. 이상!"

그렇게 점호를 끝낸 그는 편지를 쓰고 있는 내게 다가와 어깨를 치면서 말했다. "두호! 기분이 어때?" 그는 친근한 모습을 보이면서도 위엄은 잃지 않으려 애썼다. 하지만 그렇게 말할 때마다 군인으로서의 근엄함보다는 믿음직스럽지 않은 철없는 동네 형 같았다. 안타까웠다.

"그냥 그렇죠, 뭐."

사실 그냥 그런 것은 아니었다. 어찌 유서와 같은 글을 부모님에게 보내면서 그냥 그럴 수가 있겠는가? 슬픔에 빠져있었지만 내색하지 않았다. 더 큰 괴로움에 쉽게 빠지게 됐던 것은 순전히 입대 전 읽었던 레마르크의 『서부전선 이상 없다』의 영향이었다. 그냥 총을 쏘고, 그냥 포화 속을 뛰어다니다가 오히려 죽음이 만족스러웠던 표정으로 주검이 된 지원병 보이며 군의 마지막 순간이 머릿속을 가득 채웠다.

서부전선도 동부전선도 아닌 대한민국 도심의 한복판에서 참혹한 시간을 보내다가 사랑도 명예도 이름도 남김없이 헛되게 쓰러져 죽는 것이다. 더군다나 전시도 아닌데 시민과 한판 싸움을 벌이다가 말이다. 살아남아도 돌이킬 수 없는 죄인으로 살아야 한다는 사실이고, 쓸데없는 시간을 보내고 쓸데없는 인간이 되어버리는 것이다. 이래저래 영광도 없고 명예도 없고, 말하자면 개죽음이거나 개 같은 인생이 된다는 사실이 괴로웠다.

마침내 13대 대통령 개표가 시작되었다. 군화를 신은 채로 종일 텔레비전을 지켜보았다. 13대 대선 개표는 무사히 끝났다. 말하는 폭동은 일어나지 않았다. 유서와 같은 부모님께 올리는 글을 찢어버렸다. 다시는 쓰지도 못할 돈이 될 것이라며 PX에서 마구잡이로 써댄 몇 푼의 돈을 아까워했다. 개표 종료와 함께 조선대 침투는 이루어지지 않았다. 작전 종료가 선언되었다.

선발대는 이튿날 새벽이 되어서야 돌아왔다. 그들이 어디까지 침투를 했다가 돌아왔는지는 참으로 궁금한 사안이었다. 고작 일병 계급이었던 지라 선임병 위주로 차출된 그들에게 물어볼 수 없었다. 이렇든 저렇든 첫 휴가를 다녀온 지 한 달도 안 되어 다시 포상휴가가 주어졌다. 조선대 연병장에 병력 배치도를 그려낸 연유였다.

그렇게 1988년을 2월을 맞았다. 그리고 "쎄울!"이라는 소리가 본격적으로 다시 울려 퍼졌다. "쎄울!"로 불붙은 88올림픽이 열렸다. 그리고 이듬해, 해외여행 자유화가 발표되었다. 모두 군 막사에서 텔레비전을 통해 들은 소식들이다.

군 복무를 하고 돌아와서도 민주화 투쟁은 이어졌다. 남은 대학 생활도 평범하거나 평범하지도 않았다. 평범했다는 것은 민주화 열기 속에서도 술을 마시고 도서관을 가고 당구장을 들락거리면서 대학 시절을 보낸 것이다. 평범하지 않았다는 것은 교정에 보도블록이 하나둘 파헤쳐져 깨져나가고 내던져질 때, 배낭을 둘러메고 도망자처럼 먼 나라로 향하는 비행기를 탔기 때문이다.

독재에 투쟁하는 삶은 고단하지만 영광스러웠을 것이다. 투쟁하지 않는 삶은 영광스럽지도 않고 피곤하기까지 하다. 군대에 가기 전에도, 돌아와서도 심한 피로감을 느껴야만 했다. 그나마 1989년, 해외여행 자유화가 준 선물은 변화를 가져다주었다.

어찌 되었든 광주로 출정을 하지 않게 된 그때의 일은 천만다행이었다. 만일 진압봉을 차고 총부리를 겨눴다면 인생이 얼마나 슬프고 참담하게 흘러가게 되었을까? 독재자가 지향하는 역사의 방향에 따라 저항도 하지 못하고 사고의 방향도 인생의 방향도 결정돼야만 한다는 사실은 얼마나 불행한 것인가. 더군다나 불같은 가슴을 안고도 한 발 뒤로 물려 투쟁하지 않는 시간을 보내는 피로함은 곧 폭발해버릴 화산과 같은 것이다. 그것을 억누르기란 말할 수 없이 힘이 든다.

"썩을 놈의 종자들. 그만 좀 내버려 둘 것!"

2

사회에 나와서 절반은 돈벌이를 했고 절반은 여행을 다녔다. 열정이 가득했고 짧지 않은 시간이지만, 용서할 수 없을 만큼 허세로 가득해 불러내고 싶은 기억이 없다. 만일 그때의 이야기를 불러낸다면 히죽거리며 거짓으로라도 흥미진진한 소설을 만들어내고 말 것이다. 왠지 수다스러운 거짓말쟁이가 된 비루한 감정이 치밀어 올라 끌리지 않는다.

아버지는 늙어 집을 가꾸면서도 여전히 등골 빠지게 힘을 썼다. 한시도 쉬지 않고 텃밭을 갈고 뜨락에 화단을 가꾸는 데 열중했다. 그러면 아버지의 감각을 못마땅해 하면서 "제발 그 나무는 거기 안 어울려요. 제가 할게요."라고 말하고는 하던 일을 멈추게 했다. 하지만 아버지는 여전히 얼굴도 돌리지 않았을 뿐더러 "그만둬! 다친다. 저리가!"라고 소리치면서 하던 일을 멈추지도 않았다. 그것은 아버지에서부터 아버지의 손자까지 이어졌다.

"아빠! 아빠…… 빠빠! 내가 할래, 빨리 줘!" 하고 말한 것은 아버지의 손자였다. 한 집안의 가장이 되었다. 가을이면 낙엽을 쓸고 눈이 오면 이른 아침부터 비질을 했다. 그러면 아이가 뛰어나와 빗자루를 빼앗으려 허리춤에 질질 매달렸다. "아빠 빨리 끝내고 일해야 해"라고 말하면서 빗자루를 빼앗기지 않으려 애썼다. 하지만 아이는 절대 지지 않았다. 내가 늘 지고야 말았다.

봄, 여름, 가을, 겨울, 그리고 다시 봄…….

변화무쌍하게 흐를 것만 같던 시간은 계절과 함께 돌고 돌았다. 특별히 끔찍한 일도 대단한 일도 없이 삶은 원을 그리며 반복되었다. 세월은 더 흘러 아들은 대학생이 되었고 중년이 되었다. 엄마는 절실한 크리스천이 되었고 이제 나에게는 엄마가 아닌 어머니로 호칭도 바뀌었다.

휴일 아침이면 교회 차가 어머니를 태워갔다. 어머니가 집을 비우면 아버지와 분주히 집 안팎을 청소했다. 아버지는 호랑이 같은 인상도 사라지고 불호령도 완전히 사라졌다. 부드러운 할아버지로 변해갔다.

엄마가 집을 비우는 날이면 구석구석 물걸레질을 하고, 청소기를 돌리고, 정리정돈을 했다. 서로 살갑게 애정을 표현하는 사이는 아니었지만, 잡동사니들을 어머니 몰래 내다 버리거나 숨기는 데엔 마음이 잘 맞았다. 가장 손발이 잘 맞는 것은 어머니가 선반이나 텔레비전 따위에 널브러뜨린 잡동사니들을 몰래 내다 버리거나 숨겨버리는 것이다.

하지만 테라스에 널브러진 살림살이가 늘 문제였다. 그곳은 아버지와 나만의 명당이었지만 때로는 어머니의 창고 역할을 하기도 해서 우리는 그곳에 있는 어머니의 살림살이—그것들은 가족 모두를 위한 살림들이지만—가 늘 불만스러웠다.

그것을 치우는 것은 내 임무였는데 독단적으로 처리하지 못했다. 찌그러진 그릇이나 낡은 양동이 따위를 들고 마치 군 막사를 치우던 병사가 선임관의 허락을 받아내려는 듯이 "중대장님!" 하고 들어 보였다. 그러면 아버지는 눈꺼풀을 한 번 질끔 내리덮고 "음…… 버려도 될 것!" 하면서 두꺼운 입술을 일자로 만들어 명령을 내리고는 기꺼이 공범이 되어주었다.

청소를 다 마쳤다 싶으면 텔레비전 속 어머니의 연예계 친구들도 딸각 소리와 함께 까만 침묵에 잠겼다. 그러면 아버지는 다방 커피를 타왔다. 일요일 오후 한나절은 늘 그렇게 시작되었다.

아버지는 옛날이야기를 했다. 나를 낳기 전에는 농사를 지었다. 아버지 소유였던 산 하나로 숯가마를 만들었고 돈이 주체 못하게 들어왔다는 이야기, 그리고 난리가 나면서…….

커피 잔이 마르고 아버지 입도 쩍쩍 갈라지는 소리를 낼 때쯤이면 아버지의 기억은 더 멀리 일제강점기까지 거슬러 올라갔다. 강제징집을 당해 가족과 생이별하고 일본으로 끌려가 탄광에서 시달리던 젊은 날의 이야기가 펼쳐졌다. 그때 일본 여인의 도움을 받아 구사일생으로 돌아왔다는 소설 같은 이야기를 들었다. 그 이야기는 초등학교 때, 그리고 대학 때쯤 들었던 것인데 일본 여인의 몸가짐과 예절, 일본 여인들의 사랑에 대한 일반적인 이야기를 했다.

하지만 비밀을 지키는 것은 신의 영역인 것 같았다. 아버지는 화양연화(花樣年華)의 비밀을 지켜 오다 눈을 감아버리는 벙어리가 되고 싶지는 않았는지, 일본 여인에 대한 이야기를 떠올릴 때면 평소 무표정하고 깊이 팬 주름 깊은 곳까지 햇빛이 들었다. 그 표정은 가슴에 간직된 숭고한 사랑을 느끼는 사람에게서나 보이는 것이었기 때문에 더 깊은 말은 하지 않았지만, 강제징집과 탈출에 대한 무용담을 말하고자 했던 것도 옛날이야기를 들춰 세월의 덧없음을 말한 것이 아니라는 것을 알게 되었다. 비밀 이야기를 듣고 싶었지만 끝내 더는 알 수 없었고 묻지 않았다.

먼 나라로 여행을 떠나 이름 모를 사막을 건너던 중이었다. 아버지가 쓰러졌다는 소식을 들었다. 돌아와 아버지 곁에 앉았을 때, 속박과 자잘한 그 무엇도 일일이 상대하지 않겠다는 표정으로 삶과 죽음의 경계를

넘고 있었다. 뿌리 깊은 세월을 보낸 흔적이 주름진 얼굴과 몸 구석구석
붙어 있었다. 미라처럼 껍데기만 남은 몸은 더는 흘릴 땀도 없어 보였다.

표정은 건강하게 건전하고 사려 깊고 배려심도 있어 보였다. 굳게 닫
은 입술은 말없이 정성을 다해 사람들을 대한 듯 보였고, 결코 자신을 욕
되게 행동하지 않은 사람처럼 보였다. 뼈만 드러낸 어깨는 넘치는 생명
력으로 과감하게 현장에 뛰어들어 정면으로 대항하는 전사처럼 보였다.

아버지는 가죽만 남은 미라의 손을 뻗어 내 손을 잡았다. 그것은 안방
에 머무는 노인의 마지막 몸짓이었다. 쩍쩍! 마른침 떨어지는 소리와 함
께 마지막 한마디를 가슴에 꽂았다.

"자존심, 자존심 지키면서 살아라! 잘 살아라!"

아버지는 자신이 지향하는 방향에 따라 죽음의 시간도 스스로 결정을
지었다. 마지막까지도 자신이 독재자임을 강하게 드러냈다. 병세가 길
어지고 명줄이 길어진다는 생각을 했는지 어느 순간 입을 다물었다. 그
렇게 아버지는 죽음에 순응하지도 않았다. 다가오는 죽음의 어두운 그
림자마저 먼저 삼켜버렸다. 그러자 엄마는 눈물과 슬픔 대신에 노발대
발해서 소리쳤다.

"무슨 짓이에요?"

그렇게 식음을 전폐한 아버지에게 한숨을 쉬면서 항의를 하자 아버지
도 가족 모두를 앉혀놓고 이렇게 항의를 하는 것 같았다.

"몸뚱이는 몸뚱이일 뿐, 사람은 때가 되면 다 죽는다. 뒤로 무를 수 있
으면 물러봐라!"

굳게 닫은 입술은 이렇게 말하는 것 같았다.

'이제 너희도 스스로 먹고살 만하니 그만 나를 내버려 둘 것!'

그렇게 스스로 곡기를 끊었다. 아버지에게 돌팔매질을 할 수 없었고

306

더는 이기고 싶은 마음도 없었다. 한 번도 본 적이 없는 가장 편안한 모습이었기 때문이었다.

그로부터 얼마 후······ 엄마는 한숨을 지었다.

"아! 가엾은 양반, 모진 양반!"

이렇게 말하면서 흐느끼더니 마침내 손바닥을 내려치며 소리 내 울었다. 시체를 내실에 눕혔다. 동네 사람들을 모두 불러 모았다. 전통혼례를 치르듯 가마에 태웠다. 그렇게 아버지는 꽃상여에 실려 나갔다. 그 뒷모습을 따르며 이렇게 말했다.

"아버지! 인제 그만 걱정 내려놓고 좋은 여행 하세요."

아버지는 그래도 무겁고 근심에 찬 얼굴로 자꾸만 막내인 나를 돌아보는 것 같았다.

돌이켜보니 아버지와 마주 앉은 날들은 봄비가 보슬보슬 내리는 날이거나 오월의 수수꽃다리 잎이 날리는 날이었다. 아니면 앞뜰 마당에 낙엽 타는 연기가 피어오르는 가을날이었다. 첫눈이 마당 안뜰에 수북이 내리는 겨울날이었다.

아마도 그날들은 아버지가 다시는 돌아오지 못할 강을 건너기 직전까지 평온한 일요일 오후였다. 인생에서 가장 아름답고 행복한 순간, 별 이야기도 어느 호수가 내려다보이는 언덕 속으로 묻혀 그렇게 영원한 비밀 이야기가 되었다.

낙엽이 쌓인 가을날에도, 눈이 오는 겨울날에도 더는 동네 안팎을 비질하는 노인은 보이지 않았다.

#15

달 쫓는 별

또 여행 가방을 들고 몸을 일으켜 길을 떠나야겠습니다.

저녁 내내, 밤새도록, 아침이나 낮이나, 다음 날 아침에도 편지를 쓰다 잠에서 깨어나겠습니다.

그리고 키르피첸코가 그랬듯이 모스크바의 한 백화점을 들러

'오월의 첫날'이란 향수를 사겠습니다. 그리고 길 위에서 친구를 만나는 꿈을 꾸겠습니다.

행복 가득하시기 바랍니다.

들판에 양버들과 같은 존재였던 시골 농부가 있다. 그는 낭만적인 대학 생활을 그려낸 소설을 읽고 대학을 다니기로 한다. 어렵게 들어간 대학 생활은 달콤하지도 않고 우울하기만 하다. 그렇게 무의미한 시간을 보내던 중 손자뻘뿐이 안 되는 시인 지망생 청년을 만난다. 그와 연극을 보고 문학과 인생토론과 같은 이야기를 하게 된다. 그가 꿈꾸던 대학 생활이었다. 그와의 단 하룻밤에 그가 대학에 온 목적을 이룬 것이다. 그는 젊은 친구에게 편지 한 줄을 적어놓고 짐을 꾸린다. 그 기분을 잡치고 싶지 않은 것이다.

집으로 향하는 그의 손에는 그의 젊은 친구가 전해준 뮈세의 시집이 쥐어져 있다. 싱클레어 루이스의 소설, 『늙은 소년 액슬브롯』에 나오는 예순넷의 늙은 시골 농부 이야기다. 풍성하고 달콤한 낭만을 갈구하는 사람은 감동의 끈을 잡는 방법을 알고 그것을 영원히 간직하고 산다. 젊은 마음으로.

내게도 그런 친구가 있었다. 언제였던가? 그 어느 날이었던가. 오늘과 가까운 그 어느 날 한가운데에 나에게도 잠자는 영혼을 깨워준 그런 친구가 있었다. 깊은 내면의 속을 까내고 지냈던 친구. 아주 먼 훗날에라도 서슴없이 내 친구라고 말해 주는 친구. 그런 친구를 소울 메이트(Soul Mate)라고 하던가?

1

시대가 바뀌니 여러 가지 것들이 바뀌었다. 손으로 쓰던 편지는 거의 전자편지로 바뀌었다. 원고지도 자판을 두드리면 된다. 유명인이 아니어도 이름 석 자를 컴퓨터에 두드리면 모든 정보가 주르르 나오는 시절이 되었다. 또 하나의 우주와 같은 공간에서 전 세계인이 시끄럽게 떠들고 있으니, 그곳에서는 옛 친구를 찾아내는 것은 어려운 일이 아니다. 누군가를 그리워하고 있을 때, 누군가 내 이름 석 자를 검색어로 두드리고 있다는 사실도 놀랄 만한 것이 아니다. 편지를 받을 때도 이런 소리가 난다. "딩동!"

수신음과 함께 전파를 타고 먼바다 건너 이국의 땅에서 한 통의 전자편지가 날아왔다.

모든 기억장치와 흩어져 있는 감각기관을 총동원하려 했으나, 지나간 순간들을 떠올리려 애쓸 필요도 없었다. 감미롭고 이해심이 깃든 목소리가 생생하게 떠오르면서 다른 땅에서 다른 환경에서 다른 언어로 꿈을 꾸는 것처럼 최고의 행복감을 느꼈던 기억 속으로 순식간에 빠져들었다.

'아! 실의와 비탄에 빠졌을 때 얼마나 많은 인내를 가져다주고 나를 둘러싼 그늘진 울타리를 부숴버리고 구원해 주었는가.'

그 옛날 멀리멀리 떠났던 친구가 한 통의 전자편지로 돌아온 것이다. 편지는 티시 이노호사의 〈돈데보이〉가 전자음악으로 첨부되어 있었다. 짧은 편지를 읽으며 처연한 음률에 반복적으로 빠져들었다. 지워지지 않는 오래된 기억이 이렇게 생생하게 남아있다는 기쁨에 다시 좁은 문을 두드렸다. 너무 흥분하여 어떻게 써내려가야 할지를 몰랐다. 편지가 오고 다시 답장이 이어졌다.

돌아오는 편지에 힘겨워하거나 쓸쓸한 향기가 피어오르면 '사람은 살면서 어쩔 수 없이 고독할 수밖에 없고, 특히 사람과의 관계에서 오는 외로움은 자칫 상실감까지 불러일으키지만, 스스로 잘못해서도 나빠서도 그런 것도 아니고, 누구를 탓하거나 나무랄 일도 아니다.' 고 위로의 답장도 보냈다. 책 읽어 주듯이 여행 읽어주는 남자가 되어 여행을 화제로 편지를 썼다. 때로는 쌓인 먼지를 털어내고 오래된 일기장을 펼치듯, 유년의 이야기를 써내려갔다. 그것들은 숨기고 싶은 근엄하고 성숙한 이성보다 강해 설레는 욕구가 잔잔하게 솟아났다. 그렇게 동행이 되어 우리는 다시 함께 뛰어놀고 함께 여행했다.

순수한 사랑의 빛깔에 흠뻑 젖은 편지는 끊이지 않았다. 제목은 늘 '여행 읽어 주는 남자' 의 편지였다. 작은 제목도 매일매일 달랐다. 로마에서, 소렌토의 해안 절벽에 앉아, 이탈리아 시칠리아에서……. 이국풍의 작은 마을 이야기들을 전하기도 하면서. 내용도 그날그날의 일기에 따라 달랐고 기분에 따라 달라졌다. 영화 〈시네마 파라디소〉에 나오는 어린 토토가 주인공으로 이야기되기도 했다. 멀리 프랑스, 프로방스의 산중에서 잠을 청할 때는 알퐁스 도데의 『별』에 나오는 스테파네트가 주인공이 되기도 했다.

참으로 이상한 일이었다. 멀리 여행을 떠나 편지를 쓰는 동안에도 환상에 빠져들어 환청을 듣기도 하고 환각적인 증세마저 보였다. 보는 눈도 둘이었고 손도 잡고 있었다. 마음도 둘이었다. 그렇게 긴 여행을 하다가 만나고 느끼는 감정을 담기도 했다. 어떨 때는 책 속의 주인공이 되

어 먼 길을 여행하는 것처럼 여행 이야기를 소설책을 읽어주듯 써내려
갔다.

달로 가는 중에

독일의 베를린부터 서울까지 자동차로 시베리아 횡단을 했습니다.
이만여 킬로 조금 넘기지 않은 거리였습니다. 그때 러시아 극동부 하
바롭스크에서 늙은 노동자를 만났습니다. 그분을 보자 오지의 벌목꾼
키르피첸코 생각이 났습니다.
순수의 영혼을 가진 키르피첸코, 그는 저와 닮은 구석이 있다는 생각
을 했습니다. 한때 시베리아 횡단도 수차례 한 사람이라니 더욱 그랬습
니다. 그는 러시아 남서부 캅카스 산맥의 북쪽 기슭에 있는 스타브로폴
지역의 집단 농장에 소속되었다가 1939년 처음 정부의 지원으로 극동
해안으로 이주하고, 1950년에는 징집명령을 받고 스웨덴·덴마크·독일·
폴란드·러시아·핀란드에 둘러싸여 있는 발틱 해안으로 기나긴 횡단 여
행을 했습니다.

거칠고 욕정적이지만 한없이 순수한 열정을 가진 시베리아 오지의 벌목꾼 키르피첸코, 그는 유형과 같은 오지를 잠시 벗어날 기회를 가졌습니다. 그는 뜻밖에 하바롭스크에서 모스크바로 향하는 비행기 안에서 시답지 않게 만난 스튜어디스에게 사랑의 환상에 이끌리게 됩니다. 이 세상 사람이라고 할 수 없는 여자, 저 하늘 위의 달만큼이나 멀고도 멀게 느껴지는 달의 여인을 만나게 됩니다. 그녀의 이름은 타냐.

"내 이름은 키르피첸코입니다."

"댁은 참 거리낌 없는 분 같군요."

"약간은 그렇소."

그녀의 연락처도 주소도 모르고 타냐의 환영만 안고 비행기에서 내리게 됩니다. 짧은 휴가는 오래 쌓인 욕정을 해소하는 좋은 기회였습니다. 출발서부터 그것을 충족시킬 기회가 많았습니다. 그의 동료는 자신의 늙은 누이와 연결하려 잠자리를 시키기도 했습니다. 모스크바에서도 마음만 먹으면 달콤한 잠자리와 욕정을 풀 수 있는 대상을 구하기는 어렵지 않았습니다. 욕정을 풀기 위해 온 모스크바에는 타냐 같은 미모의 여인들이 널려있었습니다.

타냐는 달리는 전차에서도 보였고 상점에서도 보였습니다. 길 건너편에 보이는 불량소년과 어슬렁거리기도 했습니다. 심지어는 진열장 창문 안에서 손짓도 했습니다. 타냐와 비슷한 사람은 많았지만, 그가 찾는 타냐는 없었습니다.

"우리 함께 나가세. 아가씨들과 시내나 한 바퀴 도는 게 어떤가? 타냐 같은 여자는 모스크바에 널렸네."

314

"아니, 나는 괜찮네. 자네나 나가서 아가씨들과 즐기다 오게."

키르피첸코는 비행기에서 만난 동료의 유혹을 뿌리칩니다. 그리고 온종일 타냐를 만나기 위해 공항 주변을 빈둥거리고 돌아다니게 되지만 그녀를 만날 수 없었습니다. 그는 결국 공항에서 한 번 본 타냐를 만나기 위해 다시 하바롭스크로 향합니다. 그리고 다시 모스크바행 비행기를 타고 왕복을 하지만 만날 수 없었답니다. 그 여인의 환영에 빠져 달로 가는 여행을 하듯 전함과 같은 큰 비행을 타고 내리기를 반복했습니다. 그럴수록 그가 가지고 있는 여행자 수표만 사라질 뿐이었습니다.

마침내 여행자 수표는 바닥이 나고 주머니에는 붉은색 루블화 몇 장만이 남았습니다. 그는 그녀에게 향했던 모든 것을 후회하지 않습니다.

그는 일찍이 그처럼 많은 책을 읽어본 적이 없었답니다.
자신의 삶에 대해 많은 생각을 해 본 적이 없었답니다.
일찍이 이번처럼 그렇게 울어본 적도 없었답니다.
일찍이 그처럼 멋진 휴가를 즐긴 적도 없었답니다.

그는 다시 벌목장으로 가야 했고 결국 하바롭스크 공항에서 마침내 타냐를 만나게 됩니다. 키르피첸코, 그는 커다란 오렌지처럼 생긴 달이 비행장을 비추고 있다는 사실을 깨닫게 됩니다. 한자리에 앉아 달빛에 눈길을 주며 사탕을 물고 있는 잠시 잠깐에도 사랑의 꿈에 취할 수도 있다는 사실을 깨닫게 됩니다. 그리고 그는 타냐를 바라보며 옆 사람에게 묻습니다.

"자넨 달까지의 거리가 얼마나 되는지 알고 있지?"

"300,000km쯤 될 거야."

"그렇게 멀진 않은데."

러시아의 극작가 바실리 악쇼노프의 단편, 『달로 가는 여행 중에』 이야기입니다. 오지의 벌목꾼 키르피첸코, 그와 저는 여행의 형태는 달랐습니다. 한때 저도 그 길을 따라 자동차를 몰고 혹은 기차로 지나다가 흔적을 남긴 곳들이기에 이야기에 더욱 빠져들었답니다.

친구!

지구 표면과 달 표면까지의 거리는 383,000km라고 합니다.

자동차로만 네 번, 기차로 한 번, 그리고 가족과 다시 한 번 넘나들었으니 150,000km가 넘었습니다. 얼추 반은 여행을 한 셈입니다. 또 여행 가방을 들고 몸을 일으켜 길을 떠나야겠습니다. 저녁 내내, 밤새도록, 아침이나 낮이나, 다음 날 아침에도 편지를 쓰다 잠에서 깨어나겠습니다. 그리고 키르피첸코가 그랬듯이 모스크바의 한 백화점을 들러 '오월의 첫날'이란 향수를 사겠습니다. 그리고 길 위에서 친구를 만나는 꿈을 꾸겠습니다.

행복 가득하시기 바랍니다.

2

한겨울에 시작된 편지는 다시 한겨울이 올 때까지 멈추지 않았다. 사연은 언제나 장미꽃이 풍겨내는 냄새보다 순수했다. 편지를 쓸 때면 수많은 추억들이 떠올랐다. 오래된 기억들은 꽃가루처럼 분분했다. 그것들은 모래알들처럼 사막 위로 물결치는 듯하다가 원고지를 덮었다. 싸구려 침대보나 적시는 경망스러운 몸짓도 없었고, 부박한 한 줄의 글조차도 없었다. 미래에 대한 추억도 만들지 못하는 아스팔트 뒤덮인 곳에서 사는 처지여도 행복감에 빠져들었다. 답장이 수신될 때는 요술램프에서 막 피어오르는 마법의 향기 같았다. 답장을 다 읽어갈 무렵이면 언제나 동봉된 노래도 끝났다.

전자편지를 뒤적이는 정적이 흐르는 밤, 소리 없는 발걸음 소리가 거실을 타고 들어와 문을 열어보려 했지만, 소리는 귓전에서 금방 사라졌다. 다시 적막이 흘렀다. 이번에는 쿵! 하고 차 문이 닫히는 소리가 정적을 깼다. 잠시 후 젊은 여인의 목소리가 들렸다. 기다리던 이를 반기는 소리가 계단을 타고 올라왔을 것이라는 생각이 들었다. 소리가 사라지자 멀리서 아스팔트를 훑고 자동차가 달리는 소리가 희미하게 사라졌다. 먼 밤바다에 홀로 떠있는 것처럼 고요 속에 갇혀 버렸다. 잠 못 이루는 밤, 내내 두근거렸다. 허망한 꿈도 모호하고 비현실적인 상상도 아닌, 복잡한 생각이 밤새 피어올랐다.

'고요, 적막 속에서 의지할 데 없이 외롭다는 생각, 그것은 나에게서만 오는 위험한 생각인가.'

가슴을 열어 속껍데기까지 다 드러내고 순수의 속을 모두 다 까 드러낼수록 아픔이 찾아들고 있었다. 절거덕거리는 소리를 내면서 밤안개를 가르고 달려온 밤기차처럼 이제 '현실'이라는 역에 실제로 멈추어 섰고, 다시 머나먼 곳, 동경하던 곳으로 먼 길 떠나려는 여행자처럼 심장 소리도 불안과 설렘, 그리고 우정과 사랑이라는 두 가지 복잡한 감정을 싣고 점점 더 커졌다. 어느새 복잡한 생각에 빠져 시를 흉내 내고 있다는 사실에 놀라기 시작했다.

> 눈물로 쓴 편지에서 슬픔을 볼 수 없다면
> 찢어버리는 편이 낫습니다.
> 마음으로 쓴 편지에서 진실을 볼 수 없다면
> 강물에 던져버리는 것이 좋습니다.
> 사랑의 편지에서 영원한 사랑을 볼 수 없다면
> 쓰레기통에 버려져야 합니다.
> 수취인이 잘못된 편지입니다.

벽에 걸린 사진에 빛이 들면서 창밖에 여명이 트고 있다는 것을 알았다. 어두운 새벽 창가에 웅크리고 앉았다. 등을 기대고 의지할 곳도 없는 벼랑에 매달린 기분이 들었다. 아찔아찔한 기분도 아니고 안락하고도 평온한 마음도 아니었다. 창에 비친 얼굴은 얼어붙은 창가에 비친 자작나무처럼 창백해져 평온이라고는 찾아볼 수가 없었다. 창문을 살며시 열어젖히니 어둠이 걷히지 않은 새벽은 차디찬 기운이 돌았다. 은은한 향기를 만들어내던 미세 바람조차 얼어버렸다.

마음을 감상 속으로 밀어 넣지 않으려 애썼다. 이 순간이 지나가기만을 바랐지만 이미 가슴에 무수히 박혀버린 감미로웠던 보석 같은 기억들이 눈앞을 가로막고 사라지지 않았다. 하나하나 밀착해 감정을 주고받던 속삭임, 흐느낌……. 그 모든 것들이 한 장면 한 장면 생생해 안타까운 괴로움이 밀려들었다.

'아! 이제는…… 만질 수도, 만날 수도, 볼 수도 없는 친구.'

머릿속은 불안과 죄책감이 뒤섞인 온갖 복잡한 감정으로 사로잡혔다. 불안한 심장은 떨고 있었다. 모든 것들이 무관한 것들처럼 고개를 흔들면서도 온전하게 대처할 방법을 찾지 못했다. 그녀의 얼굴이, 목소리가 영영 사라지지 않을 것 같았다.

낭만적인 것과는 전혀 상관없는 곳에 앉아 기타를 튕겨보기도 하고, 긴 여행을 기다리는 카메라를 만지작거리다가 책장 한구석에서 해묵은 책들을 뒤적이기도 했다. 책 하나를 집어 들어 침대로 벌렁 몸을 자빠트렸다. 뒤적여 보았다. 책장을 넘길 때마다 잊혔던 이야기가 비밀스럽게 새어났다.

30년 전이다. 중간중간에 감성을 잘 표현하거나, 인상 깊다고 생각한 부분들에 밑줄을 긋거나, 오른쪽 귀퉁이를 접어 표식한 흐릿한 기억들이 떠올랐다. 벅차오르는 감동을 참아내지 못할 것 같았다. 눈을 비비며 가지런히 접힌 대목 중에 마지막 부분을 들춰보고는 또렷이 또박또박 읽어 내려갔다.

'형제여, 피곤하면 내게 기대렴' 하면, 상대방은 '너를 내 곁에서 느끼는 것만으로도 충분해' 라고 대답하는 두 순례자처럼 인생의 길을 따라 걷게 하여주시옵소서!

이별하면서

불안과 슬픔을 극복하기 위해

더 독한 불안과 극도의 슬픔 속으로

풍덩 빠져 흠뻑 젖어버리는 것

사랑하는 것

사랑하면서

불안과 슬픔을 극복하기 위해

더 독한 불안과 극도의 슬픔 속으로

풍덩 빠져 흠뻑 젖어버리는 것

이별하는 것

아! 그녀에게 편지를 쓸 때면 얼마나 무한한 행복의 근원과 순수한 이성을 간직하게 되었는가. 비록 삭제 버튼으로 타는 냄새 한 번 풍기지 못하고 사라져버린 전자우편이라도 후회도 절망도 안 할 것이다. 이 순간도 귀를 기울이면 컴퓨터 앞에 앉아 내 이름 석 자를 두드리고 있을지도 모르겠다는 생각이 들었다. 나처럼 편지를 쓰고 있겠다는 생각도 들었다. 지난날의 그 순간들을 기억하면서 말이다.

베갯잇에 얼굴을 파묻고 기도를 하듯이 바랐다. 죽은 자의 삶으로 그 무엇도 바라지 않고, 기억 속에 머무르게 하는 것은 만나지 않아도, 만지지 않아도, 보지 않아도, 서로의 마음이 영혼의 가장자리를 걷고 맴돌아도, 행복하고 영원한 사랑의 가치를 믿게 될 것이라고, 그렇게 다시 감미로웠던 순간들을 영원히 잊지 않으리라고 다짐도 했다. 까만 밤, 눈을 감아야 끝나는 줄 알면서도 그렇게 뜬눈으로 밤을 지새웠다. 잠 못 이루는 밤도 눈을 감아야 끝날 듯했다. 영원히……. 그렇게 기나긴 밤이 갔다. 밤이 간 것이 아니라 애타게 아침을 부른 것이다.

마리아 릴케의 『젊은 시인에게 보내는 편지』 중 몇 줄의 문구를 흉내 내 마지막 편지를 띄웠다.

답장은 하늘을 날다 떨어졌는지 오지 않았다. 뚝 끊어진 소식, 쓰라린 고통에 감정을 억제할 수가 없었다. 한 잔 또 한 잔에 휘청거리는 밤이 되었다. 밤새 여기저기 떠돌아다녔다.

지난날들 두루 여행하면서 걷다가, 비행기에서, 달리는 기차에서, 다리를 건너다가 수없이 많은 이별 연습을 했건만, 마지막 한 통의 편지에 못다 한 이야기가 남아있었는지 오래전 다 삼켜버린 일상의 잔상들이 어른거리면서 열병은 가라앉지 않았다. 자작나무에 둥지를 틀던 박새 남쪽으로 날아가듯, 만남 그리고 헤어짐도 자연일진데 무엇이 이토록 취하게 하는지.

차가운 새벽안개가 어깨를 적실만큼 걸었다. 샛별이 잠깐 반짝거리더니 바람은 밤새 겨드랑이까지 들어와 혼불마저 얼렸다. 오한이 찾아왔다. 마침내 슬픔은 백일하에 드러나고 뭉크러진 심장은 숨도 쉴 수 없을 것처럼 열이 났다. 숭고하리만큼 아름답던 순간, 눈에 아른거리는 함박웃음 짓던 연녹색 물든 순간들. 무지개 능선에서 앉아 놀던 아련한 풍경들, 편지 속에 남겨진 모든 풍경들이 홀연히 나타났다가 신기루처럼 다시 사라졌다.

마음이 말을 듣지도 않고 몸도 맥을 못 추었다. 몸이 불덩이다. 천상에서 소생한 이름 없는 바람이 몽롱한 머리를 스치더니 어디에서인가?

박새가 마른 자작나무를 쪼는 소리 들린다. 깊은 곳에서 상처 하나가 붉게 빛을 낸다. 붉은 장미꽃 같은데 박하꽃 향기가 난다. 뭉크러진 가슴을 또 쪼아대고 있다. 붉은 피 뚝뚝 떨어뜨리며 먼 길 떠나는 상여(喪輿)를 닮은 붉은 장밋빛 세 글자, 새겨놓고 날아가 버렸다. 별이 부서지는 먼 하늘에 어둠을 걷어내는 에오스의 매혹적인 향기가 스며든다. 어두운 공간에서, 사랑에 빠진 여인처럼 창에 비친 얼굴을 비비고 입 맞춘다. 내 마음조차도 없는 텅 빈 공간에 죽은 혼령처럼 웅크리고 앉아 안개 걷히는 하늘을 향해 손을 뻗는다. 하나, 둘, 세엣, 넷……. 달 따라나선 길이신지 손가락 끝에 매달린 달 쫓는 ☆에게 말을 건다. "안녕!"이라고 말하자 툭. ☆ 하나가 달 끝에서 떨어졌다. 가슴에 묻었다.

"제발 술 좀 작작 마셔! 그러니 병이 나지!

구시렁거리는 소리가 들렸다. 쨍그랑 쨍그랑! 설거지하는 소리도 요란스럽게 들렸다. 잔소리는 멈추지 않았다. 쓰린 속을 긁아내는 것처럼 들렸다.

"아프면 병원에 가야지, 소파에서 그러고 있어!"

뒤도 돌아보지 않고 서 있는 모습이 옷걸이 같기도 하고, 이파리 하나 없는 겨울나무처럼 보였다. 소리는 계속해서 들렸다.

"주사 맞는 것을 그렇게 무서워해. 주사 한 대 맞고 와. 노로바이러스인지 열이 심하대. 그리고 북엇국 끓여 놓았으니까 밥 좀 알아서 먹어. 나 나가봐야 해."

쾅! 문 닫히는 소리와 함께 목소리도 사라졌다. 무뚝뚝하게 밥상에 앉았다. 무미건조해 보이는 북엇국이 얼마나 시원한지 속을 달랬다. 열도 조금 사라지는 것이 정신이 드는 것 같았다.

혼자라도 이렇게 중얼거리니 마음이 좀 편해졌다.

"아마도…… 앵무새처럼 지저귀는 저 사람도 팍팍한 이 겨울이 지나고 봄이 오면 마른 가지에 연녹색 이파리 피워내고 좀 부드러워지겠지. 혹시 뜨거운 한여름이 오면 시원한 그늘을 만들어주는 양버들처럼 청량제 같은 존재일지도 몰라. 쏘울 메이트!"

두통, 발열, 오한을 몰고 온 열병은 그렇게 사라졌다. 편지는 멈추지 않았다. 계속 써내려간 편지는 수취인 없는 편지가 되었다.

#16

비행기를 탄 스년

깊은 우물 속에서 묵직한 돌 하나를 깨트리고 샘을 터트린 것 같은 황홀감……

끝도 없을 것만 같은 우물 속에서 빠져나온 것 같은 이 짜릿한 기분……

뒤를 돌아보았다.

먼 길 돌아가는 길손에게 갈참나무 이파리는 팔느락 팔느락 반짝이는 손을 흔들었다.

세상의 것들과 무관하게 오월의 태양은 변함 없이 빛을 뿌리고 있다. 대지에 피어난 여린 새싹들은 풀숲으로 바뀌어 짙은 향내를 풍긴다. 여객선 침몰 사고에 대한 뉴스도 사라지고 슬픔을 위로하는 소리도 인기가 사그라진 유행가처럼 흐려졌다. 사람들 얼굴에도 미소가 생겨났다. 표밭을 향해 이리저리 눈알을 굴리면서 소리치던 일부 정치인들도 다른 말거리를 찾아 나섰다. 슬픔마저도 잽싸게 유행가처럼 만들어 내던 각 분야의 눈치 빠른 작가들도 출판기념회를 끝내고, 전시회를 끝냈다. 위로라는 대의명분을 붙여 만들어진 작품들은 이제 지나간 추억의 기념사진이 된 것 같다.

　여전히 나는 얼마나 고통스러운지 표현하지 못했다. 그뿐만 아니라, 그 누구의 소리가 옳은지 위선적인지도 분간해 내지를 못했다. 애국적인지 망국적인지 구분할 수 없는 소리에도 관심을 두지 않았고 저열한 생각의 헤살꾼들이 계몽하려는 문구 같은 글에도 눈길을 주지 않았다. 웃거나 떠들고 싶었지만, 그렇게 하지도 못했다. 태양다운 태양은 기분 좋게 즐길 수는 없었지만, 지금 나는 그런대로 잘 지내고 있는 편이다.

　눈부시게 날이 맑아 한낮 도심의 거리를 배회했다. 아스팔트 위에, 말끔한 복장의 한 사내가 쓰러져 있다. 모두 그를 지나친다. 누구도 그에게 다가서지를 않는다. 누군가 한 명쯤은 시계를 보다가 무료한지 관찰하듯 서 있다. 그는 누구의 시선도 받지 못했다. 이런 풍경은 휘청거리는 도심의 한밤에는 자연스러운 모습이다. 하지만 한낮에는 아주 드문 일이다. 그는 죽었는지, 살았는지, 죽어 가는지……. 아무런 의사 표현을 하지 않았다. 손을 잡았다. 어떤 영웅심도 의협심도 동정도 아니다. 심장병을 앓고 있던 아내를 지켜보다가 생겨난 본능적인 습성이다. 가슴에 손을 얹었다. 심장이 뛴다.

순식간에 지나던 사람들이 에워싸기 시작한다. 조금 전 상황이 머릿속을 스쳤다. 쓰러진 이, 그는 집단 본능을 좇는 인간 사회에서 이방인이 되고 싶지 않아 함께 집단 본능에 동조하며 휩쓸려 다니다가 돌아서 술을 퍼마시고 괴로워하다가 쓰러진 것인지도 모르겠다. 홀로 있는 이 순간 그는 자신을 위해 누군가 자비를 베풀어도 그 누구의 명예도 높여줄 수도 없는 하찮고 귀찮은 존재였다. 그의 손을 잡은 나는 이방인이었다. 다행히 그는 일어나 인파 속으로 들어갔다.

1

홀가분한 마음에 산91번지를 둘러보기로 했다. 택시를 탔다. 라디오에서 여객선 침몰에 대한 뉴스가 몽롱한 머릿속으로 파고들었다.

"…… 김 대표는 세월호 참사로 비롯된 국민들의 슬픔과 분노가 표로 이어져야 한다고 생각한다며 선거를 통해 국민의 뜻이 분명하게 변화가……."

쏟아지는 햇살이 차창을 뚫고 정면으로 눈을 찔렀다. 오른눈을 감고 총구를 겨누듯 왼눈은 태양을 향했다. 숨을 죽이고 엄지손가락에 힘을 가했다. 틱, 하고 호주머니 속에서 부싯돌 치는 소리가 들렸다.

"담배 태우시고 싶은가 봐요? 금방 도착합니다. 저도 주머니에서 라이터 켰다 껐다 하는 버릇 있는데……. 담배를 피우는 사람은 다 그런가 봅니다."

입맛을 쩝쩝 다시던 택시기사의 목소리는 끈적한 엿이 목구멍에 달라붙어 가래라도 뱉어내야 할 것 같았다. 아버지의 마지막 목소리가 떠오르면서 살짝 행복감이 피어올랐다. 귀향하는 이의 설레는 마음이 이런 것인가?

틱, 틱!

이런저런 생각을 하고 있는 동안 택시는 해를 등지고 있었다. 관악산을 향하고 있는 거리는 40년 전이나 크게 변한 게 없었다. 어릴 때부터 산91번지를 떠나지 않은 광용이가 반겼다. 이마가 훌렁 벗겨진 것만 빼면 외모는 옛 모습 그대로였다. 작은 건물을 사들여 세를 놓고 두 아이 유학까지 보냈다고 말하는 것으로 보아 나름 형편은 좋은 것 같았다. 술잔이 몇 순 돌았다. 창밖에서 휘파람을 불어 서로를 불러내고 담벼락에 앉아 개비 담배를 나눠 피던 그 시절부터 새로 생겨난 자식들 이야기까지 대화도 무르익었다.

"광용아! 중학교 때, 나 굿도 하고 그랬잖아. 그 병원 의사들."

"맹장염을 장염이라고 오진해놓고 박박 우겼던 그 새끼들?"

"어. 그 인간들 가짜면허로 의료행위 하다가 다 검거된 거 모르지? 군에 있을 때 뉴스로 봤어. 그땐 참 세상이 어두웠던 것 같아."

"나도 그거 봤어. 그때 다들 너 죽는다고 난리였었지."

그는 벌겋게 달아오른 얼굴로 맞장구를 치면서 해롱거렸다.

"야! 나도 엄마한테 끌려가 거기서 포경수술 했는데 하도 아프다고 소릴 질러대니까 그 의사새끼가 뭐랬는지 아냐?"

"……."

평소 음담패설을 즐기던 그에게서 어떤 말이 나올지 궁금했다. 그는 자신이 던진 질문에 대답도 하기 전에 한바탕 배꼽을 잡았다. 골뱅이 하나를 입에 넣고 오물거리더니 젓가락을 쪽쪽 빨며 다시 입을 열었다.

"이거 안 되겠네, 의사 불러서 해야지, 그러더라! 개새끼들!"

"그때 잘못 됐으면 애들도 못 낳고 살았겠다. 하하!"

막잔을 들이키며 나도 맞장구쳤다.

"산에 올라가 볼 건데, 같이 갈래?"

그는 손사래를 쳤다.

"됐고, 담배나 한 대 더 피고 가."

"그러자. 어? 돛대잖아, 이거?"

"한 갑 사다줘?"

"됐어, 한 모금씩 나눠 빨자."

우리는 그 시절처럼 번갈아 연기를 뿜어냈다. 그의 삶은 별다른 근심 걱정이 없어 보였다. 흐뭇했다. 자리를 털고 일어났다.

"산에서 내려오면 연락해. 한 잔 더 하자!"

2

등산로가 나 있는 길을 따라 올랐다. 능선을 타고 한달음에 산마루까지 올랐다. 유년에 머물던 벼랑에 이르자 어릴 때와는 달리 칼 벼랑처럼 가파르고 높게 느껴졌다. 여린 손으로 쌓아 놓은 그것이 옛날 그대로 변함없이 남아 있었다. 그때를 추억하면서 껑충 뛰었다. 마침내 보금자리에 섰다.

기억의 묶음과 함께 교회당 종소리가 들리는 것 같았다. 하지만 하늘과 맞닿은 교회당이 있던 언덕은 사라지고 보이지 않았다. 오르내리던 구불텅한 황톳빛 길목은 산업도로가 가로지르고 쉴 새 없이 차가 내달렸다. 빨간 기와집들과 샘이 깊은 우물, 잿빛 판자촌, 들풀과 살이 통통하게 오른 연녹색 채송화도 검고 두꺼운 아스팔트와 딱딱하고 괴팍스럽게 생긴 담장에 갇혀 죽었다. 거만하게 일어선 아파트는 오만한 두께로 벽을 이루고 다시 담을 이루어 괴물처럼 듬성듬성 서서 신성스러운 산 흙내를 내고 있었다. 완전성을 추구하는 인간의 삶도 그에 못지않게 변했다.

너른 마당이 있던 상가건물 앞 도로변에는 일단의 아낙네들이 아이들 손을 잡고 있었다. 그들 곁으로 노랗고 파란 승합차가 줄지어 섰다. 차는 병아리 같은 아이들을 순식간에 태우고 사라졌다. 남은 엄마들은 자리를 떠나지 않고 마주앉았다.

순정한 모든 것들이 다 사라지고 보이는 모든 것이 천박하게만 느껴졌다. 세상과 홀로 동떨어져 있는 느낌이 들어 괴로움이 밀려들었다. 객지를 떠돌다가 인생의 끝자락에 찾은 고향 집이 수몰되고, 그리워하던 모든 것들이 사라진 것을 바라본 노인의 기분도 나와 같았으리라. 마르지 않는 샘물과 같았던 생명의 기운, 영혼의 안식처와 같았던 행복의 근원이 사라진 멸절과 상실을 직면한 체념이었다. 돌아갈 수만 있다면 칼바위에서 몸을 던져서라도 그때 그 시절로 돌아가고 싶었다. 갈 수만 있다면 말이다. 답답하고 울적한 기분이 복받쳤다. 눈앞이 안개 덮인 것처럼 흐려졌다. 상처받은 바보와 버림받은 멍청이처럼 풀썩 주저앉았다.

눈을 비비고 집 앞마당이 있던 자리를 가늠해 시선을 좁혀 내려갔다. 높게 솟은 담장 곁 그늘진 곳에 손바닥만 한 놀이터가 나왔다. 작은 아이 하나가 홀로 플라스틱 주물로 만들어진 미끄럼틀 구멍을 들락거리고 있었다.

"후훗! 도토리만 한 녀석."

틱……! 틱……!
바지 주머니 속에서 부싯돌을 쳐 돌렸다. 섬광이 일어나는 것이 느껴졌다. 엄지손가락이 뜨거웠다. 흑백 슬라이드 필름을 한 장 한 장 넘기듯 산91번지에서 만났던 사람들을 한 명 한 명 떠올려보았다.

제일 먼저 떠오른 것은 어머니였다. 아침저녁으로 성경책을 펼치고 "하나님 아버지! 우리 막내에게……" 이렇게 기도하는 모습이었다. 굿판에서 "비나이다. 비나이다." 하면서 손을 불이 나게 비비던 모습은 어디 갔는지 그 모습을 떠올리는 순간 배시시 웃음이 나왔다.

아들이 빗나가는 것을 그냥 지켜만 본 것이 잘못되었는지, 불법 사채를 놓고 폭력을 일삼던 돼지 형의 옥중 수발을 위해 늘그막에 매일 교도소를 찾는다는 돼지엄마도 떠올랐다. 행상을 다니다 주워담은 소문을 퍼트리던 앞집 아주머니가 떠오르는 순간은 좀 더 다른 기억을 생각해보려 했지만, 흉측스럽게 틀니가 눈앞에 떠다녔다. 어느새 나는 잇몸을 만지고 있었다.

틱……! 틱……!

"신랑! 신랑!" 하고 허리춤에 매달리던 영애 생각에 절로 웃음이 흘렀다. 맨정신으로도 살기 힘든 세상, 취해 살아도 힘이 들었는지 아예 얼어 죽어버린 주정뱅이, 추 씨 아저씨도 떠올랐다. 왜, 맨정신으로는 살 수 없었는지 한 번도 물어보지 못한 게 못내 아쉬웠다.

한 줄기 바람이 불었다. 갈참나무 이파리가 흔들렸다. 잿빛 깍정이를 쓴 연녹색 도토리도 흔들렸다. 영웅심과 의협심으로 똘똘 뭉쳐진 도석형이 곁에 앉아있는 것 같았다. 갑자기 눈물이 핑 돌았다. 종교를 버리고 총을 잡느니 차라리 영창에 가든지 아니면 죽어버리겠다더니, 결국 칼바위 끄트머리에서 술 마시다가 골짜기로 몸을 던졌다는 얘기가 먼 전설처럼 느껴졌다.

영훈이 소식도 궁금했다. 뭉크의 자화상처럼 얼굴이 또렷하게 떠올랐다. 아마도 의젓한 어른이 되어있으리라, 그렇게 생각했다. 그리고 순정한 사랑에 빠져 자신이 미쳐가는지도 모르는 여인, 문간방 새댁도 떠올랐다. 그녀는 치맛자락이 실루엣을 만들어 두 다리를 맨살처럼 다 드러낸 모습으로 바람처럼 나타났다가 사라졌다. 벼랑 아래 드러누워 있는 모습이 보이는 것 같았다.

벼랑 아래로 시선을 떨구었다. 골짜기엔 여전히 해가 들지 않았다. 음습하고 눅눅한 골 안개가 피어올랐다. 순간, 교복 안에 신발을 품은 불룩한 가슴과 불안한 눈빛이 생생하게 눈앞을 가로막았다. 순간 겨울바람이 가슴을 뚫고 들어온 것처럼 서늘한 기운을 느꼈다. 춥고 지저분한 기분은 잠시였다. 다시 산들바람이 얼굴을 스쳤다. 신선한 소나무꿀 향기가 올라왔다. 코를 바위에 대고 바위 향기를 맡았다. 머릿속도 어느새 맑은 미소를 지닌 내 친구의 형상이 담긴 장면으로 넘어왔다. 그리워지는 것들로 도망칠 수 없었다. 도망친 것들로부터 기억을 죽일 수도 없었다. 사라진 것들에서 더 멀리 멀어지기는 불가능했다. 위로의 편지를 주고받던 기억이 생생하게 떠올랐다. 마리아 릴케의 『젊은 시인에게 보내는 편지』에서 발문해 보낸 마지막 글이 생생하게 떠올랐다.

사랑이란 사랑하는 이를 위해 승화되고 심화된 외로움입니다. 무턱대고 빠져들어 무조건 헌신하여 하나가 된다는 뜻이 아닙니다. 내면의 그 어떤 것을 다른 사람을 위해 만들어가는 숭고한 작업입니다. 그리고 자기 자신을 보다 넓은 곳으로 이끄는 용기이기도 합니다.

틱⋯⋯! 틱⋯⋯!

라이터 부싯돌을 치는 것을 얼마나 몇 번을 되풀이했는지 마른 헝겊 탄내가 피어올랐다. 더는 그 무엇도 생각하려 들지 않았지만, 아버지의 마지막 말이 눈앞을 가로막았다.

'남자는 자존심⋯⋯ 자존심 지키면서 잘 살아라⋯⋯.'

돌처럼 화석이 되어버린 아버지의 날카로운 등뼈가 가슴을 찌르는 것 같았다. 갑자기 숨이 멎는 것 같았다.

아! 그 지독한 아픔은 복잡하고 수다스러운 세상을 살면서 얼마나 내

목을 가르고 심장을 찌르는 날카로운 칼날이었는가! 세상은 비정하고 못마땅한 것투성인데, 어찌 홀로 행복다운 행복을 좇아 숭고함만을 추구하고 스스로 가슴에 칼을 대면서 살 수만 있단 말인가! 아버지의 말대로 산다는 것은 죽는 것보다 사는 것이 힘든 것이다. 차라리 먼 나라로 도망쳐 지구 끝으로 떨어지는 붉은 태양을 등지고 탈춤이라도 추는 게 좋을 것 같았다.

그 생각에 이어 평범한 행복의 조건, 학교로부터 아이를 끌어내고 함께 여행하면서 아이에게 던진 잔소리도 생각났다.

> 대학을 못 가도 좋고,
>
> 이름 있는 큰 직장을 못 다녀도 좋다.
>
> 자연을 벗할 줄 알고
>
> 깊은 숲과 너른 바다 같은 마음으로
>
> 사람 사랑하며, 심장이 뛰는 만큼 생각하면서
>
> 행복을 곁에 두고 살아라!
>
> 즐겁게 헤쳐나가라!

그렇게 말한 내 마지막 잔소리도 내 아버지 나에게 그랬듯이 평생 아이의 가슴을 찌르는 비수가 될지도 모른다는 생각에 괴로웠다. 무엇보다도 영혼에 더욱 괴로운 고통을 안겨준 것은 평생 변함없이 그림을 그리는 숭고하리만큼 아름다운 형의 뒷모습이었다. 하얀 캔버스 위에 그려진 산91번지⋯⋯. 색깔, 느낌, 냄새까지도 머릿속에 묘사되었다. 몇 푼의 돈을 벌고자 그려낸 그림들과 엽서조각과 같은 크리스마스카드와 연하장들까지도 아름다운 모습으로 생생하게 떠올랐다.

334

행복과 불행의 감정마저도 오색빛깔을 입히고 거만하게 거리를 활보하면서 욕망으로 살아온 시간이 부끄러웠다. 아……!

　등을 기대 누웠다. 날카로운 화살촉 같은 햇살이 눈을 찔렀다. 취기 오른 얼굴이 더 화끈거리기 시작했다. 날카롭게 허공을 찌르고 있는 거대한 칼바위는 수직으로 떨어져 나를 뭉개버릴 것 같았다. 천 길 아래 음습한 골짜기로 낙하하는 섬뜩한 기분이 들었다. 눈가로 피로가 급격히 몰려들었다. 눈앞에 떠오르는 모든 것들을 보지 않을 것처럼 두 눈을 꼭 감아버렸다. 몸이 허공에서 빙글빙글 돌았다.

　틱……! 틱……!

　가파른 벼랑 끝으로 다가가 두 팔을 벌렸다. 한쪽 다리를 들어 올리자 중심을 못 잡고 몸이 흔들렸다. 그동안 단련된 말투로 뱉어버렸던 도덕적이고 전염병을 불러일으킬 만한 신념의 말들-말처럼 달리고, 마음은 날아가는 새처럼 자유롭고, 하루하루 행복감에 빠져 가슴으로 사랑할 것과 같은-이 섬뜩한 눈매로 쏘아보는 것 같다.

　뒤바람이 불어 위로하듯 목을 쓰다듬었다. 세상의 끝에서 만나게 된 마지막 살아있는 손길이라는 생각이 들었다. 그것은 시작이었다. 순식간에 몸은 바람 속으로 빨려 들어갔다. 바람은 얼굴을 애무하듯 감싸 안더니 온몸으로 시원하게 스며들었다. 떨어지고 있다는 것을 느끼기도 전에 꿈인지 생시인지 모를 듯한 공간에서 말을 하기 시작했다. 영혼을 감싸고 있는 답답한 육신은 사라지고 그 무엇도 바라지 않고 불만족도 없는 죽은 자의 삶을 살게 될 것이라는 생각이었다.

　소리 없는 번개가 번쩍였다. 재빠르고 날카로운 기세로 달려든 바람도 덮치듯 머릿속까지 밀려들었다. 구르르릉, 쾅쾅! 천둥 치는 소리가 어지러울 만큼 머리를 쳤다. 온갖 껍데기들이 격렬하게 깨져나가는 소리가 들렸다. 느리게 흐르던 피는 순간을 놓치지 않고 살가죽을 뚫고 용기 있게 솟아올랐다.

푸석한 바위 냄새, 소나무가 만든 꿀 향기, 송진 냄새…….
끈적하게 젖은 목이 느껴졌다. 깨어나 역한 피비린내에 더는 숨을 쉬고 싶지 않았다. 붉은 색채를 띠고 나타난 끔찍한 육체의 고통을 느끼기 전에 결론을 내리기로 했다. 손끝이 파르르 떨렸다.
틱! 틱! 마지막 힘을 다해 부싯돌을 쳤다. 뜨거운 불길이 솟았다. 순식간에 하늘에 구름이 덮였다. 기름진 껍질이 타들어 가는 마지막 불길이 사라지면서 의식이 사라지는 속도도 빨라졌다. 인생의 가장 번잡했던 시간도, 눈앞에 버티고 서서 괴로움을 만들어내는 잡다한 현상과 허망한 유혹 그리고 좁쌀 같은 번뇌와 미망과 같은 것들도 연기처럼 사라졌다.
도토리만 한 아이의 까만 눈동자가 보이면서 쇠망치 두드리는 소리, 돌이 깨져나가는 소리, 거친 숨소리가 저 멀리 아득한 곳에서 메아리쳐 들려왔다. 숨을 쉴 때마다 쇠망치 두드리는 소리는 점점 가깝고 생생하게 울리더니 갑자기 큰 바위 하나가 쩍 하고 갈라지는 소리가 났다. 그 순간 홀로 깊은 우물을 파 내려가는 한 인간의 모습이 선명하게 떠올랐다.
아! 우물을 파 내려가는 소리가 이렇게 아름다울 수 있단 말인가!
내 인생에 그 어떤 중요하고 대단했던 것보다도 깨어있는 이 황홀함!

우우우웅……
비행기 엔진 소리가 흐릿하게 들려왔다. 아버지를 덮은 흙덩이에 막걸리 한 사발 따르고 누웠던 그날처럼 붉게 물든 구름이 빠르게 흐르고 있었다. 꿈이었구나 느껴지는 순간 안도감에 젖은 몸이 늘어지면서 묵직하게 가라앉았다. 새소리가 완전히 깨웠다. 한 줄기 바람이 지친 여행자를 위로하듯 뒷목을 부드럽게 쓰다듬었다.

쎄…… 쎄엑……! 비행기는 불빛을 번쩍이며 머리 위를 지나고 있었다. 안락하면서도 아찔아찔한 기분이 들었다. 공명과 진동이 사라진 하늘은 다시 침묵했다. 어둠 속에서 소생한 나는 몸을 일으켰다. 어느새 달빛이 드리워지고 크고 작은 별들도 하나둘 깨어나기 시작했다. 어두워진 대기를 꿰뚫고 사라진 비행기는 먼 하늘 끝에서 달 쫓는 별처럼 깜빡이고 있었다. 검고 흰 벼랑에 손을 짚고 벌어진 바위틈을 따라 한 발 한 발 조심스럽게 디디면서 다음 여행길은 야간 비행기를 타고 좀 더 먼 나라로 떠나는 것도 좋겠다는 낭만적인 생각을 하면서 중얼거렸다.

"붉은 노을이 떨어지는 바오밥나무 아래서 두 팔을 휘휘 저으며 비틀거리며 한판 탈춤을 춰 보는 것도 좋겠어."

키 작은 갈참나무가 흔들렸다. 잿빛 깍정이 모자를 쓴 연녹색 풋도토리는 머리를 위아래로 끄덕였다.

새로운 여행지에서 만나게 될 미래의 기억들을 떠올리면서 계속해서 걸어 나갔다. 한 무더기의 돌이 탑처럼 쌓여있는 곳으로 빠져나오자 우뚝 선 바위가 눈앞을 가로막았다. 날카롭고 우툴두툴한 돌무더기에 껑충 뛰어올랐다. 깊은 우물 속에서 묵직한 돌 하나를 깨트리고 샘을 터트린 것 같은 황홀감……. 끝도 없을 것만 같은 우물 속에서 빠져나온 것 같은 이 짜릿한 기분…….

뒤를 돌아보았다. 먼 길 돌아가는 길손에게 갈참나무 이파리는 팔느락 팔느락 반짝이는 손을 흔들었다.

"안녕." 🐟

에필로그

　일찌감치 본능에 충실한 배우지 못한 노동자, 아버지와 함께했던 유년의 시간을 한 편의 동화 같은 이야기로 써보겠다고 마음을 먹었다. 하지만 어리석게도 좋은 생각들은 잘 잊었다. 중년이 되어 복잡한 세상을 헤매다가 지푸라기를 잡는 심정으로 아버지에 대한 기억이 다시 떠올랐다. 온통 땀으로 범벅된 모습으로 우물을 파 내려가는 아버지의 모습은 인간의 근원, 본연의 모습 그 자체였기 때문이다. 그렇게 절대 풍요 속으로 들어갈 수 있는 통로를 찾아내듯 기억을 더듬었다. 숨겨진 보석과 같은 기억도, 교회당 언덕 너머로 붉게 해가 사라지는 장면도 드러냈다. 온갖 찌꺼기 같은 불구가 되어버려 나오지 말아야 할 것도 드러나 홀로 벌거벗고 웅크리고 앉아있는 나를 보기도 할 때는 고달파지고 외로워지는 묵직한 고독감도 들었다. 다행히 순수로의 여행, 치유의 여정이었다.

　이름 모를 강을 건넌 아버지를 불러들여 함께 여행을 하고 짧지 않은 시간이 지났다. 돌아보니 비행기를 바라보며 손을 흔들던 유년의 보금자리, 그 자리는 안락한 비행기 좌석이나 다름이 없었다. 그리고 배우지 못한 노동자이자 독재자였던 아버지는 훌륭하거나 그렇지 못한 인생을 만들어내는 것은 무식하거나 유식한 것이 결정짓는 것이 아니라는 것을 보여줬다. 인간다운 인간의 본능, 그것이 진리였던 아버지는 스스로에게 당당하고 부끄럽지 않은 그 마음이 한 편의 아름다운 인생 이야기를 만들어낸다는 것을 보여줬다. 그렇게 아버지는 이제 막 작가 생활을 시작한 나를 둘러싸고 있는 번잡한 것들로부터 나를 해방시켰다. 그렇게 찾아낸 모습은 자유로운 작가다.

이제 아버지와 함께했던 인생의 한 막을 덮는다. 더는 홀로 외로이 아버지를 부르지 않기로 한다.

"아 버 지 !"

어둠에서 소생한 나는 배낭을 꾸렸다. 여분의 청바지, 양말과 속옷을 구겨 넣고 한동안 묵혀두었던 카메라도 어깨에 둘러멨다. 길을 걷다가 다리를 건너다가 달리는 기차에서 나는 비행기에서 여행가라는 직업을 만나는 것이 아닌, 자유를 만나고 미래의 기억을 만나는 여행자로 떠나기로 했다. 여권을 지니고 하늘로 향하는 통로를 지났다.

쎄…… 쎄엑……! 밤하늘을 가르는 엔진 소음이 귀를 때렸다. 모두 잠을 청하느라 뒤척이는 모습이다. 야간 비행기는 특별히 낭만적이지도 않고 불안하지도 않았다. 그렇다고 특별히 설레는 것도 없었다. 아버지의 뒷모습이, 그리고 형의 뒷모습이 떠올랐다. 그렇다면 나의 뒷모습은 어떻게 보일까? 내 인생은 어떻게 읽히게 될까? 내일 만나게 될 미래의 기억은 또 어떤 모습으로 펼쳐질지, 궁금증이 일었다.

구르르릉…… 바람을 삼키는 엔진 소리가 다시 귀를 때렸다. 불안정한 대기에 충돌했는지 비행기는 크게 흔들렸다. 노트북 배터리 경고 문구가 깜빡였다. 엔진 소리는 다시 가라앉았다. 창밖으로 뻗어 나간 날개 끝에서 깜빡이는 불빛이 샛별처럼 반짝였다. 유년에 보금자리에 앉았을 때처럼 아찔아찔하면서도 짜릿한 기분이 들었다. 순간 인생에 있어 때로는 묻지 말아야 할 것도 있다고 하니 어리석은 호기심이라는 생각이 들었다. 피어오르는 궁금증을 눌렀다. 의심도 하지 않고 묻지도 않기로 했다.

그렇다. 지금도 일어날 일은 일어나고 있다. 지금 이 시각도 분명히 지나고 있다는 것, 지금 이 순간도 가야 할 곳으로 향하고 있다는 것, 그것뿐이다.

우우우웅…… 비행기는 어느새 짙푸른 새벽을 가르고 있었다. 끝 간 데 없이 펼쳐진 지평선 위로는 오렌지 빛깔 성운이 괴이한 성좌처럼 비현실적으로 나타났다 사라지기를 반복했다. 아! 몸을 위험에 빠트리지도 않고 이렇게 또 다른 미래를 만나는 보금자리에 앉아 세상을 바라보는 마음이란……!

찰칵! 찰칵! 강가의 노을빛으로 먼동이 트는 곳을 향해 카메라 셔터를 눌렀다.

추천사

조문호(사진가)

　솔직히 말해 나는 사진을 하면서도 여행에는 별 관심이 없었다. 특히 외국 여행은 싫어한다. 아마 주변 사진인들의 외국 관광사진 비슷한 전시들에 염증을 느꼈는지도 모르겠다. 외국에 사진 찍으러 가자는 분들에게 우리나라는 얼마나 다녀봤는지 되묻기도 했다. 그만큼 우물 안 개구리였던 셈이다. 그런데 여행가로부터 책 서평을 부탁받은 것이다. 여행사진집인 줄 알았으나, 받아보니 장편소설이었다. 이건 아닌데 싶었으나 작가의 성장소설이라 관심이 갔다. 소가 되새김질 하듯 찬찬히 읽어 나갔다.

　『비행기를 탄 어린왕자』은 동화 같은 제목처럼 비행기에 대한 묘사가 자주 등장한다.
　'인생은 여행과 같아
　(중략)
　먼 하늘에 양떼구름 몰고 가는 비행기에

손을 흔들고 꿈을 꾸었지
세월이 흐르고 흘러
나는 비행기에 앉아
다채롭게 펼쳐진 세상 바라보면서도
기나긴 세상 여행을 하던 중에도
그곳을 몹시 그리워했지'

그 비행기는 한 여행작가의 어제에서 오늘로 이어지는 끝없는 꿈의 상징이었다.

소설이라 꾸며질 수도 있겠으나, 작가의 성장사 자체가 우리나라 육칠십 년대 달동네 삶의 역사였다. 무엇보다 노동자 아버지에 대한 자부심과 이웃에 대한 따뜻한 연민의 정이 곳곳에서 묻어났다. 신림동과 안양 사이였다는 '산91번지'를 주 무대로 펼쳐진, 그 시절 삶의 애환과 끈끈한 정에 빠져 보는 내내 모니터에서 헤어나지 못했다. 그의 어린 시절이 나의 어린 시절로 오버랩되어 아련한 향수에 빠져들게도 했다.

말도 어찌나 맛깔스러운지 일류 호텔 요리사 같았다. 독특한 사유와 시니컬한 위트, 부조리, 허무, 그리고 휴머니즘이 제 색깔을 잃지 않으면서 조화롭게 버무려졌다. 능수능란한 요리 솜씨가 돋보였다. 그는 우물에 비친 별을 보며 이렇게 말했다.

'바닥은 젖은 암반을 드러냈고 한쪽으로는 밤하늘이 반짝였다. 얼마나 신비롭던지 빛나는 달 하늘에 작은 돌 하나를 떨어트려 봤다. 검은 하늘이 은빛 물결을 일으키더니 달 끝에서 작은 별 하나가 툭 떨어졌다.'

342

그리고 육두문자로 주고받는 해학적인 말 속에 질퍽한 정감도 묻어났고, 조그만 사물 하나하나에 대한 섬세한 관찰의 묘사도 재미를 더해준다. 애잔하도록 살가운 어린 시절의 기억과 개기름 번들번들한 현실의 비정이 꿈으로 교차되어 펼쳐지는 가운데 작가의 사유와 성찰이 도도하게 똬리를 틀고 있었다.

'자존심, 자존심 지키면서 살라!' 는 아버지의 말이나, '대학을 못 가도 좋으니 즐겁고 행복하게 살라' 는 자신의 대를 이은 당부에서 세대 따라 변해가는 가치관도 생각했다. 소설을 덮으니 소설에서 그가 한 말이 생각난다.

"깊은 우물 속에서 묵직한 돌 하나를 깨트리고 샘을 터트린 것 같은 황홀감.
끝도 없을 것만 같은 우물 속에서 빠져나온 것 같은 이 짜릿한 기분."

어용수(회사원/ 한국타이어)

남기환 작가를 만난 지 벌써 10년이 되었다. 처음 홍보실 사무실에서 만났을 때 자동차 탐험 여행 기획서를 들고 나타났다. 그가 처음 내민 명함의 직함은 엑페디션의 총 기획자 진행자 남기환이었다. 첫인상은 모험가로서의 과단성이나 도도함보다는 심약한 일상의 평범한 직장인처럼 느껴졌다. 그러나 실제 대단한 철인이었다. 나도 서바이벌 게임이라면 남에게 결코 뒤지고 싶지 않은 사막형 인간을 추구하는 사람이지만, 그는 한마디로 상상을 초월하는 초인의 경지를 가진 어드벤처였다. 스스로 만들어낸 자동차 원정을 무슨 철인 10종 경기하듯 추진했고 멈추지 않았다. 그 옛날 실크로드 시절에 태어났으면 스타인이나 르콕보다도 먼저 둔황으로 달려가 벽화를 모두 뜯어 왔을 사람이다.

줄곧 남 작가가 만들어낸 상상할 수 없는 자동차 여행을 지켜봤고, 일거수일투족을 잘 볼 수 있었다. 언제나 협찬사의 기대를 넘어섰다. 그는 분명한 어드벤처이며 진정한 여행가라고 생각했다. 여행이 사서 고생하는 것, 진정한 여행을 추구하는 자라면, 그를 따라가면 완전한 여행이 된다고 확신했다.

여전히 성장을 멈추지 않고 있었다. 그의 여행에는 언제나 사진작가와 글을 쓰는 작가를 돈을 주고 사서 동행을 시켰다. 사진을 찍고 글을 쓴다는 것은 누구도 알 수 없었다. 그렇게 자신이 할 수 있는 것조차 숨기고 기획자로서만 신뢰를 만들어냈다. 그런 그가 중년이 되어 작가가 되어 두 권의 사진여행 서적을 내고 나타나더니 이번에는 장편소설을 들고 나타났다.

이 책은 남 작가의 성장소설이자 대한민국의 성장소설이며 그 속에서 살았던 우리 모두의 성장소설이다. 남 작가의 표현을 인용하면 이 소설은 평범하거나 평범하지 않다. 평범하다는 것은 이 소설이 작가의 성장 배경인 70, 80년대의 독재와 개발이라는 시대 상황 속에 유년, 중고교, 대학, 군대를 거쳐온 많은 사람에게 수많은 공감과 추억을 불러일으키게 한다는 것이고, 평범하지 않다는 것은 유년기에 산91번지 위를 지나는 비행기를 보며 꿈꿔왔던 미지의 세계에 대한 호기심을 여행가로서, 사진작가로서 평범하지 않은 삶을 살아오며 다져온 내공을 이번에는 소설가로서 이야기보따리를 풀어놓았다는 것이다. 책의 끝에 그는 이제 인생 일 막을 정리했다고 썼다. 그렇다면 남 작가가 대륙을 넘나들며 체득한 이야기들이 소재가 될 인생 이 막의 이야기는 도대체 어떻게 펼쳐질지 자못 기대가 크다.

곽계달
(선문대학교 산학협력단 중점교수단 단장)

　지금 이 시각, 중국 항주 샤오산 국제공항으로 향하는 비행기 내에 있
다. 중국 출장 계획으로 바쁜 가운데에서, 어제는 한국장학회 멘토 멘티
대학생 8명을 집으로 초청해서 귀한 시간을 가지느라 중국 출장 준비를
제대로 하지 못했다.

　대학생 멘티들을 모두 다 보내고 늦은 시간, 중국 출장을 위해 내일
아침에 준비할 것이 무엇인가? 하고 미리 생각하던 중에 불현듯 남기환
작가가 부여한 숙제를 상기하게 되었다. 중국 출장 사이에 소설을 봐야
겠다는 생각을 하고는 부랴부랴 컴퓨터를 켜고 보내주신 장편소설의 파
일을 확인하고, USB에 일단 담았다.

　그러고는 오래된 노트북이지만 가져가서 비행기 안에서나 남는 자투
리 시간에 호텔 방에서 읽어볼 요량을 했지만, 우선 낡은 노트북의 노후
된 배터리 용량의 부족으로 인해서 별로 신뢰할 수가 없다는 결론을 내
리고, 다시 파일의 내용을 하드 카피로 프린팅하기로 하고 풀버전의 내
용을 인쇄하기로 했다. 하지만 며칠 전부터 프린트는 어디 아픈 것처럼

처음 몇 장을 내 보내고는 언제 지시했는가? 하는 식으로 깜빡 깜빡하면서 도대체 진도를 나가지 않는다. 이래서 기계치들을 싫어하는 것이다. 이놈들은 한 번 삐끗하면 절대로 지불하지 않으면 스스로 돌아오는 법이 없기 때문이다. '혹시나 하면 역시나' 로 기대에 부응하는 일이 한 번도 없었다.

어쨌든지 간에, 인터넷을 하지 못하는 비행기 내에서 인색한 프린터가 토해 놓은 얼마 되지 않는 소설 내용을 마치 갓 태어난 어린아이를 손 안에 보듬어 안듯이, 소중하게 한 장 한 장 펼쳐 본다. 그 속에서 밤을 밝히는 번득이는 진리의 광명을 엿본다. 그래 이거야. 그렇고말고. 한 번도 배반하지 않을 이야기들이다.

페이스북에서 처음 만난 남기환 작가는 첫인상을 지울 수가 없었고, 관계가 지속되는 드문 사람이 되었다. 그 이유는 사진이면 사진, 글이면 글, 인생 체험이면 체험, 여행이면 여행, 어느 것 하나 소홀한 부분이 없이 높은 수준의 실력을 보았기 때문이다.

처음에는 단지 오지를 다니는 전문 여행가로서의 이미지를 가지게 했고, 등장하는 사진은 단순히 취미로 수행하는 기록 수단으로 여겼지만, 점차로 사진 한 장 한 장에 담긴 깊은 구도와 남다른 색감과 철학을 만나면서 예사롭지 않은 사진에 대한 행보를 깨닫는 계기가 되었다.

이후에 가족사에 대한 이런저런 애사를 접하면서 그의 여러 가지 기록과 자료들이 그냥 쉽게 무작정으로 드러나는 게 아니고, 어디로 가는지 분명하지는 않지만 본인은 나름대로 남모르는 이정표를 세우고 끊임없는 도전을 감행하는 불굴의 정신력과 남이 보지 못하는 분명한 목적지가 있음을 느끼게 하였다.

남기환 작가로부터 인생의 극과 극으로 통하는, 쓴맛 단맛을 다 체험한 사람이 가질 수 있는 범상치 않는 풍미를 엿볼 수 있는 것은 아마 책 서두에서 의미 있게 던진 일성에서 그 깊은 뜻을 새길 수 있다 하겠다. '살아가는 일은 순간순간 마음의 총합이다.'

소설의 목록을 살펴보면, 남 작가의 지나온 지극히 기구하면서도 독특한 인생살이를 짐작하게 하는 제목들이 나온다. '비나이다, 비나이다', '도망', '미쳐가는 여자', '구원', '달 쫓는 별', '독재자, 아버지의 죽음', 그리고 '비행기를 탄 소년'.

이 모든 언어의 공통된 키워드는 과연 무엇일까? 하는 고민을 하게 한다. 필자는 무엇을 독자들에게 나타내어 강요하고 싶은 걸까? 아마 그것은 생명에 대한 거룩한 순수성이 아닐까? 세상이 모두 미쳐 돌아가는 이 혼돈의 시대에 마치 진리이신 예수가 오시는 길을 예비하기 위해 광야의 외침으로 자신을 던진 세례 요한의 외로운 발걸음은 아닌지?

현재의 자신을 부인하고 죽음으로 십자가를 지는 자는 부활의 영생을 누린다고 하지 않았는가? 이제 과거의 두껍고 거추장스러운 의복을 벗어 던지고, 마치 애벌레가 나비가 되어 비상하듯이 남기환 작가는 과거에 매였던 누추했던 자화상을 뒤로하고 영원의 세계로 거듭나기를 한 격이다.

그렇게 끝나지 않을 것 같던 현실이라는 지겹고 긴 동면을 끝내고, 이제 막 육을 벗어난 영원한 영적 존재로 자기 매김을 확신해야 하는 때다. 이 장편소설로 작가에게는 다시는 뒤돌아보지 않아도 될, 구습의 틀과 영육 간의 경계를 깨는, 은혜의 새로운 인생 2막의 장이 펼쳐지기를 간절히 바라마지 않는다.

먼 길을 가려면 뒤돌아보지 마라

이영철(소설가)

남기환.

그는 사진작가이자 여행가이다.

그는 그동안 사회의 한 구성원으로서, 남편으로서, 아버지로서 살아오면서 이 사바세계의 험하고 그악한 거친 세파에 충분히 시달려 지치고 찢어진 청바지처럼 너덜너덜 남루해질 나이가 되었건만, 아직도 미(美) 소년 같은 앳된 얼굴로 묘하게 입술을 비틀어 씩 미소를 지으며, 긴 장발을 말갈기처럼 휘날리며, 모두가 잠든 깊은 새벽 양철지붕을 두들기는 피아노 건반처럼, 애잔한 봄비처럼 우리에게 다가온다. 분명 그에게서는 술 냄새와 담배연기와 커피향이 머무는데, 왜 그에게서는 아직도 어른의 체취를 느낄 수 없는 것일까. 어째서 이제 겨우 젖을 뗀, 콱 깨물고 싶은 충동을 주는 말랑말랑한 아기의 엉덩이 같은 순수함이 묻어나는 것일까. 어째서 그를 보면 바오밥나무와 여우와 함께 등장하는 노란 머리의 어린왕자가 떠오르는 것일까.

그는 산91번지라 불리어지는 산 능선의 동네에서 유년을 보낸다. 아버지의 큰 기침 소리는 아침을 깨우는 자명종이며, 집 안의 불이 켜지고 꺼지고, 텔레비전이 켜지고 꺼지는 것조차도 모두 관장하는 독재자(?)였다. 늦잠과 게으름은 악마이고 적이라고 간주하는, 산동네의 자질구레한 귀찮은 일을 모두 도맡아 하는 동네대장이었다. 아버지는 늘 그를 비롯한 형들에게 입버릇처럼 말했다.

"그렇게 게을러서 입에 풀칠이나 하겠어."

그의 유년은 마초 같지만 흘리는 땀만이 자신의 보증수표였던 배우지 못한 노동자, 인간다운 인간, 자존심을 생명처럼 여기는 속정 깊은 아버지와 늘 자기편인 자애로운 어머니와 형들과 함께였다. 비록 도시개발이 낳은 소외된 혼돈의 집단인 도시 빈민들이 뒤엉킨 폐촌이나 다름없는 하늘 아래 첫 동네, 다른 종족들이 사는 것 같은 그늘진 곳이었지만, 가족과 함께였던 그곳은 지옥이었지만 때론 천국 같은 영혼의 안식처였다.

그만의 공간이었던 장롱 안과 거대한 식칼이 허공을 향해 뻗은 것처럼 정말 무시무시하게 생긴, 자살바위라 불리던 수직으로 바닥까지는 족히 백 미터는 넘는 무시무시한 천 길 낭떠러지, 사람의 눈에 띄지 않는 산속의 한 공간인 칼바위는 그만의 비밀 아지트였다. 그는 어린 나이이지만 사람들의 눈을 피해 그곳에서 묻혀 홀로 머무는 시간들이 많았다. 온갖 공상에 흠뻑 젖어있다 보면 저녁때가 한참 지나고 별들이 숭숭 떠올라 가족과 동네 사람들이 횃불을 들고 온 산을 찾아 헤맬 때까지. 어쩜 그는 그 철부지 어린 시절부터 보통의 아이들과는 다른 감수성을 지녔는지도 몰랐다.

남기환, 그는 아버지가 입버릇처럼 말하던 '도토리만한 놈', 늘 그대로일 것만 같던 꼬맹이가 어느새 어른이 되어 지구촌 구석구석을 누비는 여행가이자 사진작가가 된 것이다. 『비행기를 탄 소년』은 밤하늘에 티밥처럼 반짝이는 별만큼이나 많은 아리도록 슬프고도 아름다웠던 유년과 현재의 일상을 담담히 담아냈다.

그의 글을 읽다 보면 나도 모르게 똥구멍이 간질거리는 아슬아슬한 사건 속의 공범이 된 듯 빙긋 웃음이 나오다가도 어느 순간엔 콧날이 찡해오고 가슴이 먹먹해져 읽던 원고를 덮고 담배를 물기도 했다. 그것은 동시대를 살아온 사람으로 그만큼 공감대가 있었고, 요즘 애들이 느끼지 못하는 은밀한 작가적 시선의 공통분모가 있어서였을 것이다.

오지여행을 좋아하는 나 역시 중학교 때부터 산악부에 들어가 배낭 하나 둘러메고 지리산, 설악산, 백두대간 등을 헤맸고, 평균 3,000미터 이상인 차마고도의 조로서도(鳥路鼠道: 새와 쥐가 다니는 좁은 길)와 만년설과 크레바스가 웅크리고 있는 히말라야에서는 내 인생의 〈수직의 개념〉을 깨달았고, 쏟아지는 별들이 내 눈높이 아래에 떠있는 고비사막과 줄친사막의 천막에서는 역시 내 인생의 열반적정(涅槃寂靜)인 〈수평의 개념〉을 깨달았다. 어쩌면 지구촌의 오지 곳곳을 누비던 그도 그렇지 않았을까.

그는 어쩌면 이 순간에도 떠날 준비를 하고 있을 것이다.

우리는 약속했다, 함께 여행하기로. 그와 나의 공통점은 낯선 길 위에서 영원히 멈추는 그 순간까지 진행형일 것이다. 떠돌이별들의 행로가 언제까지 이어질지는 그 누구도 모른다. 떠난다는 것은 돌아온다는 무언의 약속처럼. 나는 지금도 틈만 나면 떠돈다, 그처럼. 수염 난 어린왕자와 함께할 여행이 기다려지는 것은 철이 든 어른들은 결코 만날 수 없는 여우를 만나기 위해서인지도 모른다.

어쩜 그도 낯익은 길보다는 낯선 길을, 바람이 어수선하게 불거나 음산한 날, 모두가 잠든 비 오는 그 신새벽의 비장한 감성에 젖어 눈시울을 적시며 여행 가방을 꾸리고 있을지도 모른다. '확실한 일부보다는 불확실한 전부'에 인생을 거는 도박꾼처럼 그의 보헤미안적인 기질은 길 위에서 또 다른 길을 꿈꾸고 있을지도 모른다. 나처럼.

어린왕자 남기환!
망각의 종착지, 그 유실물들의 꿈, 피안(彼岸)에 다다르기 위해서
그는 차안(此岸)에서 확신의 뒷굽을 몇 번이나 갈아야 하는 것일까.